YVY KAZI
The Dream Of Us

.

Yvy Kazi

THE *dream* OF US

Roman

LYX in der Bastei Lübbe AG
Dieser Titel ist auch als E-Book und Hörbuch erschienen.

Originalausgabe:
Copyright © 2021 by Bastei Lübbe AG, Köln
Copyright © 2021 by Yvy Kazi

Textredaktion: Kathleen Weise
Umschlaggestaltung: © Sandra Taufer
unter Verwendung von Motiven von © Viktoriia Debopre;
Klavdiya Krinichnaya; Taigi/shutterstock
Satz: Greiner & Reichel, Köln
Gesetzt aus der Adobe Caslon
Druck und Verarbeitung: GGP Media GmbH, Pößneck
Printed in Germany
ISBN 978-3-7363-1662-1

5 7 6 4

Sie finden uns im Internet unter lyx-verlag.de
Bitte beachten Sie auch: luebbe.de und lesejury.de

Für Nina,
der Drew nicht nur seinen Namen verdankt.

»Spaß und Vernunft sollten sich die Waage halten.
Vernunft zahlt vielleicht deine Rechnungen,
aber kein Mensch schreibt dir ein fettes ›Danke‹
auf den Grabstein, wenn du ihm
dein Leben geopfert hast.«

Haley Bales

Playlist

»Nervous« – Shawn Mendes
»Only Human« – Jonas Brothers
»Dance Monkey« – Tones And I
»Run The World (Girls)« – Beyoncé
»Pom Poms« – Jonas Brothers
»Happy« – Pharrell Williams
»Ghost Of You« – 5 Seconds of Summer
»Dreamer« – LaPeer
»Lost Without You« – Krezip
»Toxic« – Nina Nesbitt
»Colorblind« – Counting Crows
»Bitter Sweet Symphony« – The Verve
»All I Want« – Kodaline
»Flashlight« – From »Pitch Perfect« – Jessie J
»Don't Give Up On Me« – Andy Grammer
»Rescue Me« – OneRepublic
»Rewrite The Stars« – Zac Efron, Zendaya
»Coming Home« – Sheppard
»On The Field of Dreams« – Daniel Hall

I. KAPITEL

Sechs Monate zuvor

»Wir könnten das wiederholen«, schlägt Kyle vor, noch während er von mir wegrutscht und die Hose schließt.

Ich streiche meinen Rock zurecht, mustere Kyles Gesicht im fahlen Licht der Parkplatzbeleuchtung und bleibe an seinen verschwitzten Haaren hängen. Sie sind so kurz geschnitten, dass man nicht einmal anständig die Hände darin vergraben kann. Generell ist er eigentlich nicht mein Typ: dunkelblond, mit steingrauen Augen und der Eigenschaft, sehr rot anzulaufen, wenn er sich anstrengt. Es ist erstaunlich, wie schnell sich die Stimmung zwischen zwei Menschen ändern kann, wenn man erst wieder angezogen ist.

Ich könnte diesen Ausrutscher darauf schieben, dass ich zu viel getrunken habe, doch im Moment fühle ich mich schon wieder reichlich nüchtern.

»Ja. Nein. Keine Wiederholung«, antworte ich gedehnt und kämme mir mit den Fingern die blonden Haare. Wir werden garantiert nie wieder einen Quickie auf der Rückbank seines Mini Coopers einlegen – und das nicht nur, weil es erwartungsgemäß unbequem war.

»Ach, ich vergaß. Wie war das? Du datest ja keine Footballspieler«, stichelt er süffisant grinsend. »Und wie kommt es dann, dass du jetzt hier bist?« Als er mit den Fingerspitzen den Träger meines Tops entlangfährt, weise ich ihn ab.

»Mir wurde versprochen, dass es sich lohnen würde, mit dir mitzugehen«, gestehe ich geradeheraus und angle meine Handtasche zwischen Beifahrersitz und Rückbank heraus.

»Du kannst nicht behaupten, dass es dir nicht gefallen hätte«, behauptet er selbstsicher.

Da hat er recht. Für einige Minuten war es ganz aufregend, für ein paar Sekunden sehr angenehm, aber die sind bereits vorbei. All meine Euphorie ist verflogen, und mir gegenüber sitzt nur noch ein fast fremder, verschwitzter Typ. Wieso ist mir eigentlich nicht vorher aufgefallen, wie unsympathisch er aussieht, wenn er lächelt? Es ist kein Ausdruck von Freude, sondern pure Arroganz. Wenn ich etwas nicht leiden kann, dann Menschen, die sich selbst zu toll finden. Ich bereue es jetzt schon, mich auf diese Nummer eingelassen zu haben. Hätte ich nicht gleich spüren müssen, dass die Chemie zwischen uns nicht stimmt? Oder habe ich es schlichtweg ignoriert?

So oder so: Nichts hiervon wäre passiert, wenn meine beste Freundin nicht ausgerechnet dieses Wochenende mit ihren Eltern auf einem Segeltrip wäre. Sie hätte ein Auge auf mich gehabt, um diesen July-Aussetzer, wie sie es nennt, zu verhindern.

»Wir sehen uns«, verabschiede ich mich knapp.

Ich würde gern darauf verzichten, Kyle noch einmal zu treffen, bilde mir allerdings nicht ein, dass wir uns bis zum Ende unseres Studiums aus dem Weg gehen können. Darüber hätte ich mir vielleicht vor einer halben Stunde Gedanken machen sollen, aber der rationale Teil meines Gehirns leidet bedauerlicherweise unter gelegentlichen Ausfällen.

Ich entriegle die Tür und steige alles andere als elegant aus dem Auto. Glücklicherweise lässt Kyle mich ohne Protest gehen.

Tief durchatmend sauge ich die lauwarme Herbstluft in meine Lunge und versuche, das Chaos in meinem Kopf zu ordnen. Aber bevor ich auch nur einen klaren Gedanken gefasst habe, klingelt mein Handy. Ich ziehe es aus der Tasche und stutze. Bo. Mein Herz zieht sich schmerzhaft zusammen. Ich bin einfach von der Party verschwunden, ohne meinem Bruder Bescheid zu geben.

»He«, sage ich rasch und setze schon zu einer Entschuldigung an, als er mich unterbricht.

»Jules? Ich habe Scheiße gebaut.«

Die Worte »ich auch« liegen mir auf der Zunge, aber ich schlucke sie herunter.

»Wo bist du?«, frage ich, ohne nachzudenken, und laufe zurück zu dem Haus, aus dem noch immer die Musik der Feier dröhnt, die ich kurz zuvor verlassen habe, um mit einem Footballspieler unseres Colleges zu verschwinden. Wenn ich den Gerüchten glauben darf, vergnügt sich Kyle ständig mit wechselnden Frauen. Es besteht also eine realistische Chance, dass er mich morgen wieder vergessen hat. Ich wäre nicht traurig darüber.

2. KAPITEL

Morgenmuffel-Montag

»Grande Sojalatte für July!«

So beginnt mein Morgen: schlaftrunken in einem Coffee-shop, nahe dem Campus. Der Duft von frisch gemahlenen Kaffeebohnen und warmen Croissants liegt in der Luft, au-ßer den Geräuschen der Mahlwerke und Milchaufschäumer ist nichts zu hören. Die meisten der dunkelbraunen Holztische sind unbesetzt, die Schlange an der Getränkeausgabe jedoch ist lang. Trotzdem herrscht ein schläfriges Schweigen, da je-der seinen eigenen Gedanken nachhängt. In der Warteschlan-ge bleibt einem dafür ausreichend Zeit. Wer den besten Kaf-fee in der Gegend will, muss Geduld mitbringen – oder früher aufstehen. Leider fehlen mir sowohl das Geduld- als auch das Frühaufsteher-Gen. Ich warte bereits seit fünfzehn Minuten, als endlich mein Name aufgerufen wird.

Ich lasse das iPad sinken und will gerade nach dem Becher auf dem Tresen greifen, da überholt mich ein Mann in rot-gol-dener Collegejacke, schnappt sich den Kaffee und verschwin-det mit großen Schritten aus dem Coffeeshop.

»He!« Irritiert sehe ich ihm nach, wie er die Slate Street hi-nuntereilt. Hat der gerade mein Getränk gestohlen? Ernsthaft? Ich habe keine Ahnung, wie der Typ heißt, aber wohl kaum July! Es ist doch nicht so, als gäbe es viele Menschen mit die-sem Vornamen, die meine Vorliebe für Sojamilch teilen.

Tief durchatmend wende ich mich dem freundlichen Barista zu, der in dem Augenblick einen *Americano* für *Drew* ausruft. Niemand reagiert. Auch nicht, als er seinen Aufruf wiederholt.

»Könnte sein, dass *Drew* gerade meinen Kaffee geklaut hat«, murre ich und bin kurz versucht, einfach seinen zu nehmen. Aber verwässerter Espresso? Nein danke.

Der freundliche Angestellte bereitet mir – nach nur einem Augenverdrehen – einen neuen Kaffee zu, während ich mich wieder meinem iPad widme und meinen Instagram-Feed checke. Ich like die neusten Bilder: süßer Otter, hübsches Buchcover, toller Rock. Ich bleibe an nichts davon wirklich hängen, greife gedankenverloren nach dem Kaffee und wende mich zum Gehen.

Ich komme ganze zwei Schritte weit, bis ich gegen einen unerwarteten Widerstand stoße. Ich fühle mich, als wäre ich aus vollem Lauf gegen eine Wand aus Muskelbergen gelaufen. Während ich fluchend den Kopf hebe, erkenne ich eine rote Jacke mit goldenen Ärmeln. Etwa auf meiner Augenhöhe prangt das gut erkennbare Logo der *Alabama Antelopes:* eine Antilope, die durch ein A steigt.

In der Hand hält der Fremde einen Becher, auf dem deutlich zu erkennen *July* :) steht. Trotzig lege ich den Kopf in den Nacken und sehe zu dem Alabama-Americano-Mann auf. Der Blick seiner dunkelbraunen Augen bohrt sich direkt in meinen. Er sagt nichts, blinzelt nicht. Weder entschuldigt er sich bei mir noch beschimpft er mich für meine Unachtsamkeit. Er sieht mich einfach nur schweigend an. Was für eine seltsame Art von Anmache ist das bitte? Soll es überhaupt eine sein?

Je länger wir uns anstarren, umso schneller schlägt mein Herz. Warum, kann ich mir selbst nicht erklären. Vielleicht vor

Wut, weil der Typ keine Anstalten macht, den Weg freizugeben? Wenn er vorgehabt hätte, mir den Kaffee wiederzugeben,
hätte er das längst tun können. Er steht immer noch vor mir, als
wäre ich ein Geist. Eine Erscheinung, die er zwar ansieht, aber
nicht richtig wahrnimmt. Und ob ich will oder nicht, komme ich nicht darum herum festzustellen, dass er irgendwie gut
aussieht mit dem starken Kiefer und den braunen Augen. Sein
dunkles Haar ist so kunstvoll verwuschelt, als wäre er gerade-
wegs den Seiten einer Zeitschrift entsprungen. Langsam verzieht er die Lippen zu einem Grinsen.

Ich wende mich ruckartig von ihm ab, um die eigenartige
Situation zu beenden. »Vollpfosten«, ist das erste Wort, das mir
einfällt. Kopfschüttelnd umrunde ich ihn und will den Coffeeshop verlassen, als er doch noch ein Wort herausbringt.

»Was?«

Er hat mich schon verstanden! Ich werde es nicht wiederholen. Stattdessen schreite ich wie die Eleganz in Person aus
dem Laden. Eine Eleganz, die durch ihre Unaufdringlichkeit
überzeugt. Eine Eleganz, die von Turnschuhen, Nerd-Brille
und Messy Bun lebt. Klingt das nach klischeehaftem Bücher-
wurm? Vielleicht. Aber wer hat morgens ernsthaft die Muße,
sich stundenlang zurechtzumachen, nur um den ganzen Tag in
irgendwelchen Hörsälen zu hocken? Ich nicht. Vor allem nicht
vor dem ersten Kaffee!

Mich erwartet eine Vorlesung in englischer Literatur, die
mich den seltsamen Zwischenfall im Coffeeshop fast vergessen lässt. Allerdings nur fast.

Statt dem Dozenten zu lauschen, wie er über starke Frauen-
figuren in der Weltliteratur philosophiert, schweifen meine
Gedanken immer wieder ab. Was bringt einen Mann dazu,
meinen Kaffee zu nehmen, nur um zurückzukommen und
mich schweigend anzustarren? Ich knote mir den Dutt neu, als

könnte ich mit dem Ordnen meiner Haare auch die Gedanken sortieren. Aber es kostet mich einige Anläufe, bis ich mich auf das fiktive Leben von *Jane Eyre* konzentrieren kann.

Selbst in der Mensa verfolgt mich noch die Erinnerung an diese eigenartige Begegnung. Für einen Moment glaube ich, im Augenwinkel eine rot-goldene Jacke zu sehen, doch kaum wende ich den Kopf, ist sie verschwunden.

Mit dem Tablett in der Hand gehe ich zu einem Tisch am Fenster. Auch wenn es keine festen Sitzplätze gibt, finde ich meinen Bruder Bo fast immer an derselben Stelle. Heute zusammen mit Haley, die einen riesigen Berg bunter Wollfäden beiseiteschiebt, damit ich mein Essen abstellen kann. Obwohl Haley und Bo nicht unterschiedlicher sein könnten, haben sie etwas gemeinsam: Sie studieren beide Medizin im zweiten Semester.

»Was treibst du da?«, frage ich verwundert, während ich mich setze.

»Stricken«, lautet Haleys knappe Antwort.

Das sehe ich zwar, kann es dennoch nicht richtig glauben. Allerdings sollte mich bei Haley wohl nichts mehr überraschen. Ich weiß bis heute nicht, warum sie letztes Jahr bei den Cheerleader Tryouts aufgetaucht ist. Vielleicht war ihr langweilig? Für meine Freundin Penelope hingegen war die Motivation, sich zu bewerben, schon immer das Image. Dieser Traum von der Cheerleaderin, die mit den begehrtesten Jungs abhängt. Für mich ist es der Cheerleading-Sport an sich. Aber Haley? Sie stand da in ihrer Leopardenleggings, drehte sich die hellblauen Haarspitzen um die Finger und wirkte wie ein fehlgelandetes Alien. Nach einer halben Stunde hat sie sich kommentarlos verabschiedet und wurde seitdem nie wieder bei einer sportlichen Betätigung gesehen. Vermutlich wären wir von diesem Moment an getrennte Wege gegangen, wenn sie sich nicht ausgerechnet Bo als Laborpartner ausgesucht hätte. Aus den Laborpartnern wurden Freunde, und mittlerweile sind wir ein ganz gutes Dreierteam. Irgendwie haben Haley und ich uns auf Anhieb verstanden, obwohl wir vollkommen unterschiedliche Interessen haben. Während mein Herz dem Sport gehört, hat Haley eine Vorliebe für das Nähen ausgefallener Kleidungsstücke. Offenbar ist für eines ihrer nächsten Projekte Stricken notwendig, sonst kann ich mir nicht erklären, warum sie so hoch konzentriert Maschen aneinanderreiht, dass sie sich beinahe die Zunge abbeißt.

»Das wird ein Rock. Und rate, wer ihn anprobieren darf«, murmelt sie, ohne aufzusehen.

»Hurra«, ist alles, was mir dazu einfällt.

»Warte nur ab, bis ich eine berühmte Modedesignerin bin. Dann wirst du mir die Füße küssen, um weiterhin für mich modeln zu dürfen, Winzling«, behauptet sie.

Ich werfe einen flüchtigen Blick unter den Tisch und beschließe, das auf keinen Fall zu tun. Zumindest nicht solange sie immer noch die ausgelatschten Converse aus ihrer Schulzeit trägt. Die haben mittlerweile einen Camouflagelook, in dem sie mit Sicherheit nicht ausgeliefert wurden.

Bo beobachtet uns amüsiert, während er den letzten Rest seines Burgers isst und uns den Teller mit den übrig gebliebenen Pommes entgegenschiebt. Ich bewundere Bo für vieles. Unter anderem dafür, dass er in der Öffentlichkeit Burger essen kann und dabei – trotz der hochgekrempelten Ärmel seines lachsfarbenen Hoodies – immer noch elegant wirkt. Er wischt sich die Hände an einer Serviette ab und nickt Haley zu.

»Du wirst also Modedesignerin und Jules dein Model. Und was ist mit mir?«, fragt er, greift nach dem Wasserglas und lehnt sich lässig auf dem Stuhl zurück. Er lächelt amüsiert, wodurch er mich immer an einen Kater erinnert. Vielleicht liegt es an der Art, wie er die Lippen nach oben zieht und dabei den Kopf von links nach rechts neigt, bis ihm sein blonder Pony nicht mehr in den Augen hängt.

Haley sieht kurz auf und zuckt mit der Schulter. »Du heiratest einen reichen Footballspieler.«

Während ich ihr unter dem Tisch vor das Schienbein trete, hustet Bo ins Wasserglas, bevor er herzlich zu lachen beginnt.

»Das war nur ein Scherz.« Haley legt die Stricksachen beiseite, um sich das schmerzende Bein zu reiben und mich vorwurfsvoll anzusehen.

»Der war nicht lustig«, belehre ich sie und schiebe mir ein großes Salatblatt in den Mund, das ich energisch zerkaue.

»Ach komm. Wenn du das so sagst, denkt man, du hättest etwas gegen Schwule«, murrt Haley kopfschüttelnd.

»Ich habe nichts gegen Homosexuelle, finde es nur absolut nicht lustig, wenn man Witze über sie macht«, korrigiere ich. Und vor allem finde ich es nicht lustig, wenn man Witze über Bo macht.

»Es hat doch keiner gehört«, versichert sie und setzt ihre Strickarbeit fort.

Vermutlich nicht. In der Mittagspause herrscht hier ein Gemurmel, das alles verschluckt, was mehr als zwei Meter entfernt liegt.

»Ist heute nicht das Training für die Cheerleader Tryouts?«, grätscht Bo dazwischen, um das Thema zu wechseln.

Richtig. Heute können wir einen ersten Blick auf die jungen Frauen werfen, die sich demnächst an der Aufnahmeprüfung versuchen wollen, um Mitglied des St. Clair-Squads zu werden.

»Hoffentlich sind ein paar gute Mädchen dabei. Wir können Unterstützung gebrauchen«, stimme ich zu und schaue flüchtig auf die Uhr. Noch eine weitere Vorlesung, dann geht es los.

Cheerleading war schon immer mein Sport. Mein Traum. Mittlerweile finanziert es mir dank eines Stipendiums den Großteil meines Studiums. Aber ich weiß noch, wie nervös ich vor einem Jahr war, als ich selbst für die Tryouts trainiert habe. Sofort beginnen meine Fingerspitzen zu kribbeln, als könnten sie es gar nicht erwarten, in die Hände zu klatschen. In mir brodelt es, als wollte mein Inneres dringend einen Anfeuerungsruf loslassen.

»Hättest du bloß nichts gesagt«, stöhnt Haley und stiehlt eine Pommes von Bos halb leerem Teller. Halbherzig wischt sie die Hand an ihrem senfgelben Cordrock ab, bevor sie den Faden wieder aufnimmt. »Jetzt phantasiert July wieder von der College Cheerleading National Championship.«

Vielleicht hat sie recht. Vielleicht träume ich aber auch davon, eines Tages zu den Cheerleadern der NFL zu gehören. Das ist bloß ein Teilzeitjob, der strengen Regeln unterliegt und den kaum eine länger als vier Saisons aushält, trotzdem wäre ich gern dabei. Und wenn es nur für ein Jahr nach dem College ist. So wie manche davon träumen, auf diesem bescheuerten Rasen zu spielen und einen Ball zu werfen oder zu fangen, möchte ich dort stehen und mir die Seele aus dem Leib brüllen. Das klingt vermutlich nicht vernünftig, aber seit wann müssen Träume das sein? Ist es für Haley sinnvoll, einen Rock zu stricken? Wer weiß das schon? Nach meinem Dasein als Cheerleaderin kann ich immer noch Lehrerin werden. Oder was auch immer die rationale Wahl nach einem Literaturstudium ist.

Schon seit dem Tod unserer Mom scheint alle Welt von uns zu erwarten, dass Bo und ich unseren Kompass in Richtung *Vernunft* ausrichten, um unseren Dad zu unterstützen. Aber bevor ich mich den Erwartungen der Gesellschaft endgültig unterwerfe, will ich noch einmal richtig frei sein und meinem

Herzen folgen. Weit weg von den aufmerksamen Augen meines Dads. Teil eines Teams sein, in dem jede Einzelne meine Leidenschaft teilt. Eine begrenzte Auszeit. Quasi mein persönliches Sabbatical. Und ich werde alles dafür tun, dieses Ziel zu erreichen, denn so eine Chance kommt höchstens einmal im Leben.

»Erde an July? Stehst du in Gedanken wieder auf dem Rasen, der die Welt bedeutet?«, stichelt Haley und macht Anstalten, mich mit einer Stricknadel zu piksen.

Oh ja. Darauf kann sie wetten. Ich stehe auf dem Rasen. Und dann? Werde ich schreien, in die Hände klatschen und einen verdammten Flickflack machen, während das ganze Stadion mein Team anfeuert.

Was bringen einem Träume, wenn das Universum sie nicht erhört?

Ich stehe vor der Tribüne der Sporthalle und bin ganz kurz versucht, mit dem Kugelschreiber in meiner Hand dem vor mir liegenden Elend ein Ende zu bereiten. Ich bohre mir den Stift einfach durchs Auge ins Gehirn, um das Fiasko nicht länger mitansehen zu müssen.

Seit fünfzehn Minuten versucht Penelope, Ordnung in den Haufen junger Frauen zu bekommen, die sich die Cheers und Choreos für den Tryout merken wollen – und dabei gnadenlos scheitern. Statt Penelopes anmutigen Bewegungen zu folgen, sehen sie aus, als wären wir hier bei einem Kung-Fu-Training, das keinen Regeln folgt. Sind die Mädchen sich sicher, dass sie freiwillig Cheerleader im Wettkampf-Squad werden wollen? Dieses Jahr machen gleich drei Mädchen unseres Teams ihren Abschluss und müssen schnellstmöglich ersetzt werden. Momentan sehe ich schwarz. Vielleicht haben einige der potenziellen Bewerberinnen an der Highschool Ballett oder Gymnastik gemacht, aber von dort zur Akrobatik ist es ein großer Schritt. Keines der Mädchen wirkt, als könnte es einen Flick-flack. Das bedeutet ein hartes Stück Arbeit.

Habe ich mich vorhin auf diesen Moment gefreut? Meine Euphorie ist verflogen. Warum habe ich unserer Trainerin versprochen, hier auszuhelfen? Eigentlich sollte sie gemeinsam mit Penelope die Anwärterinnen einweisen, allerdings hat sie sich eine Lebensmittelvergiftung zugezogen und diese ehrenvolle Aufgabe kurzfristig an Penelope und mich übertragen. Theoretisch helfe ich Penny gern. Wir sind schon seit der Junior High in einem Squad und etwa genauso lange befreundet, obwohl uns nichts außer der Liebe zum Cheerleading verbindet. Sie studiert Betriebswirtschaftslehre und ich Literatur. Dieses Jahr hat Dad unseren traditionellen Campingurlaub abgesagt, weil er zu viel arbeiten muss, aber luxuriöser wird es bei uns nicht. Pennys Familie hingegen jettet um die Welt. Ihre Haare sind tintenschwarz, meine goldblond. Ich könnte die Reihe der Unterschiede ewig fortsetzen. Wenn jemals jemand den lebenden Beweis dafür gesucht hat, dass Gegensätze sich anziehen: Hier sind wir. Auch wenn ich jetzt gerade lieber woanders wäre, als mir dieses Drama anzusehen.

Während Penny mit jeder Minute schweigsamer wird, beginnt es in meinem Inneren zu kochen. Das Brodeln wütet in meinem Magen, und ich weiß nicht, wie lange ich den anstehenden Vulkanausbruch noch zurückhalten kann.

Rechter Arm hoch – nicht den linken. Ist das denn so schwer? Habt ihr schon einmal etwas von Synchronität gehört? Auf eins, drei, fünf, sieben! Es kostet mich einige Mühe, die Worte herunterzuschlucken.

»Na, wie läuft's?«, höre ich Bo hinter mir.

Ich drehe mich um und presse die Lippen zusammen.

»So gut also?«, stichelt er mit seinem Katerlächeln.

Normalerweise hat Penny einen unschlagbaren Vorteil, den sie in fast jeder Lebenslage einsetzen kann: ihr Aussehen. Sie hat die zierliche Statur ihrer Mom geerbt und wirkt schon auf den ersten Blick unschuldig und beschützenswert. Wenn sie einen mit ihren rehbraunen Augen anblinzelt, schmilzt für gewöhnlich jeglicher Widerstand dahin und ihr Gegenüber wird in ihren Fingern zu Wachs. Doch wie es aussieht, macht sie das noch lange nicht zu einer geeigneten Ersatztrainerin. Statt Ordnung in das gackernde Chaos zu bringen, streicht sie erneut die dunklen Haare glatt und wippt unruhig auf den Fußballen vor und zurück.

Ich schaue mir das Trauerspiel weitere fünfzehn Minuten an, bis ich den Block zu Boden werfe und mit großen Schritten zu ihr hinübergehe. Ich halte das nicht länger aus! Es braucht dreimaliges Händeklatschen und einen entschiedenen Pfiff, bis ich die volle Aufmerksamkeit aller Anwesenden habe. Hätte ich ein Problem damit, im Mittelpunkt zu stehen, wäre ich beim Cheerleading falsch.

»Danke, Penny.« Ich nicke in ihre Richtung und ignoriere ihren stummen Protest, der sich auf ein nervöses Blinzeln beschränkt. Erst als sie ergeben ihre Fußspitzen betrachtet, fahre ich fort. »Wer von euch zu den Mädchen wollte, die mit Pompons zur Musik tanzen: Ihr seid hier falsch! Die Cheerdancer treffen sich morgen. Und wer von euch denkt, dass Cheerleading ein geeigneter Ort wäre, um Football- oder Basketballspieler kennenzulernen – versucht es besser auf einer ihrer Feiern. Diese Typen sind viel zu ehrgeizig, um sich von kurzen Röckchen am Spielfeldrand ablenken zu lassen. Wir werden die Spieler vor allem dann sehen, wenn sie gerade keinen Nerv für uns haben: während ihrer Spiele. Ihre Spiele sind aber nicht unser Fokus. Unser Squad trainiert nicht dafür, ein volles Stadion während der Pausen zu unterhalten. Wir trainieren für unsere eigenen Wettbewerbe. Denn die Hauptaufgabe dieses Squads ist es, die nationale Meisterschaft zu gewinnen. Es steht euch jetzt frei, zu gehen. Oder euer Bestes zu geben!« Damit übergebe ich wieder an Penny, bevor ich meinen Block vom Fußboden einsammle.

»O Jules«, schnurrt Bo, kommt zu mir herüber geschlendert und schiebt die Hände in die Taschen seiner Lederjacke. »So eloquent wie immer. Man merkt dir die Literaturkurse richtig an.«

»Leck mich.«

»Nicht einmal dann, wenn wir nicht verwandt wären.« Er schenkt mir sein bezauberndstes Lächeln – und ich ihm ein Augenrollen.

»Dieses Training ist ein fundamentales Fiasko«, lautet mein Fazit. Zwei oder drei der Mädchen wirken, als hätten sie genug Biss für unser Team. Ein Teil von ihnen gibt bestimmt gute Cheerdancer ab. Aber der Rest? Ich drehe mich noch einmal zu den Mädchen um und rufe: »Ach, eine Sache noch! Solltet ihr es in die Mannschaft schaffen, seid ihr noch lange nicht eingeschrieben. Lehnt euch das St. Clair ab, seid ihr endgültig raus. Ende der Durchsage!« Ich bedeute ihnen, weiter zu üben, denn sie haben es definitiv nötig.

»Sind hier alle so zickig?«, fragt eines der Mädchen und lässt Penny erschrocken auffahren.

Sie blinzelt mich erneut an, als wären ihre langen Wimpern die Flügel eines Schmetterlings. Wahrscheinlich fürchtet sie, dass ich das Mädchen mit meinem Kugelschreiber ermorde. Ich werde davon absehen, weil sie zumindest so wirkt, als könnte sie einen Flickflack lernen.

»Sie ist nur ehrgeizig. Was sie sagen will, ist, dass Cheerleading ein harter Sport ist«, wirft Penny ein und macht eine seltsame Geste, die vielleicht beschwichtigend aussehen soll. »Den rauen Ton hat sie von ihrem Dad. Er ist übrigens der beste Physiotherapeut in Fair Haven. Falls ihr mal Probleme habt, wendet euch an ihn. Er war auch mal ein sehr Erfolg versprechender Quarterback hier am St. Clair«, ergänzt Penny hilfsbereit. »Eines seiner Porträts hängt noch immer drüben an der Wall of Fame.«

Ich kann mich nur mühsam zusammenreißen, um nicht lautstark aufzulachen. Es ist schon bitter. Unser Dad ist selbstständiger Physiotherapeut und arbeitet Teilzeit für das St. Clair Football Team. Natürlich ist er immens wichtig für die Mannschaft, und niemand wagt es, sich seinen Anordnungen zu widersetzen, aber ein Typ, der anderen die Waden massiert, klingt für die meisten Außenstehenden nicht besonders imposant.

Ganz im Gegensatz zum Wort *Quarterback*. Die meisten von denen sehen nicht einmal besonders gut aus, dennoch sorgt allein ihre Anwesenheit dafür, dass sich die Atmosphäre im Raum ändert, als wäre man in einem geschäftigen Bienenstock gelandet. Wer Dad heutzutage sieht – groß, schlank, im weißen Polohemd, mit goldgerahmter Brille –, denkt sicher an vieles, aber nicht an seine Erfolge beim College Football. Sie liegen mittlerweile ohnehin lange zurück. Eine Verletzung hat ihn damals dazu gebracht, den Sport aufzugeben und »den vernünftigen Weg« einzuschlagen – sagt er. Jedes Mal, wenn er davon erzählt, klingt es in meinen Ohren, als wäre Vernunft eine Krankheit, die Träume auffrisst. So als wären Sport und Vernunft zwei Dinge, die sich in seinem Universum ausschließen. Vielleicht streiten wir uns deswegen so häufig: Weil ich in seinem Weltbild eine wandelnde Unmöglichkeit bin. Ich liebe den Sport, und fast so sehr liebe ich Literatur. An manchen Tagen gibt es nichts Schöneres, als in einem vollen Stadion zu stehen und das Vibrieren der grölenden Massen durch meinen Körper fließen zu lassen. Einfach nur zu tanzen, zu schreien und zu leben. Aber ich habe auch nichts dagegen, mich am nächsten Tag ins Bett zu kuscheln und ein Buch zu lesen, um den Alltag abzustreifen und mich in die unwahrscheinlichsten Personen zu verwandeln oder spannende Gedankenexperimente durchzuführen. Wie langweilig wäre das Leben ohne Extreme?

Bo reißt mich aus den Gedanken, indem er mich mit einem Ellbogen anstößt. »Dad als Quarterback. Schwer vorstellbar bei Mr Vorsicht-ist-besser-als-Nachsorge.«

»Ja, die bösen, bösen Gehirnerschütterungen«, murmle ich und rümpfe die Nase.

Unser Dad hat Bo so lange ins Gewissen geredet, bis er jede sportliche Aktivität, außer Joggen, aufgegeben hat. Und auch das macht Bo nur nach einem ausführlichen Aufwärmtraining. Dass ich immer noch zum Cheerleading gehe, treibt Dad fast in den Wahnsinn. Vielleicht sollte ich Verständnis für ihn haben, immerhin starb unsere Mom bei einem Unfall. Allerdings einem Haushaltsunfall. Wenn es also danach geht, ist selbst Fensterputzen eine Bedrohung für das Leben.

»Wenn er könnte, würde er uns bis an unser Lebensende in Watte einpacken und in unseren Zimmern einsperren«, ergänze ich.

»Nur dich. Ich bin verantwortungsvoll genug, um in die Welt entlassen zu werden«, behauptet Bo und klopft mir auf die Schulter, um sich zu verabschieden. Offensichtlich hat selbst er genug von dem traurigen Schauspiel.

»Du willst mich hier allein zurücklassen?«, frage ich theatralisch.

»Ich muss bedauerlicherweise zum Präpkurs.« Mit einem letzten Zwinkern kehrt er mir den Rücken zu.

Zumindest die Aussicht darauf, mit Leichenteilen arbeiten zu müssen, klingt für mich noch weniger verlockend als die Fortsetzung hiervon.

Eine Weile noch sehe ich dabei zu, wie Penny den jungen Frauen ein paar Chants beibringt, die sie auswendig lernen sollen, danach sind wir erlöst. Auch Penny wirkt nach dem Tryout-Training alles andere als glücklich, dabei ist sie diejenige aus unserem Team, die den *Spirit* noch am besten verkörpert. Sie kann auf Knopfdruck lächeln, als würde in einem Raum die Sonne aufgehen. Vielleicht hat sie in etwa die Durchsetzungskraft eines Kätzchens, aber alle lieben sie. Ihr reicht ein Augenaufschlag, um jeden Zweifel an ihrer Person im Keim zu ersticken. Sie sieht so zauberhaft unschuldig aus, dass niemand – wirklich niemand – daran glaubt, dass sie körperliche Bedürfnisse haben könnte. Ganz gleich welcher Art diese sind. Es ist schwer vorstellbar, dass sie tatsächlich so weltliche Dinge tut wie auf Toilette zu gehen. (Oder einen Sportler zu vögeln.)

»Was wollte Bo?«, fragt sie beiläufig und nimmt mir den Notizblock ab, um im Gehen ihre eigenen Anmerkungen zu den Mädchen zu ergänzen. Ihr Lächeln verzieht sich zu einer Grimasse. »Herausragend lange Beine. Könnte eine gute Pompon-Prinzessin abgeben?«, liest sie vor, schürzt pikiert die Lippen und überfliegt meine anderen Anmerkungen. »Jules, du und deine Alliterationen. Tess-Talentfrei. Kung-Fu-Kate. Ist das dein Ernst? Du sollst nicht immer so gemein sein.« Sie streicht meine Notiz so energisch mit dem Kugelschreiber durch, dass das Papier zu zerreißen droht.

»Ich bin nicht gemein, nur ehrlich. Außerdem brauchte ich eine Beschäftigung, um mich von der Koordinierungskatastrophe abzulenken.«

Die Art und Weise, wie Penny meine Anmerkungen zurechtkürzt, ist ihr stummer Protest. Schweigend laufen wir durch den Flur, vorbei an einigen Umkleidekabinen, begleitet von der eigenwilligen Geruchsmischung aus diversen Deos, Duschgels, Schweiß und Käsefüßen, die in jeder Sporthalle wohnt. Die einzige Kommunikation zwischen uns ist Pennys über das Papier flitzender Kugelschreiber.

»July, wirklich. Wir sind nicht mehr auf der Highschool. Meinst du nicht, es wird Zeit, langsam mal erwachsen zu werden?«, fragt sie in einem Tonfall, der keinen Zweifel daran lässt, warum unser Dad und sie sich so gut verstehen.

Vernünftig. Erwachsen.

»Manchmal habe ich das Gefühl, dass du ... Weißt du, irgendwann endet das College und der Ernst des Lebens beginnt. Ich weiß, dass du das Cheerleading liebst, aber du brauchst einen Plan für dein Leben. Einen *richtigen* Plan, der dir deine Rechnungen zahlt. Wir wissen beide, dass das Gehalt eines NFL-Cheerleaders nicht zum Überleben reicht.«

»Du meinst, ich soll meine Jugend und das Outfit mit dem kurzen Röckchen nutzen, um einen Typ aufzureißen, der hoffentlich mal in der NFL landet?«, schlage ich mit einem Schulterzucken vor und öffne ihr die gläserne Tür, die zum Campus hinausführt. Ich bin mir recht sicher, dass das zumindest ein Teil ihrer Zukunftsplanung ist. Am besten gefolgt von einer frühen Hochzeit, um ihre Finanzen zu sichern. Bei ihren Eltern hat dieses Vorhaben so gut funktioniert, dass sie nicht nur bis heute verheiratet, sondern tatsächlich glücklich sind.

»So meinte ich das nicht. Und das weißt du.« Penny kaut nervös auf der Unterlippe.

Derart hoch konzentriert, wie sie meinem fragenden Blick ausweicht, weiß ich, dass ich keine Erklärung mehr bekommen werde. Das ist Penny: Im Gegensatz zu Haley sagt sie lieber gar nichts, bevor sie Gefahr läuft, etwas Falsches zu sagen. Damit ist dieses Gespräch beendet.

Das iPad aus meiner Umhängetasche suchend folge ich ihr in die Frühlingssonne. Obwohl ich schon mein Leben lang in Fair Haven lebe, genieße ich jedes Mal wieder den Anblick des Campus mit seinen efeuüberwachsenen Gebäuden. Sie verbreiten einen Hauch von europäischem Flair und akademischer Herrschaftlichkeit. Besonders im Frühling, wenn die hellgrünen Blätter der großen Bäume Schatten über die gepflasterten Wege tanzen lassen, sieht der Campus nahezu verwunschen aus.

»Hast du ein neues?«, fragt Penny mit Seitenblick auf das iPad.

Auch wenn mir vor ihr nichts peinlich sein sollte, ist es mir dennoch unangenehm, über Geld zu sprechen. Auf das St. Clair gehen überdurchschnittlich viele Kinder sehr überdurchschnittlich reicher Eltern. Viele von ihnen schicken ihre Kinder durch die halben Staaten, nur um hier zu studieren, was die Lebenshaltungskosten merklich in die Höhe treibt. Dad, Bo und ich kommen gerade so über die Runden. Ein neues iPad, nur weil mir mein altes heruntergefallen ist, ist nicht drin.

»Bo hat das Display ausgetauscht. Er hat ein YouTube-Tutorial darüber gefunden«, gestehe ich. Dass der Knopf nun ein wenig wackelt und manchmal erst beim zweiten oder dritten Drücken reagiert, verschweige ich. Ich kann wieder im Internet surfen und Bücher lesen, also will ich mich nicht beschweren.

»Nett von Bo«, sagt sie unbeteiligt.

»Bo ist immer nett.«

»Zu nett«, korrigiert Penny. »Zu nett zu *allen*.«

Obwohl sie das letzte Wort so eigenartig betont, ignoriere ich ihre Bemerkung geflissentlich. Ich weiß, welche Geschichten über meinen Bruder auf dem Campus kursieren. Aber ich kenne auch die Wahrheit dahinter. Und ich werde mich dazu nicht äußern. Jeder Kommentar würde das Lauffeuer der Gerüchte nicht ersticken, sondern nur noch weiter anheizen.

Den restlichen Weg zum Stadion plaudert Penny über ihr Lieblingsthema: Kyle, den aktuellen Starting Quarterback unserer Football-Mannschaft. Der Kyle, mit dem ich einen One-Night-Stand hatte. Ich habe es bis heute nicht übers Herz gebracht, ihr davon zu erzählen. Vermutlich hätte ich es sofort tun sollen, aber nur wenige Tage nach unserem Ausflug auf die Rückbank seines Autos haben die zwei ein Auge aufeinander geworfen. Penny wirkte so glücklich und euphorisch, Kyle hingegen schien sich nicht einmal mehr an mich zu erinnern. Warum also hätte ich ihr Glück stören sollen? Manchmal frage ich mich, ob ich nicht den Mund hätte aufmachen sollen. Kyle tut Penny nicht gut. Aber er ist ihre Achillesferse. Der wunde Punkt, an dem sich jede Vernunft aus ihrem überaus intelligenten Gehirn verflüchtigt. Dabei fällt ihr als BWL-Studentin das logische und analytische Denken normalerweise leicht.

Kyle ist mit Sicherheit der einzige Grund dafür, dass sie mich bis ins Stadion hinüber begleitet, wo wir uns auf die Tribüne setzen. Außerhalb der Saison ist hier nie viel los, doch selbst für die Zeiten, in denen das Stadion abgeschottet wird, um die Spieler vor dem Ansturm der Fans zu retten, habe ich dank Dad eine Zugangsberechtigung.

Ich stelle die Füße auf die Bank unter uns und winke Dad zu, aber er ist gerade damit beschäftigt, die Schulter eines Spielers abzutasten. Er wird uns schon finden. Wir sitzen immer auf derselben Bank. Sie ist der übliche Treffpunkt, um auf ihn zu warten. Sobald die letzten Trainingsstunden absolviert und alle Muskeln getapt sind, nimmt er Bo und mich mit nach Hause. Es ist nicht gerade cool, auf dem College noch in seinem

Elternhaus zu wohnen, denn in dem Punkt hat Penny recht: Es vermittelt einem das Gefühl, nie richtig den Absprung aus der Highschool geschafft zu haben. Aber zumindest ist es günstig. Außerdem komme ich mit meinen Mitbewohnern zurecht, wohingegen mich Pennys Wohnheimmitbewohnerin regelmäßig in den Wahnsinn treiben würde. Kein Wunder, dass Penny lieber auf der Tribüne sitzt und Kyle zusieht, als sich einen weiteren Vortrag über Quantenphysik anzuhören. Zwar könnten es sich Pennys Eltern leisten, ihr eine eigene Wohnung zu mieten, aber angeblich gehört das Wohnen in einem Studentenwohnheim zu den Erfahrungen, die man mal gemacht haben muss.

Da Penny abgeschaltet hat, widme ich meine gesamte Aufmerksamkeit dem iPad. Unsere Beziehung mag für Außenstehende etwas einseitig aussehen, aber wenigstens ist es mir treu. Seufzend suche ich im Internet nach Buchneuerscheinungen, die es sich zu lesen lohnt. Aus Kostengründen bin ich irgendwann dazu übergegangen, E-Books zu lesen. Sie vertragen sich nicht nur besser mit meinem Budget und Lesetempo, sondern auch mit meinem Zimmer, in das wirklich kein weiteres Bücherregal mehr passt.

»Steht da ein Typ in der Jacke der Antelopes?«, fragt Penny unvermittelt und lehnt sich vor. Sie kneift die Augen zusammen, als bräuchte sie eine Brille. Statt ihr meine zu leihen, zucke ich mit der Schulter, bis mein Gehirn ihre Worte verarbeitet.

Alabama Antelopes. Der Sojalatte-Raub.

Ich hebe ruckartig den Kopf und erblicke den Kaffeedieb in Person. Dunkle Haare, rot-goldene Jacke und selbst auf diese Entfernung erkennbar eine Körperhaltung, die arrogant wirkt. Was bringt einen jungen Mann dazu, im Stadion der St. Clair Otters zu stehen und diese Jacke zu tragen? Bei uns trägt man

Blau-Weiß. Nicht Rot! Seine Jacke ist eine unausgesprochene Provokation. Dass er überhaupt noch steht und nicht zur Strafe zu Boden gestoßen wurde, grenzt an ein Wunder.

»He, Penny.« Bo reißt mich aus den Überlegungen, als er sich neben mich auf die Bank setzt. Er verfügt nicht nur über das Grinsen einer Katze, sondern auch die Fähigkeit, sich vollkommen lautlos anzuschleichen. Ich habe ihn tatsächlich nicht kommen hören. Er lässt die Umhängetasche zu Boden gleiten und stützt die Füße auf der Bank vor uns ab. Vermutlich bemerkt er nicht einmal, dass er meine Sitzhaltung eins zu eins imitiert, als bräuchte die Welt einen weiteren Beweis dafür, dass wir Zwillinge sind. Außer den goldblonden Haaren und himmelblauen Augen haben wir optisch allerdings nicht viel gemeinsam. Als Kind hat es mich fürchterlich geärgert, dass er so viel größer als ich ist, mittlerweile bin ich dankbar dafür, sonst wäre es mit dem Cheerleading schwierig geworden.

»Neuzugang?«, fragt er mit Blick auf das Spielfeld.

»Aber der Typ diskutiert mit Coach Hudson!«, wirft Penny entsetzt ein und klammert sich an die Bank, als könnte sie den Halt verlieren.

Ich weiß, was sie sagen will: Hudson ist der Positionscoach der Quarterbacks. Also bekommt Kyle Konkurrenz. Und wer möchte schon Gefahr laufen, in der nächsten Saison auf der Reservebank zu sitzen, wenn er es gewohnt ist, sein Talent nicht nur den 100 000 Zuschauern vor Ort, sondern auch im landesweiten Livefernsehen zu beweisen?

»Also ist Mr Alabama Quarterback?« Bo stützt die Unterarme auf den Oberschenkeln ab und sieht lächelnd auf den Neuen hinab. »Wurde auch mal Zeit für eine Neubesetzung.«

Mit einem Mal bin ich sehr froh, zwischen Penny und Bo zu sitzen, weil ich ahne, wie dieses Gespräch ausgeht. Oder anders: Ich spüre förmlich, wie sich Sonnenschein Penny in eine unheilbringende Gewitterwolke verwandelt. Ihre körperliche Anspannung liegt beinahe greifbar in der Luft.

»Aber Kyle ist der Starting Quarterback. Er hält das Team zusammen. Man kann ihn nicht einfach ersetzen!«, zischen Pennys Worte wie Blitze in Bos Richtung. Es ist kein Geheimnis, wie demütigend es für einen Stammspieler ist, wenn er seinen Platz ausgerechnet für einen Transfer räumen muss.

Dennoch hält sich mein Mitleid für Kyle aus diversen Gründen in Grenzen.

»Ach komm. Jeder weiß, dass Kyle ein Alkoholproblem hat«, kontert Bo seelenruhig, als würde Pennys aufgebrachte Stimmung an ihm abperlen.

»Nur weil er ab und zu feiert, hat er noch lange kein Alkoholproblem.« Sie setzt sich auf und hebt stolz den Kopf. Es fehlt nicht mehr viel, bis sie den belehrenden Zeigefinger hebt. »Wer von uns feiert nicht gern? Und jetzt behaupte nicht, dass du noch nie betrunken warst, Benjamin Oliver Summers. Weil jeder von uns weiß, dass du uns früher gerne zu Partys begleitet hast.« Sie springt so ruckartig von der Bank auf, dass ihr Aufbruch einer Flucht gleicht.

Wir sehen ihr schweigend nach, wie sie die Stufen der Tribüne hinabsteigt und aus unserem Sichtfeld verschwindet. Ich weiß, dass Bo diese Sachen über Kyle nur sagt, um sie zu ärgern. Ihren Worten nach hat es mehr als gut funktioniert, ansonsten hätte sie sich nie dazu herabgelassen, Bo so anzufahren.

Jeder von uns weiß, dass er uns früher gerne begleitet hat, hallen ihre Worte in meinem Kopf nach. Vielleicht stimmt das. Doch seit unserer ersten Freshman-Party zieht er es vor, zu Hause zu bleiben, obwohl ich manchmal wünschte, dass er wieder mitkommen würde.

Statt ihr eine Entschuldigung nachzurufen, dreht Bo mir den Rücken zu, lehnt sich gegen meine Schulter und streckt seine langen Beine auf der Bank aus. Er richtet die Kapuze seines Hoodies und hebt den Kopf der untergehenden Sonne entgegen. »Und jeder weiß, dass ich recht habe«, murmelt er selbstzufrieden. Es klingt wie eine späte Antwort auf Pennys Vorwurf.

Ich weiß nicht, warum Penny und Bo sich manchmal benehmen wie zwei kleine Kinder. Und ich weiß nicht, was der Alabama-Typ da macht, aber dass er wild gestikulierend mit Coach Hudson und dem Head Coach Brooks redet, lässt tatsächlich nicht allzu viel Platz für Fantasie. Oder mir ist nach dem Anblick der möglichen Cheerleading-Bewerberinnen heute Morgen jede Kreativität abhandengekommen. Wie sollen wir mit dem lausigen Ausgangsmaterial jemals die Meisterschaft gewinnen?

»Alabama hat die letzten drei Jahre in Folge die Championship gewonnen. Sie haben verdammt gute Spieler«, ergänzt Bo zusammenhangslos und holt meine abschweifenden Gedanken zurück.

Ich widme mich wieder dem iPad. Obwohl Football durch das Cheerleading und den Job unseres Dads ein Teil meines Lebens ist, interessiere ich mich nicht sonderlich dafür. Und erst recht nicht für die Footballspieler. Ich liebe die Atmosphäre im voll besetzten Stadion und, wenn ich Zeit habe, auch das Tailgating davor. Also das stundenlange BBQ auf dem Parkplatz des Footballstadions, die Gespräche, das Gemeinschaftsgefühl. Es ist Teil unserer Kultur. Ich freue mich darüber, wenn die Otters gewinnen. (Vermutlich ist es irgendeine Art von Lokalpatriotismus.) Aber welche Spieler gerade auf dem Platz stehen, lässt mich kalt.

»Du weißt genau, dass Nachwuchs-Quarterbacks Pennys Thema sind«, wiegle ich ab, weil ich wirklich keine Lust dazu habe, über Kyle zu reden. Das ist schlecht für meine Laune –

und sicherlich auch meinen Blutdruck. Der Typ regt mich nur auf. Wenn man der Meinung ist, einen Quarterback aus Alabama abwerben zu wollen: bitteschön. Warum auch nicht? Es ist nicht so, dass Kyle kein Talent hätte, er hat nur viel im Kopf, das ihn ablenkt. Eine dieser Ablenkungen ist Penny. Leider heißen die anderen Kendra, Cindy oder Tyra. Würde mich jemand bitten, etwas Nettes über Kyle zu sagen, dann vielleicht: Er hat den Körper eines Unterwäschemodels – aber mehr fällt mir wirklich nicht ein.

Es mag sein, dass Kyle irgendwelche guten Seiten hat, aber wenn, dann sind sie mir bisher verborgen geblieben. Ich verstehe bis heute nicht, wie Penny mit ihm zusammen sein kann, obwohl sie die meisten seiner Fehltritte kennt. Aber vielleicht gibt es da nichts zu verstehen, da diese Entscheidung nicht in den Sektor der Vernunft fällt. Auch wenn es mir schwerfällt, versuche ich, mich nicht in Pennys Beziehung einzumischen. Es wäre gelogen, zu behaupten, dass unsere Freundschaft in den letzten Monaten nicht darunter gelitten hätte. Ich habe zu viele Verabredungen abgesagt, um Kyle aus dem Weg zu gehen, statt ihm ins Gesicht zu sagen, was ich von ihm halte. Zu gern würde ich ihn mit diversen Schimpfwörtern überhäufen, aber meinem Dad würde es nicht gefallen, wenn ich einen seiner Patienten beleidige. Ich habe unseren One-Night-Stand fast augenblicklich bereut. Seitdem er mit Penny zusammen ist, finde ich die Erinnerung daran noch unangenehmer. Aber das ist nichts im Vergleich zu der Wut, die in mir aufsteigt, wenn er Penny mal wieder mit einem seiner Groupies betrügt.

Ich ertappe mich dabei, auf dem Spielfeld nach Kyle Ausschau zu halten, bleibe jedoch erneut an der roten Jacke hängen. Während Coach Hudson sich angeregt mit dem Head Coach unterhält, steht Mr Alabama schweigend daneben, vergräbt die Hände in den Jackentaschen und lässt den Blick durch das Stadion schweifen, als ginge ihn das alles nichts an. Für einen kurzen Augenblick habe ich das Gefühl, dass er mich ansieht. Doch noch bevor ich ihm zum Dank für das Zusammentreffen am Morgen den Mittelfinger zeigen kann, wendet er den Kopf ab. Und obwohl ich fest entschlossen bin, ihn zu ignorieren und mich wieder meinem iPad zu widmen, mustere ich ihn.

Er hat eine gute Statur für einen Quarterback – nicht zu kompakt, nicht zu schmächtig. Theoretisch würde er wirklich gut aussehen, wenn er nicht diesen verbissenen Gesichtsausdruck hätte. Entweder leidet er unter akuten Zahnschmerzen – oder man hat ihn gegen seinen Willen von Tuscaloosa nach Fair Haven verfrachtet. Das würde auch erklären, warum er keine Lust hatte, sich umzuziehen.

Dass der Neue ins Team integriert werden soll und nicht nur zu Besuch ist, wird spätestens dann deutlich, als er seine Jacke auszieht, um sich mit den anderen Spielern der Offense aufzuwärmen – in Jeans und Shirt statt Sportkleidung.

»Also tatsächlich ein neuer Quarterback-Anwärter? Kyle wird begeistert sein«, stichelt Bo und klingt zufrieden.

»Penny wird ihn schon zu trösten wissen, wenn er diese Saison nicht wieder Starter wird«, behaupte ich und kann den angewiderten Unterton nicht unterdrücken.

»Wird nicht passieren. Oh, Mann. Der Typ ist echt mies«, murmelt Bo nach einigen Minuten. Man hört die Enttäuschung aus jedem seiner Worte rieseln.

Wir beobachten, wie Mr Alabama reglos dasteht und fast einen Ball gegen den hübschen Kopf geworfen bekommt, statt ihn zu fangen. Wir können leider nichts von dem Ausruf verstehen, der dazu führt, dass auf dem Spielfeld eine Diskussion entsteht, die dermaßen eskaliert, dass sogar unser Dad schlichtend eingreifen muss. Offensichtlich nervt nicht nur mich die arrogant-gleichgültige Art des Neuen.

»Ich wette hundert Dollar, dass Kyle heute Abend bei Penny vorbeischaut.« Ich reiche Bo die Hand, die er ausschlägt. Kyle ist so offensichtlich schlecht gelaunt, dass ich die Wette ohnehin gewinnen werde. Denn jeder weiß, dass Sonnenschein Penny immer diejenige ist, bei der Kyle klingelt, wenn er getröstet werden will.

Meine Vermutung bestätigt sich, als ich abends mit dem iPad auf dem Bett sitze und mein Handy eine Nachricht von Penny anzeigt.

Penny: *Es reicht, wenn du mir den korrigierten Text morgen zurückschickst. Kyle ist gerade »zum Lernen« vorbeigekommen, heute komme ich eh nicht mehr dazu, ihn zu veröffentlichen.*

Vor ein paar Jahren hatte das St. Clair noch eine richtige Campus-Zeitung, mittlerweile wurde sie von einem Blog abgelöst. Neben offiziellen Ankündigungen des Campus gibt es unter anderem eine Rubrik für Tratschgeschichten und eine Sportsparte. Dort berichten die verschiedenen Sportmannschaften von ihren Neuigkeiten. Penny hat es geschafft, einen sehr blumigen Artikel über das heutige Tryout-Training zu verfassen, den ich für sie gegenlesen soll. Vermutlich wäre es als Literaturstudentin meine Aufgabe, unsere Berichte zu schreiben, aber zu dem heutigen Tag fällt mir nichts Positives ein. Pennys Artikelüberschrift lautet: *Äußerst vielversprechendes Training der Cheerleading-Anwärterinnen.*

Meiner hätte wohl eher geheißen: *Annähernd alle Anwärterinnen alarmierend asynchron.* Aber bedauerlicherweise teilt niemand meine Begeisterung für Alliterationen.

Ich will Penny gerade antworten, als Dad zum Abendessen ruft.

Erste Regel in unserem Haus: keine Handys am Tisch. Somit wird Pennys Bericht über Kyles Verzweiflungsgrad noch warten müssen.

Ich springe vom Bett, schlüpfe in meine Puschen und schlurfe aus dem Zimmer über den schmalen Flur bis in die offene Wohnküche hinüber. Schon auf dem Weg begrüßt mich der Geruch von Tomatensoße, Käse und Oregano. Das bedeutet zweierlei: 1. Es gibt Lasagne. 2. Dad beschäftigt irgendetwas. Denn immer, wenn er seinen Gedanken nachhängt, macht er Lasagne – sein Lieblingsessen. Selbst dann, wenn er nach der Arbeit eigentlich viel zu müde zum Kochen ist. Bo und ich haben ihm diverse Male angeboten, dass wir einfach einen Salat oder Sandwiches machen könnten, aber Dad besteht darauf, dass er an den Abenden, an denen er zu Hause ist, das Abendessen zubereitet.

Bo lungert bereits am Esstisch und schielt in eine Salatschüssel. Wenn er dürfte, würde er vermutlich schon mal die Gurken aus dem Salat klauen.

»Hast du dir die Hände gewaschen?«, fragt Dad und trägt die blubbernde Auflaufform zum Esstisch. »Du weißt, dass ein Magen-Darm-Virus umgeht.«

Die Augen rollend benutze ich demonstrativ das Desinfektionsgel an der Spüle, bevor ich mir noch schnell ein Glas mit Eiswürfeln hole. Es ist eines dieser Familienmysterien, das man nicht verstehen muss. Ich trinke mein Wasser immer mit Sprudel und Eiswürfeln. Bo und Dad still und lauwarm. Allein bei dem Gedanken daran schüttelt es mich. Es ist, als würde man Badewasser trinken. Widerlich. Erst als alle sitzen, wird das Essen aufgetan.

»Warum seid ihr so still heute?«, fragt Dad und schaufelt Bo eine große Portion Lasagne auf den Teller, während ich grünen Salat auf meinem anhäufe.

Meine Gedanken gleiten zurück zum Tryout.

Grausam.

»Jules, die Lasagne ist extra für dich mit Tofu«, beschwert sich Dad und schiebt den Salat beiseite, um auch meinen halben Teller mit Lasagne zu beladen. »Kein Sportler kann immer nur Salat essen. Oder hast du dich heute ausnahmsweise an deinen Ernährungsplan gehalten?«

Es ist eine rhetorische Frage. Dad kennt meinen Diätplan vermutlich besser als ich. Genauso gut weiß er, dass ich ihn häufig ignoriere, weil mir die meisten Speisen darauf nicht schmecken. Ich bin bereit, für meinen Sport einige Opfer zu bringen, aber der Verzehr von Linsencurry zählt nicht dazu.

»Ich muss noch das Protokoll für den Präpkurs fertig schreiben und was recherchieren«, murmelt Bo, ohne zu präzisieren, was er recherchieren will. Er streckt sich, ehe er das Essen verschlingt, als wäre es eine olympische Disziplin.

Wenn ich mittags nicht gesehen hätte, wie er einen Burger isst, würde ich glauben, dass er fast verhungert sein muss. Glücklicherweise besitzen wir beide die Gabe, viel essen zu können, ohne jemals zuzunehmen. Was das betrifft, bin ich meinem Körper dankbar. Vielleicht hat Dad recht und ich sollte ihn dafür ab und an mit den Nährstoffen versorgen, die er braucht.

»Wir sollten am Wochenende mal wieder etwas zusammen machen«, schlägt Dad vor.

»Dad!« Bo sieht ihn an, als hätte er den Verstand verloren. »Wir sind fast zwanzig Jahre alt. Andere Kinder in unserem Alter ziehen zum Studieren ans andere Ende der Welt. Reicht es dir nicht, dass du immer noch unsere dreckige Wäsche waschen darfst?«

Da *Dreckwäschewaschen* keine Gruppenaktivität ist, verordnet Dad eine gemeinsame Wochenendunternehmung: den Garten sommerfertig machen. Das haben wir sicherlich allein Bos charmanter Antwort zu verdanken.

»Kann einer von euch morgen dem Neuzugang aus Tuscaloosa den Campus zeigen?«, bittet Dad unvermittelt.

»Ich arbeite nachmittags im *Hazelcup*«, erinnert ihn Bo. »Und July muss doch zu diesem ... Cheerdance-Aufnahmetraining?« Er sieht mich unschuldig an, blinzelt und verzieht seine Schnute zu diesem Katzenlächeln, das ich ebenso liebe wie hasse.

»Cheerdance? Aber das ist doch gar nicht dein Squad«, wirft Dad ein.

»Ja, Jules. Warum schwänzt du die ätzende Veranstaltung nicht und zeigst dem Neuen den Campus?«, fährt Bo fort und zuckt nicht einmal mit der Wimper, als ich ihn unter dem Tisch trete. Er weiß ganz genau, dass ich keine Lust dazu habe.

»Warum müssen ausgerechnet wir ihn herumführen? Kann das keiner der Jungs aus dem Team übernehmen?« Ich schiebe mir eine Gabel voll Lasagne in den Mund und blinzle Dad unschuldig an.

»Weil Coach Brooks es nett fände, wenn der Neue Kontakte außerhalb des Teams knüpft«, erklärt er, als wäre es selbstverständlich. »Und weil ich dachte, ich hätte euch zu etwas mehr Hilfsbereitschaft erzogen.«

»Und genau deswegen helfe ich morgen bei dem Tryout-Training der Cheerdancer aus«, stimme ich zu.

»Aber Penny findet bestimmt einen Ersatz, und ich kann Mr Palmer unmöglich im *Hazelcup* allein lassen«, wirft Bo ein. »Du weißt, wie schusselig der alte Mann ist. Außerdem möchte der Neue bestimmt lieber von einer jungen, hübschen Frau herumgeführt werden.« Bo zwinkert mir zu.

Er weiß ganz genau, wie sehr ich es hasse, wenn man mich *hübsch* nennt.

»Also schreibe ich ihm, dass du morgen Zeit hast?«, hakt Dad nach.

Meine Gedanken gleiten zum heutigen Training zurück. Ein weiteres Kapitel der Tanztragödie oder Mr Arrogant über den Campus führen? Aber für wie lange überhaupt? Zehn Minuten? Zwanzig? Dreißig? Das ist alles immer noch besser, als einen ganzen Nachmittag lang Protokoll zu führen. Penny findet sicherlich innerhalb eines Herzschlags jemanden, der für mich einspringt.

Ergeben zucke ich mit den Schultern. Wie schlimm kann es schon werden?

»Sehr gut. Der Neue heißt übrigens Andrew McDaniels. Er möchte gern Drew genannt werden. Außerdem solltest du noch wissen, dass …«, beginnt er und wird vom Klingeln des Haustelefons abgelenkt. Er lässt den Satz unbeendet verklingen und überlegt sichtlich, ob er seine eigene Regel brechen und ans Telefon gehen soll. Nach einem kurzen Blick auf die Uhr verschwindet er im Flur. Wer so spät noch anruft, hat sicherlich ein dringendes Anliegen.

»Ich sollte noch wissen, dass …?«, frage ich an Bo gewandt, der kopfschüttelnd weiterisst. Er weiß es also auch nicht.

Dads Telefonat ist erstaunlich kurz. Nach wenigen Augenblicken legt er schon wieder auf. Als er in die Küche zurückkommt, wirkt er bedenklich blass um die Nase.

»Ich muss noch mal los. Einer der Spieler hat sich auf dem Heimweg den Fuß umgeknickt. Angeblich ist er auf die Größe einer Wassermelone angeschwollen.«

»Klingt nach Bänderriss«, sagt Bo trocken zwischen zwei Bissen, als wäre es keine vollkommene Katastrophe für den betroffenen Spieler.

»Dann viele Grüße und gute Besserung an …?« Ich sehe Dad fragend an, aber er winkt ab und verabschiedet sich in den Flur.

»Seid ihr so gut und räumt den Tisch ab, wenn ihr aufgegessen habt?«, ruft er herüber. »Ihr braucht nicht auf mich zu warten. Es könnte spät werden.«

Mehr als ein Augenrollen hat Bo dafür nicht übrig. Wenn man Bo etwas wirklich nicht sagen muss, dann dass er etwas aufräumen soll. Er ist der ordentlichste Mensch, den ich kenne.

3. KAPITEL

Dreistigkeit-Dienstag

Als ich mich gestern beim Abendessen gefragt habe, wie schlimm es denn werden könnte, habe ich nicht mit der Realität gerechnet. Mr Alabama bricht alle Dreistigkeitsrekorde. Ich warte seit fünfzehn Minuten vor dem Haupteingang des Footballstadions. Aber er erscheint nicht. Auch nach zwanzig Minuten nicht. Es ist ein recht kühler Frühlingstag, und ich könnte mir Besseres vorstellen, als meine Nase mit den Händen zu wärmen.

Ich ziehe mir die Ärmel des Hoodies über die kalten Finger und stecke die Hände in die Taschen meiner dunkelblauen Weste. Aber es ist egal, wie oft ich den Blick von links nach rechts und zurück schweifen lasse, keine Spur des Neuen. Als ich versuche, Mr Alabama unter der Nummer anzurufen, die mir mein Dad gegeben hat, drückt er den Anruf weg. Keine Mailbox. Nichts. Nach einmaligem Tuten ist die Verbindung beendet. Ganz ehrlich: Wenn er auf einen Rundgang keine Lust hat, ist das nicht mein Problem. Mein Dad wollte nur nett zu ihm sein, aber wenn Mr Arrogant kein Interesse hat …

Alabama. Arrogant. Arschloch.

Ich bin ziemlich gut darin, passende Alliterationen für ihn zu finden, und durchaus gewillt, den Zickenmodus auszupacken, wenn man mich versetzt. Gerade als ich nach einer halben Stunde gehen will, taucht er doch noch auf. In einem blutroten T-Shirt. Wie lautet der Schlachtruf der St. Clair Otters? Richtig. *GO BLUE!* Noch deutlicher kann er seine Ablehnung kaum rüberbringen. Dass er bei dem Wetter ohne Jacke herumläuft, macht ihn mir zusätzlich unsympathisch. Wieso friert er nicht, während ich mich nur mühsam beherrschen kann, um nicht mit den Zähnen zu klappern?

»Auch schon da?«, frage ich mürrisch und greife nach dem Rucksack, den ich neben meinen Füßen abgestellt habe. »Du hast echt Nerven. Weißt du, Smartphones sind dafür da, dass … Ach, vergiss es.« Ich sehe genervt zu ihm auf.

Mein Vortrag scheint ihn nicht im Mindesten zu interessieren. Statt sich zu entschuldigen, mustert er aufmerksam mein Gesicht. Was bitte stimmt nicht mit diesem Typ? Zählt er gerade meine Sommersprossen, oder was starrt er mich so konzentriert an?

»Also soll ich dir den Campus zeigen?« Ich stemme die Hände in die Hüften. Wenn er nicht will, braucht er es nur zu sagen.

Er antwortet nicht, sondern zieht lieber sein Handy aus der Hosentasche und tippt darauf herum.

Oh Gott. Ja. Bitte ignorier mich und spiel mit deinem Handy.

Ich wende mich zum Gehen, als mein Handy »Go Blue!« ruft, um eine neue Nachricht anzuzeigen.

Mr Alabama: *Können wir noch auf jemanden warten?*

Ich ziehe eine Augenbraue hoch und drehe mich zu ihm herum. Ich stehe direkt vor ihm, und er schreibt mir? Wieso macht er so was?

»Auf wen?«, frage ich genervt.

Als er antwortet, klingen seine Worte leise und unartikuliert und stehen im Kontrast zu den Gebärden, mit denen er sie begleitet. Sie wirken nicht im Mindesten hilflos oder unsicher, sondern sehr präzise. »Auf meinen Dolmetscher.«

Irritiert sehe ich ihn an und versuche, mir meine plötzliche Verunsicherung nicht anmerken zu lassen. »Kannst du mich hören?«, frage ich sicherheitshalber und ernte ein Kopfschütteln.

»Ich rate, was du sagst«, gesteht er, während er auf meine Lippen deutet.

Oh Gott, July. Der Typ ist nicht arrogant, er ist gehörlos.

Das wollte Dad mir also sagen, bevor ihn der Notfall abgelenkt hat. Es erklärt zumindest, warum Drew den Anruf nicht angenommen hat. Und er hat im Coffeeshop tatsächlich nicht verstanden, dass ich ihm eine Beleidigung an den Kopf geworfen habe.

Meine Wut verpufft augenblicklich, um mich mit einem schlechten Gewissen zurückzulassen. Ich fühle mich wie der letzte Mensch. Keine einzige Sekunde habe ich darüber nachgedacht, dass hinter seiner Fassade irgendetwas anderes als pure Arroganz stecken könnte. Dabei weiß ich selbst, wie demütigend es ist, wenn Leute einen nur nach dem Aussehen beurteilen.

Ich sehe Mr Alabama in die Augen. Bei Tageslicht hat ihr Braun einen goldenen Schimmer, der mich an flüssigen Honig erinnert. »Dann warten wir«, antworte ich schließlich.

Ich lehne mich gegen die rote Backsteinmauer, die das Stadion umgibt und weiß nicht recht, wohin mit mir. Gerade von einer Cheerleaderin scheinen die meisten zu erwarten, dass sie ein dauerplaudernder Quell guter Laune ist. Ständig werden wir in den Fluren angesprochen. Aber worüber soll ich mit Mr Alabama reden? Und wie?

Er schaut auf sein Handy und lässt den Blick immer wieder vor dem Stadion auf- und abwandern. Kann ich ihn einfach ansprechen? Soll ich winken, um auf mich aufmerksam zu machen? Vielleicht ist er auch gar nicht der Typ für Smalltalk.

Wie seltsam es sein muss, nichts zu hören. Oder vielleicht nur so gut wie gar nichts? Nimmt er noch dumpfe Geräusche wahr? Tiefe Töne? Hohe Töne? Wo verläuft die Grenze zwischen schwerhörig und gehörlos? Ich kenne mich mit diesen Dingen nicht aus und kann sie mir auch nur schwer vorstellen. Wie fühlt sich wohl ein Frühlingstag ohne Vogelgezwitscher an? Ein Footballspiel ohne Schlachtrufe? Ohne das Jubeln der Fans auf der Tribüne?

Ich sehe überrascht auf, als Drew mich flüchtig am Arm berührt.

»Mach das nicht«, bittet er.

»Was soll ich nicht machen?«, hake ich nach.

»Du bemitleidest mich.« Er kann ein Schmunzeln nicht ganz unterdrücken. Es wirkt durch und durch selbstbewusst. Als wüsste er ganz genau, was in meinem Kopf vor sich geht.

Zu meiner Schande muss ich gestehen, dass er recht hat.

»In Ordnung.« Ich lehne den Hinterkopf an die Mauer und beschließe, das zu tun, was ich in solchen Situationen immer mache: Smalltalk. »Du hast meinen Sojalatte mitgenommen«, plaudere ich. Sein fragender Blick verrät, dass er mich nicht verstanden hat.

Ich will gerade das Handy aus der Tasche ziehen, um ihm eine Nachricht zu schreiben, da bekommen wir unerwartete Hilfe von einem Herrn, der sich mit großen Schritten nähert. Er legt mir zur Begrüßung eine Hand auf die Schulter, als wären wir Freunde. Dabei bin ich mir recht sicher, den älteren Mann nicht zu kennen.

»Benimmt sich Andrew wieder daneben?«, fragt er lächelnd, begleitet seine Worte mit Gebärden, die ich nicht verstehe, ihn aber als Drews Gebärdendolmetscher entlarven.

Nur aus dem Augenwinkel sehe ich, wie Drew etwas erwidert, das der Fremde simultan übersetzt. »Entschuldige dich bei July. Du hast uns warten lassen.«

»Du kennst meinen Namen?« Ich sehe Drew irritiert an, aber verstehe von der Antwort wieder keine einzige Gebärde. Dank der Hilfe des Übersetzers ist das kein Problem. Er springt, ohne zu zögern, ein. »July wie der Sommer. Dein Name stand auf dem Kaffeebecher. Und in der SMS von deinem Dad. – Ich heiße übrigens Jake.«

Ich nehme mal an, dass er den letzten Teil selbst hinzugefügt hat. Jake hat etwas so Offenes in seiner ganzen Körpersprache, dass ich mich augenblicklich entspanne. »Und das, was du Kaffee nennst, war das Widerlichste, was er jemals getrunken hat.«

»Sagt derjenige, der Espresso mit Wasser verdünnt?«, spotte ich und ziehe eine Augenbraue hoch.

Statt einer Antwort presst sich Drew eine Hand aufs Herz und senkt das Kinn auf die Brust, als hätte ich ihn schwer verwundet.

»Ich denke, das heißt touché«, erwidert Jake mit einem Zwinkern und beobachtet, wie Drew ein paar Gebärden ergänzt. »Außerdem wollte er dir den Becher wiederbringen, weil eine Telefonnummer darauf stand. Aber nachdem du ihn so böse angesehen hast, hat er sich nicht getraut, dich anzusprechen.«

»Oh.« Ich sehe zwischen Drew und Jake hin und her. Eine Telefonnummer? Auf dem Becher? Von dem Barista, der den Kaffee zubereitet hat? Ehrlich gesagt war ich so in mein iPad versunken, dass ich mich nicht einmal daran erinnern kann, wie der aussah. Und was soll das heißen: Drew hat sich nicht getraut, mich anzusprechen, weil ich ihn böse angeschaut habe? Er ist zwei Köpfe größer als ich und lässt sich davon einschüchtern, wie ich ihn ansehe? Er spielt Football. Sollte er es nicht gewohnt sein, wenn ihn eine ganze Mannschaft durchtrainierter Kerle finster anstarrt? Immerhin hatte ich nicht vor, ihn zu Boden zu werfen. Unser Zusammenstoß war zufälliger Natur – und ich hätte definitiv den Kürzeren gezogen.

»Andrew kam übrigens zu spät, weil er im Müll nach dem Becher gesucht hat, ihn aber nicht mehr finden konnte«, ergänzt Jake.

»Oh, das …«, stammle ich äußerst eloquent. »Das wäre aber nicht nötig gewesen. Wirklich nicht.« Ich vermute mal, dass Drew nett sein wollte, aber ich habe kein Interesse an der Telefonnummer. Schon bald wird all meine Freizeit dem Training für die Cheerleading-Meisterschaft gehören, da bleibt ohnehin keine Zeit für Dates. Nicht einmal dann, wenn sie den besten Kaffee in ganz Fair Haven servieren.

Wie auch immer, wenn es nach mir geht, kann der Rundgang beginnen.

Wenn meine Werbung für Fair Haven und den St. Clair Campus Drew nicht überzeugt, muss er ein Herz aus Stein haben. Spätestens beim Betreten der Bibliothek herrscht für gewöhnlich andächtiges Schweigen. (Nicht dass Drew bis hierhin viel gesprochen hätte. Seitdem Jake bei uns ist, überlässt er es vor allem ihm, mit mir zu reden.)

Die Bibliothek sieht aus wie eine Mischung zwischen einer alten Kathedrale und dem Bankettsaal des Buckingham Palace. Hoch oben, unter dem kunstvoll verzierten Gewölbe, hängen Dutzende Kronleuchter, die die langen Tischreihen erleuchten. Die Rückseite des Raums bildet ein Fenster im gotischen Stil. Für mich ist dieses das schönste Gebäude von allen am St. Clair. Ab und an komme ich nur hierher, um die Atmosphäre zu genießen und in Ruhe zu lesen. In diesem Gemäuer herrscht immer ein Hauch von europäischem Mittelalter, auch wenn das Gebäude Jahrhunderte nach der Gotik entstanden ist.

Drews Blick wirkt allerdings nicht annähernd so bewundernd, wie ich es mir erhofft habe. Mr Alabama sieht sich lediglich flüchtig um, schiebt die Hände in die Hosentaschen seiner Jeans und schenkt mir ein Lächeln. Vielleicht bin ich hier die Einzige, deren Herz beim Anblick so vieler Bücher schneller schlägt?

»Was studierst du eigentlich?«, fragt Jake leise, während wir die Bibliothek verlassen.

Ich antworte erst, als die Tür hinter uns zufällt. »Vor allem englische Literatur.« Die meisten Leute, die ich kenne, finden es ausgesprochen lustig, wenn sie erfahren, dass ich Rhetorikkurse besuche. Nicht nur wegen meiner Vorliebe für Schimpfwörter, sondern weil sie sich schwer vorstellen können, dass ich anspruchsvollere Sätze als »*Go Blue! Go! Go! Go!*« zustande bringe. Als blonde Cheerleaderin hat man es heute nicht leicht. Dank diverser Teenie-Filme halten uns die Leute für dumm oder für intrigante Ziegen, die der armen Außenseiterin den sexy Quarterback ausspannen wollen. Dabei könnte es mir theoretisch nicht egaler sein, mit wem Kyle seine Nächte teilt. Dass es mich doch stört, liegt einzig und allein an Penny.

»Was studierst du eigentlich, wenn du nicht gerade auf dem Feld stehst?« Ich sehe zu Drew auf, verfolge seine Gebärden, die ich nicht verstehe.

Die Antwort bekomme ich von Jake. »Er sagt, er wird an dich denken, wenn er in dieser wunderhübschen Bibliothek sitzt und staubige Bücher über Wirtschaftswissenschaften und Personalmanagement liest.«

»Personalmanagement, du Angeber.« Ich verdrehe theatralisch die Augen, bis Drew leise lacht. »Habt ihr zufällig Hunger? In der Nähe gibt es einen guten Burgerladen.« Wobei *Nähe* vielleicht übertrieben ist, aber ich bekomme langsam Hunger. Und auch wenn es mit den beiden sehr viel netter ist, als ich befürchtet habe, schwirrt mir schon der Kopf. Ich weiß nie, wohin ich gerade gucken und mit wem ich reden soll, und könnte eine kurze Pause vertragen. »Ich spendiere euch einen Milchshake. Das *Hatcat* hat die besten der Stadt«, ergänze ich, obwohl die beiden mir längst artig folgen.

Auf dem Weg zum *Hatcat* passieren wir diverse Verbindungshäuser. Das von Beta Theta Pi sieht aus wie ein altes Herrenhaus, das von Alpha Delta Phi hingegen schon wieder so heruntergekommen, dass man sich kaum vorstellen kann, dass dort intelligente, junge Menschen ein und aus gehen.

Das *Hatcat* ist ein schlauchähnlicher Laden, in einer ganzen Zeile von Fast-Food-Restaurants. Ob Eiscafé, Pizzeria, Sandwichladen oder Noodlehouse – an der Slate Street gibt es wirklich alles. (Unter anderem einen gewissen Coffeeshop, in dem einem fremde Männer den Kaffee stehlen.)

»Ihr werdet es nicht bereuen. Die Milchshakes sind legendär«, verspreche ich beim Betreten des *Hatcat* und atme die nach Käse, Pommes und Burgern duftende Luft ein. Obwohl ich kein Fleisch esse, fühle ich mich hier immer wohl. Vielleicht liegt es an der gemütlichen Einrichtung oder daran, dass zu jeder Uhrzeit Studierende hier sind, die für ein angenehmes Hintergrundgemurmel sorgen. Das *Hatcat* wirkt wie eine Mischung aus Diner und Irish Pub. Sitznischen mit roten Polstern treffen auf Backsteinwände, an denen Gemälde hängen. Die meisten von ihnen sind extrem farbige Darstellungen lokaler Persönlichkeiten. Viele haben irgendetwas mit Football oder Basketball zu tun, manche sind Schauspieler und Schauspielerinnen. Die Wand hinter dem Tresen ziert das Bild einer struppigen schwarzen Katze, die einen Zylinder trägt und dem *Hatcat* seinen Namen verleiht.

»Bestellt, was ihr wollt. Ich lade euch ein«, biete ich an und lasse mich in eine freie Sitznische fallen. Mein spontaner Anfall von Gastfreundlichkeit rührt vor allem daher, dass ich ein schlechtes Gefühl habe, wenn ich die Einzige bin, die etwas isst. Ich bestelle bei der gut gelaunten Kellnerin einen Eistee und Chili-Cheese-Fries – und hoffe sehr, dass die zwei mich nicht hängen lassen. Jake hat ernsthaft die Nerven, nur ein Wasser zu bestellen. Ein stilles ohne Eiswürfel noch dazu. Als Drew ebenfalls ein Wasser ordert, kann ich ein Seufzen nicht unterdrücken. Wenigstens ist er so lieb, noch einen Erdbeer-Milchshake und eine Portion Mac & Cheese dazuzunehmen.

Während wir auf die Bestellungen warten, ziehe ich reflexartig mein Handy aus der Tasche. Das Display zeigt eine neue Nachricht.

Bo: *Und? Zufrieden? Endlich ein Mann, der all deine Schimpfwörter erträgt.* ;)
July: *Du wusstest, dass er gehörlos ist?*
Bo: *Ich habe ihn gestern Abend noch gegoogelt. Andrew McDaniels. Sehr erfolgversprechender QB mit kleinem Handicap. Es gibt Dutzende Artikel über ihn. Seit heute Morgen auch einen auf dem College Blog. Wahrscheinlich hat jeder, der sich halbwegs für College Football interessiert, schon von ihm gehört. Wie erträgst du es nur, so wenig neugierig zu sein?*

Das ist eine gute Frage. Irgendwie ist mein Interesse an Tratschgeschichten kurz nach Collegebeginn gestorben. Zufälligerweise an dem Tag, an dem mein Bruder Teil der Gerüchte wurde.

Ich lege das Handy beiseite, das erneut »Go Blue!« ruft.

Bo: *Und? Sieht er aus der Nähe so gut wie auf den Fotos aus? Hat er dieses bezaubernde Kinngrübchen?*

Genervt stelle ich den Ton aus und lege das Smartphone mit dem Display nach unten auf den Tisch. Dennoch ertappe ich mich dabei, kurz über den Tisch hinweg zu Drew hinüberzusehen und sein Kinn abzuchecken. Falls Bo später fragt, kann ich ihm nun bestätigen, dass Drew ein Grübchen am Kinn hat. Ob das *bezaubernd* ist, überlasse ich Bos Urteil.

»Du bist also Footballfan?«, vermutet Jake und deutet auf mein Telefon. Es dauert eine Sekunde, bis ich seine Anspielung auf meinen wenig dezenten Klingelton verstehe.

»Cheerleadingfan«, korrigiere ich und werde prompt von Jake übersetzt.

Als Drew mit imaginären Pompons wedelt, ziele ich mit einem Bierdeckel auf ihn. »Nicht *diese* Art von Cheerleading«, stöhne ich und suche auf meinem Handy ein YouTube-Video heraus, um es den beiden zu zeigen. Ich rutsche dichter an Jake heran, der interessiert auf das Display schaut. Ich glaube, ich habe noch nie einen so unkomplizierten Menschen wie ihn getroffen. Er schafft es irgendwie, schon seit Stunden im Zentrum unseres Gesprächs zu stehen und dabei stets im Hintergrund zu bleiben.

»Kannst du dolmetschen?«, bitte ich Jake, sehe kurz zwischen dem Handy und Drew hin und her, der konzentriert mein Gesicht mustert. »Das Video entstand 2016 beim NCA. Der nationalen Meisterschaft. Die Cougars gehen gerade an den Start, doch kaum hat ihre Choreografie begonnen, fällt die Musik aus. In der ganzen Halle ist es mit einem Mal vollkommen still. Eine Katastrophe. Wisst ihr, was dann passiert?

Die anderen Squads fangen an, zu zählen. Eins, drei, fünf, sieben. Eins, drei, fünf, sieben. Die ganze Halle stimmt ein. Es ist ein Chor aus Hunderten Stimmen. Eins, drei, fünf, sieben. Die anderen Cheerleader – die Konkurrentinnen – zählen den Takt für die Cougars. Minutenlang. Eins, drei, fünf, sieben. Immer wieder. Bis die Choreografie beendet ist.« Jedes Mal, wenn ich das Video ansehe, bekomme ich Gänsehaut am ganzen Körper. Dieser Chor aus Hunderten Stimmen, die sich spontan zusammenschließen, um zu helfen, erzeugt eine Atmosphäre, die mich wünschen lässt, dass ich dabei gewesen wäre. »Am Ende gewinnen die Cougars die Meisterschaft. Sie gewinnen, weil die anderen Teams ihnen geholfen haben. Das ist der Geist von Cheerleading. Wir hüpfen nicht nur mit Pompons durch die Gegend, um irgendwelchen Männern zu gefallen. Wir sind ein Team. Wir verlassen uns aufeinander und helfen einander. Wenn eine patzt, bricht sich die andere das Genick.«

Drew folgt noch einen Moment Jakes Erläuterungen, schaut sich das Video an. Flickflacks, Rückwärtssalto, Hebefiguren, Würfe. Am Ende sieht er mir in die Augen und öffnet zum ersten Mal seit Jakes Anwesenheit den Mund. »Aber ich mag die Puschel.« Als er erneut mit den Händen durch die Luft wedelt, um sehr enthusiastisch imaginäre Pompons zu schwingen, werfe ich ihm noch einen Bierdeckel entgegen, den er mühelos aus der Luft greift und vor sich ablegt. Es sieht zu albern aus, wenn dieser riesige Körper aus Muskeln und Sehnen pantomimisches Cheerleading darbietet. Sein vollkommen übertriebenes Grinsen setzt dem Ganzen die Krone auf – und trotzdem hat Drew irgendetwas an sich, das meine Grandma wohl als *charmant* bezeichnen würde. Vielleicht liegt es an dem neckischen Funkeln in seinen Augen, das verrät, dass er genau weiß, wie er auf Menschen wirkt.

»Du bist ein Vollpfosten«, behaupte ich, gerade als unser Essen serviert wird.

»Ihr entschuldigt mich? Ich gehe kurz auf die Toilette«, verkündet Jake.

Ich stehe auf und lasse ihn aus der Sitzbank, aber als mein Blick ihm folgt, verschwindet er zur Tür hinaus und schlendert die Straße hinunter. Irritiert setze ich mich wieder und berühre Drew kurz am Ärmel seines T-Shirts, bis er mich ansieht.

»Pinkelt Jake draußen gegen einen Baum?«, hake ich nach.

Aber Drew versteht kein Wort, also tippe ich die Worte in die Notizfunktion meines Handys und schiebe ihm anschließend das Telefon zu.

July: *Dein Dolmetscher – der behauptet hat, auf Toilette zu wollen – ist gerade zur Tür hinaus geflohen.*

Ich deute auf die Eingangstür.

Während Drew eine Nachricht schreibt, knabbere ich an einer Pommes. Mit seiner Antwort kann ich wenig anfangen.

Drew: *Ich glaube, wir kommen zurecht. Oder was meinst du?*
July: *Kommt er noch mal zurück?*

Wäre es schlimm, wenn nicht?, tippt er und sieht mich aufmerksam an.

Ich stütze die Ellbogen auf den Tisch und bette die Wange auf der Handfläche. Mein Blick gleitet von meinen Pommes zu Drew, zur Tür. Ich weiß nicht, wie ich es finde, plötzlich mit ihm allein zu sein. Wenn er nicht gerade Kaffeebecher stiehlt oder zu spät kommt, um eben diese Becher im Müll zu suchen, scheint er nett zu sein. Auf eine zurückhaltende und zugleich provozierende Art und Weise. Dass diese zwei Wörter nicht unbedingt zusammenpassen, verwirrt mich mehr, als es sollte. Jake hat mir ein Gefühl von Sicherheit und Vertrauen geschenkt, das augenblicklich verflogen ist. Jetzt ist da nur noch Drew. Ein fast zwei Meter großer Typ, der sehr gemischte Gefühle in mir auslöst, die ich mir nicht erklären kann.

Während er am Strohhalm seines Milchshakes saugt und mich mit seinen braunen Augen anblinzelt, was so ziemlich das Harmloseste ist, was ich seit Langem gesehen habe, schüttle ich den Kopf über mich selbst.

»Ich denke, wir kommen zurecht«, murmle ich zustimmend. Zumindest so lange, bis die Akkus unserer Handys leer sind, dann haben wir ein Kommunikationsproblem. Es sei denn, wir wollen damit anfangen, einander Zettelchen zu schreiben, als wären wir noch in der Junior High.

Mit einer Hand gabelt Drew seine Nudeln auf und tippt mit der anderen eine Nachricht ein. Als er mir sein Handy zuschiebt, rutscht er mit seinem Teller ein Stück an mich heran, damit wir beide gleichzeitig lesen können. Ich bin zwar körperliche Nähe gewohnt, dennoch ist es etwas anderes, ob es dabei um Sport oder einen jungen Mann geht, der bemerkenswert gut riecht. Der Duft seines zitronigen Duschgels überlagert selbst den der essensgeschwängerten Luft und kribbelt mir angenehm in der Nase. Wie eine Fußnote notiert mein Gehirn am Rand der Wahrnehmung, dass der Quarterback neben mir verboten attraktiv ist. Wobei die Betonung auf *verboten* liegt.

Ich will NFL-Cheerleader werden. Die NFL hat sehr strenge Regeln, die das Leben ihrer Mädchen betreffen, und eine von ihnen besagt: kein Kontakt zu Footballspielern. Es ist NFL-Cheerleadern vertraglich verboten, sich mit den Spielern abzugeben, um ihren Ruf zu schützen. Sie dürfen sich nicht einmal im selben Raum aufhalten. Was hier am College noch kein Problem ist, ist in der NFL undenkbar. Den Cheerleadern ist es sogar untersagt, Footballspielern auf Facebook oder Instagram zu folgen. Im Gegenzug müssen sie auch Spieler blockieren, die ihnen folgen. Die Accounts der Mädchen werden kontrolliert, bei Zuwiderhandlung droht sofortiger Rauswurf. Vermutlich ist ein Teil dieser Regeln schon so alt wie das Cheerleading selbst, aber solange sie gelten, stehen sämtliche Footballspieler mit NFL-Ambitionen auf meiner No-Date-Liste. Und wer sich, wie Drew, extra für einen Transfer aufstellen lässt, sieht im Football wohl mehr als ein belangloses Hobby.

Drew reißt mich aus diesen eigenartigen Gedanken, indem er erneut nach seinem Strohhalm greift, sehr übertrieben daran nuckelt und mit einem Fingerzeig auf das Display deutet.

Mir eine Haarsträhne hinter das Ohr streichend lese ich seine Frage.

Drew: *Dust Kitty oder House Moss?*

Ich kann ein unelegantes Schnauben nicht unterdrücken. Das ist eine Fangfrage!

July: *Nur Südstaatler sagen House Moss zu Wollmäusen. Hier heißt es eindeutig Dust Kitty, Mr Alabama.*

Als Drew die Nachricht liest, grunzt er so unelegant, dass ich fürchte, dass er gleich seinen Milchshake über den Tisch prustet. Glücklicherweise behält er den Milchshake im Mund und tippt schmunzelnd weiter. Mit den Lippen hält er noch immer den Strohhalm fest.

Drew: *Mainbase oder Flyer, Miss Sojalatte?*
July: *Rate.*

Ich nasche weiter von meinen Pommes und ignoriere den albernen Spitznamen. Wahrscheinlich sollte mich nicht wundern, dass er die Positionen beim Cheerleading kennt. Wenn er in Alabama nur die Hälfte der Aufmerksamkeit bekommen hat, die die Frauenwelt hier Kyle schenkt, hat er vermutlich genug von ihnen im Bett gehabt. Das ist einfach nicht meine Welt. Ich hatte nur dieses eine Mal einen spontanen One-Night-Stand und bereue ihn bis heute. Oder zumindest die lausige Wahl meines Gegenübers.

Drew mustert mich kurz und fängt an, auf seinem Strohhalm zu kauen, als würde er überlegen.

Drew: *Mein Beileid.*
July: *Weswegen?*
Drew: *Ich hatte schon immer Mitleid mit den armen Mädchen, die man hochwirft. Was ist, wenn man dich nicht wieder auffängt?*

Dann tut's weh, antworte ich schlicht, obwohl das nur die halbe Wahrheit ist. Manchmal verletzt man sich selbst dann, wenn man aufgefangen wird. Zum Beispiel wenn Schienbein- auf Armknochen treffen. Penny hat sich in der Highschool mal die Nase gebrochen, weil sie mit dem Gesicht auf einer Schulter gelandet ist. Ich habe bis zu diesem Zeitpunkt nicht geahnt, wie stark eine Nase bluten kann. Aber Verletzungen jeder Art gehören dazu. Cheerleading gilt nicht umsonst als eine der gefährlichsten Frauensportarten der Welt.

War es schwierig für dich, Lesen und Schreiben zu lernen?, frage ich neugierig und blicke aus dem Fenster, während Drew eine Antwort tippt. Ich stelle es mir zumindest nicht leicht vor, Wörter zu lernen, wenn man keinen Bezug zu den Buchstaben hat und ihren Klang nicht kennt.

Drew tippt so lange, dass sein Essen sicherlich fast kalt ist, als er den Text beendet.

Drew: *Hast du während der Schulzeit eine Fremdsprache gelernt? Ich glaube, die meisten kommen irgendwann mal an den Punkt, an dem sie am liebsten alles hinwerfen würden. – Falls das deine Frage beantwortet. Ich konnte nur hören, bis ich vier Jahre alt war. Meine Eltern haben mich von Anfang an gefördert. Ich war immer auf Privatschulen. Ich habe zuerst die Gebärdensprache gelernt. Erst später Lippenlesen, Sprechen, Lesen und Schreiben. Es war hart. Die Grammatik ist vollkommen anders. Aber es geht vieles, wenn man es wirklich will. Von deinen Lippen zu lesen ist eine wahre Herausforderung. Deine Worte sind wie ein Rauschen in meinem Kopf. Du redest sehr schnell.*

»Oh«, ist alles, was mir dazu einfällt. Ich berühre ihn vorsichtig am Unterarm, bis er mich ansieht. Seine warme Haut zuckt unter meinen Fingerspitzen, als wäre er kitzelig. Ich spüre, wie sich die Härchen an seinem Arm aufstellen, und ziehe rasch die Hand zurück. »Ich versuche, langsamer zu reden. Okay?«

Er macht eine Gebärde, die ich nicht kenne und die aussieht, als wollte er mich mit einer imaginären Pistole erschießen.

»Was bedeutet das?«

Statt mit mir zu reden, tippt er die Antwort ein: *Einverstanden.*

Für einen kurzen Moment finde ich es schade, dass er mir weiterhin schreibt. Auch wenn seine Aussprache für mich ungewohnt ist, hätte ich gern noch einmal seine Stimme gehört.

»Und wie sagt man: Ich habe dich nicht verstanden?«, hake ich nach.

Er macht eine Bewegung mit zwei Fingern und schüttelt dabei den Kopf. Ich habe so schnell nicht einmal erkannt, wie er die Finger hält. Aber er hat recht: Das ist eine ganz andere Sprache, und ich verstehe davon nichts.

»Wie sagt man Drew?«, frage ich neugierig. Wörter aller Art haben mich schon immer interessiert. Nicht nur in Form von Geschichten, auch Fremdsprachen finde ich unglaublich spannend.

Drew: *Namen sind in der Gebärdensprache eine Besonderheit. Sie werden meistens nur beim ersten Mal mit dem Fingeralphabet buchstabiert. Namen immer wieder zu buchstabieren, wäre zu umständlich, deshalb bekommen sie eine eigene Gebärde. Die Namensgebärde basiert auf einer Eigenschaft, die man mit der Person verbindet und zeigt etwas für sie Typisches (z. B. Frisuren, Hobbys …). Von da an nutzt man den ausgedachten Gebärdennamen.*

Ich nicke. »Kannst du mir das Fingeralphabet zeigen?«, bitte ich und beobachte aufmerksam, wie er seine Finger bewegt. Nur am Rand meiner Wahrnehmung bemerke ich, dass Drew nicht nur gut riecht, sondern ausgesprochen gepflegte Fingernägel hat.

Erst als er mir die Entsprechungen von *Drew* und *July* im Fingeralphabet gezeigt hat, fällt mir auf, dass ich ihn die ganze Zeit von seinem Auflauf ablenke. Ich bedeute ihm, weiterzuessen, und google danach, wie man Bo buchstabiert. Haley. Dad.

Drews Lachen unterbricht mich. Er schüttelt schmunzelnd den Kopf.

Ich beobachte, wie er eine Gebärde macht, die er *Dad* nennt. In Ordnung. Das ist also kein Eigenname, sondern ein festgelegter Begriff. Irgendwie logisch.

»Wie lautet eigentlich dein Gebärdenname?«

Seine Antwort lässt mich vermuten, dass der Name etwas mit seinem Kinngrübchen zu tun hat.

»Darf ich?«, fragt Drew leise und streckt zögernd eine Hand nach meiner aus. Statt mir in die Augen zu sehen, beobachtet er meine Lippen, die ein »Klar« formen.

Erst als ich zusätzlich nicke, rückt er dichter an mich heran, berührt meine Finger und bedeutet mir, Daumen und Zeigefinger zusammen zu legen. Mittelfinger und Ringfinger schmiegen sich daran, der kleine Finger wird abgespreizt. Vorsichtig, aber bestimmt, formt Drew meine Finger. Seine Hände fühlen sich rau an, dennoch sind seine Berührungen behutsam, fast als fürchte er, mir wehzutun. Drews warmer Atem streift meine Schläfe, schenkt mir eine kribbelnde Gänsehaut. Er sitzt so nahe bei mir, dass ich die Wärme seines Körpers spüre; diese Duftmischung aus Zitrone und Drew einatme, die mich komplett einhüllt. Mir ist bewusst, dass das hier nicht als Händchenhalten zählt, trotzdem kann ich mich nur mühsam beherrschen, mit den Fingerspitzen nicht über die Schwielen seiner Handinnenseite zu streichen. Die plötzliche Nähe zu Drew fühlt sich gut an. Um nicht zu sagen: heiß. Mir glühen die Ohren.

Bin ich verrückt, wenn ich diesen Moment schön finde?, frage ich meine innere Bibliothekarin. Sprich: die Stimme der Vernunft, die des Öfteren mal Mittagspause einlegt. Doch kaum drehe ich Drew den Kopf zu, um seinen Blick aufzufangen, zieht er sich zurück, als hätte er sich verbrannt.

»D«, erklärt Drew und deutet mit einer flüchtigen Geste auf meine Hand.

Irritiert hebe ich eine Augenbraue, bis ich verstehe, dass er die Gebärde meint, die er mir gerade gezeigt hat. Ich nicke rasch, bevor meine Verwirrung zu offensichtlich wird. Das habe ich verstanden. *D* wie in *Drew*.

Er lässt meine Hände los, macht die Gebärde nach, lässt nur Daumen und Zeigefinger zusammen und spreizt die übrigen Finger ab. »Perfekt«, murmelt er. »Oder Arschloch. Je nachdem.«

»Scherzkeks«, stöhne ich, beende meine Fingergymnastik und schiebe mir die Hände unter die Oberschenkel, damit sie aufhören, davon zu fantasieren, Drew zu berühren.

Wahrscheinlich sahen meine Versuche, mit den Fingern Worte zu formen, sehr unterhaltsam aus, zumindest beobachtet uns die Kellnerin aufmerksam. Glücklicherweise ist mir ziemlich egal, was andere über mich denken. Daran erinnere ich mich auch, als Drew noch ein Stück von mir abrückt. Der Platz zwischen uns sollte sich nicht viel zu groß und leer anfühlen, trotzdem habe ich einen bitteren Geschmack auf der Zunge, den ich mit einem Schluck Eistee herunterspüle. Ein Teil meines Körpers scheint ja sehr bedürftig zu sein, wenn er sich einredet, dass da für einen kurzen Moment ein Knistern in der Luft lag, nur weil Drew mich berührt hat.

Schweigend essen wir weiter, bis Drew die Gabel beiseitelegt.

»Hast du eine Lieblingsgebärde?«, frage ich, weil ich dieses Thema unfassbar spannend finde.

Die folgende obszöne Geste verstehe ich auch ohne Erklärung.

»Ey, ihr Männer seid alle gleich.« Ich würde ihn erneut mit einem Bierdeckel bewerfen, wenn er sie nicht mittlerweile alle auf seiner Seite des Tischs und damit außerhalb meiner Reichweite gebunkert hätte. Mir ist nicht einmal aufgefallen, wie er das geschafft hat.

»Hast du ein Lieblingswort?«, fragt Drew im Gegenzug so leise, dass ich mich wirklich konzentrieren muss, um ihn zu verstehen.

Ein Lieblingswort? Darüber habe ich noch nie nachgedacht. Ich habe zu Hause eine ganze Pinnwand voller besonderer Wörter, die ich mir zu merken versuche. Die Notizensammlung wächst beim Lesen neuer Bücher stetig, aber es sind so viele ... Wie soll ich da mein liebstes aussuchen? Oder ist es eine Fangfrage, um mir zu zeigen, wie dusselig die Frage nach seiner Lieblingsgebärde war? In dem Fall gibt es nur eine korrekte Antwort.

»Dust Kitty.«

Drews Lachen schenkt mir eine Woge aus Wärme, die mich fast vergessen lässt, dass er gerade vor mir die Flucht ergriffen hat. Für einen winzigen Moment fühlt es sich an, als würden wir uns schon ewig kennen. Oder zumindest den gleichen lausigen Humor teilen.

Drew greift nach seinem Handy und schickt mir kurz darauf eine Nachricht mittels Messenger.

Mr Alabama: *Das Wort passt zu dir.*
July: *Also sehe ich in deinen Augen wie ein verstaubtes Kätzchen aus?*

Ich hebe eine Augenbraue, während ich provozierend zu ihm aufsehe. Sein Lächeln zaubert ein Grübchen auf seine rechte Wange. Bo hat recht – das sieht süß aus und ist eine willkommene Abwechslung zu der angestrengten Miene, die er die meiste Zeit an den Tag legt.

Mr Alabama: *Du hast schon etwas Katzenhaftes an dir. Wie verstaubt du bist, müssen wir erst noch herausfinden.*

Ich lese die Nachricht dreimal, bis ich wirklich glauben kann, was da steht. Provoziert er mich, oder besitze ich zu viel Fantasie? Bevor ich es mir anders überlegen kann, tippen meine Finger eine Gegenfrage.

July: *Und welcher meiner Körperteile läuft deiner Meinung nach Gefahr, einzustauben?*

Drew entweicht ein eigenartiges Geräusch zwischen Stöhnen und Schnauben. Er kratzt sich mit einer Hand am Nasenrücken, hält in der anderen das Handy und scheint einen Moment zu überlegen, was er darauf antworten soll.

Mr Alabama: *Oh, Miss Sojalatte, bis eben dachte ich nicht an deinen entzückenden Körper. Eher an dieses sehnsüchtige Leuchten in deinen Augen, als du die Bibliothek betreten hast. So viele staubige Bücher ... Aber nur, falls du jemanden brauchst, der zum Staubwedeln kommt, lass es mich wissen.*

In Ordnung. Ich bilde mir nicht ein, dass er einen etwas eigenwilligen Humor hat, oder? Und seine Nachricht liest sich, als wäre er durchaus zum Flirten aufgelegt. Aber ... Was war noch mal das Aber?

Richtig. Wenn ich im letzten Semester etwas gelernt habe, dann niemals mit einem Footballspieler anzubändeln. Das gibt nur Verletzte – auch ohne gebrochene Nasen. Außerdem haben diese Blödeleien ohnehin keine Zukunft, denn im Gegensatz zu Pennys sieht meine Zukunftsplanung nicht vor, einen Footballspieler zu heiraten.

July: *Mr Alabama, niemand beleidigt die wundervolle Bibliothek des St. Clair! Du magst vielleicht groß sein, aber ich bin gelenkig genug, um dich trotzdem in all die Stellen zu treten, die wehtun.*

Dieses Mal schreibt er eine Antwort, ohne vorher darüber nachzudenken.

Mr Alabama: *Verlockende Vorstellung. Sollte ich jemals Bedürfnisse dieser Art haben, werde ich mich vertrauensvoll an dich wenden, Miss Sojalatte.*
July: *Ich nehme mal an, dass du für Bedürfnisse anderer Art ohnehin genügend Auswahl hast.*

Diesen Text schicke ich ihm dann doch nicht, weil das Gespräch schon wieder in eine vollkommen verkehrte Richtung läuft. Drews Bedürfnisse – ganz gleich welcher Art – interessieren mich nicht.

July: *Stets zu Diensten, um in Hintern und Eier zu treten.*

Ich hoffe, dass es die richtige Mischung aus Humor und Obszönität ist, um … Was will ich damit bezwecken? Auf keinen Fall den Eindruck erwecken, dass ich irgendein Interesse an ihm haben könnte.

Kleine Falten bilden sich um Drews Augen. Er schmunzelt, während er die Nachricht liest. Entweder findet er sie absurd lustig oder er amüsiert sich über meine Wortwahl.

Mr Alabama: *Ich werde darauf zurückkommen. Ich kenne da einen Linebacker, dem sollte dringend mal ein Mädchen in die Eier treten. Wehe, du kneifst.*
July: *Verlockende Vorstellung.*

Als ich einen flüchtigen Blick auf die Uhr werfe, bekomme ich ein schlechtes Gewissen. Mir ist gar nicht aufgefallen, wie viele Stunden wir schon unterwegs sind. Aus der geplanten halben sind eher dreieinhalb Stunden geworden. Wenn ich den letzten Bus nach Hause noch erwischen will, sollte ich mich beeilen. Ich schreibe Drew schnell eine Nachricht und winke die Kellnerin heran.

July: *Ich muss los, sonst verpasse ich den Bus.*
Mr Alabama: *Ich kann dich nach Hause fahren.*
July: *Du fährst Auto?*, frage ich überrascht und werde zum Dank mit einem ganzen Stapel Bierdeckel beworfen.
Mr Alabama: *Ich bin gehörlos, nicht gehirnlos.*

Ja, ja, okay. Ich nehme alles zurück, hebe beschwichtigend die Hände und möchte trotzdem zahlen. Permanenter Blick-Lippen-Kontakt verleitet mich nur wieder zu eigenartigen Gedanken, die ich lieber anderen überlasse.

Ich will gerade bezahlen, als Drew sein Portemonnaie zückt und mir bedeutet, meines wieder einzustecken. Ich überlege zu protestieren, füge mich dann aber doch. Vor allem meines gebeutelten Kontos wegen bin ich bereit, über diesen Rückschritt in Sachen *Emanzipation beim Bezahlen* hinwegzusehen.

Kaum dass wir aufgestanden sind, berühre ich Drew vorsichtig am Arm, bis er mich ansieht. Ich versuche, langsam zu sprechen. »Soll ich dich zum Dank für das Essen in das Training der Cheerdancer schmuggeln?«

Als er mir sein Handy reicht, weiß ich, dass er kein Wort verstanden hat. Also tippe ich die Frage ein.

Drew: *Nur wenn du dann für mich tanzt.*

Er macht schon wieder diese lächerliche Handbewegung, als würde er voller Elan imaginäre Pompons schütteln.

July: *Ich kann auch hier für dich tanzen.*

»Das traust du dich?«, fragt er und schiebt sein Handy in die Hosentasche.

»Oh, Drew. Fordere mich niemals heraus«, sage ich so leise, dass es niemand an den anderen Tischen hören kann.

Ich sehe erneut zu ihm auf, beobachte, wie sein Blick an meinen Lippen hängt. Mein Herz macht einen nervösen Hüpfer, den ich ignoriere. Ich sollte dringend vermerken, dass Drews Interesse nur dem Lesen meiner Lippen, nicht dem Küssen gilt. Warum ich überhaupt ans Küssen denke, ist mir schleierhaft.

Um mich von meinen Gedanken abzulenken, tue ich, was ich am besten kann: tanzen. Ich bedeute Drew, einen Schritt zurückzutreten, meine Brille für mich zu halten, und stelle mich in den Gang zwischen die Tische.

Auf geht's!

Mitten im *Hatcat* werfe ich theatralisch den Pferdeschwanz zurück und schwinge imaginäre Pompons. Nur für Drew.

Ich sehe ganz genau, wann der Moment gekommen ist, in dem er begreift, dass ich ihn gleich hemmungslos blamieren werde. Eine Mischung aus Belustigung und Skepsis huscht über sein Gesicht.

»July …«, murmelt er und schüttelt ansatzweise den hübschen Kopf.

Aber er ist selbst schuld. Er hat mich provoziert.

Julys Regel Nummer 1: Wenn du dich öffentlich blamieren willst, dann mit Überzeugung.

Ich werfe die Arme in die Luft und quietsche mit vollem Elan: »Whoooo!« Bis wir im Zentrum der allgemeinen Aufmerksamkeit stehen. Nur weil ich normalerweise selten Pompons schwinge, heißt das noch lange nicht, dass ich nicht tanzen kann. Die Hüften im Takt der Musik zu bewegen und die Haare herumzuwerfen, gehört auch in unser Showprogramm. Ob Drew will oder nicht, er bekommt eine nicht so private Privatvorstellung unserer Tanzperformance. Ich lasse ihn keine Sekunde aus den Augen, während ich zwischen den Tischen auf und ab hüpfe, die Arme in die Luft werfe und in die Hände klatsche.

Drew presst die Lippen zusammen, aber seine Mundwinkel zucken unkontrolliert, als müsste er sich zusammenreißen, um nicht laut loszulachen. Vielleicht ist das der Moment, in dem sich entscheidet, ob wir tatsächlich einen ähnlichen Humor haben oder er doch lieber peinlich berührt den Laden verlässt. Zumindest ist er noch nicht rot angelaufen, stattdessen tritt ein amüsiertes Funkeln in seine Augen. Er hält noch immer meine Brille fest und ignoriert, dass uns alle Gäste des *Hatcat* beobachten.

Sehr tapfer, Mr Alabama.

Ich sehe ihm in die Augen, bis die bunten Bilder an den Wänden und alles andere um uns herum seine Farbigkeit verliert. Unsere Umgebung verschwimmt zu einem grauen Wirbel. Meine gesamte Aufmerksamkeit richtet sich auf Drew und sein unterdrücktes Lächeln. Irgendwie ist mir das zu wenig. Nur ein Lächeln? Ich will mehr. Ich will irgendeine Reaktion, die mir etwas über seinen Charakter verrät. Doch ganz gleich, wie sehr ich mich bemühe, um ihn aus der Reserve zu locken, alles, was ich bekomme, ist ein dezentes Kopfschütteln. Was soll das heißen? Dass ich aufhören soll? Oder dass ich es nicht schaffen werde, ihn in die Flucht zu schlagen?

Er steckt sich meine Brille in die Hosentasche und streckt eine Hand nach mir aus, als würde er mich zu einem Tanz auffordern.

Ich höre förmlich, wie ein ganzer Stapel Bücher meiner internen Bibliothek zu Boden fällt, als ich den Pfad der Vernunft verlasse.

Ich hüpfe auf Drew zu, klatsche dabei in die Hände und werfe den Zopf von einer Seite zur anderen. Kaum habe ich die Hand in seine gelegt, zieht er mich vorsichtig an sich. Ohne meine Hand loszulassen, beugt er sich leicht zu mir herab. Sein Atem streift meinen Hals und schenkt mir eine wohlige Gänsehaut, die ich ignoriere.

»Was wird das?«, fragt er nah an meinem Ohr und atmet tief durch.

Ich mustere ihn forschend, aber er wirkt noch immer nicht, als hätte er vor, wegzurennen.

»Ich tanze für dich«, antworte ich ehrlich. Wonach sieht es denn sonst aus? Vorsichtig befreie ich meine Hand aus seiner. Bevor er sich wehren kann, lege ich die Hände auf seine muskulöse Brust, wiege meine Hüften von links nach rechts. Ich versuche, mich nicht davon irritieren zu lassen, dass ich die Wärme seines durchtrainierten Körpers durch den dünnen Stoff seines Shirts spüre. Genauso seinen Herzschlag, der unter meinen Fingerspitzen pulsiert. Viel schneller, als ich erwartet hätte. Liegt es an meinem Tanz oder der Tatsache, dass uns alle ansehen?

Ich lege den Kopf in den Nacken, sehe Drew in die Augen und lasse mich langsam vor ihm in die Knie gleiten, als hätte ich Cheerleading mit Lap Dancing verwechselt. Noch immer keinerlei Reaktion.

Da ich mir nicht sicher bin, wie viel July-Verrücktheit er verträgt, beschränke ich mich darauf, wieder aufzuspringen, in die Hände zu klatschen und überschwänglich »Let's go, Drew!« zu schreien. Damit ist meine Vorstellung beendet.

Ich fahre überrascht auf, als die übrigen Besucher des *Hat-cat* einstimmen, zur Antwort klatschen, pfeifen und »Let's go, Blue!« rufen. Zur Bestätigung schenke ich ihnen ein weiteres »Whoooo!«, das mit »Wir lieben dich, Summers!« beantwortet wird.

Als ich von Drew meine Brille wieder entgegennehme und mich irritiert umsehe, entdecke ich zwei Spieler unseres Footballteams in einer der Sitznischen. Einen Wide Receiver und einen Runningback: Joshua Simons und Mateo Ortega. Beide sind Mitbewohner von Kyle, die ich schon auf einigen Partys getroffen habe und die meine Meinung über Footballspieler nicht unbedingt positiv beeinflusst haben –, wenn auch aus unterschiedlichen Gründen. Mateo pustet sich eine schwarze Locke aus dem Gesicht und schenkt mir ein provozierendes Grinsen. Joshua hingegen verschränkt die Arme vor der Brust und lehnt sich auf der Bank zurück, als wollte er möglichst viel Abstand zwischen uns bringen. Ein Nasenkräuseln unterstützt den angewiderten Ausdruck in seinen Augen.

Ich kann ihnen nicht verdenken, falls sie sich über mich lustig machen. Wie oft wedelt jemand in Straßenkleidung mit imaginären Pompons, nur um dann den Laden zusammenzukreischen? Ich bedeute Drew mir zu folgen, gehe zu ihnen hinüber und schicke Joshua und Mateo je ein Luftküsschen zur Begrüßung.

»War mir eine Freude, euch zu unterhalten«, versichere ich mit einem Knicks.

»Sah eher aus, als wolltest du den Neuen abschleppen«, murmelt Joshua und kann ein abfälliges Kopfschütteln nicht unterdrücken.

»Müssen wir uns Sorgen machen, Summers? Verbrüderst du dich mit dem Feind?« Mateo pustet sich erneut eine schwarze

Locke aus dem Gesicht, die ihm jedoch sofort wieder vor die Augen fällt. Während es in seinen grünen Augen herausfordernd aufblitzt, klinkt sich Joshua aus unserem Gespräch aus, indem er sich wieder seinem Essen widmet und uns schlichtweg ignoriert. Fast mechanisch kaut er auf seinem Sandwich, den Blick auf einen Punkt gerichtet, den nur er sehen kann.

»Drew ist nicht euer Feind. Ihr seid in einem Team«, erinnere ich sie und stütze eine Hand in die Hüfte. Die beiden und Drew sind nicht einmal Konkurrenten um dieselbe Position. »Was war überhaupt gestern bei euch los? Seit wann prügeln sich Mannschaftskameraden auf dem Feld?«

»Frag Kyle«, antwortet Joshua knapp und sieht flüchtig zu Drew auf. »Er war nicht gerade erfreut über den Neuzugang.«

»Und deswegen habt ihr ihn angepöbelt, als wäret ihr noch im Kindergarten? Ernsthaft?«, vergewissere ich mich.

»Denkst du, wir sitzen hier allein, weil wir auf Kyles Seite waren? Aber ein Quarterback, Summers? Ernsthaft? Das ist so ein Klischee.« Mateo presst sich halbherzig eine Hand auf die Brust, als hätte es ihn getroffen. In der nächsten Sekunde greift er nach seinem Milchshake, trinkt einen Schluck und stopft Pommes hinterher.

Dass ich Mateos Protest nicht ernst nehmen kann, liegt unter anderem daran, dass er jede Party mit einem anderen Mädchen verlässt. Außerdem hat seine unruhige Art irgendetwas an sich, das mich ansteckt. Joshua hingegen wirkt vollkommen verkrampft. Vielleicht liegt es an meiner Anwesenheit, aber er kann sich sicher sein, dass ich diese eine gewisse Sache nicht erwähnen werde. Ich ziehe es ohnehin vor, gar nicht mit Joshua zu reden, und wende mich lieber wieder Mateo zu.

»Macht euch keine Sorgen. Mein Herz gilt ganz allein den geschrienen und geschriebenen Worten«, versichere ich zuckersüß lächelnd.

»Ist auch besser so«, stimmt Mateo zu und sieht zu Drew auf, bis der zurückschaut. Er spricht betont langsam weiter und untermauert seine Worte mit Gesten, die eindeutig zu verstehen sind, auch wenn sie nichts mit der Gebärdensprache zu tun haben. »Wir haben nichts gegen dich. Aber brichst du Summers das Herz, brechen wir dir auf dem Feld deine Knochen und lassen es wie einen Unfall aussehen, McDaniels«, warnt er. Auch wenn er lächelt, blitzt etwas in seinen Augen auf, das nach einer Herausforderung aussieht.

»Gott, Ortega.« Ich hoffe, dass Drew den Unsinn nicht verstanden hat. Allein diese permanente Anrede mit den Nachnamen fühlt sich für mich schon höchst lächerlich an. »Ich zeige ihm nur den Campus. Das hier ist kein Date.« Ich berühre Drew flüchtig am Arm und deute ihm an, dass wir gehen sollten, bevor den Jungs noch mehr Unsinn einfällt.

»Warum solltest du auch einen drittklassigen Quarterback daten, wenn du einen erstklassigen Runningback haben könntest, Summers?«, ruft Mateo uns nach.

Mehr als ein »Träum weiter!« fällt mir dazu nicht ein. Ich kenne Mateo gut genug, um zu wissen, dass es nur einer seiner Scherze war. Er meint es nicht ernst. Laut den Erzählungen meines Dads stehen Mateos Chancen, später mal in der NFL zu spielen, tatsächlich gar nicht schlecht. Finanziell gäbe es sicherlich eine schlechtere Wahl als einen professionellen Footballspieler zu daten, aber von meinen persönlichen Vorsätzen ganz abgesehen würde mein Dad durchdrehen. So viele potenzielle Knochenbrüche, Gehirnerschütterungen und sonstige Verletzungen … Von der chronischen Untreue einiger Individuen wollen wir mal gar nicht reden. Als Kumpel ist Mateo vollkommen in Ordnung, aber sein Liebesleben ist bekanntermaßen eine Katastrophe.

Mit einem letzten Winken verabschieden wir uns aus dem *Hatcat*.

Der Weg bis zu Drews Auto fühlt sich eigenartig an. Normalerweise würde ich nach spätestens drei Schritten über irgendetwas Belangloses plaudern. Lieblingsspeisen, Vorlesungen oder meinetwegen auch das Wetter. Stattdessen lasse ich den Blick über die Restaurantfenster der Slate Street schweifen und schiebe die Hände in die Taschen meiner Weste. Ich zupfe an einem losen Faden, bis Drew mich mit dem Ellbogen anstößt.

»Mache ich dich nervös?«, fragt er und schenkt mir eines seiner Grübchenlächeln.

Zu ihm aufsehend schüttle ich den Kopf. Nicht er ist es, der mich nervös macht, sondern meine verwirrenden Gefühle. Da ich ihm das unmöglich erklären kann, schüttle ich erneut den Kopf und lenke meine Aufmerksamkeit auf die Stadtgeräusche um uns herum. Das Gemurmel und Gelächter aus den Cafés, das Brummen der Automotoren, das Bellen eines Hundes. Es sind die gewohnten Geräusche dieses Viertels, die mich augenblicklich erden.

An Drews Auto bleibe ich irritiert stehen. Offensichtlich fährt er einen alten roten Ford Mustang mit weißen Rallye-Streifen. Das interessiert mich nicht, aber selbst auf dem Auto klebt das Logo der *Alabama Antelopes*.

Genervt deute ich darauf. »Du musst auf jeden Fall noch eines der Otters daneben kleben, falls du hierbleibst«, bitte ich und konzentriere mich darauf, Drew anzusehen und möglichst langsam zu sprechen.

»Ich bleibe«, ist alles, was er antwortet. Er sieht mich dabei so zuversichtlich an, als wäre es ein Versprechen.

Ich zeige erneut auf den Aufkleber, dann den Platz daneben und erhebe warnend den Zeigefinger. Ob er will oder nicht: Wenn er in den nächsten Tagen nicht selbst einen Otters-Aufkleber besorgt, mache ich es und klebe ihn eigenhändig auf das Auto!

Drew reicht mir sein Handy, damit ich meine Adresse eingeben kann.

Als ich einsteige, wird mir klar, dass dieses Auto vermutlich nicht nur alt, sondern tatsächlich ein Oldtimer ist. Die Ledersitze und das chromverzierte Armaturenbrett verbreiten den Charme eines Retro-Diners. Ich schnalle mich an und beobachte, wie Drew anfährt. Dieses Auto hat kein Automatikgetriebe, sondern muss manuell geschaltet werden.

»Ich könnte das nicht fahren«, murmle ich und bekomme keine Antwort. Natürlich nicht.

Drews Blick gilt erst den neben ihm parkenden Autos, dann dem Straßenverkehr. Er hat keine Zeit dafür, an meinen Lippen zu hängen. Stattdessen gleitet sein Blick ab und an auf sein Handy, das er direkt am Lenkrad befestigt hat. Noch so eine Sache, die ich mir schwer vorstellen kann: Navigation ohne Sprache. Offensichtlich macht Drews Handy ab und an mit Vibrationen auf sich aufmerksam.

Das einzige Geräusch um uns herum stammt vom röhrenden Motor seines Wagens. Da kein Radio läuft, fange ich irgendwann zu summen an. Und zum ersten Mal in meinem Leben sagt mir niemand, dass ich den Mund halten soll, weil meine schiefen Töne ihn nerven.

Der Weg bis zu meinem Elternhaus ist relativ weit. Ich frage mich, ob Drew mir angeboten hätte, mich zu fahren, hätte er gewusst, dass ich nicht in der Nähe des Campus lebe. Nicht einmal in der modernen Innenstadt. Wir wohnen in einem der einstöckigen Ranch-Style-Häuser am Stadtrand. Weit ab vom Lake St. Clair, der unserem College seinen Namen verliehen hat. Unser Haus unterscheidet sich von keinem anderen in der Nachbarschaft. Sie alle sehen aus, als hätte man sie geklont: links die Garage, daran das L-förmige Gebäude, davor eine Rasenfläche, Rosenbüsche, weißer Briefkasten.

Als Drew vor unserem Haus anhält, warte ich, bis er mich ansieht.

»Danke«, sage ich schlicht und hoffe, dass er es verstanden hat. Danke für das nach Hause bringen, aber auch für den Nachmittag. Obwohl ich ursprünglich keine Lust auf den Rundgang hatte, ist die Zeit mit Drew wie im Flug vergangen.

»Und ich danke dir«, versichert er. »Vor allem für …« Statt den Satz zu beenden, zückt er schon wieder seine imaginären Pompons und wedelt überschwänglich durch die Luft.

Ich kann nicht anders, als die Augen zu verdrehen. Da gibt man sich den ganzen Nachmittag Mühe, eine spannende Stadtführung zu bieten, und alles, was bei ihm hängengeblieben ist, ist der Tanz?

»Ich tanze jederzeit wieder für dich. Melde dich, falls ich jemandem in die Eier treten soll«, sage ich langsam, als er die Hände herunternimmt und mich immer noch schweigend ansieht. Ich bin mir nicht sicher, ob er mich verstanden hat oder ich schon wieder zu schnell unverständliche Worte von mir gegeben habe. Unsicher beiße ich mir auf die Unterlippe. Dass sein Blick daran hängt, macht mich nervöser, als es sollte. Bei anderen Männern mag es bedeuten, dass sie darüber nachdenken, einen zu küssen, bei Drew hingegen nur, dass er mir zuhört. Warum ich schon wieder über das Küssen nachdenke, weiß ich auch nicht, aber wie magisch angezogen betrachte ich Drews Lippen. Seine Mundwinkel ziehen sich leicht nach oben, als wüsste er genau, was in meinem Kopf vor sich geht. Ich atme tief durch und bereue es augenblicklich, da mir der Geruch von Zitrusfrüchten und Leder in die Nase steigt, der mir viel zu gut gefällt. Es ist, als wären Drew und dieses Auto füreinander geschaffen.

Was sind das für Gedanken?

Bin ich tatsächlich dabei, zu einem Groupie zu mutieren, nur weil Drew gut riecht, vorhin flüchtig meine Hand berührt hat und mich anlächelt? Es ist nicht einmal ein richtiges Lächeln. Mehr so ein überlegenes Grinsen, das behauptet, mich durchschaut zu haben. Das muss ein Ende finden!

»Gute Nacht, Mr Alabama.« So schnell wie es geht, ohne meine Finger zu verknoten, löse ich den Gurt.

»Gute Nacht, Dust Kitty«, murmelt er und lehnt den Kopf gegen die Kopfstütze.

»Dust Kitty?«, hake ich nach.

»Ein guter Superheldenname.«

Ich frage lieber nicht nach, welche Art von Superheldin er im Kopf hat.

Dust Kitty – die Heldin, die tagsüber in staubigen Bibliotheken sitzt, um nachts unartigen Männern in den Hintern zu treten.

Bevor wir dieses eigenartige Gespräch vertiefen, steige ich lieber aus und ignoriere, dass ich mir bei meiner Flucht ordentlich den Kopf anstoße. Zum Glück kann Drew mein Fluchen nicht hören.

Mit einer pulsierenden Beule auf dem Kopf betrete ich das Haus und reibe mir mit den Fingerspitzen über den Scheitel. Dafür, dass ich vermutlich eine Gehirnerschütterung habe, ist meine Laune überraschend gut. Viel besser, als ich mir erklären kann. Zumindest, bis ich die offene Wohnküche betrete, die gerade in das flammende Orange des letzten Abendlichts getaucht wird. Dad steht am Herd der Kochinsel, sieht kurz auf, während Bo am Esstisch sitzt und die Augenbrauen hebt. Er gibt mir mit einer Geste zu verstehen, vorsichtig zu sein, aber Dads finsterer Blick ist mir Warnung genug, auch wenn ich die angespannte Situation nicht verstehe. Bin ich zu spät? Hätte ich auf dem Rückweg Milch mitbringen sollen?

»Was ist denn los?«, frage ich verunsichert und sehe, dass es die falschen Worte waren.

»Setz dich!« Dad zeigt auf meinen Stuhl am Esstisch. Sein Handy liegt auf meinem Tischset. Wenn er das Keine-Telefone-am-Tisch-Verbot selbst bricht, ist die Lage ernst. »Sieh dir das Video an.«

»Okay.« Gehorsam folge ich seiner Aufforderung. Mit einem Fingertippen starte ich ein Video, das er in seinem Messenger geöffnet hat. Ich räuspere mich, während ich mir selbst dabei zusehe, wie ich sehr übertrieben für Drew tanze. Mitten im *Hatcat* vor den Augen aller Schaulustigen. Mein Hüftschwung und die Art und Weise, wie ich die Haare zurückwerfe, erinnern eher an einen Balztanz. Es wird noch schlimmer, als ich Drew berühre und schmachtend zu ihm aufsehe. Er hält meine Hand in seiner, hebt die andere unschlüssig, als hätte er darüber nachgedacht, sie mir an die Taille zu legen. Davon habe ich nichts mitbekommen, aber ich erinnere mich an den Moment, Drews Körperwärme und seinen Herzschlag unter meinen Fingerspitzen. Die ganze Situation wirkt in dem Video anders, als sie sich angefühlt hat. Auch wenn man Drews Gesicht nicht sehen kann, gibt es da diesen einen Moment, der wirkt, als würden wir gleich übereinander herfallen. Nichts an dem kurzen Film erinnert an harmlosen Spaß. Wir wirken nicht wie zwei Fast-Fremde. Nicht einmal wie Freunde, die darüber nachdenken, ob sie einen Kuss austauschen sollten. Drews Körper sieht so angespannt aus, als würde es ihn alle Mühe kosten, mich nicht zu packen und gleich gegen die nächste Wand zu pressen. Und ich wirke so was von bereit dafür.

Ich muss gestehen, dass es wirklich schlimm aussieht.

»Ich kann das erklären«, stammle ich und weiß noch nicht, ob ich Joshua oder Mateo für das Drehen des Videos verklagen soll. Der Perspektive nach zu urteilen muss es einer der beiden aufgenommen haben. Zutrauen würde ich es jedem von ihnen. Offensichtlich haben sie es auch gleich an den ganzen Mannschaftsverteiler geschickt – inklusive aller Coaches und Ärzte. Wie nett, dass sie es nicht noch auf Instagram hochgeladen haben. Bei meinem Glück taucht es ohnehin demnächst im Tratschteil des College-Blogs auf.

»Bitte. Erklär mir, wie diese Geschmacklosigkeit zustande kam.« Dad nickt und verschränkt die Arme vor der Brust.

Ich atme tief durch, um meine Gedanken zu sortieren. »Es war nur ein Spaß«, versichere ich und betrachte das Video erneut. So schlimm, wie Dad tut, sieht es auch wieder nicht aus. Oder doch. Tut es. Wem mache ich etwas vor? Es sieht aus, als hätte die Tochter des Physiotherapeuten sehr eindeutige Bedürfnisse. Drews Rolle in dem Video tröstet mich kein bisschen. Weil ich weiß, wie er mich angesehen hat. In seinem Blick lag vielleicht ein amüsiertes Funkeln, aber sicher kein Hauch von »Noch eine Berührung und ich falle über dich her«.

»Du findest es also witzig, einen gehörlosen jungen Mann so vorzuführen?«, fragt Dad barsch.

»Ich wollte ihn nicht …«

»Was soll er denn denken, wenn du die Öffentlichkeit dazu animierst, den Schlachtruf der Otters anzustimmen? Vor einem Jungen, der gerade erst aus Alabama kam? Wenn die ganze Bar sich darüber lustig macht, dass er nicht mitbekommt, was um ihn herum passiert? Ist das witzig?«

»Nein«, höre ich mich kleinlaut sagen. Das ist nicht witzig. So habe ich die Situation nicht betrachtet. Drew hat mich gebeten, für ihn zu tanzen – und ich wollte ihm eine Freude machen. Ihn vielleicht ein wenig provozieren, aber bestimmt nicht böswillig. Die Ironie der Szene habe ich nicht gesehen. Ich wollte ihn nicht vorführen oder demütigen.

»Ich erwarte, dass du dich morgen vor versammelter Mannschaft dafür entschuldigst«, sagt Dad rau und deutet auf die Tür zum Flur. »Ich will dich hier heute nicht mehr sehen.«

»Dad. Ich bin kein kleines Kind, das man ohne Abendessen auf sein Zimmer schickt«, werfe ich ein.

»Solange du dich wie ein kleines Kind benimmst, behandle ich dich so«, ist alles, was er dazu sagt.

Ich zögere einen Moment, ehe ich tatsächlich vom Tisch aufstehe. Mir ist ohnehin der Appetit vergangen. Schon auf dem Weg in den Flur bildet sich ein Kloß in meinem Hals. Hinter meinen Augen brennt es, aber ich halte die Tränen zurück. Es sind Tränen der Wut. Ich ärgere mich über Dad. Sein Verhalten und sein Unverständnis. Und ich ärgere mich über mich selbst. Weil ich im *Hatcat* nicht erkannt habe, was ich da gerade tue. Weil ich Drew nicht vorführen wollte. Ich bin wütend darüber, dass jemand ein Video von uns gemacht und herumgeschickt hat. Was fällt denen überhaupt ein?

Am Ende des Flurs, kurz vor der Tür zur Garage, stoße ich meine Zimmertür so heftig auf, dass sie gegen ein Bücherregal kracht. Mich empfängt ein Raum, der von Regalen gesäumt ist. Regale voller Bücher und Trophäen, die mir wichtig sind, aber in dem Moment keine Bedeutung für mich haben. Ich schließe die Tür mit einem Fußtritt, schmeiße mich aufs Bett und starre stumpf an die Zimmerdecke.

Ob ich jemals lerne, über etwas nachzudenken, bevor ich es tue?

Die Stille um mich herum dröhnt mir in den Ohren, bis es an der Tür klopft. Eine Antwort kann ich mir sparen, da Bo so oder so hereinkommt. Offensichtlich schmuggelt er einen Teller mit Keksen in mein Gefangenenlager.

»Jules?« Er kommt lautlos herüber, setzt sich auf die Bettkante und nimmt sich selbst einen der Schokoladenkekse, bevor er mir den Teller hinhält. Bo seufzt so schwer, dass sich seine Schultern heben und senken. »Du weißt, wie Dad ist. Er will uns immer beschützen und erträgt es einfach nicht, wenn wir uns angreifbar machen. Egal auf welche Art und Weise.«

Stöhnend greife ich nach einem Keks und wende ihn unschlüssig zwischen den Fingern. »Wenn ich mich blamieren will, dann tue ich das. Ich bin kein kleines Kind mehr. Und ich wollte Drew nicht bloßstellen.«

»Ich weiß«, stimmt Bo zu und schenkt mir sein berühmtes Grinsen, bevor er sich den Keks zwischen die Lippen schiebt. »Ich habe dich noch nie so für jemanden tanzen sehen.«

Lustlos beiße ich in den Keks, setze mich auf und lehne mich mit dem Rücken gegen das Kopfteil meines Bettes. »Wenn ich Drew richtig verstanden habe, steht er auf Cheerdancerinnen. Also habe ich ihm angeboten, ihn bei deren Training einzuschleusen. Er wollte nur hin, wenn ich für ihn tanze. Und da habe ich mir gedacht, wir ersparen uns den Weg«, gestehe ich die ganze Geschichte. Weil ich Bo so gut wie alles erzählen kann. Weil ich auch von Bo alles weiß. Auch Sachen, die Dad nicht kennt. Weil sie Bo angreifbar machen. Vielleicht hat Dad die Gerüchte, die über seinen Sohn kursieren, schon längst auf dem Campus gehört, doch wenn es so ist, schweigt er sie tot.

Statt etwas zu sagen, bedeutet mir Bo, ein Stück beiseitezurücken, setzt sich neben mich und überkreuzt die Knöchel seiner ausgestreckten Beine.

Ich kaue schweigend den Keks und lehne mich gegen seine Schulter.

Es ist ausnahmsweise Bo, der die Stille zuerst durchbricht. »Auf dem obersten Brett deines Kleiderschranks liegen übrigens noch Pompons. Ich könnte sie für dich herunterholen.«

»Ich werde nicht noch einmal für Drew tanzen«, widerspreche ich. Sofort stehlen sich die Bilder des Videos vor mein geistiges Auge. Wie ich schmachtend zu Drew aufsehe, ihn berühre und sein Körper vor Anspannung zittert. Rückwirkend betrachtet, ist die Szene demütigend – für uns beide.

»Sag niemals nie, Jules. Du nimmst dir auch jedes Jahr an Weihnachten wieder vor, nicht so viel Schokopudding zu essen, bis dir schlecht wird.« Bo greift nach einem weiteren Keks und stößt mit dem Rest von meinem an.

Der Nachrichtenton meines Handys lässt mich zusammenzucken. Irritiert ziehe ich es aus der Hosentasche. Mr Alabama hat mir ein Foto geschickt. Ein Foto von einem kräftigen jungen Mann mit goldener Haut, dunklen Haaren und finsterem Gesichtsausdruck. Seiner Montur nach ist er Footballspieler und mit der Figur sicherlich kein Läufer.

Mr Alabama: *Immer noch bereit, ihm in die Eier zu treten?*
July: *Jederzeit.*

Ich spüre, dass Bo mir über die Schulter sieht, also drehe ich ihm das Handy zu und zeige ihm das Foto. »Hast du eine Ahnung, wer das ist?«

»Nein. Wer kennt schon Aron McDaniels?«, antwortet er sarkastisch. Er greift sich einen weiteren Keks vom Teller.

Langsam bekomme ich den Eindruck, dass er sie gar nicht für mich mitgebracht hat. »McDaniels? So wie in Andrew McDaniels?«, hake ich nach.

»Drews großer Bruder. Spielt in der NFL«, erklärt Bo. »Was du wüsstest, wenn du Drew einmal googeln würdest.«

Das werde ich nicht tun. Und ich bezweifle, dass ich jemals in die Situation kommen werde, seinem großen Bruder weh-zutun. Wofür auch immer er es verdient hätte ... Aber da ich ohnehin gerade dabei bin, Drew zu schreiben, kann ich die Gelegenheit auch gleich nutzen.

July: *Hast du morgen vor dem Training kurz Zeit für mich? Nur zwei Minuten. Zum Reden.*

Mr Alabama: *Theoretisch ja.*

July: *Aber praktisch?*

Mr Alabama: *Ich glaube, in der Geschichte aller Gespräche, die jemals mit den Worten »Können wir reden?« begannen, hatte nie eines ein gutes Ende. Und ich weiß nicht, ob ich dafür schon bereit bin. Enden sind so endgültig.*

July: *Dann lass dich überraschen.*

Mr Alabama: *Beinhaltet deine Überraschung Pompons? Dann werde ich es mir überlegen.*

July: *Du hast wirklich eine kranke Besessenheit für diese Dinger. Vielleicht sollte ich die Cheerdancing-Gruppe vor dir warnen, bevor du über sie herfällst wie ein Vampir auf der Suche nach Blutkonserven?*

Mr Alabama: *Keine Sorge, Dust Kitty. Deine Schützlinge sind vor mir sicher. Ich gelobe, keine Cheerleader anzufallen. (Zu-mindest nicht gegen deren Willen.)*

July: *Also warte ich morgen vor dem Haupteingang zum Sta-dion auf dich? (Cheerdancer und Cheerleader sind übrigens NICHT das Gleiche.)*

Mr Alabama: *Ich bin mir nicht sicher, ob das ein Versprechen oder eine Drohung ist, aber ich werde kommen.*

Ich merke erst, dass Bo immer noch mitliest, als er mir das Handy entwendet. Viel zu schnell, als dass ich reagieren könnte. Verdammte Katzenreflexe! Er tippt irgendetwas ein, bevor er mir das Telefon wieder zurückgibt.

»Bo!« Ich sehe ihn entsetzt an, nachdem ich seine Nachricht gelesen habe. Das hat er doch nicht echt geschrieben!

July: *Und ob du für mich kommst, Mr Alabama.*

Jetzt habe ich gleich noch etwas, wofür ich mich morgen entschuldigen kann.

»Was?« Bo sieht mich an und kann ein Grinsen nicht unterdrücken. »Es war der passende Abschluss für dieses Gespräch. Das konnte ich mir nicht entgehen lassen. Wirst du etwa rot, Jules?«

Nein, werde ich nicht. Weil mir grundsätzlich nie etwas peinlich ist. Nicht einmal, dass Drew erst gar nichts mehr antwortet, nur um mir mitten in der Nacht einen Smiley zu senden.

Mr Alabama: ;-)

Unglücklicherweise ist Drew nicht der Einzige, der sich meldet. Der Squad-Gruppenchat zeigt diverse ungelesene Nachrichten an. Ich ahne Schlimmes und werde nicht enttäuscht. Ava hat das Tanzvideo in der Gruppe geteilt. Vermutlich hat sie es von ihrem Cousin Lex bekommen, der in der Defense der Otters spielt.

Super! Ein Hoch auf Mannschaftsverteiler.

Egal ob Simons oder Ortega –, vielleicht sollte ich zum Dank einfach beiden meine Meinung skandieren. Am besten vor versammelter Mannschaft.

Ava: *Ich wusste zwar nicht, dass wir neuerdings auch Einzel-vorstellungen anbieten, aber … It's gettin' hot in here …*

Chloé: *Ich frage für eine Freundin. War das ein Date? Fällt der Neue damit unter Squad-Schutz?*

Ava: *Eine Freundin, die zufällig in unserem Squad ist? Merkste selbst, ne?*

Chloé: *Das sagt man so …*

Penny: *July datet keine Footballspieler.*

Ava: *Vielleicht hat sie es sich anders überlegt? Ich könnte es ver-stehen.*

Chloé: *July! Antworte!*

Alex: *@Chloé Gib es auf. July hat ihn zuerst angeleckt. Er gehört ihr.*

Penny: *Igitt. Könntet ihr euch ein bisschen zusammenreißen?*

Chloé: *Aber hat der Kapitän der Football-Mannschaft nicht eine Regel aufgestellt, dass Töchter von Coaches, Ärzten und Co. nicht gedatet werden?*

An dieser Stelle muss ich abfällig schnauben. Hat Kyle das? War das, bevor oder nachdem wir uns auf seiner Rückbank ver-gnügt haben?

Tief durchatmend raffe ich mich zu einer Antwort auf, be-vor ich das Handy endgültig beiseitelege.

July: *Es war kein Date. Ich habe dem Neuen nur den Campus gezeigt – und dafür gesorgt, dass er sich wie zu Hause fühlt. ;) Ich habe ihn nicht gefragt, ob er Single ist. »Chloés Freundin« kann also gern ihr Glück versuchen.*

Noch während ich die Nachricht abschicke, spüre ich, dass es mir eigentlich lieber wäre, wenn sie es lassen würde.

4. KAPITEL

Mittelfinger-Mittwoch

Ich werde am nächsten Morgen (noch vor dem Klingeln meines Weckers und damit viel zu früh) von dem »Go Blue!«-Ruf meines Handys geweckt. Gähnend reibe ich mir neben dem Kissenabdruck auch ein paar Kekskrümel von der Wange und greife nach dem Telefon. Ein kleiner Teil von mir wünscht sich anscheinend eine weitere Nachricht von Drew, denn ich fühle einen Stich der Enttäuschung, als ich sehe, dass sie von Haley ist. Das muss dringend aufhören! Dass ich überhaupt daran gedacht habe, dass Drew mir gleich nach dem Aufstehen schreiben könnte, ist schon ein Schritt in die falsche Richtung. Diese tragische Lovestory möchte nicht geschrieben werden. Und wer redet schon von Liebe? Wir haben uns vielleicht vier Stunden gesehen. Nur weil Drew gern flirtet, heißt das noch lange nicht, dass er ein Interesse an mir hat. Nicht dass ich welches an ihm hätte!

Tief durchatmend lasse ich mich aufs Kissen zurückfallen und widme mich der Realität.

Haley: *Chillst du heute nach deinem Training wieder mit Bo-Boy auf der Tribüne? Kann ich kurz vorbeikommen und ein Foto von dir in meinem neusten Kleid machen? Sag ja, Jules. Geht ganz schnell. Und das Stadion ist die perfekte Kulisse für das Shooting.*

Gegen meinen Willen gebe ich mein Einverständnis. Meine Finger führen ein Eigenleben, das ich noch bereuen werde. Haley ist schon am ganzen College für ihre verrückten Entwürfe bekannt. Sie schickt mir prompt einen Schnappschuss von irgendetwas, das einmal ein Football-Trikot der Otters gewesen ist und nun ein Kleid sein soll. Es ist zumindest sehr viel schlichter als ihre letzte Kreation, die aussah, als hätten sich ein Basketball-Shirt, ein Schredder und eine Packung Sicherheitsnadeln einen Kampf geliefert. Eigentlich bin ich viel zu klein, um ein brauchbares Fotomodell zu sein, und normalerweise pflege ich aus Zeitgründen kaum Freundschaften außerhalb des Squads, aber für Haley mache ich gern eine Ausnahme. Sie ist diejenige, auf die Bo sich immer verlassen konnte, während ein Teil des Campus sich das Maul über ihn zerrissen hat. Hinter den Vintageklamotten und flapsigen Sprüchen verbirgt Haley eine liebenswerte Persönlichkeit, von der sie manchmal vielleicht selbst noch nichts weiß.

Nach einer schnellen Dusche packe ich meine Sportsachen zusammen, verharre am Kleiderschrank und schaue zu den Pompons auf dem obersten Regalbrett hinauf. Einem inneren Drang folgend stelle ich mich auf die Zehenspitzen und fahre mit den Fingern durch die glitzernden Fäden. Als ich jünger war, fand ich es ungeheuer faszinierend, wie diese Fäden zum Leben erwachen, wenn man sie durch die Luft schwingt. Das war, bevor ich verstanden habe, wie unsere Welt funktioniert. Bevor mir immer wieder zu verstehen gegeben wurde, dass du zwar hübsch, blond und Cheerleaderin sein kannst, es dich aber auch vor die Wahl zwischen zwei Schubladen stellt: Dummchen oder Zicke. Wie sich herausgestellt hat, lässt sich mit Letzterem die Schulzeit besser überstehen. Auch wenn ich mich für die akrobatische Variante des Sports entschieden habe, bei der man eher selten Pompons braucht, lebt es sich immer noch leichter, wenn man gewisse Menschen auf Abstand hält. Vor allem jene, die einen *hübsch* nennen. Weil es auch immer diejenigen sind, die dich fallen lassen, sobald sie sich an deiner makellosen Fassade sattgesehen haben. Wie vielen angeblichen Freundinnen war ich nach dem Tod meiner Mutter mit einem Mal zu anstrengend, weil ich es nicht übers Herz gebracht habe, dauerlächelnd durch den Tag zu laufen? Wie viele von ihnen zogen nach der Highschool in alle Welt, um sich nie wieder zu melden? Vielleicht ist das ein weiterer Grund dafür, NFL-Cheerleader werden zu wollen: die Suche nach Gleichgesinnten.

Meine Finger streichen immer noch über die Pompons. Ich ertappe mich dabei, an Drew zu denken, und ziehe die Hand zurück, als hätte ich mich verbrannt. Ich werde mich bei ihm für die gestrige Vorstellung entschuldigen und ihm danach aus dem Weg gehen. Es ist absolut nicht vertretbar, dass ich die halbe Nacht darüber nachgedacht habe, wie Drew diesen bescheuerten Smiley gemeint haben könnte. Ich hätte nicht für ihn tanzen sollen. Ihm auch nicht schreiben sollen. Ich reibe mir mit den Handballen über die Augen. Der gestrige Tag war eine Katastrophe. Ich habe mich benommen, als wäre ich zurück auf der Highschool. Das muss ein Ende haben.

Fokus, July. Fokus!

Da heute Training auf dem Programm steht, setze ich noch schnell die weichen Kontaktlinsen ein, dann bin ich bereit für das Frühstück.

Den Sonnenstrahlen nach, die unsere Küche in goldenes Licht tauchen, scheint heute ein schöner Tag zu werden. Zumindest was das Wetter betrifft und wenn ich das vor mir liegende Gespräch mit Drew ausblende. Auch wenn Dad auf eine Aussprache vor versammelter Mannschaft besteht, würde ich gern erst einmal mit Drew unter vier Augen reden, weil es um eine Sache geht, die vor allen ihn und mich betrifft. So oder so verspricht es, unangenehm genug zu werden.

Ich stehe in der Küche und gieße Hafermilch über mein Müsli, als Dad hereinkommt. Ich brauche ihn gar nicht anzusehen, um zu wissen, dass er immer noch gereizt ist. Die dunkle Aura seiner schlechten Laune begleitet ihn bei jedem Schritt durch die Küche: zum Oberschrank, wo er sich einen Becher nimmt; zur Kaffeemaschine, die bereits durchgelaufen ist; zu seinem Sitzplatz.

»July.« Er sieht mich nicht einmal an, schlägt lediglich die Tageszeitung auf, die ich für ihn, zusammen mit der Post, hereingeholt habe. Normalerweise öffnet er immer zuerst die Briefe, bevor er sich hinter der Zeitung verschanzt. Es ist ein weiteres Indiz für seine schlechte Laune.

»Dad?«, frage ich zurück, da er nicht weiterspricht. Mit erhobener Augenbraue schiebe ich mir einen Löffel Müsli in den Mund, stelle die Schüssel auf dem Tresen ab und esse lieber im Stehen, als mich zu ihm an den Esstisch zu setzen.

»Du weißt, was du gestern verkehrt gemacht hast?«, bohrt er nach, den Blick starr auf die Schlagzeilen des Tages geheftet.

Die Worte *gar nichts* liegen mir auf der Zunge, und es kostet mich einige Anläufe, sie herunterzuschlucken. Ich hasse es, wenn er mit mir redet, als wäre ich drei Jahre alt.

»Dad«, stöhne ich. »Ich wollte Drew nicht vorführen, ich wollte … ihn nur gebührend willkommen heißen.«

»Willkommen heißen?« Er reißt ruckartig den Kopf herum. Der Muskel in seiner Wange zuckt vor Anspannung. »Ich habe dich gebeten, ihn über den Campus zu führen. Nicht, ihn in der Öffentlichkeit *vorzu*führen, indem du ihn antanzt. So habe ich dich nicht erzogen. Und deine Mom würde es auch nicht gutheißen.«

Wie ich es hasse, wenn er die Mom-Karte zieht. Sie ist sein Joker, um mein schlechtes Gewissen noch weiter anzufüttern.

»Ich tanze immer in der Öffentlichkeit«, werfe ich trotzig ein und weiß, dass ich es mit jedem meiner Worte nur schlimmer mache.

»Du entschuldigst dich bei Andrew. Unter vier Augen. Ich kläre den Rest mit der Mannschaft selbst, und dann will ich nie wieder etwas über diesen unangenehmen Zwischenfall hören«, sagt er entschieden und fixiert mich noch einen Moment lang mit seinen eisblauen Augen, ehe er sich wieder der Zeitung widmet.

Für ihn ist damit alles erledigt. Hauptsache ich entschuldige mich artig und errege kein weiteres Aufsehen.

»Und was wäre, wenn es ihm gefallen hätte?«, platzt es aus mir heraus, bevor ich weiß, was ich sage.

Dad lässt wie in Zeitlupe die Zeitung sinken. »Wenn es ihm gefallen hätte?«, wiederholt er, als wollte er sichergehen, dass er sich auch nicht verhört hat. »Wenn der Tag gekommen ist, an dem es dir nicht mehr um den Sport geht, sondern darum, irgendwelchen Männern zu gefallen, wird es Zeit, mit dem Cheerleading aufzuhören.«

Mir entweicht ein abfälliges Schnauben. Das ist lächerlich, und das weiß er. Schon allein deshalb, weil es mir den Großteil meines Studiums finanziert, wird dieser Tag nicht kommen. Ich habe nach Moms Tod nicht mit dem Cheerleading aufgehört, also werde ich es niemals tun.

Bos fröhliches »Guten Morgen« unterbricht uns. Er kommt in die Küche geschlendert, als hätte er nichts von unserer Diskussion mitbekommen. Bei den dünnen Mauern des Hauses halte ich das allerdings für unwahrscheinlich. In aller Seelenruhe gießt er sich ein Glas Orangensaft ein, stellt sich neben mich und stützt lässig die Unterarme auf den Tresen. Es tritt eine eigenartige Stille ein, die nur vom Summen des Kühlschranks unterbrochen wird.

Dad sieht uns einen Moment abwechselnd an. Nur die Art und Weise, wie seine Finger die Zeitungsseiten knicken, verrät, dass er immer noch aufgebracht ist. »Seid ihr dann so weit, dass wir gleich loskönnen?«

»Ich bin fertig«, versichert Bo und schüttelt sich mit einer Kopfbewegung den Pony aus dem Gesicht. »Genieß es, uns noch einmal fahren zu dürfen. Es könnte sein, dass wir in Zukunft eigene Wege gehen – oder fahren.«

Noch bevor ich nachfragen kann, wie er das meint, fährt er fort.

»Haley hat vorgestern erzählt, dass ihre Grandma in eine Seniorenresidenz umzieht und ihr Auto loswerden will. Ein süßer kleiner Ford Fiesta, für den mein Gehalt aus der Eisdiele ausreicht. Wenn nichts dazwischenkommt, hole ich ihn morgen ab.« Bo klopft geistesabwesend mit einem Daumen auf den Rand seines Glases, als hätte er nicht gerade verkündet, sich ein Stück Freiheit zu erkaufen. »Du kannst nichts dagegen sagen«, warnt Bo Dad. »Wenn wir selbst fahren und nicht auf dich warten müssen, haben wir mehr Zeit, um uns dem Studium und der Hausarbeit zu widmen. Es ist eine Win-Win-Situation für alle.«

Dad lässt erneut die Zeitung sinken, faltet sie zusammen und legt sie betont langsam beiseite. Mit einer Hand greift er nach dem Kaffeebecher, nippt daran und zuckt mit der Schulter. »Ich hatte nicht vor, etwas dagegen zu sagen«, versichert er, nimmt achtlos die Post vom Tisch und erhebt sich. Es ist das stumme Signal des Aufbruchs.

Ich frage mich, ob er bei mir genauso entspannt reagiert hätte, und komme zu dem Schluss, dass die Antwort »Nein« lautet. Mit Sicherheit hätte er mir erst einmal einen Vortrag über die Gefahren des Autofahrens und der damit einhergehenden Verantwortung gehalten. Nicht so bei Bo, weil er schon immer der Vernünftigere von uns beiden war.

Während der Mittagspause in der Mensa besprechen Bo und Haley die letzten Details des anstehenden Autokaufs. Ob ich will oder nicht, bin ich wegen dieses bisschen Freiheit unterschwellig aufgeregt. Oder liegt es an der drohenden Aussprache mit Drew?

Ich spieße eine Nudel auf, nur um sie auf der Gabel hin und her zu drehen. Wie beginnt man eigentlich ein Entschuldigungsgespräch?

Sorry, dass ich dich im gesamten Hatcat *bloßgestellt habe. War keine Absicht. Revanchier dich gern. Tanz für mich. Tanz!*

Ich kann nicht verhindern, dass ich mich ab und an nach Drew umsehe, um ihn schon eher abzufangen und das Gespräch schnellstmöglich hinter mich zu bringen. Aber er scheint nicht hier zu sein. Auf dem Campus gibt es so viele Möglichkeiten, sich etwas zu essen zu organisieren, dass es ohnehin ein reiner Glückstreffer wäre.

Ich fahre auf, als sich Penny mit einem Wasserglas neben mich setzt. Ihr Stuhl schabt unangenehm laut über den Fliesenboden, während sie näher an mich heranrückt. »Du hast dem Neuen also den Campus gezeigt?«, fragt sie unvermittelt und in einem Tonfall, der zwischen neugierig und vorwurfsvoll schwankt. Sie richtet den bereits perfekt liegenden Kragen ihres Poloshirts, während sie mich anvisiert.

»Dad hat mich darum gebeten, ihn ein wenig herumzuführen«, stimme ich zu und streife die Nudel von der Gabel.

»Nett von dir. Kyle ist wegen des Neuen nur noch am Fluchen. Das ganze Team soll jetzt für alle möglichen Spielzüge zusätzliche Gebärden lernen, nur falls er mal ausfallen sollte und der Neue einspringen muss. Als ob wir nicht schon einen Ersatz-Quarterback auf der Reservebank hätten.« Mit geschürzten Lippen schüttelt sie den Kopf. »Und als ob die Jungs mit dem Sport und dem Studium nicht schon genug zu tun hätten.«

»Übersteigt das Auswendiglernen der Gebärden Kyles geistige Kapazitäten, oder wo ist das Problem?«, fragt Haley dazwischen.

»Es ist einfach Zeitverschwendung«, beharrt Penny und streckt den Rücken durch. »Sind wir mal realistisch: Wie soll das gehen? Ein gehörloser Quarterback. Der kommt doch niemals in die NFL. Wozu soll man ihn dann erst spielen lassen? Es ist unfair, wenn er aufgrund eines Mitleidsanfalls der Coaches anderen die Spielzeit stiehlt. Wirklich vielversprechenden Spielern. Es ist …«

»Drew«, wirft Bo ein. »Der *gehörlose Quarterback* heißt übrigens Drew.«

»Ich weiß, wie er heißt. Vermutlich ist sein berühmter Name das einzige Argument für ihn.«

»Beruhige dich«, bitte ich. »Was sind das überhaupt für Worte? Kyles? Oder die deines Dads? Seit wann neigst du dazu, Menschen zu diskriminieren?«

Penny beißt sich auf die Unterlippe und weicht meinem Blick aus. Das ist mir Antwort genug: Irgendjemand in ihrem Umfeld hat ein Problem mit Drew.

»Ist es denn wirklich so eine große Umstellung?«, frage ich und versuche, versöhnlich zu klingen. »Die Tafeln mit den Spielzügen können weiterhin hochgehalten werden. Und es gibt doch bereits Handzeichen, für die Fälle, dass es im Stadion so laut ist, dass man sein eigenes Wort nicht mehr versteht. Jetzt kommen halt noch ein paar dazu.«

Einerseits verstehe ich Kyles Unmut, andererseits gefällt mir Pennys Wortwahl nicht. So aufgebracht kenne ich sie gar nicht. Normalerweise ist sie die Beherrschte von uns beiden.

»Das ändert nichts daran, dass sie ernsthaft darüber nachdenken, ihn spielen zu lassen. Als bräuchten wir einen drittklassigen Quarterback aus Alabama. Es ist ja wohl kaum Kyles Schuld, dass die letzte Saison so miserabel lief.« Penny schnaubt abfällig. »Auf wessen Seite stehst du eigentlich?« Sie presst die Hände auf die Tischplatte und sieht mich forschend an, bis ich mich unwillkürlich frage, wohin das liebreizende Bambi verschwunden ist, das diesem Raubtier den Platz überlassen hat.

»Gibt es schon Seiten?«, hakt Haley nach. »Verteilt eine der Seiten Schokolade? Das wäre ein unschlagbares Argument.«

»Es geht hier nicht um Schokolade«, belehrt Penny. Ihr Zeigefinger kratzt über die Tischplatte, als könnte sie ihre innere Unruhe nur mit Mühe zurückhalten. »Es geht um eine Zukunft in der NFL. Das sind rund 20 Millionen Dollar pro Saison. Würdest du die einfach aufgeben, nachdem du so lange dafür gekämpft hast? Kyle kommt aus einer Football-Dynastie. Sein Vater und sein Großvater waren begnadete Footballspieler. Es wäre eine Schande, wenn er …« Sie räuspert sich und blinzelt unkontrolliert, bis sie sich wieder gefangen hat. »Wie würdest du dich fühlen, wenn man dir einen Ersatz vor die Nase setzt und dann auch noch erwartet, dass du ihm dein Team überlässt?«

»Von 20 Millionen Dollar kann man viel Schokolade kaufen«, stimmt Bo gelangweilt zu und wird mit einem von Pennys Blickblitzen getötet. Er reagiert lediglich mit einem desinteressierten Schulterzucken.

»Gerade du solltest wissen, worauf die Jungs zu verzichten bereit sind, um ihre Karrieren nicht zu gefährden«, zischt sie in seine Richtung. »Keiner von denen gibt sich kampflos geschlagen.«

Bo öffnet den Mund, überlegt es sich anders und schluckt seine Antwort herunter. Dass Penny immer wieder mit diesen Anspielungen anfängt, reizt mich mehr, als es sollte. Aber es geht hier um Bo. Wenn es einer nicht verdient hat, verletzt zu werden, dann mein Bruder.

»Hört auf. Es gibt keine Seiten«, versichere ich und ersteche energisch eine der Pestonudeln. »Die Otters sind eine Mannschaft. Ein Team.«

»Ach komm, July«, murrt Penny und beäugt kritisch, wie ich mir die Nudel in den Mund schiebe. »Denkst du wirklich, dass die extra einen Quarterback herholen und das Team umstrukturieren, nur damit er die nächsten Jahre auf der Bank sitzt? Wach auf! Was meinst du, wie groß die Chancen sind, gescoutet zu werden, wenn du nicht spielst? Es ist Kyles gutes Recht, besorgt zu sein.«

»Und es ist natürlich sein gutes Recht, sich von dir trösten zu lassen«, ergänzt Haley hilfsbereit. Statt zu stricken, zieht sie heute ein Skizzenbuch und eine Auswahl an Bleistiften aus dem Rucksack.

Ich weiß nicht, was ich zu dieser Diskussion beitragen soll. Mir ist eigentlich egal, wer auf dem Platz steht und wer die Reservebank hütet. Die Coaches werden es so entscheiden, wie es das Beste für die Mannschaft ist. Dass Penny anders darüber denkt, kann ich zwar nachvollziehen, aber ... Was genau erwartet sie jetzt von mir? Sie weiß genau, dass ich Kyle nicht sonderlich leiden kann. Meiner Meinung nach tut er ihr nicht gut, und jedes Wort aus ihrem Mund bestätigt mir das.

»Wie kommt es überhaupt, dass ausgerechnet du dem Neuen den Campus gezeigt hast?«, fragt sie unvermittelt.

»Weil Dad mich darum gebeten hat. Es hat so wenig zu bedeuten wie das bescheuerte Video«, versichere ich. »Es war nur ein Spaß, der nach hinten losgegangen ist.«

»Ich weiß. Ich kenne dich. Das war ein typischer July-Aussetzer. Ich möchte doch nur, dass du dir selbst treu bleibst. Unsere eigene Meisterschaft steht immerhin vor der Tür. Da können wir diese Art von Ablenkung nicht brauchen.«

»Um welches Video geht es?«, hakt Haley nach, sieht von ihrer Skizze auf und wird ignoriert.

Ich werde ihr davon garantiert nicht erzählen. Es wissen bereits viel zu viele von meiner Tanzeinlage.

Penny greift nach ihrem Glas, klopft mit dem Nagel des Zeigefingers dagegen. Einen Moment lang ist nur ein leises *Kling-Kling-Kling* zu hören, bevor sie fortfährt: »Du würdest ihn aber nicht aus Mitleid daten, oder? Ich meine, weil er gehörlos ist. Er ist ja nicht einmal dein Typ. Jeder weiß, dass du nicht auf Sportler stehst und Footballspieler ein absolutes Tabu für angehende NFL-Cheerleader sind. Auch wenn du Kyle nicht besonders magst, kann ich doch auf deine Solidarität vertrauen?«

»Du würdest ihr die Freundschaft kündigen, wenn sie mit dem Neuen schläft?«, fragt Haley süffisant grinsend und ahnt gar nicht, wie nahe sie damit meinen eigenen Gedanken kommt.

Inwiefern hängt mein Verhältnis zu Drew mit unserer Freundschaft zusammen? Bin ich in dieser Kyle-vs.-Drew-Sache dazu verpflichtet, zu Kyle zu halten, um Pennys Gefühle nicht zu verletzen? Langsam wird es lächerlich.

»Sekunde.« Ich hebe abwehrend die Hände, noch während Penny protestierend den Mund öffnet. »Dieses ganze Gespräch ist absurd. Ich schlafe nicht mit Drew. Und wenn ich es doch tun würde, wäre es mein Privatvergnügen. Das hätte weder etwas damit zu tun, ob die Coaches beschließen, ihn als Starting-Quarterback einzusetzen, noch mit unserer Freundschaft und schon gar nichts mit seiner Gehörlosigkeit. Was ist nur los mit dir, dass du ständig darauf herumreitest?«

»Hat sie gerade Privatvergnügen gesagt?«, grätscht Haley dazwischen und zeichnet grinsend kleine Herzchen in ihr Notizbuch. »Du schließt also nicht aus, dass es dir ein Vergnügen wäre?«

»Bestimmt wäre es das«, stimmt Penny zu und kann ein abfälliges Nasekräuseln nicht unterdrücken.

»Ja, wir können uns alle vorstellen, dass Kyle nicht nur auf dem Feld sein Bestes gibt. Er ist auch weit und breit berühmt für seine Leistungen bei Auswärtsspielen«, säuselt Haley, ohne von ihrem Skizzenbuch aufzusehen. Die Herzchen werden gerade um eine weibliche Silhouette ergänzt, die sich in eine Decke schmiegt. Dieses Mal ist es Haley, die von Pennys Blick durchbohrt wird.

»Es täte dir gut, weniger auf solche Gerüchte zu hören«, knurrt sie. Bevor ich reagieren kann, haucht sie mir einen Kuss auf die Wange und steht auf. »Ich will einfach nur, dass du nichts Dummes tust. Und Drew zu daten, wäre fahrlässig. Wir sehen uns nachher beim Training. – Iss nicht zu viele Kohlehydrate.« Mit einem sehr flüchtigen Nicken in Richtung von Haley und Bo verabschiedet sie sich, um ihre Mittagspause zu beenden. Dabei hat sie schon wieder nichts gegessen.

Ich kenne sie lange genug, um zu wissen, dass sie immer dann auf das Essen verzichtet, wenn sie etwas stresst. In diesem Fall vermutlich die Sorge um Kyles Zukunft.

»Als ob es nur Gerüchte wären, dass Kyle seinen Schwanz so wenig im Griff hat wie ein Wetterfrosch das Klima«, schnaubt Haley. »Würde mich nicht wundern, wenn ihn eines der Gerüchte eines Tages Dad nennt.« Sie kritzelt noch ein wenig in ihrem Buch und versinkt in ihrer eigenen Welt, bis sie mich besorgt ansieht. »Soll ich dich nachher zum Training begleiten? Ich habe Zeit. Das ganze Gespräch klang irgendwie, als würde sie dich fallen lassen, wenn du dich noch einmal mit Drew triffst. Und ich meine das nicht nur im übertragenen Sinn.«

Haleys Vorwurf ist absurd. Penny würde mich nicht fallen lassen. Weil ich nicht noch einmal für Drew tanzen werde. Weil wir beide schon seit Jahren befreundet sind. Und vor allem, weil sie ebenfalls Flyer ist und gar keine Möglichkeiten hätte, mich fallen zu lassen.

Wie abgesprochen stehe ich zur vereinbarten Zeit am Haupteingang des Stadions. Es ist um diese Uhrzeit zugegebenermaßen ein denkbar schlechter Treffpunkt für ein Vier-Augen-Gespräch. Alle paar Sekunden geht einer der Spieler an mir vorbei, um mich mit einem »He, Summers« zu begrüßen. Manche von ihnen kenne ich von Collegepartys, andere sind Stammpatienten meines Dads, aber bei über fünfzig aktiven Spielern in der Mannschaft vergesse ich dennoch hin und wieder einen Namen.

So habe ich wenigstens die Möglichkeit, Mateo noch schnell vor der Tür abzufangen.

»Ortega, warte«, bitte ich und ignoriere seinen irritierten Blick. »Können wir kurz über gestern reden?«

»Über deinen sexy Tanz?«, schlägt er vor und zieht anzüglich eine Augenbraue hoch.

»Nein. Und auch nicht darüber, wen ich für das Aufnehmen und Teilen des Videos verklagen muss. Ich bin echt stinkig deswegen«, warne ich. »Ich kann mir derartige Eskapaden in der Öffentlichkeit nicht leisten. Falls das Video also auf dem Campus-Blog auftaucht, tätet ihr gut daran, es schnellstmöglich löschen zu lassen, bevor ich richtig ungemütlich werde. Aber du könntest mir zur Wiedergutmachung einen Gefallen tun. Dann sehe ich vielleicht davon ab, euch für das unerlaubte Filmen zu verklagen.«

»Es sollte nur ein Scherz sein, Summers«, versichert er. »Ich wollte dich oder McDaniels nicht verletzen.«

»Dein toller Scherz war auf unsere Kosten. Ihr habt alle gelacht. Super. Zum Ausgleich könntest du versuchen, etwas netter zu Drew zu sein.«

Meine Worte entlocken Mateo nur ein Stöhnen.

»Ich meine es ernst. Als Runningback bist du einer von Kyles wichtigsten Spielern, und fast jeder am Campus kennt und liebt dich. Wenn du ein wenig netter zu Drew bist, nehmen sich andere vielleicht ein Beispiel daran.«

Mateo sieht mich forschend an. »Du meinst das ernst. Du magst McDaniels.«

»Er ist neu hier und hat eine Chance verdient. Okay?«

Was auch immer Mateo murmelt, verstehe ich nicht, aber die Geste, mit der er sich durch die Haare fährt, wirkt wie ein Zugeständnis.

»Okay. Ich lege bei der Offense ein gutes Wort für ihn ein. Wir machen ihm nicht das Leben schwer, aber überzeugen muss er schon selbst.«

»Ich wusste, dass du irgendwo tief in dir ein gutes Herz hast«, versichere ich und schenke ihm ein Lächeln.

»Was tut man nicht alles für die Tochter des Physiotherapeuten?«, seufzt er.

»Apropos Dad. Hat Kyle tatsächlich angeordnet, dass Töchter von Teamangestellten tabu sind?«

»Hat er.« Mateo kann ein abfälliges Schnauben nicht unterdrücken. Flüchtig sieht er sich um und tritt bis auf eine Handbreit an mich heran. »Kyle Clover neigt dazu, mit zweierlei

Maß zu messen. Wir wissen beide, warum er nicht möchte, dass einer von uns dir nahekommt. Aber ich weiß auch, wie wichtig dir dein guter Ruf ist. Also ist dein Geheimnis bei mir sicher.« Mit einem letzten Zwinkern lässt er mich allein zurück.

Und obwohl mein Gefühl sagt, dass ich Mateo in diesen Dingen vertrauen kann, nagt mein schlechtes Gewissen an mir. Diese Sache mit Kyle wird mich ewig verfolgen. Oder zumindest so lange, bis ich den Mut finde, sie Penny zu gestehen.

Ich lehne mich gegen die Mauer und warte auf Drew. Vielleicht hat er die Zeitangabe von zwei Minuten sehr wörtlich genommen, auf jeden Fall ist er schon wieder spät dran. Um irgendetwas zu tun, hole ich mein iPad hervor, öffne ein E-Book und lese dann doch immer wieder denselben Satz, weil ich mich nicht konzentrieren kann. Ich werde mich bei Drew entschuldigen, damit mein Vater zufrieden ist. Danach gehen wir uns aus dem Weg, um uns auf unseren jeweiligen Sport zu konzentrieren. Das klingt *vernünftig*. Und manchmal ist vernünftig auch nicht verkehrt.

»July?« Drews Stimme reißt mich aus den Gedanken. Sie hat einen freundlichen Unterton, der perfekt zu dem schelmischen Funkeln in seinen Augen passt. Im Tageslicht haben sie definitiv einen goldenen Schimmer. Genauso wie seine Haarspitzen, die aussehen, als hätte er in Alabama viel Zeit in der Sonne verbracht.

»Hallo. Ich brauche nur zwei Minuten«, sage ich möglichst langsam und lasse das iPad sinken. Ich bin mir nicht sicher, ob Drew mich verstanden hat. Sein Blick hängt noch immer aufmerksam an meinen Lippen.

»Zwei Minuten?«, hakt er nach und legt den Kopf schief. »Hast du Angst, dass ich zu spät komme?«

Diese zweideutige Antwort habe ich allein Bos Nachricht zu verdanken. Drews Timing ist sicherlich perfekt – ganz egal ob es um Ball- oder Matratzensport geht. Woher ich diese Überzeugung nehme, weiß ich selbst nicht. Ich ignoriere das eigenartige Kribbeln, das die Vorstellung von ihm in meinem Bett auf meiner Kopfhaut erzeugt. Ich will mir gar nicht ausmalen, wie der Körper unter seinem Shirt aussieht. Oder wie ich mit meiner Zunge die Konturen seiner Muskeln entlangfahre. Wonach er schmeckt. Wie es sich anfühlt, wenn er sich über oder unter mir bewegt. Ein perfektes Zusammenspiel von Muskeln und Sehnen.

Was sind das schon wieder für Fantasien? Ich kratze mich am Nasenrücken, um irgendetwas zu tun, das mich davon ablenkt, dass meine Wangen warm werden.

»Hör zu«, beginne ich und verstumme. Das war mit Abstand der ungeschickteste Satzanfang, den ich hätte wählen können.

»Ich bin ganz Ohr«, versichert Drew, sichtlich um Ernsthaftigkeit bemüht, dennoch zucken seine Mundwinkel, als hätte er meine Gedanken erraten.

Ich räuspere mich, obwohl er nicht hören kann, wie eigenartig belegt meine Stimme klingt. »Mein Dad möchte, dass ich mich bei dir entschuldige. Für den Tanz gestern. Wenn es so aussah, als würde ich mich über dich lustig machen, tut es mir leid. Das war nicht meine Absicht.«

Drew starrt so angestrengt auf meine Lippen, dass sich seine Augen zu Schlitzen verengen. Seinem verwirrten Gesichtsausdruck nach hat er kein Wort verstanden, also zücke ich mein Handy und schreibe es ihm. Doch nach dem Lesen der Nachricht wirkt er nicht minder irritiert. Ohne zu zögern, zieht er sein iPhone hervor und tippt eine Antwort, die er mir per Messenger-App schickt.

Mr Alabama: *Ich bin entsetzt! Du entschuldigst dich dafür, dass du dich über mich lustig machst? Ich dachte, unsere Beziehung baut darauf auf, dass wir einander aufziehen, Dust Kitty. Stehst du dann auch nicht mehr für Eiertrittdienste zur Verfügung?*

Er schiebt die Unterlippe vor und starrt mich aus seinen dunklen Augen an, als wäre er ein Kater, der um Leckerlis bettelt. Wie kann man zugleich so groß und so hilfsbedürftig aussehen? Ich kann mich nur mühsam zusammenreißen, um ihm nicht über den Kopf zu streicheln.

July: *Ich werde auf jeden Fall nie wieder für dich tanzen. Eiertrittdienste sind optional immer noch verfügbar.*
Mr Alabama: *Ich wusste, dass dieses Gespräch nicht gut laufen wird, aber dass es so katastrophal endet …*

Er presst sich eine Hand aufs Herz und atmet tief durch, bevor er weiterschreibt.

Mr Alabama: *Dabei habe ich meine Körperteile gerade seelisch darauf vorbereitet, dass sie in deiner Gesellschaft bestimmt keinen Staub ansetzen werden.*
July: *Ich werde diese Frage so was von bereuen, aber: Welche Körperteile?*

Statt mir zu antworten, stellt sich Drew neben mich, lehnt sich ebenfalls gegen die Wand und hält mir sein Handy hin. Es zeigt das Video von gestern. Offensichtlich ist er auch schon im Mannschaftsverteiler, und natürlich hat er die Dokumentation meines Fehltritts ebenfalls bekommen. Jetzt kann er sich dieses Highlight meines geistigen Aussetzers immer und immer wieder ansehen.

Er beugt sich leicht zu mir herunter. Wieso reicht diese winzige Bewegung, um mein Herz schneller schlagen zu lassen? Sein Atem streift meinen Hals, während er mir ins Ohr flüstert: »Ich weiß nicht, was mir an dem Video peinlicher ist. Mein debiler Gesichtsausdruck oder die Beule in meiner Hose.«

Bitte? Ich kann ein Lachen nicht zurückhalten. Hat er das gerade wirklich gesagt? Meint er das ernst? Seinem amüsierten Gesichtsausdruck nach vielleicht zur Hälfte.

Er zeigt mir das Beweismittel erneut und zoomt an seine entsprechende Körperpartie, bis ich vollkommen unangebracht schnauben muss. Vielleicht sollte ich sein Geständnis irgendwie schockierend oder abstoßend finden, aber seine Selbstironie hat etwas Entwaffnendes an sich. Zum ersten Mal schenkt er mir zum Dank für meinen Lachanfall tatsächlich ein Lächeln. Ein richtiges Lächeln, das zwei Grübchen in seinen Wangen offenbart. Sie würden Bo sicherlich gefallen. Ich muss gestehen, dass sie ihn viel zu sympathisch wirken lassen.

»Mein Tanz hat dir also gefallen?«, hake ich nach.

Zur Antwort schwenkt er mit seiner freien Hand einen imaginären Pompon. In seinen Augen liegt dieser warme Glanz, der mich unwillkürlich zurücklächeln lässt. Vielleicht liegt es auch an der Bestätigung, dass da etwas war, das ich mir nicht eingebildet habe.

July: *Du solltest diese Pompon-Obsession vielleicht behandeln lassen. Sie macht mir Sorgen. Aber zwischen uns ist alles okay?*

Statt zu tippen, macht er eine Gebärde. Es dauert einen Moment, bis ich mich daran erinnere, was sie bedeutet. Ich kann ein Grinsen nicht unterdrücken und beiße mir unwillkürlich auf die Unterlippe, damit es endet. Irgendwie hatte ich mir dieses Gespräch anders vorgestellt, trotzdem bin ich erleichtert. Vielleicht, weil ich es jetzt hinter mir habe. Vielleicht, weil es sich für diese zwei Minuten gut angefühlt hat, mit Drew herumzublödeln. Es ist eigenartig: Unsere Kommunikationshürde ist eindeutig eine Barriere, aber wenn er mich anlächelt, fühlt es sich an, als wäre er einer der wenigen Menschen, die mich trotzdem verstehen. Als würde es ihn gar keine Mühe kosten, die Gedanken zu entschlüsseln, die ich manchmal selbst nicht begreife.

»Freunde?«, schlage ich vor und halte ihm eine Hand hin.

»Freunde«, versichert er und erwidert meinen Handschlag. Meine Hand ist so viel kleiner als seine – sie verschwindet beinahe in seinem Griff.

Ich sehe zu ihm auf und versuche, möglichst langsam zu reden. »Perfekt. Ich wünsche dir viel Spaß beim Training. Wie gebärdet man noch mal *perfekt?*«

»Sag einfach perfekt«, schlägt er leise vor, als wäre es sein Versprechen, dass er mich versteht, auch wenn er mich nicht hört. Er hängt so erwartungsvoll an meinen Lippen, dass sich einer seiner Eckzähne in seine Unterlippe bohrt.

Wie kann eine Kleinigkeit nur so sexy aussehen?

Ich öffne extra langsam den Mund, beobachte, wie er die Luft zwischen den Zähnen einsaugt. »Per...«

»Entschuldigt, ich bin zu spät!«, ruft Jake und lässt mich zusammenzucken. Er kommt mit großen Schritten herbeigeeilt und berührt Drew an der Schulter.

Der fährt erschrocken auf, lässt mich augenblicklich los und streicht sich mit einer Hand durch die wuscheligen Haare.

Irritiert sehe ich zu ihm auf, als er sich hastig von der Wand abstößt, um mehr Abstand zwischen uns zu bringen. Was ist das für eine eigenartige Reaktion? Ist es ihm unangenehm, mit mir gesehen zu werden? Dabei haben wir nichts annähernd Unanständiges getan. Wir haben nur miteinander geredet. Wieso wirkt er mit einem Mal so angespannt? Jegliches Lächeln ist aus seinem Gesicht gewichen. Ohne mich eines weiteren Blickes zu würdigen, schultert er seine Sporttasche.

»Können wir?«, fragt Jake gut gelaunt, begleitet seine Worte mit passenden Gebärden und schenkt mir zur Begrüßung nur ein flüchtiges Lächeln, als wäre ich zwar anwesend, aber nicht von Bedeutung.

Drew nickt und winkt mir noch einmal zu. Mehr nicht. Mit nur einer halben Gebärde wendet er sich zum Gehen und lässt mich allein vor dem Stadion zurück.

Ich sehe den beiden nach, dann auf meine Füße hinab. Was war das gerade? Wieso dieser fluchtartige Abschied? Oder war er ganz normal? Reagiere ich über? Wahrscheinlich. Dieser Moment eben, der hat nicht existiert. Da war kein Augenblick zwischen uns. Nur meine Fantasie und ein Quarterback mit einem eigenartigen Humor. Vielleicht hat er auch tatsächlich mit mir geflirtet, doch selbst dann hat es nichts zu bedeuten. Mein Freundschaftsvorschlag war rein symbolischer Natur. Ich möchte nicht wirklich mehr Zeit mit ihm verbringen, um ihn richtig kennenzulernen. Pennys Vortrag über Solidarität geistert mir noch immer durch den Kopf. Es gibt ohnehin keinen einzigen rationalen Grund dafür, mich so eigenartig abgewiesen zu fühlen. Ich habe mich entschuldigt, von hier aus gehen wir unserer Wege.

Alles ist gut, wiederhole ich in einer Dauerschleife.

Auf dem Weg zur Sporthalle vermeldet mein Handy eine neue Nachricht, aber ich habe gerade keinen Nerv dafür. Stattdessen bin ich froh, wenn der Sport mich auf andere Gedanken bringt.

»Hat jemand Lust, mich nächsten Donnerstag zur Lesung von Laura Danes zu begleiten?«, rufe ich durch die Umkleidekabine und schlüpfe in mein Trainingsshirt. Laura Danes wurde in Fair Haven geboren, studierte Kreatives Schreiben und erobert mit ihren sozialkritischen Jugendbüchern momentan die Bestsellerlisten aller Welt. Dass sie hier eine Lesung hält, ist ein absolutes Highlight. Zumindest für mich. Die anderen Mädchen wirken eher weniger enthusiastisch.

»Warum fragst du nicht deinen neuen Freund, Andrew?«, kommt die prompte Antwort von Chloé. »Ach, warte. Der hört nichts, oder wie war das?«

Jetzt geht diese Sache mit dem Video schon wieder los. Super. Ich drehe mich genervt zu ihr um und bin kurz davor, sie mit meinen dreckigen Socken zu bewerfen.

»War nicht als Beleidigung gemeint«, versichert sie rasch und hebt abwehrend die Hände, als hätte sie meine Gedanken erraten. »Ich habe von seinem Umzug im St. Clair-Instagram-Channel gelesen, bevor ich wusste, dass ihr euch trefft. Hättest du ihm nicht den Campus gezeigt, hätte ich es getan. Ehrlich. McDaniels als Neuzugang bei den Otters. Ich dachte erst, ich habe mich verlesen. Aber war ja irgendwie klar, dass er sich für einen Transfer aufstellen lässt.«

»Wie meinst du das?«, frage ich irritiert.

»Entschuldige? Ein McDaniels auf der Reservebank mit Ian Thorne als Starting Quarterback? Auf keinen Fall!«

Ich will sie danach fragen, was das nun wieder bedeuten soll, als Penny ihre Sporttasche neben mir auf die Bank knallt.

»Können wir bitte das Thema wechseln?« Sie atmet so tief durch, dass sich ihre schmalen Schultern heben und senken. Um Fassung bemüht sucht sie etwas in ihrer Tasche, bis sie einen zusammengefalteten Zettel hervorzieht. Sie wendet ihn zwischen den Fingern. »Bo hat mich schon vor Ewigkeiten nach Moms Familienrezept für Quesadilla gefragt. Ich musste sie wirklich beknien, damit sie es herausrückt. Vielleicht kannst du es ihm geben? Als Wiedergutmachung für meine Worte gestern?«

»Warum gibst du es ihm nicht selbst?« Ich nehme den Zettel entgegen und verstaue ihn in meinem Rucksack. »Du hättest auch ein Foto davon machen und ihm schicken können.«

»Ja, aber ich denke, er versteht die Geste.« Sie sieht mich flüchtig an und widmet sich dann ihren Haaren, die sie sorgsam zu einem hohen Zopf zusammenbindet.

»He, Penny!«, ruft Ava mit ihrem Handy in der Hand. »Hast du dann eigentlich Vorlesungen mit dem Neuen? Auf Insta steht, dass er auch BWL studiert.«

»Nein, habe ich nicht«, antwortet Penny betont ruhig. »Weil er im vierten Semester studiert. Zusammen mit Kyle, der sich jetzt in jeder Vorlesung das Gehampel von Andrews Dolmetscher ansehen darf.«

»Gehampel? Also ist Kyle derjenige, der dir diese Worte in den Mund legt?«, schlussfolgere ich. »Das macht ihn mir direkt noch unsympathischer.«

»Kyle legt mir gar nichts in dem Mund«, widerspricht sie entschieden, als wollte sie jede Doppeldeutigkeit von sich weisen. »Ich habe nur einfach Verständnis für seine Sorgen – und eine davon lautet, dass er sich nicht konzentrieren kann, wenn neben dem Dozenten permanente Bewegung herrscht.«

»Dass Kyle leicht abzulenken ist, glaube ich dir gern«, murmele ich.

»Kyles Sorgen sind noch lange kein Grund dafür, sich abfällig über Andrew zu äußern«, legt Ava nach.

»Okay. Wisst ihr was?«, bitte ich, weil die Stimmung in der Umkleide sekündlich angespannter wird. »Wie wäre es, wenn wir zu der alten ›Keine Gespräche über Männer in der Umkleide‹-Regel zurückkehren?«

»Ich verstehe einfach nicht, wie jemand solche Sachen von sich geben kann«, ignoriert Ava meinen Einwand und sieht Penny eindringlich an.

»Und keine über Politik!«, ergänze ich, weil ich die Vermutung habe, dass Ava gleich mit Pennys schwieriger Familiengeschichte anfangen wird. »Wenn die Footballspieler Probleme miteinander haben, lasst sie die selbst klären. Aber wir sind ein Team. Okay?«

»Aber wenn wir hier keine Gespräche über Männer führen, darf ich euch auch nicht von letztem Wochenende und meiner Nacht mit Mateo erzählen?«, wirft Chloé ein.

»Ernsthaft, Chloé?« Ava rollt mit den Augen. »Mateo Ortega? Na, dann herzlichen Glückwunsch zur Mitgliedschaft in Mateos ›Sexy One-Night-Stand‹-Squad.«

»Es war sexy«, bestätigt sie.

»Bitte keine Details«, drängt Penny. »Ich laufe ihm in Kyles WG ständig über den Weg und will ihm noch in die Augen sehen können.«

»Also kommt keiner von euch mit zur Lesung?«, kehre ich zum Ausgangsthema zurück.

Das allgemeine Schweigen deute ich mal als Absage. Dann wird Bo eben die Ehre haben, mich begleiten zu müssen.

Vor lauter Streitereien mit Dad und der kurzen Verwirrung um Drew und das Video habe ich beinahe vergessen, was das wirklich Wichtige im Leben ist. Oder zumindest in meinem Leben: der Sport. Ich merke es erst wieder beim gemeinsamen Aufwärmen mit den anderen Mädchen. Für knapp zwei Stunden bin ich ganz ich selbst. Eins mit der Musik und mit unserem Team. Cheerleading ist zwar ein Leistungssport, aber wir sind keine Einzelkämpferinnen. Wir sind eine Mannschaft. Wir trainieren gemeinsam für unseren Traum von der Meisterschaft.

Während wir zu zweit – synchron – in der Diagonale über die Matte turnen (Salti, Überschläge, Flickflacks), feuern und spornen wir einander an und geben uns Feedback. Nach den Grundübungen gehen wir unsere aktuelle Choreografie durch. Einmal. Und noch einmal. So lange, bis wir vollkommen außer Atem sind und unsere Muskeln und Knochen gleichermaßen schmerzen. Ich weiß, dass ich morgen wieder diverse blaue Flecken an den Stellen haben werde, an denen beim Auffangen meines Körpers Knochen auf Knochen getroffen sind, aber das Ergebnis ist es wert. Nichts geht über das Gefühl, bei einer Gruppenhebefigur aus mehreren Metern Höhe auf die Welt hinabzusehen und einen Standspagat zu vollführen. Es ist wie ein kurzer Triumph über die Schwerkraft. Ein Moment puren Glücks. Penny hat recht: Das hier ist, was ich will.

Alles läuft gut und lässt mich meinen Alltag vergessen, bis Ava am Ende des Trainings auf mich zukommt.

Ich massiere mir den Nacken, lockere die Schultern und frage mich, was das strahlende Lächeln in ihrem Gesicht zu bedeuten hat. Ihre dunkle Haut lässt ihre perfekten Zähne schneeweiß leuchten.

»Gehst du wieder rüber ins Stadion? Vielleicht solltest du einen Blitzableiter mitnehmen, so wie zwischen dir und Drew die Funken fliegen«, stichelt sie und entlockt mir ein genervtes Stöhnen.

»Mein Dad ist im Stadion«, erinnere ich. »Er findet, dass ich Drew mit meinem Tanz bloßgestellt habe. Nichts ist ein besseres Löschmittel für verirrte Funken als einer seiner Moralvorträge.«

»Ach, komm schon. Dein Dad ist dein Dad. Es ist quasi seine Aufgabe, junge Männer fernzuhalten. Glaub mir. Deine Mom würde sagen: July, hör auf dein Gefühl.« Sie hebt stolz Zeigefinger und Kinn. »Und sie würde sagen: Aber wenn du das Verlangen verspürst, dich auszuziehen, benutz gefälligst ein Kondom!«

Ich sehe sie einen Moment perplex an, bis wir beide lachen müssen. Dieses Gespräch ist zu absurd, um ernst genommen zu werden.

»Zumindest würde meine Mom so etwas sagen wie: Schnapp ihn dir!«

»Ja, und da du keinerlei NFL-Ambitionen hast, schließe ich mich ihr an«, schlage ich vor. Tatsächlich sind meine sportlichen Ziele ein Grund, mir Drew aus dem Kopf zu schlagen. Ein anderer ist sein plötzlicher Aufbruch vorhin. Sein Abgang nagt immer noch an mir. Warum gesteht er mir erst, dass er sich körperlich zu mir hingezogen fühlt, um dann zu fliehen?

Vielleicht hätte Mom mich dazu ermutigt, es herauszufinden. Sie war nie wie Dad. Nicht so vernünftig und vorsichtig. Sie hätte mir geraten, mal wieder mit einem männlichen Wesen auszugehen und Spaß zu haben, statt mir die Gefahren von Geschlechtskrankheiten und ungewollten Schwangerschaften vorzubeten. Sie war offen, herzlich und fröhlich. Obwohl sie schon seit sieben Jahren tot ist, fehlt sie immer noch jeden Tag. Nicht nur mir, sondern der ganzen Familie. Im Haus. Generell. Ich vermisse die zweite Person, die ihr Wasser immer mit Eiswürfeln und Sprudel trinkt. Die ebenfalls viel zu laut und viel zu schräg jedes Lied im Radio mitsingt, auch wenn sie den Text nicht kann. Die es Dad keinen einzigen Tag vorgeworfen hat, dass er den Sport aufgegeben hat, obwohl er laut Penny 20 Millionen Dollar in der Saison hätte verdienen können.

Sie war diejenige, die jeden Menschen so geliebt hat, wie er war. Bedingungslos. Und vielleicht fehlt mir auch mein Dad. Die Version von ihm, die er durch sie war. Manchmal vermisse ich meine perfekte Kindheit. Bevor alles in zwei Teile zerbrach. Die Literatur und den Sport. Die zwei Extreme ohne Mittelweg.

»Alles in Ordnung?«, fragt Ava von der Seite.

Ich räuspere mich unauffällig, nicke und schiebe ein Lächeln hinterher. »Alles gut«, versichere ich, weil Cheerleading laut und fröhlich und voller Energie ist. So wie meine Mom es war. Ich weiß, dass sie nicht gewollt hätte, dass wir um sie trauern. Und so leben wir jeden Tag weiter. Irgendwie. Die meisten Tage sind tatsächlich bunt wie ein Regenbogen, nur manche werden von finsteren Wolken überschattet. Unglücklicherweise haben Letztere die Angewohnheit, einen so unvorbereitet zu erwischen, dass man nicht einmal einen Schirm dabeihat.

Ich werde die leichte Melancholie nicht mehr los, die mir das Gespräch mit Ava beschert hat. Trotzdem versuche ich, für Haley das beste und fröhlichste Fotomodell aller Zeiten zu sein, auch wenn mich die düsteren Regenwolken bis ins Stadion hinüber begleiten. Wortwörtlich.

Haleys neuste Kreation ist obenrum Footballtrikot und unten ein enger Strickrock. Eine eigenwillige Mischung, aber trotzdem tragbar. Wenn man sich traut und kein Problem damit hat, im einsetzenden Nieselregen erbärmlich zu frieren. Haley besteht darauf, die Fotos im Stadion zu machen. Also stehe ich auf einer Bank der Tribüne und werfe die Arme in die Luft, während die Footballspieler auf dem Rasen in kleinen Gruppen trainieren. Pfiffe und Rufe bilden unsere Geräuschkulisse.

Haley schießt einige Fotos und leistet mir danach Gesellschaft. Glücklicherweise fragt sie nicht noch einmal nach dem Video, denn ich kann davon heute wirklich nichts mehr hören.

»Wie kommt es eigentlich, dass du Medizin und nicht Modedesign studierst?«, frage ich, während wir auf das Feld hinabsehen.

Sie nestelt am Gurt ihrer Kamera. Ihre Stimme hat oft einen provozierenden Unterton – dieses Mal nicht. »Weil es mir richtiger vorkam, etwas zu wählen, das Menschen hilft, als etwas zu tun, was mir einfach nur Spaß macht.«

»Sehr verantwortungsbewusst«, murmle ich desillusioniert, weil selbst jemand wie Haley auf die Stimme der Vernunft hört.

Sie zuckt mit der Schulter. »Spaß und Vernunft sollten sich die Waage halten. Vernunft zahlt vielleicht deine Rechnungen, aber kein Mensch schreibt dir ein fettes ›Danke‹ auf den Grabstein, wenn du ihm dein Leben geopfert hast.« Und da ist er wieder: Ihr flapsiger Tonfall.

Eine Weile noch sitzen wir plaudernd auf der Tribüne, bis sie sich verabschiedet.

»Ich verlinke dich auf Instagram, sobald die Bilder fertig bearbeitet sind«, verspricht sie und lässt mich allein zurück.

Wie immer werde ich ihre Fotos artig teilen und Haley zurückverlinken, für mehr reicht mein Enthusiasmus nicht. Ich stöbere zwar ganz gern durch Instagram, spüre aber nicht das geringste Verlangen dazu, mein Leben mit der Welt zu teilen.

Der Blick auf die Armbanduhr verrät, dass ich noch mindestens eine halbe Stunde warten muss, bis Dad so weit ist. Ich kuschle mich in meine Jacke und hole mein iPad hervor, um ein paar Seiten zu lesen. Die Pfiffe und Schreie des Trainings lenken mich nicht ab, sondern wirken beruhigend. Meistens zumindest. Ab und an gleiten meine Gedanken Richtung Drew und wollen mich dazu drängen, nach ihm Ausschau zu halten, aber ich widerstehe. Statt zwischen den Zeilen auf meinem iPad zu versinken, betrachte ich die Regentropfen auf dem Display. Sie sehen aus wie winziges, schillerndes Konfetti.

Als sich jemand neben mich setzt, rechne ich mit Bo und bin überrascht, als ich aufsehe und stattdessen Jake erblicke. Was will er auf der Tribüne?

»Störe ich?« Obwohl seine Stimme freundlich klingt, habe ich das unbestimmte Gefühl, dass er nicht zum zwanglosen Plaudern heraufgekommen ist.

Ich setze ein Lesezeichen und lasse das iPad sinken. Meine Aufmerksamkeit gehört ganz ihm.

Jake lächelt, aber seiner Grimasse fehlt alle Herzlichkeit. Vor mir sitzt der Jake, der mich heute Vormittag am liebsten ignoriert hätte, und nicht der charmante Dolmetscher, der mir bei unserem ersten Treffen so viel Sicherheit geschenkt hat. Aber was hat sich seitdem geändert?

»Was kann ich für dich tun?«, frage ich geradeheraus.

»Für mich?«, fragt er in einem eigenartigen Tonfall, der zwischen amüsiert und streng schwankt. »Die Frage ist eher, was du für Andrew tun kannst.«

»Und das soll was genau sein?«, hake ich nach, weil ich tatsächlich keine Ahnung habe, wobei ich ihm behilflich sein könnte. Ich rechne mit vielen Antworten, aber nicht der Realität.

»Dich von ihm fernhalten.« Jake spricht den Satz aus, als wäre er selbsterklärend.

»Wie bitte?« Ich glaube, mich verhört zu haben. Hat er das gerade tatsächlich gesagt, als wäre ich eines dieser Rowdy-Kinder, die seinen Schützling auf die schiefe Bahn locken? »Ich habe ihm nur den Campus gezeigt, weil man mich ausdrücklich darum gebeten hat«, erinnere ich. Es war ja nicht so, dass ich mich darum gerissen hätte.

»Lass mich das erklären«, bittet er in versöhnlichem Tonfall. »Andrews Eltern bezahlen mich dafür, dass ich rund um die Uhr zu seiner Verfügung stehe – als sein Dolmetscher. Aber ich sehe mich auch als sein Mentor. Ich helfe ihm dabei, sich im Leben zurechtzufinden. Und dazu gehört, ihn daran zu erinnern, dass der Sport an erster Stelle stehen sollte. Und manchmal ist es meine Aufgabe, junge, hübsche Frauen auf Abstand zu halten, damit sie ihn nicht zu sehr ablenken. Was auch immer ihr zwei nach meinem Aufbruch aus dem *Hatcat* getan habt, scheint ziemlich ablenkend gewesen zu sein. Andrew war den ganzen Abend mit den Gedanken woanders.«

»Es waren nur eine harmlose Rundführung und ein Nudelauflauf. Was du eigentlich wissen solltest, weil du dabei warst. Wenn das reicht, um Drew abzulenken, wirst du zukünftig sicherlich einiges zu tun haben. Footballspieler sind hier heißbegehrt«, antworte ich trotzig, um das nagende Gefühl in meinem Inneren zu übertönen. Jakes Worte tun auf eine Art und Weise weh, die ich nicht zulassen will.

Junge Frauen auf Abstand halten. Groupies im Zaum halten. Er hält mich für etwas, das ich definitiv nicht bin. Meine Finger klammern sich so fest um das iPad, dass mir die Fingerkuppen schmerzen. Ist Jake deswegen hier? Wegen des bescheuerten Videos? Weil er denkt, dass ich nichts Besseres zu tun habe, als irgendwelche Männer anzuflirten?

»Dieses Gespräch ist lächerlich. Ich hoffe, man bezahlt dich wenigstens gut für deine Dienste«, ergänze ich, als ich das Schweigen nicht länger aushalte. Wenn Jake mir sonst nichts mehr zu sagen hat, kann er gern wieder gehen. Seine stoische Gelassenheit macht mich höchstens wütend.

»Ich kann über meine Bezahlung nicht klagen«, versichert er. Statt aufzustehen, rührt er sich nicht, sondern schaut auf das Spielfeld hinunter, als würde er die Aussicht genießen.

»Soll ich jetzt bestätigen, dass ich Drew nie wieder antanze? Seine Nachrichten nicht mehr beantworte? Ihm aus dem Weg gehe? Mich auf meine Vorlesungen und den Sport konzentriere? Bitte. Ich hatte nicht vor, mich noch einmal mit ihm zu treffen. Brauchst du es vielleicht schriftlich?«, frage ich gereizt. Es gibt keinen Grund für das unruhige Brodeln in meinem Inneren, aber auch wenn ich das weiß, kann ich es nicht abstellen. Vielleicht, weil ich es nicht leiden kann, wenn man mich für oberflächlich hält. Und mir nach nur einem Nachmittag irgendetwas zu unterstellen, ist oberflächlich. Wie auch immer. Es gibt Wichtigeres in meinem Leben als alberne Flirtereien oder kurze Ausflüge auf die Rückbank eines Autos.

»Ich hatte mehr Widerstand von dir erwartet«, gesteht Jake, ohne mich eines Blickes zu würdigen.

»Wozu?«, schnaube ich, greife nach meiner Tasche und stehe auf. Wenn er nicht gehen will, werde ich es tun und irgendwo anders auf meinen Dad warten. »Nenn mir nur einen Grund, aus dem es sich lohnen würde, Drew kennenzulernen. Gibt es irgendetwas, das ihn besser macht als all die anderen? Wenn ja, liegt es allein an ihm, es mir zu beweisen. Ich renne sicherlich niemandem nach, der mir seinen Lifecoach vorbeischickt, um mich auf Abstand zu halten.« Ich weiß nicht, warum ich den letzten Satz ausspreche, statt ihn nur zu denken. Es scheint mir ein tiefsitzendes Bedürfnis zu sein, mich zu demütigen. »Mach's gut. Oder lass es bleiben. Mir egal.«

Ich wende mich zum Gehen und steige die Tribüne hinunter. Heute ist nicht mein Tag. Zu der Melancholie, die mich seit dem Gespräch mit Ava verfolgt, gesellt sich das Gefühl der unterschwelligen Wut. Es wird nicht besser, als ich mein Handy aus der Tasche ziehe, um Bo zu schreiben, dass ich woanders auf Dad warte, und stattdessen eine Nachricht von Drew sehe.

Mr Alabama: *Darf ich dich nachher wieder nach Hause fahren?*

Die Nachricht ist kaum drei Stunden alt. Er muss sie noch vor Trainingsbeginn geschrieben haben. Was ist in der Zwischenzeit passiert, dass er mir auf einmal seinen Wachhund vorbeischickt, um mich loszuwerden? Für einen Moment überlege ich, ihm zu antworten, dass er bitte einfach allein nach Hause fahren und mich in Ruhe lassen soll.

Stattdessen schreibe ich nichts. Ich bin also eine Zerstreuung, ja? Ein lästiges Fangirl, das ihn von den wichtigen Sachen ablenkt? Irgend so ein billiges Ding, das die Eltern nicht dulden und daher den Angestellten schicken, um es zu beseitigen? Das ist absurd.

Also tue ich das, was ich für gewöhnlich mit lästigen Verehrern mache: Ich ghoste ihn.

Und bin unendlich dankbar dafür, dass Bo ab morgen ein eigenes Auto hat, da es mir erspart, im Footballstadion auf Dad warten zu müssen. Das wird es sehr viel leichter machen, Drew aus dem Weg zu gehen.

In meinen kuschligen Bademantel gehüllt liege ich auf unserem geblümten Sofa und schaue Bo dabei zu, wie er auf der Playstation Zombies gegen Magier kämpfen lässt. Es ist irgendein angesagtes Spiel, das sich auch im Team spielen lässt, wenn ich mich nur dazu motivieren könnte.

Dad hat mich beim Abendessen ungefähr dreitausendmal gefragt, ob ich mich bei Drew entschuldigt habe, und ich habe ungefähr genauso oft artig genickt.

»Gut. Ich habe mich in deinem Namen beim gesamten Team und den Coaches entschuldigt«, verkündet er knapp, ohne mich anzusehen.

Damit ist das Thema *Drew* für uns beide erledigt, auch wenn ich mich unwillkürlich frage, ob Dads Entschuldigung mit Jakes Ansprache zusammenhängen könnte. In meinem nächsten Leben werde ich definitiv nicht wieder an dem College studieren, an dem mein Dad arbeitet. So viel steht fest.

Ich überlege, Penny zu schreiben, um mit ihr über diese Sache zu reden, aber irgendetwas hält mich davon ab. Vielleicht ist es ihr Vortrag in der Mensa. Wenn ich ihr jetzt von Jakes Ansprache erzähle, wird sie aus falsch verstandener Solidarität noch mehr über Drew herziehen. Wahrscheinlich nicht nur vor mir, sondern gleich vor unserem ganzen Squad. Oder sie plaudert es vor Kyle aus, damit er Drew seinen Neustart in der Mannschaft noch schwieriger gestaltet. Das ist nicht meine Art. Wenn ich etwas mit Drew klären will, mache ich es persönlich. Oder eben gar nicht, weil das meinem Beschluss, ihn zu ignorieren, widersprechen würde.

»Was ist los, Jules?«, fragt Bo, ohne mich anzusehen, und reißt mich aus den Gedanken.

»Nichts«, murmle ich und starre an die Zimmerdecke. Ich will nicht mit ihm darüber reden. Über gar nichts. Nicht über all die dummen Kommentare zu dem Video, die ich mir im Laufe des Tages anhören durfte. Nicht darüber, dass Drew behauptet hat, dass ihn meine Tanzeinlage irgendwie angemacht hat, nur um mich in der nächsten Minute kommentarlos stehenzulassen. Auch nicht über Jakes Bitte, mich von seinem Schützling fernzuhalten. All das hat keine Bedeutung. Also liege ich auf dem Sofa und erinnere mich in einer Dauerschleife daran, dass Cheerleading und mein Studium die einzigen Dinge sind, die mir wichtig sind. Meine Zukunft. Alles andere ist flüchtig und unwichtig. Auf die meisten Menschen ist ohnehin kein Verlass. Manchmal ziehen sie weg, und manchmal sterben sie einfach und hinterlassen eine Lücke, die nicht gefüllt werden kann. So wie Mom.

»Was ist los?«, wiederholt Bo und pausiert sein Spiel, um mich besorgt zu mustern.

»Ich vermisse Mom«, ist das Einzige, was ich hervorbringe. Es ist die Wahrheit – wenn auch nur ein Teil davon. Ich vermisse sie schon, seit Ava sie beim Training erwähnt hat. Manchmal würde ich sie gern um Rat fragen. Sie ist schon so lange von uns gegangen, dass ich mir gar nicht mehr vorstellen kann, was sie zu mir sagen würde.

He, Mom. Du kennst doch meinen Wunsch, die Meisterschaft zu gewinnen und später zu den NFL-Cheerleadern zu gehören. Zu den besten der Welt. Mich wohltätig zu engagieren und ein Vorbild zu sein. Was ist, wenn ich auf dem Weg dahin über einen jungen Mann stolpere, dessen Ziel mit meinem kollidiert? Und der irgendwie gar nichts tun muss, außer mich anzulächeln, damit ich mein Leben in Frage stelle. Wie kann das sein? Was soll ich jetzt tun?

»Ist es einer dieser Tage?«, fragt Bo und widmet sich wieder seinem Spiel.

Es dauert einen Moment, bis ich seine Frage verstehe und den Kopf schüttle. Genau deswegen bräuchte ich Mom. Weil ich nicht meine Tage habe, sondern mich unverstanden fühle.

»Go Blue!«, schreit mein Handy in die Stille, die nur vom Röcheln sterbender Magier unterbrochen wird, wenn Bo einen weiteren von ihnen umlegt.

Ich werfe einen kurzen Blick auf das Display. Eine neue Nachricht von Mr Alabama. Heute Morgen habe ich mir gleich nach dem Aufwachen gewünscht, dass er mir schreibt. Jetzt soll er einfach damit aufhören und mich in Ruhe lassen. Ich stehe vom Sofa auf, lasse das Handy auf dem Wohnzimmertisch liegen und ziehe mich in mein Zimmer zurück. Statt zu lesen, lege ich mich aufs Bett, schließe die Augen und vergrabe das Gesicht unter den Händen. Es kostet mich alle Mühe, den Drang zu unterdrücken, meine alten Fotoalben aus dem Regal zu holen und die Bilder von Mom anzusehen. Manchmal blättere ich die Alben durch, um mich wieder daran zu erinnern, wie sie ihre Haare getragen hat, und mir vorzustellen, wonach sie geduftet haben. Das und tausend andere Sachen, die mir in den Sinn kommen, während ich über die verblassenden Fotos und das hauchdünne Papier zwischen den Seiten streiche. Aber wenn ich dem Verlangen jetzt nachgebe, weiß ich, dass es alles nur schlimmer macht. Ich werde sie mehr vermissen als ohnehin schon. Und ich hasse Selbstmitleid. Dabei ist es egal, ob es um Mom oder Männer geht: Selbstmitleid hat noch nie jemandem geholfen.

Morgen ist ein weiterer Tag. Ein Neubeginn. Eine neue Chance.

Bo weckt mich mitten in der Nacht, indem er mir mein Handy auf den Kopf fallen lässt. Autsch! Ich öffne den Mund, um mich zu beschweren, aber er kommt mir zuvor.

»Eine Nachricht von Penny und ungefähr vierzehn von Mr Alabama«, fasst er zusammen. »Übrigens sehr schmeichelhaft, dass du seinen Kontakt noch nicht umbenannt hast. Was sitzt eigentlich auf einem Baum und winkt?«

»Keine Ahnung«, murmle ich, taste im Halbdunkel meines Zimmers nach dem Handy und lege es auf dem Nachttisch ab. Was soll diese doofe Frage?

»Ich weiß es auch nicht, aber Drew wahrscheinlich.« Bo verlässt mein Zimmer, das durch das Schließen der Tür wieder in Dunkelheit versinkt.

Zweifelnd greife ich nach dem Handy, nur um festzustellen, dass Bo tatsächlich bereits alle Nachrichten gelesen hat. Wie gut, dass wir voreinander keine Geheimnisse haben. Drew hat, aus einem mir nicht bekannten Grund, den ganzen Abend über eigenartige Fragen geschickt. (*Was ist gelb und schießt? Was ist die Lieblingsspeise von Piraten?* Und dergleichen.)

Penny nur eine: *Squad-Party nächsten Samstag? Wir sollten noch mal zusammen feiern, bevor der Trainingsmarathon beginnt.*

Mit einem Gähnen lege ich das Handy wieder auf den Nachttisch.

Feiern klingt gerade so verlockend, wie meinen Körper mit Sandpapier abzuschleifen und mich anschließend in Zitronensaft zu baden, aber ich werde trotzdem zusagen. Weil sie recht hat. Die nächsten Wochen werden anstrengend, und ich muss vorher dringend meinen Kopf frei bekommen. Ein Abend mit den Mädchen wird mir guttun.

Widerwillig greife ich nach dem Telefon, als eine weitere Nachricht eintrifft.

Mr Alabama: *He, Dust Kitty. Ist es dir peinlich, mit mir in der Öffentlichkeit gesehen zu werden, oder darf ich dich morgen nach Hause fahren?*

Ich begreife nicht, warum Drew mir schreibt, nachdem Jake mir eindeutig zu verstehen gegeben hat, dass Drew keine Zeit für mich hat. Oder keine Zeit zu haben hat? Weiß Drew vielleicht gar nichts von unserem Gespräch?

Würde das etwas ändern? Im Grunde hat Jake ja recht: Drew und ich sollten uns auf die wichtigen Sachen konzentrieren, statt einander abzulenken. Nach allem, was ich von Penny und Mateo gehört habe, hat Drew genug damit zu tun, seinen Platz im Team zu finden. Und ich warte schon das ganze Jahr sehnsüchtig auf unsere Meisterschaft. Zu lange, um mich jetzt nicht auf das Training zu konzentrieren.

July: *He, Mr Alabama. Mir ist nichts peinlich, und du bist es schon gar nicht, aber ich fahre morgen mit Bo.*

Ich bin mir nicht sicher, ob ich die Nachricht abschicken soll. Vielleicht ist es besser, ihm nicht zu antworten? Bei einer verheilenden Wunde pult man ja auch nicht die Kruste ab.

Also lösche ich die Nachricht. Buchstabe für Buchstabe. Es ist fast, als hätte sie nie existiert. Aber nur fast. Ich sehe, dass Drew online ist. Hat er bemerkt, dass ich kurz versucht war, ihm zu antworten? Ich starre auf den grünen Punkt neben seinem Namen und stelle mir vor, dass er dasselbe tut. Dass er in seinem Bett liegt und auf meine Reaktion wartet.

Für einen kurzen Augenblick wechselt die Anzeige.

Mr Alabama schreibt …

Aber ich werde nicht erfahren, was er mir schreiben wollte. Eine Sekunde später ist er offline. Seine Nachricht kommt nie an. Ich antworte ihm nicht. Und er mir auch nicht. Vielleicht ist es besser so. Auch wenn es sich nicht so anfühlt.

5. KAPITEL

Deal-Donnerstag

Drew hat mir nicht mehr geschrieben – obwohl er mehrfach online war. Seit einer Woche herrscht zwischen uns Funkstille. Die ganzen Tage über keine Nachricht. Natürlich nicht. Warum ich noch immer an ihn denke, kann ich mir selbst nicht erklären. Ich versuche mir einzureden, dass es mir vollkommen egal ist. Dass es richtig ist, wenn er sich auf seinen Sport konzentriert. Das ist, was ich will. Es gibt mir die Freiheit, mich auf meinen zu fokussieren. Es ist gut, wenn Drew sich auf die kommende Saison vorbereitet. Vermutlich gibt es viele, die wie Penny denken. Die es Drew nicht zutrauen, ein geeigneter Quarterback zu sein. Es ist seine Chance, ihnen das Gegenteil zu beweisen.

Nur als Randnotiz nehme ich zur Kenntnis, dass mir zum ersten Mal in meinem Leben vielleicht nicht vollkommen egal ist, wer auf dem Feld steht.

Beim Verlassen der Sporthalle schaue ich erneut aufs Handy. Keine neue Nachricht. Ich ärgere mich über mich selbst, dass ich ständig auf dieses Ding sehe wie einer der hirnlosen Zombies aus Bos Spiel. Was habe ich denn erwartet? Mein Ziel war es doch, dass Drew sich nicht mehr meldet. Ich sollte also zufrieden sein. Dass ich es nicht bin, nervt mich noch zusätzlich. Wieso trifft man manchmal Menschen, die schwieriger zu vergessen sind als andere?

Ich beschließe, meinen Bruder im *Hazelcup* wo er schon seit der Highschool arbeitet, zu besuchen. Bo hat dank seiner guten Noten zwar ein Stipendium – allerdings nur ein Teilstipendium. Der Job ist seine Möglichkeit, sich zusätzlich in die Familienkasse einzubringen. Wenn man ihn nach dem *Hazelcup* fragt, behauptet er immer, dass ihm die Arbeit dort Spaß macht. So wie er mit den Kunden flirtet, zweifelt niemand daran. Ganz gleich ob älteres Ehepaar, Gruppe junger Mädchen oder einsamer Student – Bo hat die Gabe, jeden von ihnen mit einem Lächeln dazu zu überreden, noch mindestens eine Extraportion Sahne zu bestellen und ihm ein anständiges Trinkgeld zu spendieren.

Bo hat heute mal wieder alle Hände voll zu tun. Seine einzige Unterstützung ist Mr Palmer – ein älterer Herr und der Inhaber des *Hazelcup*. Allerdings ist Mr Palmer mindestens genauso kontaktfreudig wie Bo und bleibt ständig plaudernd an irgendwelchen Tischen stehen, statt sie abzuräumen. Wäre Bo nicht so aufmerksam und fähig, gefühlt alles gleichzeitig im Griff zu haben, wäre das *Hazelcup* längst im Chaos versunken.

»Kiwi- oder Zitronensorbet?«, fragt er, kaum dass ich mich auf einen der Hocker am Tresen gesetzt habe. Er lässt mir gar keine Zeit zu antworten und befüllt bereits einen der kunstvoll geschwungenen Glasbecher mit einer Mischung aus grüner und weißer Masse. Dass er mir die Wartezeit bis zu seinem Feierabend mit Gratiseis versüßt, ist ein weiteres unschlagbares Argument dafür, hier zu warten, bis wir gemeinsam zur Lesung fahren. So kann ich am Tresen sitzen, Eis löffeln und mich währenddessen mit dem Leben von Jane Eyre auseinandersetzen. Mein Essay über den Vergleich der Autorinnen Emily und Charlotte Brontë und Jane Austen schreibt sich schließlich nicht von allein.

»Geht es dir gut?«, fragt Bo und schiebt mir den Becher zu. »Du siehst ein wenig aus wie einer der Zombies aus meinem Spiel. Wenn du einen Magen-Darm-Virus hast, bekommst du kein Eis.« Er nickt in Richtung meines Eisbechers, als fürchte er, dass ich mich auf dem Weg in sein niedliches Auto übergeben könnte. »Oder hat es etwas damit zu tun, dass du schon seit Tagen ständig auf dein dauerschweigendes Handy starrst?«

»Nein, hat es nicht«, murmle ich, greife nach dem Löffel und schabe lustlos ein wenig Zitronensorbet zusammen. Bo anzulügen hat so viel Sinn, wie ein Toastbrot nach dem Weg zu fragen. Also gar keinen. Mein Bruder kennt mich besser als jeder andere Mensch.

»In Ordnung.« Er stützt die Unterarme auf dem Tresen ab und sieht mich forschend an.

Ich spüre seinen Blick auf meiner Haut, obwohl ich hoch konzentriert in meinen Eisbecher starre.

»Erst bist du genervt, weil dir Mr Alabama schreibt. Jetzt bist du geknickt, weil er es nicht mehr tut. Möchtest du meine Diagnose zu diesem Fall hören?«

Eigentlich möchte ich es nicht, gebe mich aber nicht der Illusion hin, dass mein Kopfschütteln ihn davon abhalten wird, seine Interpretation mit mir zu teilen.

Statt sich auszusprechen, hebt er den Kopf, als das Glöckchen am Eingang einen neuen Kunden ankündigt. Bo schaut zur Uhr am Tresen hinauf. »Fünf Minuten zu spät und trotzdem perfektes Timing«, behauptet er und stößt sich vom Tresen ab, um sich dem Geschirrspüler zu widmen. Selbstgefällig grinsend räumt er gläserne Becher aus, als hätte er mich nicht einfach mitten im Gespräch sitzengelassen.

Mit dem Löffel zwischen den Lippen drehe ich mich um, als sich jemand auf den Barhocker neben mir setzt. Mein Herz macht einen vollkommen unangebrachten Stolperer. Braune

Augen mit einem Schimmer von Gold. Drew. Ungefähr dreißig Zentimeter von mir entfernt. So nahe, dass ich die Wärme seines Körpers spüren kann. Hastig nehme ich den Eislöffel aus dem Mund.

»He«, murmle ich unschlüssig, schenke ihm ein flüchtiges Lächeln und widme mich wieder meinem iPad, um irgendetwas zu tun. Wieso ist Drew hier?

Bo schiebt ihm eine Speisekarte zu, berührt ihn dabei wie zufällig am Arm, bis Drew ihn ansieht. »Such dir etwas aus«, sagt Bo langsam und deutlich, schaut Drew dabei unverwandt in die Augen, wie er es bei all seinen Kunden tut. »Ich lade dich ein«, ergänzt er mit einem Lächeln. Solange er es nicht übertreibt, darf Bo ab und an Freunden eine Kleinigkeit spendieren. Dass er Drew zu seinen Freunden zählt, ist wohl seine eigene Interpretation.

Anschließend widmet sich Bo wieder dem Geschirrspüler und lässt uns kurz darauf allein am Tresen zurück, als ein junges Paar zahlen will.

Mein Handy vibriert. Mit einer Nachricht von Drew rechnend bin ich noch irritierter, dass sie von Bo ist: *Was auch immer ihr zu klären habt, damit du aufhörst, wie ein Ninja auf geheimer Mission über den Campus zu huschen: Tut es!*

Ich versuche, den bitteren Geschmack in meinem Mund mit Zitroneneis zu überlagern. Ich habe nichts mit Drew zu klären. Wir kennen uns kaum. Und das ist gut so. Auch wenn ich das spontane Bedürfnis habe, dichter an ihn heranzurutschen, um ihm näher zu sein. Aus dem Augenwinkel sehe ich, wie er durch die Karte blättert und schließlich in der Bewegung verharrt.

»Darf ich dich etwas fragen?«, bittet er leise.

Ich hasse mein Herz dafür, dass es bei seinem verletzten Unterton einen schmerzhaften Aussetzer einlegt. Wieso habe ich in seiner Nähe so wenig Kontrolle über meinen Körper? Normalerweise kommen wir doch auch gut zurecht – meine Körperbeherrschung und ich.

Auch wenn ich Angst vor Drews Frage habe, nicke ich.

»Bin ich dir peinlich?«, fragt er geradeheraus und erwischt mich eiskalt. Er streicht mit den Fingerspitzen über das glatte Papier der Speisekarte, als wäre ihm dieses Gespräch ebenso unangenehm wie mir.

»Nein«, antworte ich entsetzt.

Wieso denkt er das? Wie kommt er darauf, dass ich ihm deswegen aus dem Weg gehen könnte? Hält er mich für so oberflächlich? Da er nicht reagiert, berühre ich ihn vorsichtig am Arm, bis er mich ansieht. Ich streiche mit den Fingerspitzen über die feinen Härchen an seinem Unterarm und spüre, wie sie sich unter meiner Berührung aufrichten. Seine körperliche Reaktion verschafft mir eine sonderbare Art von Erleichterung, die ich zu ignorieren versuche. Es fühlt sich an wie eine Rückversicherung, dass da etwas zwischen uns ist, das nicht allein in meiner Fantasie existiert. Mein Daumen streicht wie von selbst über die zarte Haut an der Innenseite seines Handgelenks. Ihn jetzt berühren zu können, beruhigt mich auf eine Art und Weise, die mir fremd ist. Als hätte ich nicht erst seit Tagen, sondern schon viel länger auf ihn gewartet.

Während Drew mir fragend in die Augen schaut, schenke ich ihm ein Lächeln und den Ansatz eines Kopfschüttelns. »Nein. Du bist mir nicht peinlich. Und ich weiß nicht, wie du darauf kommst.«

Statt mir zu antworten, blickt er zurück auf die Karte und kratzt sich unwillkürlich am Ohr.

Ich greife mit meiner freien Hand nach seiner, drücke sie leicht, damit er mich wieder ansieht. Denkt er das wirklich? Dass ich ihm aus dem Weg gehe, weil es mir unangenehm ist, mit ihm gesehen zu werden? Weil er nicht hören kann? Das ist absurd. Normalerweise bin ich diejenige, die den anderen peinlich ist.

»Du bist mir nicht peinlich«, ist alles, was ich ihm dazu zu sagen habe. Seine Nähe ist mir aus anderen Gründen unangenehm. Es reicht, dass er hier neben mir sitzt, um mehr von ihm zu wollen. Ein Mehr, das nicht akzeptabel ist.

Drew antwortet nicht, betrachtet mich lediglich, entzieht mir aber auch nicht seine Hände. Er wirkt so unentschlossen, wie ich mich fühle.

»Warum gehst du mir dann aus dem Weg?«, murmelt er.

Weiß er wirklich nichts von Jakes Ansprache? Von seiner Bitte, Drew in Ruhe zu lassen? Je länger sein Blick in meinem versinkt, umso stärker wird mein Verlangen, die Hand auszustrecken, ihm durch die wuscheligen Haare zu streichen und ihm zu versichern, dass alles gut ist. Drew hat die Gabe, einen anzusehen, als wäre er ein kleiner Junge, der um einen Schokoriegel bettelt. Als wäre man selbst dieser Schokoriegel und hätte die Macht, ihn glücklich zu machen. Das Problem an Süßigkeiten ist nur: Das Vergnügen ist von kurzer Dauer und hat keine Zukunft. Eine Freundschaft zwischen uns wäre eine Sackgasse.

Noch immer halte ich seine Hand, ziehe meine erst zurück, als er mit den Fingern nach meinen tastet, als wollte er meinen Griff erwidern. Was auch immer das hier ist, kommt Händchenhalten ziemlich nahe. Obwohl mein Herz spürbar schneller schlägt und ein Teil von mir sich Drews Nähe wünscht, bin ich mir sicher, dass dem nachzugeben keine gute Idee wäre. Wie kann es sein, dass ich diese Gefühle ausgerechnet bei Drew verspüre? Das ist nicht richtig. Und nicht gerecht.

In seinem Blick spiegelt sich die gleiche Verunsicherung, die ich auch empfinde. Was ist das hier?

Statt erneut nach meiner Hand zu tasten, zieht Drew sein Handy hervor und schreibt mir eine Nachricht.

Mr Alabama: *Sei ehrlich, Dust Kitty. Habe ich dich verschreckt, weil mir dein Tanz besser gefallen hat, als er sollte? Ich hätte das nicht so stehen lassen sollen. (Wortwitz unbeabsichtigt.) Oder hat es etwas mit der Umkleideansprache deines Dads zu tun? Es war zwar so ziemlich das Peinlichste, was ich jemals erlebt habe, aber wenn du noch einmal für mich tanzt, wäre ich bereit, das erneut über mich ergehen zu lassen. (Also, in Unterwäsche und nur mit Shirt in der Hand in der Umkleide zu stehen und mir von Jake übersetzen zu lassen, weswegen die anderen Jungs nur mühsam einen Lachkrampf unterdrücken können.)*

Oh Gott. Allein bei Drews Schilderung erröte ich bis in den Haaransatz. Dad hat zwar gesagt, dass er sich in meinem Namen entschuldigt hat – aber doch nicht so! Im Kampf Dad vs. July – wer blamiert sich vor dem Football Team am besten – steht es offensichtlich 1:1. Ich sollte Drew nicht aus dem Weg gehen, sondern ihm einen Orden dafür verleihen, dass er mir nach der Peinlichkeit überhaupt noch gegenübersitzt. Mir ist zwar so gut wie nichts unangenehm, aber die Vorstellung von Dads Ansprache in der Umkleide ist es dann doch. Ich sehe bildlich vor mir, wie Dad – der Physiotherapeut in gestärktem Poloshirt – mitten in der Gruppenumkleide zwischen lauter fast nackten jungen Männern steht und in seiner Korrektheit nicht einmal bemerkt, dass sie sich über ihn lustig machen.

July: *Mir ist so gut wie gar nichts peinlich – und du bist es schon gar nicht.*

Drew: *Warum blockst du mich dann ab? Warum lässt du dich nicht von mir nach Hause bringen? Bin ich so schrecklich gefahren? Oder habe ich irgendetwas falsch verstanden?*

Nein. Das hat er nicht. Allein dass er das denkt, tut mir leid. Aber ich begreife absolut nicht, warum er sich hier mit mir trifft, wenn Jake so strikt dagegen ist?

July: *Du kennst mich nicht. Warum solltest du mich nach Hause fahren wollen?*

Mr Alabama: *Ich kenne dich gut genug, um zu wissen, dass ich dich gern besser kennenlernen würde. Und die Busverbindung nach Southfield scheint schlecht zu sein. Oder sitzt du freiwillig im Regen auf der Tribüne, um auf deinen Dad zu warten? Wenn ja, habe ich nichts gesagt.*

July: *In Ordnung. Punkt für dich. Aber was macht dich so sicher, dass du mich gern kennenlernen würdest?*

Wenn er auch nur mit einem Wort schreibt, dass ich hübsch bin, werde ich augenblicklich aufstehen und gehen. Ironischerweise wünscht sich ein Teil von mir, dass er genau das antwortet und mir damit einen Grund gibt, ihn abzuweisen. Dass er sich als oberflächlich erweist und es mir nicht leidtut, ihm zukünftig aus dem Weg zu gehen. Damit ich ihn endlich abhaken kann. Ich will, dass er es mir leicht macht.

Drew tippt so lange, dass ich in der Zeit nebenbei einen Großteil meines Eisbechers löffle. Ich vermute, dass es ihn einige Zeit kostet, sich etwas einfallen zu lassen. Als er seine Nachricht abschickt, muss ich mich korrigieren: Sie ist wirklich lang.

Mr Alabama: *1.) Du hast mich herumgeführt, obwohl ich dir schon aus zehn Metern Entfernung angesehen habe, dass du* *eigentlich keine Lust hattest. 2.) Du hast versucht, dir nicht anmerken zu lassen, wie sehr dich meine Gehörlosigkeit verunsichert hat. 3.) Da war dieses Leuchten in deinen Augen in der Bibliothek. 4.) Du hast mich zum besten Milchshake meines Lebens geführt. 5.) Die Art und Weise, wie deine Nasenspitze rot anläuft, wenn du mich berührst, ist süß. 6.) Dein Tanz sah aus, als wäre es dir nicht peinlich, mit mir gesehen zu werden. – Soll ich weitermachen? Ich nähere mich langsam den unanständigen Sachen.*

July: *Die da wären?*

Meine Nasenspitze läuft rot an, wenn ich ihn berühre? Das halte ich schon rein anatomisch für unmöglich. Und was will er damit andeuten? Unanständige Sachen? Ich sehe mich flüchtig nach Bo um, aber er ist zu beschäftigt, um unseren Nachrichtenwechsel zu beobachten.

Mr Alabama: *Ich habe noch nie ein Mädchen getroffen, das in Leggings und Weste zugleich so süß und sexy aussieht. Dein Tanz war eine Herausforderung an meine Selbstbeherrschung. Wenn du nur eine Sekunde länger für mich getanzt und mich so angesehen hättest, hätte ich für nichts mehr garantieren können.*

Drews Nachricht bringt mich dazu, gleichzeitig die Augen zu verdrehen und zu schnauben. Soll ich das als Kompliment durchgehen lassen? Meinem schneller schlagenden Herz nach schon. Irgendwie gefällt mir die Vorstellung, dass das Video vielleicht doch nicht täuscht und Drew so angetan war, wie es in dem Film wirkt. Sofort habe ich das Verlangen, den Tanz zu wiederholen. Meine Hände erneut an seine Brust zu legen und seinen Herzschlag unter meinen Fingerspitzen zu fühlen. Ich würde ihm gern noch einmal nahe sein. Uns trennen so wenige

Zentimeter voneinander, dass ich die Wärme seines Körpers spüre. Ich bin wirklich versucht, noch dichter an ihn heranzurücken, bis ich mich daran erinnere, dass das nicht richtig ist.

July: *Du bist süß, aber ein Footballspieler und eine Cheerleaderin ist keine gute Idee. Es ist einfach alles kompliziert, und ich denke, dass es besser ist, wenn sich jeder von uns auf seinen Sport konzentriert.*

Das ist zumindest, was ich ihm schreibe. Was ich dabei fühle, spielt keine Rolle.

Mr Alabama: *Was genau ist »einfach kompliziert«? Dass wir nicht anders miteinander kommunizieren können, um das hier zu klären? Die zeitliche Koordination unserer Vorlesungen und Trainingspläne? »Es ist kompliziert« ist so ziemlich die Überschrift meines Lebens. Davon lasse ich mich nicht abschrecken. – Also sei ehrlich zu mir, Dust Kitty. Ich bin es auch. Was stört dich an der Cheerleader-Footballer-Sache? Zu klischeehaft?*

Ich reibe mir mit einem Handballen über die Stirn. Dieser Quarterback erweist sich als ganz schön hartnäckig. Vermutlich wäre er nicht dort, wo er jetzt ist, wenn er es nicht wäre. Vielleicht haben wir mehr als nur einen lausigen Humor gemeinsam: Wir sind beide gleichermaßen ehrgeizig und stur.

Ich starre so lange auf das leuchtende Display meines Handys, bis es erlischt – und bin mir Drews Blick dabei bewusst.

Was nun, July?

Soll ich ihn provozieren, um etwas möglichst Unfreundliches aus ihm herauszubekommen? Ihm eine Abfuhr erteilen? Mich nach Jakes Worten richten? Ich weiß es nicht. Wieso gibt es für Situationen wie diese nicht einfach einen Lektüre-schlüssel?

Tief durchatmend entsperre ich das Telefon und raffe mich zu einer Antwort auf.

July: *Du denkst also nicht, dass es besser wäre, wenn wir einander aus dem Weg gehen? Weil wir uns gegenseitig von den wichtigen Sachen ablenken?*

Mr Alabama: *Von wichtigen Sachen ablenken? Definier wichtig. Ich sollte jetzt wohl besser Spielzüge auswendig lernen, im Kraftraum trainieren oder die Übungen für Wirtschaftsmathematik durchgehen, aber das hier ist mir wichtiger. Ich kann in Fair Haven wirklich ein paar Freunde gebrauchen. Und ich dachte, wir hätten letztens Freundschaft geschlossen. Zumindest, bis du beschlossen hast, mich zu ignorieren. Freunde und Ziele stehen sich nicht im Weg. Freunde helfen einander beim Erreichen der Ziele und stärken sich gegenseitig den Rücken. Eins, drei, fünf, sieben – oder wie war das?*

Eins, drei, fünf, sieben. Der Takt, nach dem mein Leben funktioniert. Er hat tatsächlich aufgepasst, während ich im *Hatcat* von der Cheerleading-Meisterschaft erzählt habe. Ob ich will oder nicht, meine innere Bibliothekarin macht einen weiteren positiven Vermerk in seiner Akte. Selbst ohne zu hören, kann er besser zuhören als manch anderer.

Drew ist gerade erst hergezogen. Vielleicht hat sein Coach recht und er kann Kontakte außerhalb des Teams brauchen? Aber bin ich die Richtige dafür?

July: *In Ordnung. Mal angenommen wir einigen uns auf eine kameradschaftliche Freundschaft. Was ist mit Jake? Hat er ein Problem damit, wenn du dich mit Mädchen anfreundest?*

Mr Alabama: *(»Kameradschaftliche Freundschaft«? Aus welchem deiner Bücher hast du diese grausame Formulierung?) Normalerweise brauche ich keine Einverständniserklärung von Jake, um mich mit jemandem anzufreunden. Auch wenn er für mich wie ein dritter Großvater ist, bleibt er ein Angestellter meiner Eltern.*

July: *Und wenn die dagegen sind, dass wir Zeit miteinander verbringen?*

Mr Alabama: *Warum sollten sie? Sie sind sehr offene und tolerante Menschen. Außerdem wohnen sie am anderen Ende der USA. Du wirst nicht Gefahr laufen, sie zu treffen. (Mein Dad wird also nicht in eurer Umkleide auftauchen und sich öffentlich dafür entschuldigen, dass ich bei deinem Anblick einen Ständer hatte.) Wenn du Angst hast, dass ich dir zu viel Zeit raube, belassen wir es beim gelegentlichen Schreiben. Melde dich bei mir, wenn du Zeit und Lust hast. (Das klingt jetzt sehr bedürftig, oder?)*

Nein, es klingt gut. Es klingt nett. Zumindest bis ich zu Drew aufsehe und spüre, dass *nett* nicht ganz das ist, was mein Körper gern will. Was ist nur verkehrt mit mir? Warum kostet es mich all meine Selbstbeherrschung, meine Hände bei mir zu behalten?

»Drew, wir …« Ich kann den Satz nicht beenden. Gelegentliches Schreiben? Ich habe eher das Verlangen, seine Hand zu greifen. Über seine Haut zu streicheln. Oder meine Hände in seinen Haaren zu vergraben. Und auch wenn er wirkt, als würde ihm das nichts ausmachen, ist es nicht richtig. Nicht wegen Jakes Bitte. Oder weil wir einander ablenken. Sondern weil jemand wie Drew nicht derjenige ist, mit dem ich diese Dinge tun will. Oder wollen sollte. Penny hat recht: Ein Footballspieler kommt für mich nicht in Frage. Nicht, solange die Chance besteht, das Cheerleading für die nächsten Jahre zu einem Teil meines Berufs zu machen. Soll ich ihn so lange auf die Ersatzbank schieben?

He, Drew. Falls wir es beide in die NFL schaffen, muss unsere Freundschaft für höchstens vier Jahre pausieren. Absolutes Kontaktverbot. Kein Problem, oder? Außerdem sollten wir einen gewissen Mindestabstand einhalten. Man erwartet von den Cheerleadern das Aussehen eines Playmates mit dem Ruf einer Jungfrau. Mein Bedürfnis, dich in aller Öffentlichkeit zu berühren, steht dem irgendwie im Weg.

»Du bist mir nicht peinlich. Aber ...« Ich weiß nicht, was ich ihm sagen soll. »Es liegt nicht an dir, es liegt an mir«, bringe ich schließlich den klischeehaftesten Satz heraus, den jemals jemand in einem Liebesfilm gesagt hat. Ich weiß nicht, woher er kommt, nur dass er sich selbst für mich unangenehm anfühlt. Ich schiebe den Eisbecher von mir, schnappe mir iPad und Tasche. Vermutlich hat Drew kein Wort verstanden.

»Es liegt nicht an mir? Hast du das gerade wirklich gesagt?«, hakt er nach und beobachtet jede meiner Bewegungen. Sein Blick haftet so konzentriert an meinen Lippen, als hoffe er darauf, dass er mich falsch verstanden hat. Aber das hat er nicht.

Ich fasse meine Worte selbst nicht. »Es ist kompliziert, entschuldige. Mach's gut«, bitte ich, springe vom Hocker und verschwinde in Richtung Eingangstür. Als ich mich auf halber Strecke noch einmal umdrehe und Drews verwirrten Blick bemerke, verharre ich. Vielleicht fragen wir uns beide, wovor ich auf der Flucht bin. Und warum? Für den Bruchteil einer Sekunde bin ich versucht, noch einmal zurückzugehen, aber ich bin mir sicher, dass ich es bereuen würde.

»Jules? Was ist los?«, fragt Bo und kommt mit einem Tablett mit leeren Tassen und Bechern zu mir herüber, während ich noch immer Drew anstarre. Wir sehen einander an, als hätte der jeweils andere die Antwort auf eine Frage, die nie gestellt wurde.

»Nichts.« Ich wende den Kopf ab, zerreiße das unsichtbare Band zwischen uns. »Ich muss noch mal kurz an meinen Spind. Habe ein Buch vergessen, das ich zur Lesung nachher mitnehmen will«, spucke ich die erstbeste Ausrede aus, die mir einfallen will.

»Das wir nicht gemeinsam holen können? Ich mache in fünfzehn Minuten Feierabend«, erinnert er mich. »Wenn du jetzt noch mal zum Campus verschwindest, muss ich bestimmt noch eine Stunde auf dich warten.«

Fahrig nickend verstaue ich das iPad in der Tasche. Ich kenne Bo gut genug, um zu wissen, dass er nicht einfach nachgeben wird. Er wird mich in ein Gespräch verwickeln, und am Ende knicke ich ein, wenn ich jetzt nicht gehe. »Es gibt einen Grund dafür, dass ich Drew aus dem Weg gehe, okay?« Mein Tonfall ist zickig genug, damit Bo mich gehen lässt, aber nicht so sehr, dass er ihn mir später nachtragen wird. Ich will hier nur noch raus. An die frische Luft. Irgendwohin, wo es nicht nach Kaffee und Waffeln riecht. Und vor allem nicht nach Zitrone und Leder.

Mit Bo und Haley zur Lesung zu gehen, hat mich zumindest kurzfristig von meinem schlechten Gewissen Drew gegenüber abgelenkt. Wann immer ich an seinen verletzten Gesichtsausdruck denke, fühle ich mich miserabel und würde mich am liebsten sofort bei ihm entschuldigen. Aber das ist nicht der Sinn einer Abfuhr, also reiße ich mich zusammen.

Als wir gemeinsam mit den anderen Besuchern das Lakeview Center verlassen, dämmert es bereits. Nicht mehr lange und die Sterne werden sich auf der Wasseroberfläche des Sees spiegeln. Dies ist die belebtere Seeseite. Die, die man in jedem

Hochglanzprospekt von Fair Haven bewundern kann. Shopping-Promenade, Bootsverleih und schicke Restaurants reihen sich aneinander. Doch sobald es wärmer wird, ist es das gegenüberliegende Ufer, das die Studierenden anlockt, denn nur dort werden Lagerfeuer geduldet. Und wenn etwas ebenso zu Fair Haven gehört wie die Otters, dann lauschige Abende am See.

»Okay«, sagt Haley gedehnt und streckt sich der Länge nach, während wir zum Parkplatz schlendern. »Ich weiß, dass ich dir für die Fotos etwas schulde, aber zwing mich bitte nie wieder dazu, mich über eine Stunde lang in einer Autogrammschlange anzustellen. Meine Füße sind tot.«

»Könnte an den Schuhen liegen«, werfe ich ein. Sie trägt zu ihrem Kleid und dem Wollmantel ein paar Stiefeletten, deren Absätze alles andere als bequem aussehen. Haley ist ohnehin schon nicht klein, aber heute fühle ich mich neben ihr wie ein Zwerg. Sie ist vermutlich der einzige Mensch, den ich kenne, der türkisfarbene Haare und Wollmantel so kombinieren kann, dass es passend und nicht nach modischem Unfall aussieht.

»Hauptsache, Jules ist glücklich«, stichelt Bo und verabschiedet sich auf dem Parkplatz mit einem Wangenkuss von Haley. »Fahr vorsichtig und grüß deine Mom von mir, wenn sie das nächste Mal zu Hause ist.«

»Du hast nur Angst, dass ich auf dem Heimweg verunglücke und du demnächst allein vor deinen wirren Notizen aus Hudgens Kurs sitzen musst.«

»Der Typ redet in einem Tempo, das Julys Konkurrenz macht«, murrt er, während ich Haley zum Abschied umarme.

Mit einem letzten Winken steigt sie in den 1960er-Jahre-VW-Bus ihrer Mom.

»Hudgens ist euer Biochemie-Prof?«, vergewissere ich mich und schlendere zu Bos Auto hinüber.

»Korrekt. Ohne Haleys Hilfe wäre ich verloren«, gesteht er.

Das wäre ich in Biochemie auch. Ich weiß schon, warum ich Literaturwissenschaften und nicht Medizin studiere.

Mein von der Autorin signiertes Schätzchen verwahre ich sicher im Handschuhfach und mache es mir auf dem Beifahrersitz bequem. Die Fahrt bis zum Stadtrand dauert eine Weile, da lohnt es sich, die Schuhe während der Fahrt auszuziehen.

Kaum haben wir den Parkplatz verlassen, erklingt der Nachrichtenton meines Handys. Irritiert betrachte ich das Display. Ungelesene Nachricht von Mr Alabama. Warum schreibt er mir nach dem Fiasko vom Nachmittag?

»Sieh an, wer sich wieder meldet«, stichelt Bo mit einem flüchtigen Blick auf mein Handy.

Mr Alabama: *Ist es für dich in Ordnung, wenn ich mich mit deinem Bruder treffe?*

Ich hebe zweifelnd eine Augenbraue. Was für eine eigenartige Frage ist das?

»Hat Drew dich um ein Date gebeten?«, hake ich nach. Oder wie soll ich diese Nachricht verstehen?

»Ich habe keine Ahnung, was da Seltsames zwischen euch läuft«, plaudert Bo, ohne den Blick von der Straße zu lösen, »aber nach deinem Abgang haben wir bei einem Milchshake Brüderschaft getrunken. Zwing mich nicht dazu, diesen heiligen Bund aus Zucker und Milch zu brechen und ihm die Freundschaft zu kündigen, nur weil du kein Interesse an ihm hast.«

Unschlüssig wende ich das Handy zwischen den Fingern. Wenn mein Bruder wüsste, wie falsch er liegt. Ich habe schon ein Interesse an Drew, nur keines, das sich mit der Realität vereinbaren lässt.

»Er ist Footballspieler. Zwischen uns läuft gar nichts«, murmle ich und betrachte Bo von der Seite. »Aber wie kommt er darauf, mich um Erlaubnis zu bitten, dich weiterhin treffen zu dürfen?«

»Das weiß ich nicht, aber wir arbeiten an einer handfesten Bromance. Ich wollte schon immer einen besten Freund, der besser aussieht als ich und meinen grandiosen Humor teilt«, behauptet Bo mit einem Schulterzucken.

Nickend lege ich das Handy auf meinem Bein ab. Irgendwie kann ich mir sogar vorstellen, dass Bo und Drew sich gut verstehen. Denn Penny hat recht: Bo ist tatsächlich nett zu allen (außer ihr). Und er kann unglaublich charmant sein, wenn er will. Meistens will er. Der blonde Sonnyboy und der Quarterback mit dem schelmischen Funkeln in den Augen? Ich bin mir sicher, dass sie ein tolles Team abgeben.

»Weißt du, wie ungerecht ich es finde, dass ihr Männer einfach miteinander befreundet sein könnt, ohne euch den Kopf darüber zu zerbrechen, welche Art von Freundschaft das Gegenüber wohl im Kopf hat?«, frage ich meinen Gedanken nachhängend. Wie kann es sein, dass ich Drew berühren will, kaum dass ich ihm zu nahe komme?

»Und weißt du, wie ungerecht ich es finde, wie wenig Männer sich den Kopf darüber zerbrechen, dass es mehr als eine Art von Freundschaft geben könnte?«, fragt Bo rhetorisch. »Im Gegensatz zu dir würde ich Andrew McDaniels nämlich nicht in die Friendzone verbannen, wenn er auch nur einen Hauch von Interesse hätte.«

»Denkst du, Dad wäre sehr überrascht, wenn er dich mit einem Mann im Bett erwischen würde?«, hake ich nach.

Bo zuckt mit der Schulter. »Auf einer Skala von eins bis zehn. Wie schockiert wäre Dad wohl, wenn er wüsste, dass ich etwa dreimal so viele Männer in meinem Bett hatte als du?«

»Wenn man davon absieht, dass dreimal null laut dem Matheunterricht immer noch null ergeben würde«, werfe ich halbherzig ein und lehne mich gegen die Beifahrertür.

»Was ist mit Ben Mackenzie?«, hakt Bo nach.

»Das war kein Bett, sondern sein Sofa. Und erinnere mich nicht daran«, bitte ich halbherzig. »Es war …« An dieser Stelle fehlt mir ein Wort irgendwo zwischen enttäuschend und widerlich. Es war der schlechteste Abschluss der Highschool, den ich mir vorstellen kann. Mir hätte da eigentlich schon klar sein sollen, dass sich unsere Wege bei Collegebeginn trennen werden – ganz egal ob ich mit ihm schlafe oder nicht. Was ich Bo bis heute nicht gestanden habe, ist, dass es kurz nach Ben einen anderen gab. Einen gewissen One-Night-Stand, den ich bis heute bereue, obwohl die Begegnung an sich auf meiner internen Skala sehr weit entfernt von *enttäuschend und widerlich* liegt. Aber da auch der nicht in meinem Bett stattgefunden hat, ist mein Bett tatsächlich immer noch jungfräulich.

»Dad wäre sicher stolz auf dich«, behauptet Bo.

»Wegen meiner herausragenden Mathekenntnisse? Oder der Jungfräulichkeit meines Bettes?«, frage ich spöttisch.

»Beides«, antwortet er unbestimmt.

Vielleicht wäre Dad das. Immerhin bin ich zumindest in diesem Bereich meines Lebens beinahe vorbildlich vorsichtig.

Ich würde Bo gerne fragen, wie es ihm damit geht, dass Dad offiziell noch nichts von seiner sexuellen Orientierung weiß. Aber ihm ein Gespräch aufdrängen, wenn er dazu vielleicht noch nicht bereit ist? Das erscheint mir nicht richtig. Und so beschließe ich, einfach für ihn da zu sein, sollte er mich brauchen.

»Willst du Drew noch antworten?«, wechselt Bo das Thema.

Ich zögere, ehe ich Drew zurückschreibe.

July: *Natürlich ist es in Ordnung, wenn du dich mit Bo triffst. Aber brich ihm nicht das Herz.*

Ich lege das Handy in der Mittelkonsole des Autos ab, aber die Antwort kommt erst, als wir wieder zu Hause sind.

Mr Alabama: *Ich würde nie jemandem das Herz brechen, der Zugang zu Gratiseis hat.*

Ich kann mich nicht zurückhalten, ihm zu antworten.

July: *Was für niedere Beweggründe für eine Beziehung ...*

Offensichtlich ist Drew noch an seinem Handy, denn die Antwort kommt prompt.

Mr Alabama: *Findest du? Die meisten Gründe, um eine Beziehung zu führen, liegen immerhin unterhalb der Gürtellinie. Also definitiv niedriger als mein Magen.*
July: *Die Gründe deiner Beziehungen vielleicht ...*
Mr Alabama: *Du findest also nicht, dass körperliche Anziehung wichtig für eine Beziehung ist?*
July: *Doch. Aber körperliche Anziehung kann man ignorieren. Wenn man nur nach körperlicher Anziehung geht, neigt man dazu, sich wie ein Arschloch zu verhalten.*
Mr Alabama: *Du meinst, wenn man Frauen gegen ihren Willen belästigt? Oder ist es auch verwerflich, sich miteinander zu vergnügen, wenn beide einverstanden sind? Was genau macht einen dann zu einem Arschloch?*
July: *Man kann sich mit jedem vergnügen, der einverstanden ist. Aber der zwanglose Spaß sollte spätestens dann enden, wenn man in einer Beziehung ist.*

Mr Alabama: *Ja, danach nennt man es Fremdgehen. Das macht einen definitiv zum Arschloch.*

Irgendwie ist es beruhigend zu lesen, dass wir uns in diesem Punkt einig sind. Dass er vielleicht auf der gleichen Position wie Kyle, aber nicht die gleichen Spielchen spielt.

»Dauert euer Gespräch noch lange?«, fragt Bo. »Dann versuche ich schon mal, die Notizen von Hudgens zu ordnen, bevor ich die Bedeutung der Hieroglyphen vergesse.« Er schlendert in die Küche hinüber und holt sich etwas zu trinken und einen Mini-Muffin aus dem Kühlschrank, den er schon auf dem Weg in sein Zimmer verschlingt.

Seinem Beispiel folgend ziehe ich mich auch zurück.

July: *Ich muss Schluss machen. Ich muss heute dringend noch Jane Eyre beenden.*

Mr Alabama: *Gibt es keine Regel, die es verbietet, zweimal an einem Tag mit jemandem Schluss zu machen, mit dem man nicht einmal zusammen war? Darunter leiden mein Herz und mein Ego gleichermaßen.*

July: *Armer, kleiner Mr Alabama.*

Mr Alabama: *Klein? Sag mir, dass das nicht dein Problem ist. Du solltest mir wenigstens die Chance geben, dich vom Gegenteil zu überzeugen.*

July: *Für jemanden, dessen Herz und Ego gebrochen sind, bist du ganz schön forsch.*

Mr Alabama: *Der Mut der Verzweifelten? (Forsch? Ehrlich? Du liest eindeutig zu viele alte Bücher, Dust Kitty.)*

July: *Ich sollte aufhören, mit dir Schluss zu machen. Man wird dich ja doch nicht los.*

Mr Alabama: *Du kannst jederzeit damit aufhören, mir zu schreiben. Leg einfach das Handy weg.*

Und genau das tue ich. Schon allein, um ihn ein wenig zu ärgern – und mich ernsthaft zu fragen, wie es sein kann, dass wir dabei sind, einander zu schreiben. Hatte ich mir nicht vorhin vorgenommen, das zu lassen? Aber wieso bekomme ich dieses lästige Grinsen nicht aus dem Gesicht? Und warum fühle ich mich, als hätte ich mich soeben mit meinem schlechten Gewissen versöhnt?

6. KAPITEL

Mimimi-Montag

Mr Alabama: *Wie nennt man einen dicken Schriftsteller?*
July: *Wage es nicht, einen Witz über Autoren zu machen!*
Mr Alabama: *Kugelschreiber. (Nicht witzig?)*
July: *Haha. Nicht.(Bisher war noch keiner deiner Flachwitze auch nur annähernd lustig.)*
Mr Alabama: *Wusstest du, dass Humor angeblich das A und O einer Freundschaft ist? Wir sollten daran arbeiten.*

Amüsiert sehe ich aus dem Busfenster. Zwei Tage lang habe ich Drew nicht geschrieben und kann mir selbst nicht erklären, warum ich ihm am Samstag ein Foto von unserer Familiengarten-Aufräumaktion geschickt habe. Ihm, Haley und Penny.

Dass es ein Fehler war, es im Gruppenchat zu schicken, hätte ich mir vorher denken können. Die Quittung für diesen geistigen Aussetzer kam prompt.

Penny: *Süße Gartenhandschuhe. Liebe Grüße an den Rest der Family.*
Haley: *Familienarbeitsdienste? Soll ich anrufen? Ich glaube, meine Grandma ist gerade gestorben. Ihr müsst sofort herkommen und mir seelischen Beistand leisten.*
July: *Deine Grandma ist schon letztes Jahr gestorben.*

Haley: *Dann meine Tante? Die Katze meiner Tante? Meine Küche brennt? Ein Wort von dir, und ich zünde sie an!*

Mr Alabama: *Du nimmst die Tarnung deiner Superhelden-identität aber sehr ernst, Dust Kitty. Ich habe noch nie jemanden gesehen, der verwelktes Laub so elegant im Haar tragen kann wie du.*

Haley: *Falls es dir noch nicht aufgefallen ist: Sie kann ALLES tragen. Sie ist eine Göttin. Oder zumindest die Miniaturausgabe davon.*

Mr Alabama: *Ist mir aufgefallen.*

Haley: *Was? Dass sie alles tragen kann? Dass sie eine Göttin ist? Oder dass sie als Kind ein paarmal zu heiß gewaschen wurde?*

Mr Alabama: *Wenn Größe ein entscheidendes Kriterium wäre, würden die Dinosaurier noch leben.*

Haley: *Mein Beileid.*

Mr Alabama: *Weswegen? Soweit ich weiß, geht es meiner Grandma/Tante/Katze meiner Tante noch gut.*

Haley: *Das galt auch nicht dir, sondern July. Männer, die behaupten, dass es nicht auf die Größe ankommt, machen mich immer ganz betroffen.*

– Penny hat den Chat verlassen –

Mr Alabama: *Unter anderen Umständen würde ich dir jetzt anbieten, den Brand in deiner Küche zu löschen, damit du dich vom Gegenteil überzeugen kannst, aber ich habe es nicht so mit Polytheismus.*

Haley: *Du bist mir sympathisch. Ich erteile dir hiermit meinen Segen, den nächsten Küchenbrand deiner Angebeteten zu löschen.*

Das war die Stelle, an der ich beschlossen habe, den Chat nicht weiter zu verfolgen und mich wieder der Gartenarbeit zu widmen. Seitdem schreiben Drew und ich uns. Es ist das Erste, was er nach dem Aufstehen tut, und ich schreibe ihm, wenn ich ins Bett gehe. Oder wenn ich, wie jetzt gerade, im Bus nach Hause sitze und mich langweile. Penny, Ava und ich haben viel zu lange an zwei Artikeln für den Campus-Blog gearbeitet. Je mehr Leute dran sitzen, umso länger dauert es ironischerweise.

Drews regelmäßige Updates darüber, wo er gerade unterwegs ist, erleichtern es mir, ihm auf dem Campus aus dem Weg zu gehen. Ich weiß nicht, warum ich es tue. Einerseits würde ich ihn gern sehen und erneut das Kribbeln spüren, das ich nur in seiner Nähe fühle. Andererseits weiß ich, dass das nicht richtig ist. Es ist leichter, mit ihm befreundet zu sein, wenn ich nicht in seiner Nähe bin und von seinem Duft eingelullt werde. Oder Gefahr laufe, mich von seinen Grübchen verzaubern zu lassen. (Ja, Bo hat recht: Sie sind bezaubernd, und ich kann nichts dagegen tun!)

July: *Was machst du gerade?*
Mr Alabama: *Ich habe es vorhin mit dem Joggen übertrieben und bin total erledigt. Jetzt liege ich auf dem Sofa, sehe mir die Spiele der letzten Saison an und analysiere Spielzüge.*
July: *Und was sagt deine fachmännische Analyse?*
Mr Alabama: *Du bist mit Kyles Freundin befreundet. Woher weiß ich, ob du vertrauenswürdig bist und Dust Kitty keine geheime Doppelagentin ist?*
July: *Das weiß man nie …*
Mr Alabama: *Mein Sofa ist groß genug für uns beide. Du könntest vorbeikommen, dann analysieren wir gemeinsam. Die meisten Sachen machen zu zweit mehr Spaß.*
July: *Bedaure. Bin auf dem Weg nach Hause und froh, wenn ich endlich im Bett liege. Kann es kaum erwarten.*
Mr Alabama: *Sekunde. Sag mir, dass das keine Einladung zum Sexting ist, die ich nicht verstehe. Soll ich so etwas antworten wie: Ich liege nackt in meinem Bett und denke an dich?*

July: *Sicher nicht, du Spinner. Wir hatten uns auf kamerad-schaftliche Freundschaft geeinigt. Du erinnerst dich?*

Mr Alabama: *Nur falls du es dir anders überlegst: Meine Einladung gilt immer noch. Mein Sofa ist auch groß genug für andere Sachen. Ich habe ein wirklich großes Sofa. Viel zu groß für einen allein. Jetzt, da ich darüber nachdenke, komme ich mir hier ganz einsam vor. Es fährt doch bestimmt noch ein Bus in die Innenstadt.*

Danke, Drew. Jetzt stelle ich mir vor, dass ich genau das tue. Dass ich umkehre und Drew auf seinem viel zu großen Sofa besuche. Allerdings scheitert meine Fantasie an der Vorstellung, dass wir gemeinsam Spiele analysieren. Mir kommen ganz andere Bilder in den Sinn, die ich sofort verdränge. In einem Bus zu sitzen und von Drews Körper zu tagträumen, ist definitiv keine gute Idee.

July: *Vergiss es. Was auch immer du tust, wirst du allein beenden müssen.*

Mr Alabama: *Gib es zu: Du hast so lange für die Antwort gebraucht, weil du zumindest darüber nachgedacht hast.*

Und genau das ist das Problem mit Drew: Er sieht nicht einfach nur gut aus, sondern durchschaut mich manchmal schneller als ich mich selbst. Vielleicht sollte ich also ihn fragen, warum ich nicht damit aufhören kann, ihm zu schreiben. Es sollte mir nicht gefallen, mit ihm zu flirten. Aber verdammt, das tut es. Vielleicht ist es einfach nur der Reiz des Verbotenen. Vielleicht gießen wir beide gern Öl in ein Feuer, von dem wir wissen, dass es niemals gelöscht werden wird. Es ist nicht mehr als eine harmlose Neckerei. Nichts von Bedeutung. Zumindest versuche ich, mir das einzureden und damit die Stimme zu übertönen, die mich damit nervt, dass ich sehr wohl weiß, warum ich ihm schreibe. Warum ich ihn bei der Stange halte und seine Nachrichten nicht einfach ignoriere. Weil ein winziger Teil meines Selbst ihn nämlich gern für sich hätte und gar nicht will, dass der Typ mit den niedlichen Grübchen eine andere datet.

Dass es ebenso egoistisch wie bescheuert ist, weiß ich selbst. Abschalten kann ich dieses Gefühl trotzdem nicht. Vielleicht ist es, wie Schopenhauer schrieb: *Was dem Herzen widerstrebt, lässt der Kopf nicht ein.*

7. KAPITEL

Squad-Samstag

> **Mr Alabama:** *Was tust du gerade?*
> **July:** *Mir überlegen, was ich für unseren Squad-Abend anziehen soll.*
> **Mr Alabama:** *Wie? Ihr geht aus und tragt dabei nicht eure Cheerleading-Uniformen? Wie enttäuschend.*

Seit einer Woche schreiben wir uns nicht nur morgens und abends, sondern manchmal auch zwischendurch. Wobei »manchmal« auf einer Skala von 1 bis 10 ziemlich nah an »ständig« kratzt. Jedes Mal, wenn ich in einer Vorlesung sitze und mein Handy eine neue Nachricht von Mr Alabama anzeigt, freue ich mich. Ihm zwischendurch zu schreiben, fühlt sich wie etwas Verbotenes an. Wie ein Geheimnis, von dem nur wir wissen – und Bo natürlich.

Ab und an wirft mir Penny misstrauische Blicke zu, wenn ich in der Umkleide noch schnell eine Nachricht verfasse, aber ich kann ihr hiervon nicht erzählen. Ich erinnere mich noch zu gut an ihren Vortrag über Solidarität.

> **July:** *Ich muss los. Mach dir einen schönen Abend.*
> **Mr Alabama:** *Werde ich haben.*
> **July:** *Und du verrätst mir nicht, was du vorhast?*
> **Mr Alabama:** *Was man samstags so tut. Joggen. Mit meinen*

Eltern skypen. Die Marketingpräsentation durchgehen. Mich mit ein paar Jungs aus dem Team treffen. Nichts Besonderes – und du hast bisher nicht gefragt.

July: *Also gehst du auch aus?*

Mr Alabama: *Wenn du damit meinst, dass ich meine Wohnung verlasse: Ja. Wenn du damit meinst, dass ich in einen Club gehe: Nein.*

July: *Du bist also alt genug, um in einen Club gelassen zu werden?*

Mr Alabama: *Was soll ich davon halten, dass du es offensichtlich nicht bist und trotzdem allein ausgehst?*

July: *Mädelsabend! Beim letzten waren wir Karaoke singen. Davor in einer Bowlingbahn. Wir werden uns sicher nicht in einen Club schmuggeln und sinnlos betrinken.*

Mr Alabama: *Als ich dich das erste Mal gesehen habe, standest du in Hoodie und Leggings, ungeschminkt, verschlafen und mit verknoteten Haaren in einem Coffeeshop, und man hat dir trotzdem eine Telefonnummer zugesteckt.*

July: *Bist du etwa eifersüchtig auf den namenlosen Barista? (Ich bin zutiefst beeindruckt, dass du weißt, was ich anhatte.)*

Mr Alabama: *Kein Kommentar. (Und er hatte einen Namen. Er stand auf dem Becher. Willst du ihn wissen?)*

July: *Feigling! Steh zu deinen Gefühlen! (Ich werde nie vergessen, welche Jacke du an dem Morgen getragen hast. – Und nein danke. Ich habe eh keine Zeit für Dates.)*

Mr Alabama: *Nie ist eine sehr lange Zeit, Dust Kitty. (Wenn du die Zeit, die du jeden Tag fürs Schreiben deiner Nachrichten brauchst, sammeln würdest, hättest du definitiv Zeit für einen Kaffee. Mit dem Barista. Oder mit mir. – Und ich dachte, ich STEHE sehr offen zu meinen Gefühlen.)*

Ob Drew es glauben will oder nicht, ich werde diese Jacke bis zum Rest meines Lebens nicht mehr vergessen. Die rot-goldene Collegejacke. Und ich werde mich garantiert nicht auf einen Kaffee mit jemandem treffen, der den Großteil seines Tages damit verbringt, Kaffee zuzubereiten. Das hätte etwas sehr Ironisches an sich. Dass ich Drew nicht auf einen Kaffee einlade, ist purer Selbstschutz. Zu viel Nähe lässt mich schwach werden. Superman hat sein Kryptonit. Penny hat Kyle. Und ich eine ungesunde Affinität zu diesem Footballspieler mit schrägem Humor und außergewöhnlich schönen Händen, die sicherlich wissen, wie man ordentlich zupackt.

Aus, July! Deine Fantasien gehen eindeutig zu weit. Und Drews Anspielungen machen es nicht besser!

Mr Alabama: *Macht euch einen schönen Abend und pass auf dich auf.*

Mein Daumen schwebt über dem Display. Ich bin kurz versucht, ihm das Gleiche zu schreiben, aber er ist ein erwachsener Mann von fast zwei Metern. Soll ich ihm ernsthaft raten, auf sich aufzupassen?

Bevor ich darüber nachdenken kann, schreibe ich: *Vergiss nicht, Kondome einzupacken.* ;) Das ist meine Variante von: *Pass auf dich auf.* Auch wenn die Vorstellung von Drew und einer anderen Frau dafür sorgt, dass sich mein Magen schmerzhaft zusammenzieht. Ich muss an Bos Worte denken. Dass er Drew nicht in die Friendzone verbannen würde. Wahrscheinlich wäre er da nicht der Einzige. Wem soll ich es verübeln? Unter anderen Umständen wäre ich sehr versucht, Drew wenigstens mal am Campus-Cafémobil zu treffen. Aber wenn ich etwas wirklich nicht brauchen kann, dann Fotos von uns auf dem Tratschteil des College-Blogs. Das Internet vergisst nicht.

Drews Antwort entlockt mir ein Schnauben. Mit einer Mischung aus Kopfschütteln und Grinsen werfe ich das Handy aufs Bett.

Mr Alabama: *Wieso? Sehen wir uns heute noch?* ;)

Als Penny kurz nach 19 Uhr an der Haustür klingelt, stehe ich noch immer unschlüssig vor dem Kleiderschrank. Es wäre leichter, ein Outfit auszusuchen, wenn man wüsste, wie der Plan für den Mädelsabend lautet.

»Ich mache auf!«, ruft Bo durch das ganze Haus, kurz bevor er mit Penny in mein Zimmer geschlendert kommt.

»Wieso hat euer Dad mich so entgeistert angesehen?«, fragt sie beim Betreten, eilt zum Spiegel hinüber und prüft ihr Outfit. Mit einem Blick über die Schulter versucht sie, ihre Rückseite zu betrachten, und zupft nervös am Saum des Rocks herum. »Ist das Kleid zu kurz?« Sie saugt ihre rot geschminkte Unterlippe zwischen die Zähne.

Ich zucke mit den Schultern. Ihr olivgrünes Shirtkleid ist tatsächlich recht knapp bemessen, aber Penny kann es tragen. Manchmal beneide ich sie um ihren Teint. Meine blassen Beine sehen in vielen Kleidern verboten kränklich aus. Ihrem Outfit und den Lackleder-High-Heels nach gehen wir heute wohl eher nicht zum Bowling.

»Mit dem Kleid ist alles in Ordnung«, versichert Bo. »Dad war vermutlich nur schockiert, dich in etwas anderem als einem Poloshirt zu sehen. Und so ganz ohne Perlenkette …«

»Bist du dir sicher?« Penny zupft immer noch beunruhigt den Rock ihres Kleids zurecht, der dadurch keinen Zentimeter länger wird.

»Du siehst umwerfend aus«, versichere ich und greife einen schwarzen Rock und einen Rollkragenpullover aus dem Schrank.

Bo setzt sich auf die Kante am Fußende meines Betts und beobachtet, wie ich in den Rock schlüpfe. »Was habt ihr zwei eigentlich vor?«

»Wir gehen mit den Mädels feiern«, ist die einzige Erklärung, die wir von Penny bekommen. »Und ich würde den Pullover nicht anziehen. Nimm das goldene Bustier-Top. Das ist süß. Außerdem könnte es warm werden.«

»Also gehen wir in eine Sauna?«, hake ich nach, lege den Rolli zurück und schlüpfe in das bauchfreie Top.

»Es könnte dir wie eine Sauna vorkommen. Lass dich überraschen.« Sie bindet ihre seidigen Haare zu einem tief sitzenden Zopf zusammen.

Ich betrachte mich im Spiegel, rümpfe die Nase und greife nach einem schwarzen Spitzenshirt, das ich überziehe, um weniger nackt auszusehen. Ich habe kein Problem mit meinem Körper, aber die Kombination aus kurzem Rock und bauchfrei ist trotzdem nicht mein Stil. Im Gegensatz zu Penny verzichte ich auf hohe Schuhe und schlüpfe in ein paar Sneakers. Darin fühle ich mich für das Abenteuer unbekannter Art besser gerüstet.

»Willst du eigentlich mit?«, fragt Penny unvermittelt und sieht Bo im Spiegel an, der sich rücklings auf das Bett fallen lässt. »Ist zwar ein Mädelsabend, aber …« Sie lässt den Satz unbeendet verklingen.

»Nicht einmal für 20 Millionen Dollar pro Saison«, lehnt Bo ab und starrt zur Zimmerdecke hinauf.

Seufzend nehme ich ein goldenes Armband aus der Schmuckschüssel und stecke ein paar Ringe an die Finger. Da ich immer noch nicht weiß, was mich erwartet, binde ich mir die Haare zu einem Messy Bun zusammen und setze die Kontaktlinsen ein.

»Kommst du zurecht?«, hake ich an Bo gewandt nach. Manchmal fehlt es mir, mit meinem Bruder feiern zu gehen. Ich wünsche mir, dass er Spaß hat und sich nicht vor der Welt verkriecht. Was das betrifft, mache ich mir wirklich Sorgen um ihn. Er hatte auf der Highschool und zu Beginn des Colleges viele Freunde. Es ist ihm nie schwergefallen, neue Leute kennenzulernen. Aber die meisten haben sich von ihm abgewandt, als er damit begann, offener mit seiner Homosexualität umzugehen. Die wenigen Freunde, die Bo danach geblieben sind, hat er fast alle selbst vergrault, indem er die Zeit lieber mit Lernen, Arbeiten und Backen als mit ihnen verbracht hat.

»Wenn ich kommen will, schaffe ich das schon allein«, versichert er, hebt träge den Kopf und zwinkert mir zu.

Dafür hat er nicht mehr als ein Augenrollen verdient. Manchmal kann Bos Humor wirklich anstrengend sein. Mittlerweile bin ich mir absolut sicher, dass er und Drew sich gut verstehen. Mit anzüglichen Witzen haben sie beide keine Probleme.

»Damit du dir keine Sorgen darüber machen musst, dass ich hier sozial komplett vereinsame, fahre ich nachher zu Haley«, versichert Bo. »Wir werden auf ihrer Dachterrasse sitzen und unter den Sternen über das Sterben philosophieren.«

»Bist du dir sicher, dass Haley dir guttut?«, vergewissert sich Penny. »Sie erscheint mir manchmal ein wenig seltsam.«

»Bist du dir sicher, dass Kyle dir guttut?«, entgegnet Bo. »Er erscheint mir manchmal ein wenig untreu.«

Penny öffnet den Mund, wirft mir einen flüchtigen Blick zu und schluckt ihre Worte herunter.

»Vertragt euch«, bitte ich und überprüfe mein Outfit im

Spiegel. Moms lange Goldkette mit der tropfenförmigen Perle würde es perfekt ergänzen.

Ich habe sie mir schon öfter aus ihrem Schmuckkästchen genommen und immer wieder zurückgebracht, aber als ich in Dads Schlafzimmer stehe, ist sie nicht da. Nicht im Fach für die Ketten und in keiner der Schubladen. Sie ist nicht das einzige Schmuckstück, das fehlt. Ich kann mich nicht an jedes erinnern, aber an Moms Saphirring, weil er die Farbe ihrer Augen hatte, oder an die goldene Pantherbrosche, die ich immer schrecklich kitschig fand. Sie fehlen beide. Irritiert suche ich Dad im Wohnzimmer auf. Seine ganze Konzentration richtet sich auf die Papiere vor ihm auf dem Tisch. Er bemerkt mich erst, als ich ihn anspreche.

»Dad? Weißt du, wo Moms Schmuck hin ist? Ich suche die Kette mit der Perle, die wir ihr zum letzten Geburtstag geschenkt haben.«

»Ist sie nicht im Schmuckkasten?« Er rafft einige Papiere zusammen.

»Wenn sie es wäre, würde ich dich nicht fragen.«

»Vielleicht hast du sie verlegt?«

Empört ziehe ich die Augenbrauen zusammen. Moms Kette verlegt? Niemals! Sie ist ein besonderes Erinnerungsstück für mich. Ich passe immer darauf auf.

»Ach, die Kette. Jetzt weiß ich, welche du meinst. Ich habe sie zusammen mit ein paar anderen Sachen zum Juwelier gebracht. Zum Reparieren und Reinigen.«

»Okay«, antworte ich gedehnt. Dann werde ich mir etwas anderes einfallen lassen. »Sollen Bo und ich die Sachen bei Mr Van Dijk abholen?«

»Bei wem?«, fragt Dad und sieht zum ersten Mal auf. Er scheint nicht den Hauch einer Ahnung zu haben, wovon ich rede. Er war wohl mit seinen Gedanken gerade weit weg.

»So heißt der Juwelier, bei dem wir Moms Kette gekauft haben«, erinnere ich ihn.

»Ich kümmere mich selbst darum«, widerspricht er und bemüht sich, ein Lächeln zu ergänzen. Seine Mundwinkel bewegen sich nach oben, aber für seine Augen reicht es nicht. »Jetzt geht endlich feiern.«

Kopfschüttelnd lasse ich ihn im Wohnzimmer sitzen.

Das, was Penny *Squad-Party* genannt hat, stellt sich als Joshuas Geburtstagsfeier heraus. Er wohnt zusammen mit Kyle und Mateo in einer sehr luxuriösen WG in der Innenstadt. Hätte ich geahnt, wohin wir gehen, wäre ich nicht mitgekommen. Vermutlich hat Penny das gewusst und es deswegen wohlweislich verschwiegen. Ich habe ein schlechtes Gefühl dabei, hinter Bos Rücken auf Joshuas Geburtstagsparty zu gehen.

Bereits im Hausflur des hochmodernen Wohnkomplexes vibriert der Bass der Musik, die Flurwände sind geradezu tapeziert mit Hinweisschildern und Entschuldigungen, dass es heute Abend etwas lauter werden könnte. *Laut* ist auch der erste Eindruck, den ich beim Betreten der Wohnung habe. Die Musik, die aus mehreren transportablen Lautsprechern überall im Raum dröhnt, ist nicht das Einzige, was eine beachtliche Lautstärke hat. Stimmengewirr und Gelächter erfüllen die weitläufige Wohnung, in der es mir jetzt schon zu warm ist.

Der Rest unserer Mädelsgruppe verstreut sich gleich hinter der Eingangstür in alle Richtungen und lässt sich von der Musik treiben. Eine Sofagruppe aus cognacfarbenem Leder wurde an die Wände geschoben, um Platz für eine Tanzfläche zu schaffen. Die Tischtennisplatte in der Mitte des Raums sieht aus, als würde sie immer dort stehen, auch wenn man sie nicht gerade für Bier-Pong benötigt. Platz ist dafür in jedem Fall ausreichend vorhanden. Der Tresen der offenen Küche und ein großer Esstisch nahe der Fensterfront sind über und über mit Schüsseln und Tabletts beladen, die Häppchen aller Art beinhalten. Ich hoffe inständig, dass etwas Vegetarisches dabei ist, denn meine Laune könnte etwas zu essen vertragen. Während die anderen bereits das Büffet plündern oder die Tanzfläche erobern, unterdrücke ich den Impuls, die Wohnung zu verlassen. Sowohl Kyle als auch Joshua bewegen sich auf meiner Sympathiepunkteskala so weit unten, dass ich lieber mit Pompons bewaffnet im *Hatcat* tanzen als mich in ihrer Wohnung aufhalten würde.

»Wir müssen nicht ewig bleiben«, verspricht Penny halbherzig, aber ihr Blick scannt die Umgebung bereits nach Kyle ab.

Die Wahrheit ist, dass wir noch immer zu jung sind, um in der Öffentlichkeit Alkohol zu trinken, dabei wäre mir jetzt tatsächlich nach einem Bier. Zwar nicht danach, es mir mit Wasserpistolen in den Mund schießen zu lassen, wie es eine Gruppe junger Männer nahe dem Tresen zwischen Küche und Wohnbereich macht, aber ich könnte wirklich einen Becher vertragen. Bevor ich mich auch nur zu Ende umgesehen habe, ruft Mateo meinen Namen durch den Raum.

»Summers!« Er nähert sich durch die Menge und drückt mich zur Begrüßung an seine Brust.

Ich fühle mich, als würde mich ein Bär umarmen. Ein sehr muskulöser, nach Bier riechender Bär. Er rauft mir mit den Fingerknöcheln die Haare, als wäre ich seine kleine Schwester – oder ein possierliches Haustier.

»Oh Summers, du machst meinen Abend so viel schöner«, schnurrt er, schiebt mich von sich, um mich anzusehen. Dem trüben Glanz seiner Augen nach zu urteilen, hat er bereits mehrere Biere Vorsprung. Von allen Bewohnern dieser WG ist er mir dennoch am sympathischsten. Doch obwohl Mateos Körper perfekt in Form ist und die grünen Augen zu den schwarzen Haaren einen überaus spannenden Kontrast bilden, empfinde ich bei seinem Anblick rein gar nichts. Zumindest keines der Gefühle, die Drews Nähe in mir erzeugt. Alles, was ich spüre, ist das Verlangen, meinen Alkoholpegel Mateos anzupassen, um diesen Abend zu überstehen.

»Wie wäre es mit einem Bier?«, schlage ich vor.

»Summers, du weißt, was Männer hören wollen«, lallt er, legt den Arm um meine Schultern und führt mich zum Küchentresen. »Du wirst deinem Dad nichts verraten, oder?« Er schenkt mir einen flüchtigen Blick und ich ihm ein Augenrollen.

Wenn ich meinem Dad sage, dass ich Alkohol getrunken habe, was genau genommen eine Straftat ist, kann ich mich auch gleich bis zu meinem einundzwanzigsten Geburtstag ins Zimmer einschließen. Mit einem Plastikbecher voll Bier in der Hand versuche ich, das Chaos zu überblicken, und nicke ab und zu halbherzig, während Mateo mir seit zehn Minuten seine persönlichen Highlights der letzten Spielsaison zusammenfasst. Wenn man nicht in Mateos Beuteschema fällt, ist er wirklich in Ordnung, nur leider sind unsere Interessen ziemlich unterschiedlich.

Ava winkt mir überschwänglich zu, fordert mich mit einer Handbewegung auf, mit ihr und ein paar anderen Mädchen unseres Squads zu tanzen. Warum eigentlich nicht? Immerhin ist dies immer noch ein Mädelsabend.

»Entschuldigst du mich?«, bitte ich und schaffe es, Mateo zu entkommen.

Er wendet sich einfach einem anderen Partygast zu und setzt seinen Vortrag über das hammermäßigste Field Goal aller Zeiten fort, als wäre nichts gewesen.

Auf halbem Weg zu Ava fängt mich Joshua ab, indem er mir den Weg versperrt. »Können wir reden?«, bittet er gerade laut genug, um die Musik zu übertönen.

»Happy Birthday?«, schlage ich vor, denn eigentlich habe ich ihm nicht mehr als das zu sagen. Mein Interesse daran, Zeit mit ihm zu verbringen, hält sich in Grenzen.

»Bitte, Summers. Unter vier Augen«, drängt er und zeigt auf die Balkontür.

Mit einem widerwilligen Stöhnen folge ich seiner Einladung. »Nur weil du heute Geburtstag hast«, gebe ich mich geschlagen.

Der Balkon der WG ist unverhältnismäßig klein und bietet kaum Platz für zwei Stühle. Er kann für nicht mehr als Raucherpausen konzipiert worden sein. Joshua schließt die gläserne Schiebetür hinter uns und lässt die Partygeräusche augenblicklich verstummen. Die Kühle des Frühlingsabends bildet einen angenehmen Kontrast zu der überhitzten Wohnung.

Im Licht der untergehenden Sonne trete ich an das Balkongeländer heran, stütze die Unterarme darauf und sehe auffordernd zu Joshua auf. Wenn er reden will, soll er anfangen. Nur um irgendetwas zu tun, nehme ich einen Schluck von meinem Bier. Obwohl Joshua Geburtstag hat und dies seine Feier ist, wirkt er nicht besonders glücklich. Tatsächlich sogar um einiges nüchterner als Mateo. Seine Hände umgreifen das Geländer so fest, dass die Fingerknöchel weiß hervortreten. Sein ganzer Körper wirkt angespannt, dabei dachte ich bis eben noch, dass ich diejenige bin, die kein Interesse an diesem Gespräch hat.

Er atmet tief durch, bevor er Worte sagt, die mich wütend machen. »Wie geht es Benjamin?« Die Frage kommt ihm so schnell über die Lippen, als hätte er sie seit Ewigkeiten zurückgehalten, nur damit der Damm nun bricht.

Wie es meinem Bruder geht? Hat er das tatsächlich gerade gefragt? »Du hast ihn so lange ignoriert und es schien dich die ganze Zeit nicht zu kümmern, wie es ihm geht. Wieso fragst du jetzt nach Bo?«

»Ich hätte dich längst nach ihm gefragt, wenn ich dich jemals allein treffen würde«, versichert er und stützt ebenfalls die Unterarme aufs Geländer. Mit einer Hand zupft er an den feinen Härchen seines Daumens und ringt um Worte, die er nicht findet. Frustriert schüttelt er den Kopf. »Scheiße, Summers, ich weiß, du hasst mich.«

»Ich verachte dich nicht. Ich kann mir nicht einmal vorstellen, wie schwierig deine Situation ist, aber erwartest du, dass ich zu jemandem freundlich bin, wegen dem es meinem Bruder nicht gut geht?«

»Ich weiß.« Joshua senkt den Kopf, reibt sich mit seinen Fingern über die Stirn. »Es ist nur …« Der Rest seines Satzes verhallt im Nichts. »Es gab Spieler, sehr gute Spieler, die keine Mannschaft mehr finden konnten, nachdem …« Statt den Satz zu beenden, vergräbt er das Gesicht in den Händen und atmet tief durch. »Verdammt«, murmelt er in die Handflächen, bevor er die Hände sinken lässt. »Ich will nur, dass du weißt, dass es nicht an deinem Bruder liegt.«

»Er soll es also nicht persönlich nehmen?«, hake ich nach und kann den spöttischen Unterton in meiner Stimme nicht ganz unterdrücken. Aber als ich ihm ins betretene Gesicht blicke, tut es mir leid.

»Summers, Benjamin ist der mit Abstand schönste, klügste und überhaupt *der* … Mann. Er ist es einfach. Also, er wäre es …« Er verstummt erneut und schüttelt ansatzweise den Kopf. Als wüsste er nicht, was er tun soll. Was er sagen soll. Oder warum wir hier miteinander reden.

Die Situation ist so seltsam wie die Atmosphäre zwischen

uns. Joshuas Worte ändern nichts daran, dass es Bo gerade nicht gut geht, aber zumindest kann ich nun etwas besser nachvollziehen, dass es auch Joshua nicht leicht hat und er Bo nicht böswillig verletzt.

Es war auf einer Party wie dieser. Am Anfang unseres ersten Semesters, als wir noch jung und naiv waren und dachten, dass sich mit dem Besuch des Colleges alles ändern würde. Wir haben uns beide geirrt.

Ich kann mich nicht entscheiden, was schlimmer war: Bo vollkommen desillusioniert von dieser Feier abzuholen – oder die Wochen danach. Ich werde nie vergessen, wie er mir im Hausflur entgegenkam, begleitet von den hämischen bis angewiderten Blicken und widerlichen Sprüchen der anderen Partygäste. Nie wieder habe ich so viele homophobe Schimpfwörter auf einmal hören müssen. Noch bevor ich überhaupt wusste, was passiert war, hat sich Bo an mir vorbei nach draußen gedrängt, obwohl es normalerweise nicht seine Art ist, vor etwas wegzulaufen.

Ich kann mich nicht daran erinnern, ob Joshua ihm auch etwas nachgerufen hat, wenn ja, dann ist es in dem Hagel der wüsten Beschimpfungen untergegangen. Bo hatte kein Team, das sich an dem Abend schützend vor ihn gestellt hat, da war nur ich.

Joshua hat seinen Weg gefunden, um sich von den ganzen Beleidigungen der anderen Studierenden abzuschirmen. Er hat sich von Bo distanziert – und die Rückendeckung seiner Mannschaft erhalten. Dass er mit Bo im Badezimmer erwischt worden ist, war mit einem Mal nicht mehr als ein einmaliger Fehltritt unter Alkoholeinfluss.

Auch wenn mein Bruder sich alle Mühe gibt, hocherhobenen Hauptes durch das College zu laufen, und im *Hazelcup* wie der stets gut gelaunte Sonnyboy wirkt, weiß ich, dass der

Abend nicht spurlos an ihm vorbeigegangen ist. Seitdem meidet er alle Collegepartys und verbringt so wenig Zeit wie nur möglich im Footballstadion.

»Deine Situation tut mir leid«, sage ich nach einigen Sekunden der Stille und meine es auch.

Weil wir beide wissen, dass Bo eines Tages einen Mann finden wird, mit dem er in aller Öffentlichkeit glücklich sein kann. Der nicht behaupten wird, dass er nur betrunken und neugierig war, es ihm nicht gefallen hat und der größte Fehler seines Lebens war.

»Es wird Bo gut gehen«, beantworte ich Joshuas erste Frage nachträglich. Vielleicht wird man sich noch eine Weile über ihn lustig machen. Vielleicht wird er sich noch ein halbes Jahr von allen Partys fernhalten, aber er hat zumindest die Möglichkeit, zu sich selbst zu stehen, sobald er sich traut. Im Gegensatz zu Joshua. Wenn ich etwas verstehe, dann, dass es Zukunftswünsche gibt, die der Liebe im Weg stehen. Die es einem unmöglich machen, seinen Gefühlen nachzugeben. Aber es ändert nichts an meiner Solidarität. Was auch passiert, ich werde immer für Bo da sein.

Ich drehe den Becher in den Händen und komme dann doch wieder zum Ausgangspunkt zurück. »Was hast du jetzt vor? Mädchen daten, um die Welt davon zu überzeugen, dass du nur versehentlich mit meinem Bruder im Bad gelandet bist?«

»Ich hab's versucht«, murmelt Joshua und starrt zum aufziehenden Mond hinauf. »Also das Daten. Aber es ist anstrengend, sich jedes Mal Ausreden einfallen zu lassen, um die Frauen wieder loszuwerden, bevor sie einem an die Wäsche wollen. Du kennst das ja.«

Fragend sehe ich zu ihm auf. Wie soll ich das verstehen?

»Ach komm. Ich bin nicht blind, Summers. Ich sehe, wie viele Typen dich gern näher kennenlernen würden, und du lässt sie trotzdem alle der Reihe nach abblitzen. Ich kenne allein drei Kerle in unserem Team, die stramm stehen, sobald du die Tribüne im Stadion betrittst.«

»Weißt du …« Ich schaue ebenfalls zur blassen Silhouette des Halbmonds hinauf. Ich weiß nicht, ob es am Alkohol liegt, dass ich ausgerechnet Joshua davon erzähle. »Footballspieler zu daten, fühlt sich einfach nicht richtig an. Du kennst die NFL und ihre Vorschriften. Unsere Welt sollte nicht so sein, aber wir haben die Regeln nicht festgelegt, nach denen wir jetzt spielen müssen.«

»Oh Gott.« Joshua stöhnt und lässt den Kopf auf die Brust sinken.

»Was?«

Er beißt sich auf die Unterlippe, ich sehe dennoch, dass sich ein Lächeln auf sein Gesicht stiehlt. »Du hast gerade wie Benjamin geklungen.«

»Oh.« Ich trinke einen weiteren Schluck – oder will ihn trinken, aber der Becher ist leer. »Dann habt ihr tatsächlich miteinander geredet, bevor du über ihn hergefallen bist?«

»Ich bin nicht so ein Vollpfosten, wie du denkst«, versichert er und stößt mich unsanft mit dem Ellbogen an.

»Alles klar, Halbpfosten. Ich brauche etwas Neues zu trinken.« Ich benötige dringend mehr Alkohol, um dieses Gespräch fortzusetzen. Ich meine: Rede ich gerade ernsthaft mit Joshua Simons? Allein? Und verstehe ich die Gründe für sein Handeln nun ein wenig besser?

»Summers? Danke dir für deine Zeit«, murmelt er und bleibt allein auf dem Balkon zurück, während ich wieder in die Wohnung gehe.

Ich werfe einen letzten Blick über die Schulter und betrachte seine Silhouette. Dies ist seine Party, in der WG tobt das Leben, doch er wirkt seltsam einsam und verloren.

Die sexuelle Orientierung eines Menschen sollte heutzutage keinen Einfluss mehr auf sein Berufsleben haben, aber ich glaube ihm, dass er sich vor den möglichen Konsequenzen eines Outings fürchtet. Ich verstehe, dass er seine Karriere nicht gefährden will. Wahrscheinlich leidet er tatsächlich unter der Situation und steht unter enormem Druck. Ich wünschte nur, dass nicht auch Bo unter dieser Situation leiden müsste.

Das Vorhaben, mir ein neues Bier zu holen, scheitert, als ich meinen Becher auffülle und mich jemand am Arm berührt. Verwundert drehe ich mich um. Ich weiß nicht, womit ich rechne, aber nicht mit goldbraunen Augen und bezaubernden Grübchen.

Drew. Hier? Mein Herz macht einen unwillkürlichen Hüpfer. Ich bin irgendwie nicht davon ausgegangen, dass er kommen würde. Es ist schließlich kein Geheimnis, dass Kyle ihn nicht besonders leiden kann. Auch wenn es Joshuas Party ist, wohnt Kyle immer noch hier. Allerdings ist Drew nun ein Teil des Teams, und es wäre wohl eigenartig, ihn als Einzigen nicht einzuladen.

»Was sagt dein Dad dazu, dass du hier Bier trinkst?«, fragt er in einem Tonfall, den ich nicht einordnen kann. Klingt er besorgt oder eher tadelnd? Seinem Grinsen nach zu urteilen, scheint er mir zumindest keine ernsthaften Vorwürfe zu machen.

»Dad weiß nicht einmal, dass ich hier bin«, gestehe ich und nippe am Bier, um Drews Blick auszuweichen. »Wie alt bist du eigentlich?«, frage ich in einem Anfall von Neugierde.

»Alt genug, um den Becher für dich auszutrinken«, versichert er, streckt mir eine Hand entgegen und macht eine auffordernde Geste.

Ich zögere, bevor ich ihm das Bier überreiche und mir stattdessen einen neuen Plastikbecher nehme, den ich mit Cola fülle. Ich spüre, dass Drew hinter mir steht und mir über die Schulter sieht, als wollte er sichergehen, dass ich nicht aus Versehen noch einen Schluck Whiskey hinzufüge.

Sein Körper strahlt eine Wärme ab, die ich durch meine dünne Kleidung spüre. Penny hatte recht: Es ist außergewöhnlich warm hier. Um nicht zu sagen: heiß. Wieso stelle ich mir augenblicklich vor, wie Drew eine Hand ausstreckt, langsam meinen Rücken hinauf streicht, nur um meine Haare beiseitezuschieben und mir einen Kuss auf den Hals zu hauchen. Allein bei dem Gedanken daran läuft mir ein Schauer über den Rücken.

Er ist tabu, July!, ermahne ich mich und drehe mich hastig zu ihm um, damit meine eigenartigen Fantasien aufhören. »Was tust du eigentlich hier?«, frage ich mit Blick in meinen Colabecher, bevor ich wieder zu Drew aufschaue. Ich muss die Frage wiederholen, bevor er sie versteht. Mit ihm Blickkontakt zu halten, fällt mir gerade schwerer, als es sollte. Ihm täglich zu schreiben, ist mir mittlerweile vertraut, seine plötzliche Nähe macht mich trotzdem nervös.

»Ich sagte doch, dass ich einen schönen Abend haben werde«, antwortet er schmunzelnd. »Es gab Gerüchte, dass ihr herkommen werdet. Und Zeit mit dem Team zu verbringen, schadet nie.«

Schön. Dann wusste er vermutlich mehr über unsere Abendplanung als ich. Hätte ich gewusst, dass Joshua heute Geburtstag feiert, hätte ich mir vielleicht denken können, dass Penny herkommt, um ein Auge auf Kyle zu haben. Und dass Drew hier sein könnte, schließlich wollte er den Abend mit ein paar Jungs aus dem Team verbringen.

»Summers«, stöhnt Mateo, während er sich nähert und mit

einem Arm durch die Luft fährt, als wollte er einen Schwarm Mücken vertreiben. »Reicht es nicht, wenn du mir das Herz brichst? Musst du dabei auch noch zwischen mir und dem Bier stehen?«

Ich weiche augenblicklich aus, um ihm Platz zu machen, und stoße dabei gegen Drew. Eine Entschuldigung murmelnd sehe ich zu ihm auf und bringe Mateo zum Lachen.

»Er dürfte Schlimmeres gewohnt sein.« Mateo füllt seinen Becher mit Bier, prostet Drew zu, der seine Geste halbherzig erwidert. »He.« Mateo legt ihm eine Hand auf die Schulter, damit Drew ihn ansieht. »Pass gut auf sie auf.« Er nickt mir zu.

»Ich bin kein Haustier. Ich brauche niemanden, der auf mich aufpasst«, versichere ich.

»Großer Irrtum, Summers.« Mateo stößt ebenfalls mit meinem Colabecher an. »Jeder von uns braucht jemanden, der auf ihn aufpasst. Davon mal abgesehen wird mir bei euren Stunts immer ganz anders. Wenn ich könnte, würde ich dich persönlich auffangen.«

»Und meinem Vater wird jedes Mal ganz anders, wenn wieder einer von euch eine Gehirnerschütterung hat.«

»Wer hat eine Gehirnerschütterung?«, fragt Joshua von der Seite, füllt sich ebenfalls einen Becher und schließt sich unserer kleinen Runde an.

»Niemand«, antwortet Mateo. »So etwas haben nur Spieler, die zu langsam laufen und sich vom Gegner erwischen lassen.«

»Sicher.« Joshua leckt sich über die Zähne, als wollte er einen widerlichen Geschmack loswerden, dann spült er ihn mit einem großen Schluck Bier herunter. »Ich möchte an meinem Geburtstag bitte keinen weiteren Vortrag über die gesundheitlichen Langzeitfolgen von Sportverletzungen hören.«

Ich sehe zu Drew auf, als ich seine Hand an meinem unteren Rücken spüre. Von einer Sekunde zur anderen habe ich die Gespräche um uns vergessen. Meine gesamte Aufmerksamkeit richtet sich auf diese flüchtige Berührung, die meinen ganzen Körper nach mehr schreien lässt. Drew schenkt mir ein Lächeln, als wüsste er ganz genau, was in meinem Kopf vor sich geht. Zwischen uns ist nicht mehr als der dünne Stoff meines Spitzenoberteils. Ich könnte mir Drews Berührung auch nicht bewusster sein, würde ich es nicht tragen. Er zieht die Hand zurück, nur um kurz darauf mit seinen Fingerspitzen neben meiner Wirbelsäule auf und ab zu gleiten. Er streichelt mich, als wäre ich tatsächlich sein kleines Kätzchen. Vielleicht sollte mich sein Annäherungsversuch abschrecken, vielleicht sollte ich mich seiner Berührung sofort entziehen, doch mein Körper reagiert mit einer Gänsehaut, die bei meinem Kopf beginnt, über den Rücken fließt und ein warmes Kribbeln zwischen meinen Beinen entfacht.

Das ist nicht gut. Ich bin kurz davor, die Augen zu schließen und den Moment zu genießen. Wie kann sich etwas Falsches so richtig anfühlen?

»Hast du gerade geschnurrt?«, stichelt Mateo.

Glücklicherweise werden wir von Penny unterbrochen. Sie lehnt sich von der anderen Seite über den Tresen und sieht mich mit ihren Rehaugen an. »Kommst du mit tanzen?« Flüchtig nickt sie in Richtung der improvisierten Tanzfläche.

»Sicher«, antworte ich zögerlich, weil ein sekündlich wachsender Teil von mir lieber bei Drew bleiben würde, um sich weiterhin streicheln zu lassen. Aber Pennys Blick ist so flehend, dass ich es nicht übers Herz bringe, abzulehnen. Außerdem ist das hier offiziell ein Mädels- und kein Lass-dein-Herz-von-einem-QB-brechen-Abend.

Ich streife vorsichtig Drews Hand ab und sehe zu ihm auf.

»Ich gehe mit Penny tanzen«, sage ich langsam und unterstreiche mein Vorhaben mit improvisierten Gebärden.

»Soll ich solange deine Tasche halten?«, bietet er an, als wäre es selbstverständlich.

Ich zögere, stelle den Becher auf dem Tresen ab, lege die Handtasche daneben und schlüpfe aus dem Spitzenoberteil. Es ist so zart, dass es sich ohne Probleme in die Tasche stopfen lässt.

Kaum habe ich es verstaut, greift Drew nach der Tasche, zieht mein Handy daraus hervor und drückt es mir in die Hand, bevor er die Tasche an sich nimmt.

»Ich passe schon darauf auf«, verspricht er und schenkt mir ein Grübchenlächeln, das mein Herz erweicht.

Ich habe keinen Zweifel daran, dass er gut auf meine Tasche aufpasst, allerdings habe ich ein schlechtes Gewissen dabei, ihn mit derart niederen Aufgaben zu belästigen.

»Okay«, murmle ich widerwillig und ergänze die passende Gebärde. »Bis gleich.« Als ich mich zum Gehen wende, streiche ich ihm über den Arm und ignoriere das Verlangen, bei ihm zu bleiben.

Penny ergreift meine Hand und zieht mich zur Tanzfläche, kaum dass ich in ihrer Reichweite bin.

»Seit wann redest du freiwillig mit Joshua?«, fragt sie irritiert.

»Seit vorhin?«, nehme ich an. Mich wundert, dass sie keinen Kommentar zu Drew abgibt, doch offensichtlich ist sie geistig bereits anderweitig beschäftigt.

Wir gesellen uns auf der Tanzfläche zu Ava und den anderen. Ich brauche einen Moment, um abzuschalten und mich auf Joshuas Musikgeschmack einzustellen, aber als Ava mich lächelnd antanzt, ist alles um mich herum vergessen. Wir haben unseren Spaß, so wie es auf einer Feier sein sollte. Nur Penny wirkt abgelenkt.

Als ich ihrem Blick folge, verstehe ich auch, warum. Kyle hat sich breitbeinig auf einem Sessel niedergelassen und unterhält sich mit einer jungen Frau, die auf seinem Schoß sitzt. Seine Hand liegt auf ihrem Oberschenkel, ihre Hand streicht über seine kurzen Haare. Penny gibt sich alle Mühe, die Szene zu ignorieren und sich trotzdem zu amüsieren, vielleicht auch seine Aufmerksamkeit zu erregen, doch beides misslingt.

»Warum gehst du nicht einfach rüber?«, frage ich. Als seine offizielle Freundin sollte es ihr gutes Recht sein, die Fremde zu vertreiben.

Penny presst die Lippen zusammen, schüttelt den Kopf und tanzt stur weiter. Ein spitzes Lachen zerreißt die Luft, als Kyle aufsteht – mit der Fremden auf dem Arm. Sie schlingt die Arme um seinen Hals, lässt sich von ihm durch das Getümmel in Richtung des Tresens tragen, wo er sie vorsichtig absetzt. Während er zwei Becher mit Bier befüllt, zupft sie unaufhörlich an seinem Shirt, um seine Aufmerksamkeit nicht zu verlieren.

Ich ertrage Pennys Resignation keine Sekunde länger, ergreife ihren Arm und ziehe sie gegen ihren Willen in Richtung Balkon. Es scheint der einzige Ort zu sein, an dem man hier in Ruhe reden kann. Hinter uns schiebe ich die gläserne Tür zu und ignoriere, dass es mittlerweile recht kühl geworden ist. Eine Gänsehaut kriecht mir über den Körper, allerdings nicht die wohlige Art, die Drew mir beschert. Diese fühlt sich an wie Eiskristalle, die sich in die Haut bohren.

»July, es ist viel zu kalt«, murrt Penny und zupft ihr kurzes Kleid zurecht, rührt sich allerdings nicht von der Stelle.

Ich trete an das Geländer heran, stütze die nackten Unterarme darauf und ziehe sie sofort wieder zurück, da die Kälte des Metalls auf meiner Haut brennt.

»Erklär mir einfach nur kurz, was da zwischen dir und Kyle läuft«, bitte ich, weil ich es endlich verstehen will. Warum tut sie sich etwas an, das ihr so augenscheinlich wehtut? Sie ist intelligent und beliebt. Warum gibt sie Kyle nicht auf, um sich einen Freund zu suchen, der sie zu schätzen weiß?

»Ich frage dich auch nicht, was da zwischen dir und Drew ist«, antwortet sie und schlingt die Arme um ihren schmalen Oberkörper. Sie versucht vielleicht, trotzig zu klingen, aber ich höre, wie sehr die Situation sie verletzt.

»Er hält nur meine Handtasche, also versuch nicht abzulenken«, lautet meine einzige Antwort. Sie entspricht zumindest der Wahrheit.

»July, das ist …«, beginnt Penny und will sich die Haare zurechtstreichen, die allerdings noch immer von ihrem Zopf gehalten werden. »Ich habe vorhin gesehen, wie er dich berührt hat, aber … Du solltest dich nicht mit Drew treffen«, fährt sie schließlich fort und senkt den Blick auf die Füße. Sie streicht mit der Spitze eines High Heels über den Balkon. »Das bist nicht du. Ich kenne dich. Du suchst echte Liebe. Den Mann fürs Leben. Das mit Drew hat doch keine Zukunft.« Sie macht eine fahrige Geste in Richtung Wohnung. »Sie suchen nur eine hübsche Trophäe. Etwas Vorzeigbares, während sie …«

»In der Gegend herumvögeln?«, schlage ich geradeheraus vor.

Penny zuckt zusammen. »Selbst wenn. Es ist ihr gutes Recht, oder nicht? Ich meine, sie sind Stars. Jetzt schon. Hast du eine Ahnung, wie oft Kyle von Passanten auf der Straße erkannt wird? Und es wird noch schlimmer, falls sie es in die NFL schaffen. Sie sind ständig von Versuchungen umgeben. Es ist menschlich, denen nachzugeben.«

»Das ist nicht menschlich, sondern arschig«, korrigiere ich.

In ihren Augen blitzt es herausfordernd auf. »Und genau deswegen solltest du dich von ihnen fernhalten. Weil du es nicht verstehst. Und weil du es gar nicht wirklich willst. Jeder von uns muss Opfer bringen, aber du wärst doch viel zu stur, um für Drew zurückzustecken. Das wissen wir beide.«

»Opfer für die Liebe?« Ausnahmsweise fehlen mir tatsächlich die Worte. »Penny, du hast Besseres verdient, als das Vorzeigefrauchen eines schwanzgesteuerten Sportlers zu sein«, versuche ich zu erklären und sehe an ihrer ganzen Körperhaltung, dass ich es mit jedem Wort nur schlimmer mache.

»Habe ich das?«, schnaubt sie. »Denkst du das? Dann hast du immer noch nicht verstanden, dass wir gar nichts sind im Vergleich zu ihnen. Gar nichts!« Mit diesen Worten lässt sie mich stehen und will in der Wohnung verschwinden.

»Ich habe mit Kyle geschlafen«, rutscht es mir heraus.

Penny bleibt so abrupt stehen, als hätte ich sie geohrfeigt. Als sie sich mir zuwendet, sagt sie nichts, aber der schockierte Ausdruck in ihren Augen spricht Bände.

»Du lügst. Das würdest du nicht tun«, bringt sie schließlich hervor.

Ich wünschte, es wäre so. Dass ich mir diesen July-Aussetzer gespart hätte. »Das war, bevor ihr zusammengekommen seid«, schiebe ich hinterher und mache einen Schritt auf sie zu, aber sie weicht zurück und droht, gegen die gläserne Balkontür zu stoßen. »Es tut mir leid. Ich war eine seiner Partyeroberungen. Ich weiß, ich hätte es dir gleich sagen sollen. Aber du wirktest so glücklich, als ihr zusammengekommen seid. Ganz im Gegensatz zu jetzt. Er tut dir nicht gut.«

»Du lügst«, wiederholt sie knapp und tastet mit einer Hand nach der Tür. »Warum solltest du …?«

»Erinnerst du dich daran, dass ich gegen Ende der Highschool kurze Zeit mit Ben zusammen war? Der Sex mit ihm war so mies, dass ich mich ernsthaft gefragt habe, ob es an uns lag, oder ob diese ganze Sache vielleicht vollkommen überbewertet wird.«

»Und du musstest dir ausgerechnet Kyle aussuchen, um das zu klären?«

Mittlerweile wünschte ich auch, ich hätte mich anders entschieden. Aber den Gerüchten nach wusste Kyle damals schon, was er tat – und war leicht verfügbar.

»Du hast Besseres als ihn verdient«, wiederhole ich und ernte Pennys humorloses Lachen.

Sie schüttelt abfällig den Kopf. »Lass mich einfach in Ruhe«, sind ihre letzten Worte, ehe sie in der Wohnung verschwindet.

Verunsichert sehe ich ihr nach. Ist es mir eben schon kalt vorgekommen? Pennys Abgang hat eine eisige Atmosphäre zurückgelassen, die um einige Grad kälter ist. Vielleicht hätte ich den Mund halten sollen. Aber ich konnte es nicht mehr. Weil ich wirklich denke, dass sie Besseres verdient hat, als die Freundin von jemandem zu sein, der offensichtlich keine will. Oder höchstens für sein Image.

Mein Verlangen, diese Party zu verlassen, um nach Hause zu fahren, wächst minütlich. Ich komme mir schäbig vor, Penny von dem One-Night-Stand erzählt zu haben. Oder vielleicht auch, weil es längst überfällig war. Der ganze Abend ist eine Aneinanderreihung sonderbarer Gespräche, auf die ich gern verzichtet hätte.

Obwohl mir nichts daran liegt, wieder reinzugehen und diese Party fortzusetzen, bleibt mir wohl nichts anderes übrig, wenn ich nicht über die Feuerleiter fliehen will. Mit einem ergebenen Seufzen kehre ich in die Wohnung zurück. Falls ich mich nicht täusche, ist es in den vergangenen Minuten noch voller geworden. Ich halte nach Penny Ausschau, stattdessen entdecke ich Kyle, der immer noch mit dem fremden Mädchen flirtet. Vielleicht habe ich erwartet, dass Penny ihm nach meinen Worten eine Szene macht, aber das ist nicht ihre Art.

Als ich Ava finde und sie nach Penny frage, kommt nur: »Ich glaube, die ist schon gegangen. Es ging ihr wohl nicht so gut.«

Das glaube ich aufs Wort, aber spätestens jetzt ist mir jede Lust auf Party vergangen.

Das Handy in meiner Rocktasche vibriert einmal. Ich ziehe es hervor und stutze. Eine neue Nachricht von Drew.

Mr Alabama: *S. O. S.*

Wie soll ich das verstehen?

July: *Wo (und wovor?) soll Dust Kitty dich retten, Mr Alabama?*

Drew in dem Chaos tanzender und trinkender Menschen zu finden, ist eine Herausforderung. Ich rechne damit, dass Mateo ihn dazu überredet hat, sich mit Plastikpistolen Alkohol in den Mund schießen zu lassen oder Bier-Pong zu spielen, stattdessen finde ich Drew, Mateo und Joshua in der Sitzecke an der Tanzfläche. Jeder von ihnen mit einer hübschen jungen Frau auf dem Schoß. Eigentlich wäre die Szene ein Foto wert. Mateo scheint nichts gegen die Belagerung zu haben, streichelt der jungen Frau mit einer Hand über den Hintern, die dafür noch näher an ihn heran rutscht. Joshua wirkt, als müsste er sich einer Zahnwurzelbehandlung unterziehen – ohne Narkose. Und Drew sieht angestrengt auf sein Handy, während das Mädchen auf seinem Schoß irgendetwas erzählt, das er so mit Sicherheit nicht versteht.

Das Handy in meiner Hand vibriert.

Mr Alabama: *Mit jeder Sekunde, die du mich warten lässt, ziehe ich dir etwas von deinem Lohn ab.*

Ich schnaube abfällig. Von meinem Lohn? Bezahlt er mich? Wofür?

Genervt gehe ich zu ihm hinüber und schenke dem Mädchen auf seinem Schoß ein flüchtiges Lächeln. Vielleicht würde es mich stören, dass sie Drew so nahe ist, wenn er ihr auch nur eine Sekunde seiner Aufmerksamkeit schenken würde. Oder es Mateo gleichtun und statt seinem iPhone ihren Oberschenkel umfassen würde.

»Entschuldigt die Störung. Ich hätte gern meine Handtasche zurück«, erkläre ich mich, strecke auffordernd die Hand aus und deute auf das Täschchen, das zwischen Drew und der Sofalehne klemmt.

»Oh, er versteht dich nicht!«, schreit die Fremde und betont jedes einzelne Wort, als sei ich schwerhörig. »Er kann nichts hören!«

Ja, danke für den Hinweis. Er hört dich auch nicht besser, wenn du dir ein Megafon holst. Ich verkneife mir, es laut zu sagen.

Als Drew den Kopf hebt und mich ansieht, wiederhole ich die auffordernde Geste. »Meine Handtasche?« Ich deute darauf.

Statt sie mir zu reichen, greift Drew nach meinen Fingern, zieht mich dichter an sich heran, während er mit der anderen Hand die junge Frau von sich schiebt. »Entschuldige.« Er schenkt ihr ein Lächeln. »Du musst jetzt gehen. Sie ist meine Freundin.«

Die junge Frau steht etwas überrumpelt auf, sieht mich blinzelnd an und zuckt mit der Schulter. Wahrscheinlich ist meine Reaktion auch nicht eleganter. Meine momentane Laune ist nicht unbedingt dazu geeignet, jemandes Freundin zu spielen.

»Okay. Wurde eh anstrengend«, schreit sie mir viel zu laut ins Gesicht, während ich mich von Drew auf seinen Schoß ziehen lasse. »Aber du solltest ihn nicht allein hier sitzen lassen! Er ist voll arm dran!«

»Oh«, säusle ich und tätschle ihm die Wange, als wäre er ein kleines Kind. »Ich glaube nicht, dass er mich vermisst hat. Er war ja gut beschäftigt.«

»Nein. Im Ernst!« Sie funkelt mich wütend an. »Er hat eine Behinderung, und du lässt ihn einfach hier sitzen. Das ist voll asozial!«

Wie bitte?

»Er ist ein erwachsener Mann. Er kann jederzeit aufstehen und woanders hingehen«, erwidere ich.

»Du regst mich voll auf!«, keift die Fremde.

Mittlerweile hat sie Mateos Aufmerksamkeit erregt, der zu ihr aufsieht. »Gibt's ein Problem?«, fragt er, ohne die Hand vom Po der jungen Dame auf seinem Schoß zu nehmen.

»Ja, sie ist voll arschig zu ihrem Freund!«

»Verstehe. Wie wäre es, wenn wir drei zur Bar gehen und dort über Summers lästern?«, schlägt Mateo vor und erhebt sich vorsichtig, um sich bei den beiden Grazien unterzuhaken und sie in Richtung Bar zu entführen. Auf dem Weg dorthin zwinkert er mir über die Schulter hinweg zu, als wollte er sagen: Gern geschehen.

»Was war das Problem?«, fragt Drew leise, streicht mit einer flüchtigen Bewegung die Haare von meiner Schulter und haucht mir einen Kuss auf den Halsansatz.

Mein Körper dankt es ihm mit einer weiteren Gänsehaut, die ihn dazu animiert, seine Lippen erneut auf meinen Hals zu senken. Von einer Sekunde zur anderen ist der Streit mit Penny vergessen. Ich neige den Kopf zur Seite und schließe die Augen, als er mit seinen Lippen in Richtung meines Ohrs streicht. Sein Atem streift mein Ohrläppchen. Alles an seiner Nähe gefällt mir viel zu gut und lässt die Musik im Hintergrund verklingen, bis ich nur noch meinen eigenen Herzschlag und das Rauschen meines Blutes höre. Drews Zähne kratzen vorsichtig über die zarte Haut hinter meinem Ohr – und selbst das fühlt sich gut an.

Als er einen Kuss auf die Stelle haucht, unter der mein Puls schlägt, entfährt mir ein eigenartiges Geräusch irgendwo zwischen Quieken und Keuchen. Bevor ich mich komplett in dieser winzigen Liebkosung verliere, reiße ich mich zusammen und widme mich meinem Handy.

July: *Sie hat sich aufgeregt, weil ich dich armen, kleinen, wehrlosen Hund allein vor dem Laden angebunden habe.*

Drew legt die Arme um meine Taille und schaut mir beim Tippen über die Schulter.

Mr Alabama: *Böse Dust Kitty. Ich sage doch, ich ziehe das von deinem Lohn ab.*
July: *Welcher Lohn?*

Statt mir zu antworten, streichelt er mit dem Daumen über die nackte Haut. Ich atme viel zu hastig ein. Mir entweicht ein Keuchen, als sich seine Lippen um mein Ohrläppchen schließen und sacht daran zupfen. Was soll das werden? Drews Berührung entfacht in mir eine Hitze, die durch meinen Körper strömt und das warme Kribbeln zwischen meinen Beinen entfacht. Ich weiß nicht, wie lange ich diese Gefühle in seiner Gegenwart noch ignorieren kann – oder will. Drews Nähe lockt und quält mich gleichermaßen.

Ich darf mich nicht so gehenlassen.

Räuspernd schreibe ich eine weitere Nachricht.

July: *Du bezahlst mich mit Küssen dafür, dass ich andere Frauen fernhalte?*
Mr Alabama: *Das war kein Kuss.*
July: *Sondern?*
Mr Alabama: *Dreh dich um, wenn du es herausfinden willst.*

Eine Augenbraue hochziehend drehe ich mich halb zu ihm herum. Wie soll ich die Nachricht verstehen?

Ich spüre Drews Hand an meinem Knie und zögere, bevor ich mich ihm komplett zuwende und mich rittlings auf ihn setze. Dass mein Rock dabei beinahe unanständig weit hochrutscht, ignoriere ich. Drew ist mir viel zu nah – und trotzdem noch nicht nah genug.

»Und jetzt?«, frage ich ebenso skeptisch wie neugierig, während ich zu ihm aufsehe. Meine Hand legt sich wie von selbst auf seine Schulter, streicht flüchtig über seinen Hals und verirrt sich in die Haare am Hinterkopf. Sie fühlen sich ebenso seidig an, wie sie aussehen. Wie kann alles an ihm so verdammt perfekt sein?

Drew streckt eine Hand aus, legt mir einen Zeigefinger unter das Kinn und sieht mich eindringlich an. Bilde ich mir das ein, oder ist jedes Funkeln aus seinen Augen gewichen, um Platz für etwas anderes zu machen? Etwas Neues, Dunkleres. Etwas, für das man keine Worte braucht und das mich in seinen Bann schlägt. Selbst wenn ich wollte, könnte ich mich dem nicht entziehen. Ich glaube, ich wollte schon lange nichts mehr so sehr wie Drews Nähe. Wir sind umgeben von Dutzenden Leuten, und dennoch gibt er mir das Gefühl, als wären wir allein. Als gäbe es in diesem Moment nichts Wichtigeres, als dass ich ihm in die Augen sehe.

»Und jetzt hältst du deinen hübschen Mund«, schlägt er vor und neigt den Kopf zur Seite. Ein Schmunzeln stiehlt sich auf sein Gesicht. Ein Hauch von »Da ist irgendetwas zwischen uns – und du spürst es auch« tanzt in seinem Blick. In diesem Moment bin ich nicht in der Lage, das abzustreiten.

Drew streichelt mit dem Daumen über meinen Unterkiefer und zögert, ehe er sich zu mir hinabbeugt. So langsam, dass ich ihn jederzeit abweisen könnte, wenn ich wollte. Sein Atem kitzelt meine Oberlippe.

Ein Teil meines Körpers kribbelt vor Verlangen. Meine Hand vergräbt sich in den Haaren an seinem Hinterkopf, während ich so nahe an ihn heranrücke, dass ich seinen ganzen Körper an meinem spüre. Und was für einen Körper! Von einer Sekunde zur anderen will ich nichts mehr als seine Lippen auf meinen. Ich will wissen, wie er schmeckt. Wie es sich anfühlt, wenn er mich dichter an sich heranzieht. Wie er sich für mich bewegt.

Ich fühle mich auf eine Art und Weise bedürftig, die ich die ganze Zeit verdrängt habe. Oh Gott. Ich will in dem Moment nichts sehnlicher, als ihn endlich zu küssen, meine Hände unter sein Shirt zu schieben und mich an ihn zu pressen. Ich will seine Hände an meinem Hintern. Vielleicht auch in meinem Slip. Ich will einfach alles.

Dem Ausdruck in seinen Augen nach zu urteilen, geht es ihm genauso. Ich weiß, dass wir das könnten. Er und ich in seinem Auto. Jetzt. Und es würde berauschend sein.

Aber morgen würde ich es bereuen. So wie beim letzten Mal. So wie mit Kyle.

Drews Lippen haben meine kaum berührt, da drehe ich den Kopf weg.

»Ich kann das nicht«, keuche ich atemlos und versuche, mein galoppierendes Herz unter Kontrolle zu bringen.

Drew lässt die Hand sinken. Ich spüre seinen Blick auf meiner Haut. Er brennt sich in meine glühende Wange.

»Es tut mir leid.« Ich kämpfe mit mir, ob ich aufstehen und gehen oder bleiben soll. Ich weiß nicht, was ich will, und schwanke zwischen Verlangen und Frustration. Ich will Drew nahe sein. Ich will *ihn*. Oh Gott, wie sehr ich ihn will. Aber ich will nicht, dass ich ihn will. Ich fühle mich erbärmlich.

»Was ist los?«, fragt er. »He.« Vorsichtig streckt er eine Hand nach meinem Kinn aus und streichelt mit den Fingerknöcheln über meinen Unterkiefer. »Sieh mich an.« Obwohl er es nicht hören kann, klingt er so einfühlsam, dass ich nachgebe.

»Es tut mir leid«, wiederhole ich und versuche, ihn anzusehen, aber es ist mir unangenehm. Vor allem, weil ich das unbestimmte Gefühl habe, dass uns viel zu viele Leute beobachten. Ich möchte ihn nicht schon wieder demütigen, auch wenn es dieses Mal auf eine andere Art und Weise ist.

»Sagst du jetzt wieder, dass es an dir liegt?«, vermutet er. »Falls ja, solltest du mir das erklären.«

Flüchtig lecke ich mir über die Unterlippe. An mir. Meinen Zielen. Begangenen Fehlern. Den Sachen, die Penny gesagt hat. Und der gerade wieder hochgekommenen Erinnerung an mein Zusammentreffen mit Kyle, das mir wie Säure im Magen brennt.

»Ist dir das hier zu viel?«, fragt Drew leise.

Ja. Nein. Ich weiß es nicht. Es ist nicht so, dass mich seine Nähe beunruhigen würde. Zumindest nicht auf eine unangenehme Weise. Noch immer streichen meine Finger durch seine Haare, als suchten sie Halt. Ich fühle mich in seiner Nähe wohl und geborgen. Aber vielleicht hat Penny recht, und es ist eine falsche Sicherheit. Vielleicht bin ich nur eine kurzfristige Zerstreuung – und das ist nichts, was ich jemals wiederholen will, wenn ich mich noch im Spiegel ansehen können möchte. Dafür sind One-Night-Stands mit Footballspielern ein absolutes No-Go. Generell sind Footballspieler keine gute Wahl. Und obwohl mein Verstand das weiß, führt mein Herz ein Eigenleben.

»Lass uns woanders reden«, bitte ich. »Allein.« An einem Ort, an dem man uns nicht beobachtet.

Als Drew mich verunsichert ansieht, will ich ihm eine Nachricht schreiben, aber er schüttelt den Kopf.

»Wir gehen«, sagt er unvermittelt und greift nach meiner Handtasche.

Ich bin mit meinen Gedanken so weit weg, dass ich sie mit Sicherheit vergessen hätte.

Dank dem Streit mit Penny hält sich mein schlechtes Gewissen, die Party zu verlassen, in Grenzen. Außerdem bin ich mir sicher, dass mir keines der Mädchen aus dem Squad Vorwürfe machen wird, wenn ich mich mit Drew verabschiede.

Ich greife nach seiner Hand, um ihn zurückzuhalten. »Wohin fahren wir?«, frage ich, als wir an seinem Auto stehen bleiben.

»Wir müssen nirgendwohin fahren«, versichert er. »Wir können im Auto reden. Oder wir fahren zu mir. Wie du willst.«

Ein eigenartiges Kribbeln durchzuckt meine Hand. Zu ihm nach Hause? Ich bin schon neugierig darauf, zu sehen, wie er wohnt. Aber allein mit ihm? In der Nacht? Bin ich die Einzige, deren Gefühlsleben bei dem Gedanken Achterbahn fährt?

»Oder ich fahre dich nach Hause«, bietet er an. »Wir machen nichts, das du nicht willst.«

Bei mir zu Hause wartet Dad. Das ist eine denkbar schlechte Voraussetzung für ein Vier-Augen-Gespräch.

»Wir fahren zu dir«, beschließe ich und bin froh, dass er das Zittern in meiner Stimme nicht hören kann.

Drew wendet sich von mir ab, um mir die Beifahrertür zu öffnen, aber ich umfasse seine Hand fester, bis er mich ansieht. »Wie viel hast du getrunken? Auf der Feier. Wie viel Bier hast du getrunken?«

Drew befreit seine Hand aus meiner, streicht mir eine Haarsträhne hinter das Ohr und schenkt mir ein Lächeln. »Ich würde dich nicht fahren, wenn ich mehr als zwei Schlucke Bier getrunken hätte«, versichert er.

Und ich glaube ihm.

Die gesamte Fahrt über starre ich aus dem Fenster. Sie dauert ohnehin kaum zehn Minuten, denn Drew wohnt nur ein paar Häuserblocks entfernt. Er parkt in der Tiefgarage eines Hochhauses, das keine Viertelstunde Fußweg vom Campus entfernt liegen dürfte. Es ist die perfekte Wohngegend für Studierende mit ausreichendem Budget.

Unsicher folge ich ihm durch das Parkdeck zu einem Fahrstuhl und wünschte, ich hätte Drew doch gegoogelt. Wenn er gerade aus Tuscaloosa gekommen ist, wird er wohl kaum mit seiner Familie zusammenwohnen. Außerdem schrieb er schon, dass seine Eltern noch in Alabama leben. Wohnt er allein? Ist er der Typ für eine WG? Ich bin mir nicht sicher.

Laut Fahrstuhlknopf wohnt Drew im 21. Stock. Nach dem Durchqueren eines kurzen Flurs betreten wir eine dunkle Wohnung, in der Drew nach dem Lichtschalter tastet. Als er ihn findet, glimmen einige Lampen auf, tauchen einen weitläufigen Wohnraum in sanftes Licht.

»Möchtest du etwas trinken?«, fragt er, noch bevor ich die Tür hinter uns geschlossen habe.

Ich nicke flüchtig, betrachte den glänzenden Steinfußboden. Mein Blick folgt Drew zu einem zweitürigen Kühlschrank in der offenen Küche am anderen Ende des Raums. Ich trete unsicher ein, gehe zu einem schwarzen Ledersofa in L-Form hinüber und streiche mit den Fingern über die Rückenlehne. An der Wand gegenüber hängt ein Fernseher von beeindruckender Größe. Insgesamt wirkt das Wohn-Ess-Zimmer groß, aber recht leer. Die wenigen Einrichtungs- und Dekorationsgegenstände sehen neu und teuer aus, aber nicht gerade behaglich. Wenn das sein Geschmack ist, sollten wir niemals gemeinsam eine Wohnung einrichten. Dieser Wohnraum sieht aus, als wäre er einem Lifestylemagazin entsprungen, entbehrt aber jede Gemütlichkeit. Es liegen nicht einmal Kissen oder eine Kuscheldecke auf dem Sofa. Es gibt keine Kerzen, keine Vorhänge an den Fenstern und keine Bilder an den Wänden.

»Wasser oder Eistee?«, fragt Drew viel zu laut. Seine Stimme echot durch den Raum.

Teppiche, Bilder und Vorhänge würden der Akustik sicher guttun. Wobei das Drew vermutlich wenig interessiert, aber ich fühle mich wie in einer Bahnhofshalle. Was nicht zuletzt daran liegen könnte, dass es hier sehr viel kühler als in Joshuas WG ist.

Statt Drew zu antworten, schlendere ich zu ihm hinüber, und setze mich auf einen der Barhocker am Küchentresen.

»Eistee«, antworte ich, da er mich immer noch aufmerksam ansieht. Ein kleiner Teil von mir nimmt zufrieden zur Kenntnis, dass er zwei Gläser füllt – beide mit Eiswürfeln. Endlich jemand, der die Eiswürfelfunktion des Kühlschranks nicht konsequent ignoriert.

Drew schiebt mir eines der Gläser zu, bleibt auf der anderen Seite des Tresens stehen und stützt die Unterarme auf der Granitarbeitsplatte ab. Er zögert, zieht sein Handy aus der Hosentasche und legt es neben sein Glas.

»Also«, sagt er leise und sieht mich eindringlich an. »Was ist unser Problem?«

Er meint wohl, was *mein* Problem ist. Nervös hole ich mein Handy hervor. Das ist schwer zu sagen, egal auf welche Art und Weise. Vielleicht, weil es nicht dieses eine einzige Problem gibt, das sich aus der Welt schaffen lässt, um alles aufzulösen.

July: *Ich weiß nicht, was das vorhin war, aber ich bin niemand, den man auf einer Party küsst, um auf der nächsten Party eine andere zu küssen. Für diese Art von Spaß stehe ich nicht zur Verfügung.*

Drews einzige Reaktion auf meine Nachricht ist eine erhobene Augenbraue, bevor er eine Antwort eintippt. Sehr lange.

Mr Alabama: *Wie kommst du darauf, dass ich dich küsse, um auf der nächsten Party eine andere zu küssen? Denkst du, dass es mir öfters passiert, dass ich in einem Coffeeshop über eine Frau stolpere, bei der mein ganzer Körper sofortiges Interesse bekundet? Ich streite mich nicht gern mit Jake. Deinetwegen habe ich es getan. Ich weiß, dass er mit dir gesprochen hat. Und das war nicht in Ordnung. Das bedeutet für jemanden wie dich vielleicht nicht viel, aber mich mit ihm zu streiten und ihn wegzuschicken, kostet mich Überwindung. Er ist wie ein Teil meiner Familie für mich. In Zukunft wird er nicht mehr dabei sein, wenn wir uns treffen. Falls wir uns treffen. Ich bin es gewohnt, um und für Sachen zu kämpfen und dabei so zu tun, als wäre es keine Mühe. Schwäche zu zeigen, macht einen angreifbar. Aber meine Schwäche für dich habe ich keine Sekunde kaschiert. Also warum sollte ich irgendeine andere küssen wollen, wenn ich schon seit Wochen nichts anderes will, als endlich Zeit mit dir zu verbringen? Richtige Zeit. Von Angesicht zu Angesicht. Auch wenn ich mich über jede deiner Nachrichten freue.*

Ich lese Drews Nachricht mehrfach und bin mir seines Blicks dabei bewusst. Sein Text berührt einen Teil in mir, den sonst nur Liebesromane erreichen. Meint er seine Worte ernst? Für einen kurzen Moment wünschte ich, wir könnten ohne Hilfsmittel miteinander reden, um einander in die Augen zu sehen. Stattdessen klammere ich mich an mein Telefon, dessen Akkuanzeige sich bedenklich weit im roten Bereich befindet.

Mein Daumen schwebt über dem Display, unschlüssig, wie ich auf Drews Geständnis reagieren soll. Wie ehrlich ich ihm antworten soll. Oder kann.

July: *Wenn es nur dein Körper ist, der Interesse bekundet, sollten wir nicht mehr als Textnachrichten austauschen.*

Dieses Mal braucht Drew, um die Nachrichten zu lesen, massiert sich mit Daumen und Zeigefinger die Nasenwurzel.

Mr Alabama: *Hilf mir, Dust Kitty. Was habe ich getan, dass ich dein Misstrauen verdiene? Liegt es an Jakes Ansprache? Mir ist schon aufgefallen, dass du mir seitdem aus dem Weg gehst. Oder habe ich dir das Gefühl gegeben, dass ich lieber mit einer anderen zusammen wäre? Habe ich irgendwen falsch angesehen? Dir zu spät auf eine Nachricht geantwortet? Hätte ich das Mädchen vorhin von mir runterschubsen sollen? Ist es dir vor deinem Dad unangenehm, mit einem aus dem Team auszugehen? Ich versuche wirklich, unser Problem zu verstehen. Wir schreiben uns in jeder freien Minute. Wir können kaum die Finger voneinander lassen. Wovor hast du Angst, Dust Kitty?*

Angst? Habe ich die? Davor, dass ich Gefühle für Drew entwickle, die meiner Zukunft im Weg stehen? Dass ich im Fall der Fälle einknicke und für ihn zurückstecke, weil ein Quarterback so viel mehr verdient als eine Cheerleaderin? Ich will nicht wie Penny sein. Das hübsche Mädchen, das sein Talent oder sein Aussehen nur eingesetzt hat, um sich den vielversprechenden Sportler zu angeln. Geld und Liebe sind zwei Dinge, die nicht zusammengehören. Oder habe ich Angst davor, dass er mich verlässt, so wie Mom uns zurückgelassen hat? So wie die meisten meiner Highschoolfreundinnen nach dem Abschluss in die Welt gezogen sind, um mich zu vergessen? Oder wäre es das Schlimmste, wenn er mich verletzt, so wie Joshua Bo verletzt hat? Dass er meinem Ruf damit so sehr schadet, dass ich die Bewerbung bei der NFL gleich vergessen kann?

Ich weiß es nicht. Vielleicht ist es einfach alles davon. Und vielleicht ist der Moment gekommen, Drew die Wahrheit zu schreiben.

July: *Du gibst mir das Gefühl, dass du ehrlich zu mir bist, also bin ich es auch: Ich wäre gern NFL-Cheerleaderin. Nur ein paar Saisons, bevor ich einen vernünftigen Beruf ergreife.*

Ich überlege, ob ich ihm diese Information wirklich anvertrauen soll, weil ich fürchte, dass er sie schrecklich amüsant finden wird. Aber die Sache ist mir wichtig. Genauso wie er mir mit jeder einzelnen Nachricht wichtiger wird. Ich weiß nicht, wie ich beides miteinander vereinbaren soll: das Cheerleading und den Footballer. Also springe ich über meinen Schatten und lasse ihn diesen Teil meiner Zukunftsvision lesen.

Mr Alabama: *NFL-Cheerleader? Aber das beinhaltet Puschel.*
July: *Ich bin bereit, darüber hinwegzusehen.*
Mr Alabama: *Klingt viel zu gut, um wahr zu sein.*

Ein flüchtiger Blick in sein Gesicht reicht, um zu erahnen, wie sehr ihm die Vorstellung gefallen würde.

Mr Alabama: *Zumindest, wenn wir davon absehen, dass wir nicht bei derselben Mannschaft unterzeichnen dürfen, um uns weiterhin zu treffen.*

July: *Sollten wir beide der NFL beitreten, dürfen wir uns gar nicht mehr treffen. Selbst wenn du bei einem anderen Team unterschreibst, müsste ich das Restaurant verlassen, sobald du hereinkommst. Wir dürfen nicht auf denselben Partys sein. Nicht telefonieren. Uns nicht schreiben. Wir hätten striktes Kontaktverbot.*

Drews entsetztem Blick nach hat er sich darüber entweder nie informiert oder noch keine Gedanken gemacht.

Mr Alabama: *Und das klingt für dich erstrebenswert?*

July: *Jede Medaille hat zwei Seiten.*

Er starrt einen Moment auf mein Handy, bevor er seinen Blick in meinen versenkt. Was auch immer er dort sucht, scheint er nicht zu finden.

Mr Alabama: *Du meinst das wirklich ernst. Ist das das Problem, um das wir die ganze Zeit herumschleichen? Gehst du mir deswegen aus dem Weg? Vorsorglich? Nur weil die winzige Möglichkeit besteht, dass wir beide bei der NFL unterzeichnen könnten?*

July: *Denkst du, ich wäre nicht gut genug?*

Die Konkurrenz ist hart. Hunderte Mädchen tanzen pro Mannschaft vor. Nicht nur Fitness und Gewicht werden überprüft, auch ein Zahnarzt ist anwesend. Ein Psychologe. Körper und Geist müssen überzeugen. Ich bin mir dessen durchaus bewusst.

Mr Alabama: *Ich habe dich nur zwei Minuten tanzen sehen und bin mir sicher, dass du gut genug bist. Ich wäre der Letzte, der dich nicht unterstützt. Aber ich hatte letzte Saison kaum Spielzeit. Wenn ich überhaupt eine Chance habe, in einen Club aufgenommen zu werden, dann nur, weil mein Name zufällig auftaucht, wenn man meinen Bruder googelt.*
July: *Aber sie werden uns googeln. Das tun sie immer. Und dann? Wenn Mateos Video jemals ins Netz gelangt, kann ich einpacken. Gleiches gilt für gemeinsame Fotos von uns. Wie soll ich aus der Nummer jemals wieder rauskommen und so tun, als hätte ich kein Interesse an Sportlern, wenn es Bilder von uns gibt? Dass wir uns auf der Party berührt haben, war schon ein Fehler. NFL-Cheerleader brauchen eine weiße Weste.*

Frustriert lege ich das Handy auf den Tresen. Ich reibe mir mit dem Handballen über die Stirn.

Mein Handy vibriert erneut, als Drew eine weitere Nachricht schickt. Ich weiß nicht, ob ich sie lesen will. Es kostet mich einige Überwindung, nach dem Handy zu greifen.

Mr Alabama: *Vorschlag zur Güte: Wir machen das, was sich für uns richtig anfühlt, solange es sich für uns beide richtig anfühlt. Wir schreiben uns. Und wenn wir uns treffen, schauen wir, wohin es führt. Keine offiziellen Dates. Keine Annäherung in der Öffentlichkeit. Deal?*

Ohne Vorwarnung erlischt das Display meines Handys. Der Akku ist leer. Vielleicht ist das der Moment der Wahrheit.

Hier sind nur noch Drew und ich. Kein Dolmetscher und keine technischen Hilfsmittel, hinter denen ich mich verstecken kann.

Ich weiß, dass es vernünftiger wäre, Drew an dieser Stelle eine Abfuhr zu erteilen, aber es fühlt sich nicht richtig an. Zögerlich strecke ich die Hand aus und sehe zu ihm auf, als er sie ergreift. »Deal.«

In der Sekunde, in der er mich anlächelt und »Deal« murmelt, wissen wir beide nicht, wie diese Geschichte ausgehen wird. In seinen Augen leuchtet etwas auf, das aussieht wie: *Irgendwann wirst du mich küssen.* Doch es erlischt augenblicklich, als ich die Hand zurückziehe.

»Soll ich dich nach Hause fahren? Oder ...« Er zögert und sieht sich flüchtig im Raum um, zeigt schließlich auf den Fernseher. »Sollen wir noch einen Film schauen?«

Ohne darüber nachzudenken, greife ich nach meinem Glas und springe vom Hocker, weil ich noch nicht bereit bin, jetzt zu gehen. »Ich hoffe sehr für dich, dass dein gigantischer Fernseher über Netflix verfügt.«

Ich würde mich auf Drews Sofa kuscheln, wenn dieses Sofa irgendetwas Kuscheliges an sich hätte. Es ist kalt und hart und passt damit hervorragend zum Gesamteindruck, den ich von dieser Wohnung habe.

»Hast du wirklich keine Decken?«, murre ich, drücke den Rücken gegen die niedrige Lehne und ziehe die Beine an.

»Das, was ich verstanden habe, hast du bestimmt nicht gesagt«, erwidert Drew, startet eine Horrorserie und legt die langen Beine auf dem gläsernen Wohnzimmertisch ab.

»Ich habe gefragt, ob du keine Decke hast?« Ich decke mich mit einer imaginären Wolldecke zu. »Etwas zum Einkuscheln. Es ist echt kalt hier.«

Statt aufzustehen und eine Decke zu holen, legt er einen Arm über die Rückenlehne und klopft sich auf die Brust.

»Ich bin heiß«, versichert er.

Mit den Augen rollend rutsche ich näher an ihn heran, lege den Kopf an seiner Schulter ab und meinen Arm um seine Taille. Er schiebt meinen Arm vorsichtig ein Stück höher.

Als ich mich fragend zu ihm herumdrehe, lächelt er entschuldigend. »Ich sagte doch, ich stehe allzeit bereit«, erklärt er. Ein dezentes Rosa breitet sich auf seinen Wangen aus, kaum dass er die Worte ausgesprochen hat.

Er wollte also mehr Abstand zwischen meinen Arm und sein bestes Stück bringen? Sehr umsichtig. Drew ist der Einzige, bei dem solche Sachen wie ein Kompliment klingen.

Ich lege den Kopf wieder an seiner Brust ab und höre das Geräusch seines viel zu schnell schlagenden Herzens. Tatsächlich ist mir augenblicklich sehr viel wärmer. Ich genieße das kribbelnde Gefühl, das in Drews Nähe durch meinen Körper fließt und mich vollkommen von dem Horrorfilm mit Untertiteln ablenkt. Ich schließe die Augen und lausche weiterhin Drews Herzschlag, der sich nach wenigen Minuten so weit beruhigt hat, dass er mich eindösen lässt.

Als sich Drews Hand auf die nackte Haut an meiner Taille verirrt, zucke ich so erschrocken zusammen, dass er sie sofort wieder zurückzieht. Seine Berührung war nicht unangenehm, nur unerwartet. Vorsichtig taste ich nach seinen Fingerspitzen und lege seine Hand zurück. Seine Haut auf meiner fühlt sich gut an. Drew hält mich im Arm, streicht behutsam mit dem Daumen über meine Taille, unternimmt aber keine weiteren Annäherungsversuche. Vielleicht sollte ich akzeptieren, dass wir uns in der Nähe des anderen einfach wohlfühlen. Dass er mir ein Gefühl von Geborgenheit und Wärme vermittelt, das mir gerade fehlt. Und dass es vollkommen in Ordnung ist, mit ihm auf dem Sofa zu kuscheln. Das ist harmlos und unschuldig.

Aber dann denke ich an Penny, an unseren Streit und ihre Worte. Daran, dass der nächste Mann, mit dem ich schlafe, kein Footballspieler sein sollte. Nicht dass ich in dem Moment darüber nachdenken würde, mit Drew zu schlafen. Höchstens mit ihm einzuschlafen ...

Ich fahre auf, als ich ein eigenartiges Geräusch höre, das ich nicht einordnen kann. Irritiert sehe ich mich um. Es dauert einen Moment, bis ich mich daran erinnere, wo ich bin und warum. Im Fernseher läuft noch immer die Mysteryserie, während Drew mich irritiert ansieht.

»Wie spät ist es?«, frage ich.

Statt mir zu antworten, greift er sein Handy vom Wohnzimmertisch. Laut Anzeige ist es fast halb drei morgens. Das Display zeigt außerdem diverse entgangene Anrufe und eine Nachricht von Benjamin Oliver Summers.

Bo: *Sag mir, dass du der große dunkelhaarige Typ bist, mit dem meine Schwester die Party verlassen hat. Und am besten, dass sie noch bei dir ist. Oder zumindest, an welcher Stelle du ihre Einzelteile verscharrt hast. Dann kann ich aufhören, sie zu suchen.*

»Fuck.« Ich taste nach meinem Telefon, dessen Akku immer noch leer ist. »Darf ich kurz telefonieren?« Ich deute auf Drews Handy, mache eine Gebärde, die er hoffentlich versteht. Als er nickt, murmle ich ein Danke und rufe Bo an, der beim ersten Klingeln rangeht. »Bo?«

»Jules«, stöhnt er. »Ich versuche seit zweieinhalb Stunden, dich zu erreichen.«

»Geht's ihr gut?«, fragt eine Stimme im Hintergrund, die verdächtig nach Joshua klingt.

»Wo bist du?«, frage ich verwirrt.

»Wo ich bin? Da, wo du sein solltest. Ich bin bei Joshua. Weil Penny mich gefragt hat, ob ich dich gegen Mitternacht von dort abholen kann, weil sie dich aus irgendwelchen Gründen nicht fahren wird. Da du von Drews Handy aus anrufst, hast du offensichtlich einen anderen Fahrer gefunden.«

Ich habe augenblicklich ein schlechtes Gewissen. Selbst nach unserem Streit hat Penny sich Gedanken darüber gemacht, wie ich nach Hause komme. Ganz im Gegensatz zu mir.

»Wo steckt ihr?«, hakt Bo nach.

»Bei Drew zu Hause. Ich … Soll ich zu Joshua kommen?«

»Bleib, wo du bist. Schick mir die Adresse. Ich hol dich ab.« Damit legt er auf.

Als es ein paar Minuten später an der Wohnungstür klingelt und gleichzeitig ein Blitzlicht angeht, zucke ich unwillkürlich zusammen. Es dauert einen Moment, bis ich verstehe, dass es Drews Pendant zur Klingel ist. Ein visueller Hinweis darauf, dass mein Bruder vor der Tür wartet.

Ich springe vom Sofa auf, überlasse es aber Drew, die Tür zu öffnen, damit ich schon von Weitem einen flüchtigen Blick ins Gesicht meines Bruders werfen kann. Er sieht müde aus, aber längst nicht so angefressen, wie ich es in seiner Situation wäre.

»Mein Handyakku war leer, und Drews Ladekabel passt nicht«, rechtfertige ich mich, noch während Bo den Raum betritt.

»Leih dir nächstes Mal gleich mein Auto«, murmelt er und unterdrückt ein Gähnen. »Können wir?«

Ich nicke hastig, hole noch meine Tasche vom Küchentresen und bleibe an der Tür unschlüssig neben Drew stehen. Wie verabschiedet man sich von jemandem, mit dem man auf undefinierte Art befreundet ist, wenn man viel zu klein ist, um ihm einen Abschiedskuss auf die Wange zu hauchen?

Am Ende schenke ich ihm ein flüchtiges Winken, das Drew ein halbherziges Lächeln und Bo eine erhobene Augenbraue entlockt.

Noch auf dem Weg zum Auto kann er die Frage nicht länger zurückhalten. »Du verbringst die halbe Nacht in seiner Wohnung und winkst ihm zum Abschied zu?«

»Wir haben nur ferngesehen. Möchte ich wissen, was du zweieinhalb Stunden bei Joshua getan hast?« Ja, natürlich möchte ich das, aber Bo schüttelt nur den Kopf. »Es steht mir nicht zu, mich einzumischen, aber ich glaube, Joshua mag dich.«

»Kann schon sein.« Bo zieht den Autoschlüssel hervor. »Aber solange er sich selbst nicht mag, ändert es nichts an … an gar nichts.«

Ich bin mir nicht sicher, ob Joshua sich nicht mag. Oder ob er andere Dinge mehr mag. Seine Karriere. Das Geld. Den Sport. Irgendetwas hält ihn zurück, zu seinen Gefühlen zu stehen. Unsere Situation ist nicht vergleichbar, aber immerhin gibt es ja auch etwas, was mich von Drew fernhält. Fehlendes Vertrauen in das Gegenüber und in die Welt im Allgemeinen – plus einer Zukunftsvision, die sich nicht mit der Liebe vereinbaren lässt.

8. KAPITEL

Massage-Mittwoch

Seit anderthalb Wochen trainieren wir sechsmal die Woche. Zwischendurch versuche ich zu essen, zu schlafen und Drews Nachrichten zu beantworten, die mal unbestimmt freundlich, mal eher anzüglich sind. Ob ich will oder nicht, muss ich gestehen, dass sie mir fehlen, wenn er mal einen halben Tag lang keine Zeit für unseren Unsinn hat.

Wenn ich abends im Bett liege, übe ich das Fingeralphabet und schaue mir YouTube-Tutorials zur Einführung in die Gebärdensprache an. Aber sie ist schwerer, als ich erwartet habe, und folgt einer ganz eigenen Grammatik. Sie ist tatsächlich eine eigenständige Sprache. In Gedanken gehe ich die Lektionen von gestern Abend durch, bis Dad mich unterbricht.

»Als dein Physiotherapeut sage ich dir, dass du zu viel trainierst«, versichert er, während ich in einem der Behandlungsräume seiner Praxis liege und mir von ihm die Schultern massieren lasse. »Ihr trainiert alle zu viel. Ich habe Sofia heute Mittag die Schulter getapt, aber sie ist nicht belastbar.«

»Es geht schon«, murmle ich und beiße die Zähne zusammen, als Dad den Daumen absichtlich fest in eine Verspannung drückt.

»Jede Überanstrengung oder Verletzung ist ein Risiko für eure Sicherheit«, belehrt er mich.

»Wir trainieren seit Monaten für diese Meisterschaft. Keine von uns wird wegen einer schmerzenden Schulter kneifen.«

Dad seufzt. »Dann zieh dich an und leg dich zu Hause in die Badewanne. Vielleicht sollte ich deinem Freund schreiben, dass er besser auf dich aufpasst, wenn du schon nicht auf mich hörst.«

»Ich habe keinen Freund«, widerspreche ich entschieden und ziehe den Hoodie über.

»Dann dem jungen Mann, der dir ständig schreibt und wegen dem du neuerdings einen Bogen um das Stadion machst? Will er nicht mal zu uns kommen? Ich backe einen hervorragenden Cheesecake.« Dad wischt sich mit einem Papiertuch das Massageöl von den Händen und lehnt sich gegen das Waschbecken. »Behandelt er dich gut?«, fragt er vollkommen unvermittelt und zieht eine Grimasse, als hätte man soeben vor seinen Augen den Buchrücken seines Lieblingstaschenbuchs gebrochen.

»Dad«, stöhne ich. »Wir sind Freunde. Natürlich behandelt er mich gut, sonst wären wir nicht befreundet.«

»Und wenn diese Freundschaft gewisse Extras beinhaltet, passt ihr auf?«, fragt er so verkrampft, wie ich mich gerade fühle.

Nach diesem Gespräch kann ich definitiv eine weitere Massage gebrauchen. »Freunde!«, wiederhole ich mit Nachdruck.

»Ist ja gut.« Er wirft das Papierhandtuch in den Müll und nimmt sich ein neues aus einem Spender. »Ein paar der Jungs aus dem Team sagten nur, sie hätten euch zusammen gesehen.«

Und genau deswegen sollte man niemals dort zur Schule gehen oder studieren, wo die Eltern arbeiten: weil es immer irgendjemanden gibt, der über irgendetwas redet, was er gesehen haben will.

»Ich mache mir doch nur Sorgen um dich«, versichert er und entsorgt das zweite Papier im Müll, ohne es überhaupt benutzt zu haben.

»Du ängstigst dich immer vor irgendwas«, erwidere ich, sehr viel weniger trotzig, als ich will.

»Ich kümmere mich eben für zwei. Ich versuche, mir vorzustellen, was eure Mom wohl zu euch sagen würde. Aber am Ende ...« Er verstummt und starrt auf einen Punkt an der weißen Wand.

»Ich vermisse sie auch«, gestehe ich leise.

Irgendwann, vor ein paar Jahren, haben wir die stillschweigende Übereinkunft getroffen, nicht mehr über sie zu reden. Aber das schließt die Lücke nicht, die sie hinterlassen hat.

»Ihr hättet eine bessere Jugend haben sollen«, murmelt er, ohne mich anzusehen. »Ihr seid als Kinder so fröhlich gewesen. Und dann ... Ihr hättet es verdient, stets den neusten Laptop zu bekommen. Dass man euren Führerschein bezahlt. Euch ein Auto kauft. Oder den Hund, den ihr immer wolltet.«

Es tut mir weh, Dad so zu sehen. Wie er vor sich hinstarrt und Sachen bereut, die nie in seiner Macht lagen.

»Bo wollte einen Hund«, werfe ich ein, um die unangenehme Stimmung aufzulockern. »Ich wollte immer eine Katze.«

»Oder ein Pony«, stimmt er zu. Ein flüchtiges Lächeln huscht über sein Gesicht, während er sich erinnert, aber es erlischt sofort wieder, um der ernsten Miene zu weichen, mit der Dad für gewöhnlich die Welt betrachtet.

»Wenn du versprichst, nett zu sein, frage ich Drew, ob er Sonntag Zeit hat«, schlage ich vor.

»Drew«, seufzt er resigniert. »Ich hätte dich nie bitten sollen, ihn über den Campus zu führen.« Gedankenverloren sieht er aus dem Fenster auf den Parkplatz vor seiner Praxis hinaus.

»Dann hätten wir uns zufällig in einem Coffeeshop getroffen«, versichere ich ihm und muss die folgende Frage einfach stellen, obwohl ich nicht weiß, ob ich die Antwort hören will. »Hast du irgendetwas gegen ihn?«

»Nein. Er scheint ein netter Kerl zu sein.« Dads Stimme klingt so hohl wie diese Phrasen sind.

»Aber?«, hake ich nach, da es überdeutlich in der Luft liegt.

»Ich weiß, dass du die Gebärdensprache übst, aber die Leute auf der Straße werden euch ansehen, wenn ihr euch auf diese Weise unterhaltet.«

»Man wird uns so oder so ansehen, wenn wir in Fair Haven eine Straße hinuntergehen. Die eine Hälfte der Passanten kennt Drews Gesicht aus dem Fernsehen und die andere amüsiert sich, weil ich neben ihm wie ein Gartenzwerg aussehe. Wenn das dein einziges Problem mit ihm ist, lass es meine Sorge sein.«

Mit einem Mal kann ich zumindest erahnen, warum Bo sich vor Dad noch nicht geoutet hat. Wenn Dad sich darüber sorgt, dass ich mit einem gehörlosen Menschen gesehen werden könnte, wird Bo die Wahrung des Familienfriedens auf eine harte Probe stellen.

Ich springe von der Liege, und mein unterer Rücken dankt es mir prompt mit einem dumpfen Schmerz. Wahrscheinlich hat Dad recht und ein warmes Bad wird mir guttun.

Ich liege im Bett und schaue auf meinem iPad ein neues Tutorial an, als mein Handy eine Nachricht ankündigt.

Mr Alabama: *Was tust du gerade, Dust Kitty? Ich könnte jemanden brauchen, der meine Hände massiert.*
July: *Armes Baby. Ich massiere deine Hände, wenn du dafür meinen Rücken massierst.*

Mr Alabama: *Deinen Rücken würde ich selbst mit meinen geschundenen Fingern massieren, wenn du mich dafür noch einmal Baby nennst.*

July: *Du stehst also auf Kosenamen?*

Mr Alabama: *Ich stehe auf so ziemlich alles, was dich betrifft. (Wobei ich eigentlich eine schwere Allergie gegen den Spitznamen Drew-Baby habe.)*

July: *Oh Drew-Baby. Wie wäre es mit einem Cheesecake-Date am Sonntagnachmittag?*

Mr Alabama: *Du weißt, wie du mich glücklich machst, July-Bunny.*

July: *… bei mir zu Hause. Mit Bo und Dad.*

Mr Alabama: *Wir haben uns seit 11 Tagen nicht gesehen. Mir ist egal, wer dabei ist, ich werde sowieso nur Augen für dich haben.*

July: *Das klang jetzt fast romantisch.*

Mr Alabama: *Wenn du es wünschst, werde ich dir Rosen mitbringen.*

July: *Keine Rosen. Das ist kein richtiges Date. Nur ein Kuchen-Date!!!*

9. KAPITEL

Seltsamkeit-Sonntag

Dad hat es sich nicht nehmen lassen, tatsächlich Cheesecake zu backen. Wir wurden währenddessen aus der Küche verbannt, da Bo ihn alle zehn Sekunden auf etwas aufmerksam gemacht hat, das er anders machen würde. Wenn zwei Menschen mit einer Vorliebe für das Backen sich an einem Kuchen versuchen, gibt das in meiner Familie nur Stress. Wie gut, dass diese Leidenschaft komplett an mir vorbeigegangen ist.

Der leicht zitronige Duft des Kuchens zieht mittlerweile durch das gesamte Haus bis in mein Zimmer. Ich stehe vor dem Spiegel, flechte die Haare und frage mich, ob Leggings und Hoodie für ein Zuhause-Kuchen-Essen nicht doch zu leger sind. Da ich Drew seit Wochen nicht gesehen habe, beantworte ich mir die Frage selbst mit einem Ja, ziehe die Sachen kurzerhand aus und schmeiße sie aufs Bett. Nach kurzem Zögern schlüpfe ich in ein rosa-blau gestreiftes Kleid und ziehe eine Jeansjacke über. Die rasche Überprüfung meines Spiegelbilds bestätigt: etwas weniger Kuschellook, aber immer noch leger genug für ein zwangloses Treffen unter Freunden. Wenn dies ein richtiges Date wäre, würde ich mich wahrscheinlich ausnahmsweise schminken. Aber ist dies ein Date?

Wenn es nach der Frequenz meines Herzschlags ginge, dann ja, allerdings sprechen alle rationalen Gründe dagegen. Ich verwerfe den Gedanken, noch schnell Wimperntusche aufzulegen, als es an der Haustür klingelt.

»Ich mach auf!«, ruft Bo.

Nach einem letzten Blick in den Spiegel verlasse ich mein Zimmer und gehe unschlüssig in den Eingangsflur hinüber.

Dass dieser Tag seltsam wird, hätte mir von vornherein klar sein sollen. Es fängt schon damit an, dass ich bei Drews Anblick vollkommen sinnbefreit lächle. Ich kann einfach nichts dagegen tun. Zumindest, bis er mir einen Strauß rosafarbener Rosen überreicht. Da ich ihn extra darum gebeten habe, mir keine Blumen mitzubringen, bin ich mir zu 99,9 Prozent sicher, dass es sich um einen seiner Scherze handelt. Schnittblumen sind in diesem Haus ein so seltenes Gut, dass ich nicht mal weiß, wo ich eine Vase finden kann.

Ich öffne den Mund und überlege, ob ich Drew danken oder mich über seine Geste lustig machen soll. Mir entfallen alle Worte, als ich zu ihm aufsehe. Bei unserem letzten Treffen bin ich auf dem Sofa in seinen Armen eingeschlafen, seitdem haben wir uns einige Nachrichten geschrieben – und trotzdem fühlt es sich unwirklich an, ihm plötzlich wieder nahe zu sein.

Er trägt ein dunkelblaues Shirt unseres Colleges, dessen Schriftzug seine muskulöse Brust betont. Als bräuchte man einen Hinweis darauf, dass Drew verdammt gut in Form ist.

Noch bevor ich meine wirren Gedanken sortiert habe, schenkt er mir eine Umarmung. Keinen Kuss, nur diese freundschaftliche Geste, die ich unschlüssig erwidere. Es kostet mich einige Selbstbeherrschung, währenddessen nicht die Nase an seinem Hals zu vergraben, weil er schon wieder viel zu gut riecht. Ihn loszulassen ist schwieriger, als es sein sollte. Da mir nichts Besseres einfällt, verschwinde ich mit den Blumen in die Küche und stelle sie in eine unserer gläsernen Saftkaraffen. Die Blumen machen sich so gut auf dem Tresen, dass ich mich frage, warum wir sonst nie welche kaufen. Vermutlich, weil sie Dads Sparplan widersprechen würden.

»Da das Wetter gut ist, essen wir draußen«, höre ich Bos Stimme aus dem Flur. Er bedeutet Drew, ihm in die Küche zu folgen, und nimmt die Hintertür zum Garten hinaus. Mit einem leisen Quietschen schließt er das Fliegenschutzgitter hinter sich und lässt die Terrassentür offen stehen, um die warme Frühlingsluft hereinzulassen.

Drew verharrt unschlüssig am Tresen und sieht mich mit einem Blick an, den ich nicht deuten kann. Vielleicht ist es seine stumme Frage, ob ich mitkomme.

»Du siehst hübsch aus«, sagt er vollkommen unvermittelt.

Hübsch? Obwohl ich dieses Wort normalerweise hasse, stoße ich mich vom Tresen ab und gehe zu ihm hinüber.

Wir stehen voreinander wie zwei unschuldige Kinder. Sofort ist das Gefühlschaos in meinem Inneren zurück. Bevor ich weiß, was ich tue, umarme ich Drew erneut und drücke meine Wange gegen seine Brust. Er ist so viel größer und breiter als ich, dass es sicherlich albern aussieht. Zumindest, bis er die Arme um mich legt und mich auf den Scheitel küsst. Wie kann sich eine kleine Geste so gut anfühlen? Meine Augen schließend schmiege ich die Wange an seine Brust, atme seinen Duft ein und spüre die Wärme seines Körpers an meinem.

Als würde er merken, dass ich den Moment insgeheim genieße, festigt er seine Umarmung kaum merklich. Während Drew mich hält, fühle ich mich sicher und geborgen. Ich könnte wahrscheinlich stundenlang so stehen, würden Dad und Bo nicht auf uns warten.

»Ich habe dich vermisst«, murmle ich. Wohlwissend, dass er es nicht hören kann, und um zu testen, wie sich die Worte für mich anfühlen. Sie klingen wie die Wahrheit. Wenn auch eine abgeschwächte Form davon. Ich habe ihn vermisst. Mir fehlen seine Nachrichten schon fünf Minuten, nachdem die Letzte ankam, und auch die kleinen Berührungen, die jedes Mal einen Schauer durch meinen Körper jagen. Wenn ich nicht aufpasse, bin ich auf dem besten Weg dahin, süchtig danach zu werden.

»Jules? Bringst du die Gläser mit raus?«, ruft Bo vom Garten herein.

»Ja! Gleich!« Seufzend löse ich mich von Drew und reiße mich zusammen.

Auf der Veranda ist es selbst unter dem Schatten des Ahornbaums recht warm für einen Frühlingsnachmittag. Die weißen Lampions, die wir an unserem Gartenarbeitswochenende in seinen Ästen aufgehängt haben, schaukeln sanft in einer milden Brise. Der Duft von Dads Käsekuchen tröstet mich zumindest ein wenig darüber hinweg, dass ich einen Mindestabstand von dreißig Zentimetern zu Drew einhalten muss, um nicht wieder schwach zu werden.

Ich ziehe die Jeansjacke aus und hänge sie über die Rückenlehne meines Stuhls. Drews Blick nach war das keine gute Idee. Er deutet auf meine Unterarme, auf denen sich eine Reihe von unterschiedlich farbigen Blutergüssen abzeichnet.

»Das ist nichts. Ich bin nur empfindlich«, versichere ich, mache eine wegwerfende Geste und setze mich rasch, bevor er noch auf die Idee kommt, meine Schienbeine genauer zu betrachten. Sie sehen kein bisschen besser aus. Das harte Training hinterlässt seine Spuren, aber das ist es mir wert.

»Wie geht es eigentlich deiner Rippe?«, fragt Dad an Drew gewandt, während er ihm ein Stück Kuchen auf den Teller hebt. Da Drew ihn nur fragend ansieht, deutet Dad vage auf seinen Brustkorb.

»Oh.« Drew reibt sich, schief grinsend, über die Seite. »Alles gut.«

»Ihr Jungs solltet beim Training besser auf euch aufpassen«, mahnt Dad und bestückt auch unsere Teller mit Kuchen.

Es fühlt sich eigenartig an, mit Dad und Drew an einem Tisch zu sitzen. Sie unterhalten sich – irgendwie mit Händen und Füßen – über das Training, die Fortschritte beim Teambuilding und Kommunikationsprobleme. Ich habe schon nach kurzer Zeit das Gefühl, dass Dad Drew besser kennt als ich. Was vielleicht kein Wunder ist, da sie sich so gut wie jeden Tag sehen. Außerdem war Dad selbst einmal Quarterback und versteht sehr viel mehr von Drews Aufgabe als ich.

Gedankenverloren löffle ich ein paar frische Himbeeren auf meinen Teller und frage mich, ob dieses Kuchendate eine gute Idee war.

»Wie läuft es denn mit dem Team?«, fragt Dad zwischen zwei Bissen. »Ich habe gehört, du hast ein paar Freunde gefunden? Das ist gut. Ist sicher nicht leicht mit Kyle in der Nähe.«

»Wie meinst du das?«, hake ich nach und lege die Gabel beiseite. Ich nehme mir ein paar Eiswürfel aus einem Schälchen und gieße mir Zitronenlimonade ein.

»Nicht jeder mag Kyle und seine Art. Teile des Teams wären bestimmt froh über einen Führungswechsel. Das wird Kyle nicht gefallen«, erklärt Dad. »Und wenn die beste Freundin der eigenen Freundin mit ihm zusammen ist, macht es die Situation bestimmt nicht einfacher. Rein zwischenmenschlich. Das stelle ich mir belastend vor.«

»Eine Freundin *einer* Freundin«, korrigiere ich. Ich bin nicht mit Drew zusammen und kurz davor, klarzustellen, dass es zwischen Penny und mir seit meinem Geständnis ebenfalls etwas schwierig ist. Selbst beim Training zieht sie es vor, mir aus dem Weg zu gehen. Tatsächlich rede ich mit Haley während unserer kurzen Mittagspausen mehr als mit Penny die gesamten Sportstunden über. Manchmal ziehen sich Gegensätze an – und manchmal stoßen sie einander ab. Wenn ich Penny doch mal anspreche, zuckt sie zusammen und blinzelt mich an, als fürchte sie, dass ich ihr vor versammelter Mannschaft einen Vortrag halten könnte. Das habe ich nicht vor. Sie ist selbst für ihr Leben verantwortlich, und wenn sie möchte, dass Kyle ein Teil davon ist, dann ist es so. Am Ende ist es Pennys Entscheidung, ob sie mir verzeihen wird oder nicht.

»Penelope ist doch noch mit Kyle zusammen?«, vergewissert sich Dad.

»Vermutlich.«

Ich weiß nicht, ob sie nach unserem Streit mit ihm über die Sache gesprochen hat. Wenn ja, hat sie ihm offensichtlich vergeben und zieht es vor, mir die Schuld an dem One-Night-Stand zu geben. Da ich auf dem Campus noch nichts Gegenteiliges gehört habe, sind sie wohl noch zusammen. So wie man eben mit jemandem zusammen sein kann, der ohne Rücksicht auf Verluste tut, was er will.

»Das ist gut. Sie hat einen positiven Einfluss auf ihn«, versichert Dad und widmet sich wieder seinem Kuchen.

Tatsächlich? Mit hochgezogener Augenbraue nippe ich an der Limonade. Wenn sie das hat, will ich wirklich nicht wissen, wie Kyle sich ohne sie verhalten würde.

Nachdenklich sehe ich in den Garten hinaus und seufze. Warum denke ich schon wieder darüber nach? Die Beziehung der beiden geht mich nichts an.

»Wie weit seid ihr eigentlich mit den Planungen für eure Geburtstagsfeier?«, fragt Dad unvermittelt. »Wenn ihr wieder ein Lagerfeuer im Garten plant, solltet ihr dieses Mal den Tennants Bescheid sagen, bevor sie erneut die Feuerwehr rufen.«

Ich verdrehe die Augen. Die Tennants besitzen meiner Meinung nach zu viele Katzen und Langeweile.

Bo winkt Drew zu, bis der ihn ansieht. »Du kommst zu unserer Geburtstagsfeier in drei Wochen?«, fragt er so entschieden, dass es eher wie eine Aufforderung klingt.

»Geburtstag?« Drew mustert ihn einen Moment lang, um sicherzugehen, dass er ihn richtig verstanden hat.

»Wir haben Geburtstag, und du bist herzlich eingeladen«, versichert Bo und schenkt ihm eines seiner Katzengrinsen.

Drew sieht mich fragend an, bis ich nicke und ihm eine Nachricht schreibe.

July: *Wenn du magst, kannst du gern vorbeikommen. Unsere Geburtstagsfeiern beinhalten aber eher »mit Freunden am Lagerfeuer sitzen und Marshmallows rösten« als »volles Haus und Bier-Pong«.*

Ich reiche Drew mein Handy, der ohne zu zögern zurückschreibt.

Drew: *Habt ihr Wünsche?*
July: *Ein neues iPad.*
Drew: *Und Bo?*
July: *Das war ein Scherz! Es reicht, wenn du vorbeikommst und ein paar Graham Cracker mitbringst. Und dir vielleicht zur Abwechslung mal eine Jacke mitnimmst. Die Abende hier können recht kühl werden.*
Drew: *In deiner Nähe wird mir sicher nicht kalt, Dust Kitty.*

Bin ich froh, dass weder Dad noch Bo dieses Gespräch mit-
verfolgen können. Dad sieht uns zweifelnd genug dabei zu, wie
wir mein Handy hin und her reichen.

July: *Du bist so ein Spinner, Mr Alabama.*
Drew: *Mag sein. Aber vielleicht hat uns das Schicksal deswegen
zusammengeführt.*
July: *Du nennst Zusammenstöße in Coffeeshops Schicksal?*
Drew: *Warte es ab. Wenn wir in zehn Jahren gemeinsam auf
der Veranda unserer Ranch in Alabama sitzen und unseren drei
Kindern beim Spielen im Garten zuschauen, wirst du es genauso sehen.*
July: *Ich weiß gar nicht, was ich an deiner Vorstellung irritie-
render finde: die Ranch in Alabama oder die drei Kinder. (In
zehn Jahren? Ehrlich? Sportliches Ziel.)*
Drew: *Da wir viel reisen werden, wirst du die Ruhe dort zu
schätzen wissen. Und die Wärme in Alabama, Frost Kitty. (Und
es sind drei Kinder in fünf Jahren. Die nächsten fünf Jahre studierst du zu Ende und wir beschränken uns auf den sportlichen
Teil.)*
July: *Wow. Ich wollte schon immer studieren, um Hausfrau und
Mutter zu werden. Wie hast du das nur erraten?*

Ich werfe ihm einen genervten Blick zu.

Drew: *Ich habe nie behauptet, dass du Hausfrau sein wirst.
Nur, dass wir viel reisen. Gemeinsam. Weil wir ohnehin nicht
die Finger voneinander lassen können.*
July: *Daher die drei Kinder. Verstehe.*
Drew: *Jetzt mal im Ernst: Wie sehen deine Wünsche für die Zu-
kunft aus?*
July: *Wie ich geschrieben habe. NFL-Cheerleader.*

Drew: *Ich verstehe, dass du deinen Sport liebst und dafür Opfer bringen musst, aber ich habe mir in der Zwischenzeit die Richtlinien durchgelesen. Extremsport. Diäten. Schönheits-OPs. Sexuelle Belästigung. Kontrolle der persönlichen Kontakte. Ist es das, was du wirklich willst?*
July: *Ist es.*
Drew: *Du willst das mehr als mich?*

Auch wenn sich mein Herz schmerzhaft zusammenzieht, nicke ich. Es ist, wie ich Drew schon vor Wochen geschrieben habe: Körperliches Verlangen kann man ignorieren. Es ist nicht vernünftig, seine Träume für jemanden aufzugeben, den man kaum kennt.

July: *Deine Frage ist unfair. Würdest du einen NFL-Vertrag für mich zerreißen?*
Drew: *Jetzt nicht mehr. – Ist es als der Mann in dieser Beziehung meine Aufgabe, so zu tun, als wäre es für mich in Ordnung, wenn wir uns weiterhin nur schreiben? Dass es okay ist, wenn wir uns ab und an in unbeobachteten Momenten umarmen – und mehr nicht? Weil Männer stark und rational sind und keine Gefühle haben? Sorry, July. Ich kann das nicht. Wenn das deine Zukunftsvision ist, gib mir eine Auszeit. Schreib mir nicht. Ich melde mich bei dir, sobald ich das verdaut habe.*

Ich habe die Nachricht kaum zu Ende gelesen, da steht Drew auf.

Er schenkt Bo und Dad ein unverbindliches Lächeln. »Entschuldigung, aber ich muss los.«

Noch während ich überrumpelt zu ihm aufsehe, bietet Bo an, ihn zur Tür zu bringen. Ich lese seine Nachricht er-

neut. Den ganzen Verlauf. Es ging doch nur um Geburtstags-
geschenke. Und jetzt? Sitze ich allein hier und umklammere
mein Handy.

Was erwartet Drew denn? Dass ich freiwillig auf meinen
Traum verzichte? Hoffe, dass er seinen nicht erreicht? Mich
auf eine Beziehung mit einem festen Ablaufdatum einlasse? Noch dazu eine, die sich schlecht in meinem Lebenslauf
macht. Es klingt alles nicht richtig. Vielleicht ist es besser, dass
wir das ein für alle Mal geklärt haben. Wenn man ein Pflaster
mit einem Ruck abreißt, tut es kurz weh, aber danach ist der
Schmerz schnell wieder vergessen.

Ich liege in meinem Bett und höre irgendeine Spotify-Happy-
Playlist, deren Wirkung zu wünschen übriglässt. Als Bo eintritt,
hebe ich nicht einmal den Kopf.

Statt zu mir herüberzukommen, verschränkt er die Arme
vor der Brust und lehnt sich gegen die Zimmertür. »Was ist
jetzt wieder bei dir und Drew los?«, fragt er irgendwo zwischen
amüsiert und genervt.

»Nichts«, antworte ich entschieden. »Weil ich keine Lust
darauf habe, von Drew auf irgendeiner Party ausgenutzt zu
werden, nur damit er am nächsten Tag behauptet, dass es ein
bedauerlicher Ausrutscher war«, gebe ich zurück. Viel zu trotzig und verletzender, als ich will. Mir tun die Worte leid, kaum
dass ich sie ausgesprochen habe.

Doch statt mich anzuschreien oder ebenfalls laut zu wer-
den, neigt Bo den Kopf zur Seite und sieht mich prüfend an.
Er pustet sich eine Ponysträhne aus dem Gesicht. »Das …«
Er beendet den Satz nicht, sondern sieht mich zweifelnd an.
»Du machst einen Teil meiner Vergangenheit zu einem Pro-
blem deiner Zukunft?« In seinem Blick liegt kein Funke von
Wut, eher Besorgnis.

Das ist eine Emotion, die ich bei ihm noch weniger ertrage. Wenn es etwas gibt, das ich von ihm nicht will, dann ist es Mitleid.

»Jules … Ich wusste, worauf ich mich bei Joshua einlasse. Er hat mich nicht ausgenutzt und ich bereue nichts. Im Gegenteil. Ich bin froh, endlich ich selbst zu sein. Wenn die Leute deswegen über mich reden, dann ist es so. Sie lästern ohnehin immer wegen irgendwas über einen.« Er zögert, ehe er weiterspricht. »Es würde dich wundern, wie schüchtern Joshua ist, wenn er nicht auf dem Feld steht.«

Schüchtern. Ich muss unwillkürlich an unser Gespräch auf dem Balkon denken. Vielleicht liegt Bo richtig, und all das, was Joshua gesagt und getan hat, war Selbstschutz aus Unsicherheit. Was ist, wenn auch Joshua recht hat und wir mehr gemeinsam haben, als ich wahrhaben will? Wenn wir beide vorsichtig sind, weil wir etwas wollen, das wir eigentlich nicht haben können? Nicht, ohne unsere Zukunft dafür zu riskieren.

Aber macht es das besser? Warum muss das Leben so kompliziert sein?

»Es tut mir leid, ich wollte dich wirklich nicht so anfahren«, gestehe ich kleinlaut und stemme mich auf die Unterarme hoch, um Bo besser ansehen zu können. »Ich habe es nicht so gemeint. Ich möchte nur wirklich nicht über Drew reden. Wir passen einfach nicht zusammen.«

»Weil er keine Himbeeren mag? Oder woran ist dir das vorhin so plötzlich aufgefallen?«

»Weil er Football spielt und unsere Zukunftswünsche nicht zusammenpassen.«

»Du denkst, das ist euer Problem? Ich glaube, das, wovor du Angst hast, ist etwas anderes«, behauptet er leise, aber entschieden.

»Wovor?«, hake ich nach, obwohl ich mir nicht sicher bin, ob ich die Antwort hören will.

»Das, wovor wahrscheinlich jeder Angst hat, der in der Kindheit ohne Vorwarnung ein Elternteil verliert.« Bo schenkt mir ein halbes Lächeln und wendet sich zum Gehen. »Versuch, zu vertrauen. Ich bin immer für dich da, um dich aufzufangen, wenn dich jemand fallen lässt. Das weißt du.«

»Ich hab dich auch lieb«, murmle ich, weil ich weiß, dass es die Wahrheit ist. Bo ist immer für mich da, so wie ich immer für ihn da sein werde – ganz gleich, was die Zukunft für uns bereithält. »Aber Bo? Was ist, wenn Drews und meine Zukunftspläne wirklich nicht zusammenpassen? Wenn wir beide bei der NFL unterschreiben würden, wäre diese ganze Sache spätestens vorbei.«

»Über Sätze, die mit *Was wäre wenn* anfangen, mache ich mir keine Gedanken. Aber weißt du, worüber du nachdenken solltest? Dass du einen Typ auf Abstand hältst, bei dem du dir offensichtlich vorstellen könntest, dass ihr in drei Jahren noch zusammen seid.« Nach einem letzten Zwinkern lässt Bo mich zurück.

Seine Worte gehen mir nicht mehr aus dem Kopf.

Vertrauen.

Habe ich tatsächlich ein Vertrauensproblem? Aber es klingt so absurd. Ich bin bereit, meine Gesundheit in die Hände der anderen Mädchen zu legen. Fällt es mir wirklich so viel schwerer, jemandem mein Herz anzuvertrauen? Warum? Schiebe ich einen Berg von Ausreden vor mir her, um Drew nicht zu nahe an mich heranzulassen? Als Reflex, um nicht noch einmal so zu leiden wie nach Moms Tod? Sind unsere Zukunftswünsche auch nicht mehr als eine Ausrede? Nur weil wir beide Ziele haben, die sich widersprechen, heißt es ja noch lange nicht, dass auch nur einer von uns die Ziellinie jemals erreicht.

Wie schrieb Shakespeare? *Der bessere Teil der Tapferkeit ist die Vorsicht. Aber Vorsicht ist das, was wir bei anderen Feigheit nennen,* so Oscar Wilde.

Vernunft, Vorsicht oder Feigheit? Es sind alles drei Begriffe, die gar nicht zu mir passen.

Unruhig starre ich an die Zimmerdecke.

Ich greife nach dem Handy und bin kurz davor, Drew zu schreiben, um mich bei ihm zu entschuldigen. Aber er hat mich ausdrücklich gebeten, mich nicht bei ihm zu melden.

Schweren Herzens lege ich das Handy beiseite und versuche zu akzeptieren, dass diese Geschichte damit endet. Denn so, wie sie begonnen hat, sollte eine Liebesgeschichte ohnehin nicht anfangen: mit einer Beleidigung.

10. KAPITEL

Der-Anfang-vom-Ende-Donnerstag

Für kurze Zeit ist mein Leben nahezu perfekt. Keine Dramen, nur der Sport. Was passiert, wenn etwas zu gut ist, um wahr zu sein? Es zerbricht. Doch dieses Mal nicht in zwei, sondern in tausend Teile. Man kann Sachen kleben, flicken, zusammennähen. Aber sie werden danach nie wieder so makellos, wie sie einmal waren.

Es ist ein Donnerstag wie jeder andere. Das Wetter ist gut, also trainieren wir nicht in der Turnhalle, sondern auf einem Teil des Footballfelds. Dass uns dabei ab und an jemand neugierig beobachtet, ist eine gute Übung. Es macht mir nichts aus, angesehen zu werden. Auch Drews Anwesenheit ist mir vollkommen egal. Zumindest sage ich mir das immer wieder.

Er hat sich nicht mehr bei mir gemeldet. Seit fast drei Wochen nicht. Morgen ist Bos und mein Geburtstag. Drew wird nicht kommen. Überhaupt haben wir nur unsere engsten Freunde eingeladen, um mit uns zusammen am Lagerfeuer zu sitzen. Dad hat sich einen freien Abend genommen, wird zu Hause sein und alles vorbereiten: Stockbrot, Marshmallows, Dekoration. Er lässt es sich nie nehmen, alles für unseren Geburtstag zu schmücken, als wären wir noch immer kleine Kinder.

Auch wenn sich Drews Blicke wie Feuer in meine Haut brennen, freue ich mich auf den Abend. Ich lasse mir von meinen eigenartigen Gefühlen nicht unseren Geburtstag versauen. Es wird schön!

Dass es das nicht wird, begreife ich viel zu spät. Nicht, als Sofia beim Üben unserer Choreografie zusammenbricht und damit den Moment verpasst, mich aufzufangen. Nicht, als die anderen erschrocken aufschreien. Nicht, während ich falle. Nicht einmal, als ich etwas lautstark knacken höre.

Die Dunkelheit empfängt mich, bevor ich Schmerzen empfinden kann.

II. KAPITEL

Noch ein Tag – Welcher Wochentag ist doch gleich?

Eins. Drei. Fünf. Sieben. Dieser Rhythmus ist mein Leben. *War* mein Leben.

Bis zu dem Tag, an dem mir die Fünf zum Verhängnis wurde. Fünf Meter. Das sind zu viele, um unverletzt auf dem Boden der Tatsachen aufzuschlagen. Selbst dann, wenn er mit Rasen bedeckt ist.

Eigentlich sollte ich dankbar sein, dass ich noch lebe. Das Problem ist, dass es sich nicht so anfühlt. Ich bin nicht mehr ich. Zumindest nicht so, wie ich vor dem Unfall war. Und jeder in meinem Umfeld lässt es mich spüren. Wenn nicht mit Worten, dann mit mitleidigen Blicken. Ich weiß nicht, was schlimmer ist. Wahrscheinlich die Blicke. Während die Menschen ihre Worte mit Bedacht wählen, sieht man in ihren Augen die ungeschönte Wahrheit. Aber ich bin nicht dazu bereit, der gebrochene Mensch zu sein, den sie erwarten.

Ich hatte im wahrsten Sinne des Wortes mehr Glück als Verstand. Etwas, das meiner Mom nicht vergönnt war. Doppelter Bogenbruch – eine der günstigsten Diagnosen, wenn man schon das Pech hatte, sich das Genick zu brechen. Ich lebe noch, und ich bin nicht querschnittsgelähmt. Warum also erwartet die Gesellschaft, dass ich jammere? Warum fällt es so schwer, zu akzeptieren, dass ich längst verstanden habe, dass ich Glück hatte?

Wie gern würde ich mich im Bett umdrehen. Einem Bett, das mir gehört. Der gestärkte Bettbezug fühlt sich ebenso falsch an wie mein Körper. Vielleicht liegt es an den Schmerzmitteln. Von manchen wird mir nur schwindlig, andere machen mich so benommen, dass ich mich kaum an meinen Namen erinnern kann. Vielleicht wird alles endlich besser, wenn ich das Reha-Zentrum verlasse und in mein gewohntes Umfeld zurückkehre. Vielleicht ist es aber auch, wie Dad sagt, und mein Zuhause erinnert mich nur noch mehr daran, dass mein Leben nie mehr ganz wie vorher sein wird. Mir schwirren so viele »Vielleichts« durch den Kopf, aber nicht der Hauch einer Antwort.

Anfangs habe ich überlegt, zu Hause zu bleiben und die Physiotherapiestunden bei Dad abzuleisten, doch vermutlich hat er recht damit, dass mir der Abstand zu Fair Haven guttun wird. Ebenso die Stunden beim Psychiater und den leidigen Gruppensitzungen, deren Ziel ich noch nicht verstehe. Vielleicht bin ich der einzige Mensch, der keinen Sinn in diesen Stuhlkreisen sieht. Mir hilft es jedenfalls bisher nicht, mit anderen Menschen in einem Raum zu sitzen und mir ihre Geschichten anzuhören. Artig bestätige ich ihnen, dass ich sie verstehen kann. Ihre Schmerzen, ihre Verlustängste, das Gefühl von Ungewissheit, wenn man an die Zukunft denkt. Im Gegenzug tun sie dasselbe für mich. Aber besser geht es mir dadurch nicht, es ändert rein gar nichts an der Situation. Im Gegenteil: Das Herumsitzen macht mich unruhig und unzufrieden. Ich habe das Bedürfnis, irgendetwas zu tun. Ich fühle mich wie ein Tier, das man in der Wildnis gefangen und in einen Zookäfig gesperrt hat. Ich werde mit Essen und Beschäftigung versorgt, aber das ist nicht das richtige Leben.

Ein Teil von mir will hier einfach nur wieder raus. Ein anderer will nie wieder zurück. Zu viele Leute am St. Clair kennen mich. Zu viele, die mich mit ihren bedauernden Blicken quälen werden. Wenn ich etwas nicht ertrage, dann ist es Mitleid.

»Wie geht es dir?«, fragt Doktor Jones, ohne mich anzusehen.

Oder vielleicht sieht sie mich an, aber ich erwidere ihren Blick nicht, sondern schaue in den Garten des Reha-Zentrums hinaus. Die Blätter der Bäume leuchten intensiv grün und wispern von Freiheit, dabei weiß ich nicht einmal, ob mich da draußen wirklich Freiheit oder nicht eher ein weiteres Kapitel dieser Gefangenengeschichte erwartet. Sobald ich hier rauskomme, wird Dad zukünftig noch genauer überwachen, was ich tue.

»Mir geht es gut«, versichere ich, bevor das Schweigen zwischen uns zu laut und gewichtig wird. Es ist meine Standardantwort auf diese Standardfrage.

»Mhm.« Doktor Jones legt den Kugelschreiber beiseite.

Nur aus dem Augenwinkel heraus nehme ich wahr, dass sie die Hände ineinanderlegt.

»Viele Leute würden meinen, dass es eine Floskel ist.«

»Ja, aber sie wissen auch nicht, dass es hier ziemlich starke Schmerzmittel gibt«, entgegne ich möglichst charmant.

»July«, seufzt sie und schüttelt bedauernd den Kopf. »Du wirst noch einige Wochen hierbleiben. Es würde uns die Arbeit erleichtern, wenn du ehrlich zu uns und dir selbst wärst.«

»Es geht mir gut«, insistiere ich.

»Laut unseren Unterlagen hattest du während der letzten Wochen kein einziges Mal Besuch.«

»Weil ich es so will.«

Es sind Semesterferien. Bo wäre innerhalb von einer Stunde hier in Ann Arbor, wenn ich ihn bitten würde. Es hat mich alle Mühe gekostet, ihn davon abzuhalten, mit Haley aufzutauchen. Ich möchte nicht, dass sie mich so sehen: vorrübergehend im Rollstuhl, mit Orthesen an Bein und Hals. Dummerweise ist mir noch im Krankenhaus mein Handy kaputt gegangen. Für ein Neues fehlt mir ebenso das Geld wie für ein iPad. Mein Ersatz stammt gefühlt noch aus der Steinzeit. Es reicht für Telefonate mit Bo, aber die aktuellen Apps werden alle nicht mehr unterstützt. Eigentlich ist mir auch das ganz recht. Es erspart mir Dutzende nervige Nachfragen von den Mädchen aus meinem Squad. Oder besser gesagt: meinem ehemaligen Squad. Denn auch wenn ich noch lebe, ist das Cheerleading an meinem Unfalltag für mich gestorben.

Dr. Jones notiert etwas in meiner Akte, das sicher nicht zu meinem Vorteil gereicht.

»Ich sehe nicht, wie mir dieses Gespräch weiterhelfen soll. Ich habe beim Training das Sprichwort ›Hals- und Beinbruch‹ etwas zu wörtlich genommen. Mein Dad ist Physiotherapeut. Mein ganzes Leben lang höre ich schon Geschichten über Sportverletzungen. Ich habe auch ohne seine Ausführungen verstanden, dass ich ein Jahr mit den Schrauben in meinem Hals und dem Schienbein leben muss. Und dass das Kapitel Cheerleading für mich beendet ist. Aber ich lebe noch. Und ich weiß nicht, warum ständig von mir erwartet wird, dass ich weinend in meinem Bett liegen bleibe. Ich habe meine Mutter verloren. Ich weiß also, wie es ist, wenn man etwas verliert, das einem wichtig ist. Und ich will einfach nur …«

»Möchtest du über sie reden?«, fragt Dr. Jones in einem Tonfall, der mich fast wahnsinnig macht.

»Nein.« Ich atme tief durch. »Wenn Sie irgendetwas tun wollen, um mir zu helfen, können Sie mir eine Aufzeichnung der Cheerleading-Meisterschaft besorgen.«

»Warum ist es dir so wichtig? Was erhoffst du dir davon?«

Das ist eine gute Frage. Ich habe die diesjährige National Championship ebenso verpasst wie meinen zwanzigsten Geburtstag. Nicht einmal im Fernsehen konnte ich die Meisterschaft ansehen, weil das Krankenhaus den Sender nicht empfangen hat. So viele Wochen habe ich täglich dafür trainiert, dass ich das Gefühl habe, sie sehen zu müssen, um damit abzuschließen. Um wirklich begreifen zu können, dass diese Geschichte für immer vorbei ist. Dass sie ohne mich beendet wurde. All die Jahre voller Sport, Diäten, akribischer Kontrolle von Haut, Zähnen und Haar. Es ist aus. Ich werde niemals Cheerleaderin bei der NFL. Und auch nirgendwo anders.

Das zu akzeptieren wird nicht leichter, wenn man mich von allem abschirmt, das mich an den Unfall erinnern könnte. Einen Unfall, der ohnehin kaum mehr als ein farbiges Rauschen in meinem Gedächtnis ist. Wir haben eine Standpyramide gebaut und den Halt verloren. Ich hatte nicht einmal Zeit, um mich zu erschrecken. Da waren nur eine Sekunde des freien Falls, ein Knacken, Schwärze und dann die viel zu hellen Lichter im Krankenhaus. Die Schmerzen kamen erst später. Aber dank Dad und seinen Beziehungen zu diversen Sportmedizinern mit Kenntnissen über die besten Schmerzmittel sind sie auszuhalten. Es geht mir gut. Und selbst wenn es nicht so wäre, weil es mich frustriert, dass ich während der Physiotherapiestunden manchmal die einfachsten Übungen nicht schaffe, werde ich den Kopf nicht hängen lassen. Was schon allein wegen der Halskrause ein Ding der Unmöglichkeit wäre.

Spätestens nach den Semesterferien muss ich zurück ans College. Und dann? Soll ich dort mit Scheuklappen herumlaufen? Allem aus dem Weg gehen, um bloß nicht ans Cheerleading erinnert zu werden? Wie soll das gehen? Selbst wenn ich mich in Zukunft auf mein Literaturstudium konzentriere, besteht fast mein gesamter Freundeskreis aus Cheerleadern.

Oder bestand. Wer weiß, ob sie jetzt noch mit mir befreundet sein wollen. Ob es nicht so endet wie nach Moms Tod, als ein Großteil meiner Freundinnen beschlossen hat, mir den Rücken zuzukehren, weil ich es nicht über das Herz gebracht habe, weiterhin dauerlächelnd durch den Tag zu laufen. Dad ist noch immer Physiotherapeut. Er arbeitet im Stadion. Football und Cheerleading gehen Hand in Hand.

Schon bin ich wieder beim Thema. In meinem Kopf ist alles mit Cheerleading verknüpft. Es war zu lange der Hauptbestandteil meines Lebens, um es einfach aus meinem Gedächtnis radieren zu können. Ebenso wenig wie den Unfall. Beides ist Teil meiner Vergangenheit. Und damit von mir selbst.

Ich blinzle, als es hinter meinen Augen verräterisch zu brennen beginnt. Ich will nicht weinen. Mein Leben geht weiter. Das ist etwas Gutes. Für den Bruchteil einer Sekunde zucken meine Gedanken zu Drew, aber ich verbiete es mir. Seine Nachrichten fehlen mir momentan mehr denn je. Dabei sollte ich ihn nicht vermissen. Ich habe ihn abgewiesen, nicht andersherum.

»Dein Vater sagte mir, dass der Sport dir sehr wichtig war und dir das Studium finanziert hat. Jetzt kannst du ihn nicht mehr ausüben. Machst du dir keine Sorgen darüber, dass du dein Stipendium verlieren wirst?«

Unwillkürlich beiße ich mir auf die Unterlippe. Niemand verliert sein Sportstipendium, nur weil er eine Zeit lang verletzungsbedingt ausfällt, aber bei mir ist es etwas anderes. In spätestens einem Jahr wird mein Körper so weit regeneriert sein, dass ich wieder trainieren kann. Theoretisch. Ich weiß nur nicht, was. Um mein Bein mache ich mir weniger Sorgen, aber vermutlich werde ich den Hals nie wieder richtig bewegen können. Vielleicht habe ich Glück und kann es zumindest ansatzweise – aber das ist bei Weitem nicht genug fürs Cheerleading.

Ich werde also mein Stipendium verlieren.

Im Gegensatz zu Bo habe ich noch nie gearbeitet. Neben dem Sport war keine Zeit, dank des Stipendiums keine Notwendigkeit. Das wird sich in Zukunft ändern. Ich werde arbeiten müssen. Sobald ich wieder fit genug bin und einen Job finde, bei dem es in Ordnung ist, dem Gegenüber nicht in die Augen schauen zu können. Viele Menschen sind größer als ich. Wie soll ich ihnen ins Gesicht sehen, ohne den Kopf heben zu können?

Ich ziehe es vor, nicht darüber nachzudenken. Denn solange ich hier in dieser Blase eingesperrt bin, fühlt es sich zu groß und zugleich zu erdrückend an, über die Zukunft nachzudenken.

12. KAPITEL

Freiheit-Freitag

»Bo?« Ich wende mich meinem Bruder zu, ohne den Halt zu verlieren. Mit der Eleganz eines schwangeren Otters habe ich es mit Krücken und Bein-Orthese geschafft, zu dem altersschwachen SUV zu laufen, vor dem er stehen bleibt. Ich dürfte die lästige Gehschiene tagsüber ablegen, wenn ich mit den Krücken richtig laufen könnte. Da mir von dem eigenartigen Bewegungsablauf trotz der Physiotherapie viel zu schnell das Genick wehtut und ich zu mogeln anfange, soll ich sie noch eine Weile tragen, wenn ich das Haus verlasse. »Wessen Auto ist das?«

»Dads«, erklärt er knapp und zieht den Schlüssel aus der Jackentasche hervor. »Er hat das Alte verkauft, weil er denkt, dass du hier leichter ein- und aussteigen kannst.«

»Super«, murre ich, während Bo mir die Tür öffnet.

Was Dad offensichtlich nicht bedacht hat, ist, dass ich so klein bin, dass ich auf den erhöhten Sitz hinaufklettern muss. Seufzend überreiche ich Bo die Krücken und er mir im Gegenzug ein neues Handy. Einfach so. Als wäre es keine große Sache. Als hätte ich nicht seit Wochen überlegt, woher ich das Geld für ein neues nehmen soll.

»Mit freundlichen Grüßen von Mr Palmer«, plaudert Bo. »Ich habe ihn gefragt, ob ich ein paar Sonderschichten im *Hazelcup* einlegen darf, aber als er deine Geschichte gehört hat, hat er darauf bestanden, die Hälfte dazuzulegen. Er war ziemlich schockiert. So wie wahrscheinlich der Rest des St. Clair.«

»Du bist der Beste«, versichere ich und presse mir mein Kleinod direkt aus dem technischen Kommunikationshimmel an die Brust.

»Das wusste ich zwar, du kannst es mir aber gern viel öfter sagen.« Er schenkt mir eines seiner Katzenlächeln und verschwindet mit den Krücken, um sie im Kofferraum zu verstauen.

Ich werfe einen Blick auf das Handy. Die gute Nachricht: Der Akku ist voll aufgeladen, und Bo hat alles fertig eingerichtet. Die unangenehmen Nachrichten: Erstens habe ich keine ungelesenen Nachrichten, und zweitens hat er ein neues Hintergrundbild ausgesucht. Statt des Gruppenbilds unseres Cheerleading-Squads zeigt es jetzt ein Foto von Bo, Penny und mir am letzten Halloween. Auch wenn ich mir sicher bin, dass Bo es nett gemeint hat, erzeugt der Anblick des Fotos ein unangenehmes Gefühl, das ich mir nicht einmal erklären kann. Es ist, als hätte ich das Cheerleading nicht nur verloren, sondern als würde man mir die letzten Erinnerungen daran nun auch noch wegnehmen.

»Kannst du einsteigen?«, reißt mich Bos Stimme aus den Gedanken.

Mit einem unbestimmten Murmeln klettere ich umständlich in das Auto. Was sich am schwierigsten erweist, ist das Anschnallen. Statt einfach den Kopf zu wenden, um nach dem Gurt zu sehen, muss ich mich zurücklehnen und den gesamten Oberkörper drehen – ohne auf dem Sitz den Halt zu verlieren.

Bo steigt ein und wartet, bis ich mich arrangiert habe. Er fragt kein einziges Mal, ob ich Hilfe brauche. Dafür bin ich ihm dankbar. Er weiß genau, wie wenig ich Mitleid mag.

»Du hattest übrigens Hunderte Genesungswünsche auf dem Handy«, plaudert er beim Anfahren.

Hatte ich das? Wieso wundert es mich nicht, dass er alle Nachrichten gelesen hat?

»Habe ich irgendetwas Wichtiges verpasst?«, hake ich nach und drehe das Handy unruhig von links nach rechts.

»Alles wie immer. Penny hat irgendetwas geschrieben, dass es ihr unendlich leidtut. Was, weiß ich nicht. Vielleicht, dass sie bei der Meisterschaft nur den fünften Platz belegt haben. Oder ihre Geschmacksverwirrung der letzten Monate. Es gibt Gerüchte, dass sie mit Kyle Schluss gemacht hat, nachdem er in der Umkleidekabine mit einer Frau erwischt wurde. Nackt auf einer der Holzbänke. Von einigen seiner Teammitglieder. Es gab einen richtigen Shitstorm auf Instagram. Nachdem er am letzten Wochenende betrunken aus einer Bar getragen wurde, dürfte der Wahrheitsgehalt mindestens fünfzig Prozent betragen. Wenn wir dem Campustratsch glauben. Angeblich darf er zur Strafe für sein wenig vorbildliches Verhalten zu Saisonbeginn erst einmal die Ersatzbank drücken. Schöne Grüße übrigens von Drew. Er nutzt die paar freien Tage vor Semesterbeginn, um seine Familie in Tuscaloosa zu besuchen.«

Ich lasse das Handy in das Fach der Mittelkonsole fallen.

Schöne Grüße also. Was hatte ich auch erwartet? Immerhin hat er mir überhaupt geschrieben.

»Und dass Penny vielleicht mit Kyle Schluss gemacht hat, ist also keine Neuigkeit?«, stichle ich halbherzig, um mich von Drew abzulenken.

Wieso will ein Teil von mir, dass er mir etwas anderes geschrieben hätte als: »*He, gute Besserung. Ich verzieh mich für ein paar Tage nach Alabama. Mach's gut. Wir sehen uns vielleicht nächstes Semester.*«

Ich bin mir sicher, dass es nur ein *Vielleicht* ist. Wenn Kyle tatsächlich gesperrt ist und Drew beim Saisoneröffnungsspiel auf dem Platz steht, wird ihm das sicherlich genug Aufmerksamkeit von seinen geliebten Cheerdancerinnen einbringen. Die wenigsten von denen dürften planen, das Cheerleading zu ihrem Beruf zu machen. Wenn Penny jetzt Single ist, kann sie sich den zukünftigen Drew-Fans eigentlich gleich anschließen. Nicht dass sich am Ende noch jemand anders den Mann mit 20 Millionen pro Saison angelt. Ich reibe mir mit dem Handballen über die Stirn. Wo kommen diese schäbigen Gedanken her?

»Liebe Grüße übrigens auch von Mateo«, ergänzt Bo. »Er stand eines Nachmittags bei uns vor der Tür und hat sich nach dir erkundigt. Mir war nicht bewusst, dass ihr befreundet seid.«

Weil du die letzten Monate nie mit uns feiern warst, liegt mir auf der Zunge, aber ich schlucke die Worte herunter.

»Als Kumpel ist er vollkommen in Ordnung«, murmle ich. Das ist er wirklich.

Über eine Stunde dauert die Fahrt von Ann Arbor zum Lake St. Clair. Eine Stunde, in der ich viel Zeit zum Grübeln habe.

»Hast du dein Spiel eigentlich weitergespielt?«, frage ich irgendwann und schalte das Radio ein, weil mich die Stille beunruhigt. Vielleicht ist es auch nicht die Stille, sondern ein undefinierbares Klappern, das das Auto von sich gibt. Das klingt nicht gut. Dads vorheriges Auto war vielleicht kein SUV, aber definitiv in einem besseren Zustand als dieses Auto, in dem es zudem merkwürdig riecht. Eine Mischung aus Öl und Reinigungsmittel hängt in der Luft.

»Wir können das Spiel von vorn anfangen«, schlägt Bo vor.

»Dann hast du alle Magier besiegt?«, hake ich nach.

»Ein Freund hat mir geholfen«, antwortet er unbestimmt.

Hätte er das vor einem Jahr gesagt, hätte ich nicht weiter darüber nachgedacht. »Du redest von Mr Schöne-Grüße-aus-

Alabama?«, vermute ich. Während ich mich in der Reha fast zu Tode gelangweilt hätte und mich täglich gefragt habe, was die zwei wohl tun, haben sie also gemeinsam gespielt. Wie schön für sie. Obwohl ich den beiden ihre Freundschaft gönne, habe ich damit zu kämpfen, einen akuten Anfall von Eifersucht herunterzuschlucken.

Meine Laune bessert sich auch nicht, als wir zu Hause ankommen. Bo trägt meine Tasche ins Haus. Dad ist nicht hier, weil er arbeitet, aber wenn er es wäre, würde ich ihn beim Betreten meines Zimmers anschreien.

Fassungslos sehe ich mich um. Jemand hat alle Poster und Fotos, die auch nur im Entferntesten etwas mit Cheerleading zu tun hatten, von den Wänden genommen. Alle Medaillen, kleinen Trophäen und Bücher. Selbst die paar Blu-Rays von Filmen, in denen Cheerleader mitspielen, sind verschwunden.

»Das ist nicht euer Ernst!« Ich deute aufgebracht um mich. »Ihr könnt doch nicht ungefragt meine Sachen wegschmeißen!«

»Jules.« Bo lässt meine Reisetasche auf das Bett fallen und schiebt sich die Hände in die Bauchtasche seines Hoodies. »Wir haben gar nichts weggeworfen. All deine Sachen stehen in der Garage.«

»Dann viel Spaß dabei, sie zurückzuholen und einzuräumen!«

Er setzt sich auf die Bettkante und streckt seufzend die Beine aus. »Dad hält es für das Beste, wenn …«

»Wenn ich tue, als wäre nie etwas gewesen?«, schlage ich vor. Meine Wände sind so leer wie die Seiten eines ungebrauchten Tagebuchs, aber ich habe nicht um einen Neuanfang gebeten! »Du meinst, so wie er nach Moms Tod getan hat, als hätte sie nie existiert?« Er hat damals jedes einzelne Bild von ihr entfernt, weil er ihren Anblick nicht ertragen hat. Aber ich bin nicht Dad! Ich will nichts verdrängen und vergessen, das mir einmal wichtig war. Ich möchte mich erinnern und wissen, woher ich komme. Warum ist das so schwer zu verstehen? »Ich erwarte, dass ihr alle Sachen wieder zurückstellt!«

»Jetzt komm erst mal in Ruhe an. Wir reden später darüber. Hast du vielleicht Hunger?«, fragt er, als wäre es eine adäquate Erklärung für meine schlechte Laune. Er erhebt sich von meinem Bett und schlendert zur Tür. »Ich backe uns Kekse.« Kekse sind Bos Pendant zu Dads Lasagne, aber ich kann ihm versichern, dass Kekse mich nicht beruhigen werden.

Als Bo den Raum verlässt, bin ich noch immer wütend! Zumindest, bis mein Wutanfall von etwas anderem abgelöst wird. Das Brodeln in meinem Inneren weicht einer eigenartigen Kälte. Ich fühle mich mit einem Mal so leer wie die Regale in meinem Zimmer. Man hat mir schon wieder etwas weggenommen, ohne einen Ersatz zu bieten. Moms Tod und das Cheerleading haben eine Lücke hinterlassen, die ich nicht füllen kann.

Ich setze mich auf den Schreibtischstuhl und drehe mich langsam hin und her, so gut es mein Bein zulässt. Gedankenverloren starre ich vor mich hin. Ich bin nach wie vor fest entschlossen, mich nicht in Selbstmitleid zu suhlen, aber manchmal fällt es schwer. Ich betrachte meine Pinnwand mit außergewöhnlichen Worten.

Galimathias; der oder das, sinnloses Gerede.

So kommen mir meine Gedanken in letzter Zeit auch oft vor: sinnlos.

Ich weiß nicht, wie lange ich vor mich hingestarrt habe, bis es an die Zimmertür klopft.

»Ja?«, frage ich irritiert. Seit wann wartet Bo, bis man ihn hereinbittet?

»July?«

Ich höre Pennys Stimme, bevor sie sich vorsichtig zur Tür hereinschiebt. Sie hält eine knisternde Plastiktüte in der Hand und schenkt mir ein schüchternes Lächeln. »Friedensfrühlingsrollen?« Sie verharrt in der Bewegung und blinzelt mich nervös an. »Sie sind von deinem Lieblingschinesen. Ich war mir nicht sicher, wie das Essen in der Reha-Klinik war, und dachte, dass sie dich vielleicht ein wenig aufmuntern.« Ihr nervöser Blick huscht über meinen Körper, bleibt an der Bein-Orthese hängen, ehe sie mir ein weiteres Lächeln schenkt. »Du siehst gut aus.«

Ich verdrehe die Augen. Was sie sagen will, ist: Für jemanden, der hätte tot sein können, sehe ich ziemlich normal aus. Wenn ich nicht gerade die Halskrause trage und mich nicht bewege, sieht man nicht, dass mit meinem Körper irgendetwas nicht stimmt. Dass ich weder den Kopf drehen noch nicken kann.

»Bettpicknick?«, nehme ich ihren Friedensvorschlag an und erhebe mich vom Stuhl. »Sieh mich nicht so an«, bitte ich, während ich zum Bett hinüber humple.

So setzen wir uns gemeinsam auf das Bett, wie wir es früher oft getan haben. Vor allem nach dem Tod meiner Mom war Penny immer für mich da. Es gab da diese Zeit, in der wir keine Geheimnisse voreinander hatten. In der Bo schrecklich genervt von uns war, weil wir seiner Meinung nach zu viel Zeit miteinander verbracht haben. Niemals hätten wir uns wegen eines Typs zerstritten. Und dann kam Kyle. Obwohl wir uns seit Jahren kennen, fühlt es sich an, als wäre da mittlerweile etwas Fremdes zwischen uns. Eine mentale Mauer, hinter der irgendetwas liegt, über das wir sprechen sollten, weil es uns sonst auf ewig trennen wird.

»Habe ich während meiner Abwesenheit irgendetwas verpasst?«, frage ich, um die Stille zu durchbrechen, und lehne den Rücken gegen das Kopfende des Betts.

Penny überreicht mir eine Pappschachtel, die bis obenhin mit warmen, knusprigen Minifrühlingsrollen gefüllt ist, bevor sie die zweite Packung aus der Plastiktüte holt. Mit flinken Fingern öffnet sie den Faltdeckel.

»Nicht viel«, murmelt sie in ihre eigene Schachtel. »Außer ... Du weißt schon. Der Meisterschaft. Ich habe mit David aus deinem Semester gesprochen, und er meinte, dass du ein paar Klausuren nachholen musst. Und ich habe mit Kyle ... Wir haben eine Beziehungspause eingelegt. Nicht wegen eures ... Du weißt schon. Ich habe ihn darauf angesprochen, und er sagt, es hat ihm nichts bedeutet.« Sie sieht mich flüchtig an, als erwarte sie irgendeine Reaktion, aber ich habe keine für sie. »Es waren in der letzten Zeit ein paar Partys zu viel.«

»Wow«, sage ich halb spöttisch, halb anerkennend, weil diese Pause meiner Meinung nach längst überfällig war.

Penny nimmt unschlüssig eine Frühlingsrolle aus der Packung und klopft damit auf den Rand der Schachtel.

»Wenn du möchtest, dass ich dich ansehe, wäre es übrigens einfacher, wenn du dich mir gegenüber setzt«, gestehe ich, weil ich den Kopf nicht in ihre Richtung drehen kann.

Penny tut mir den Gefallen und setzt sich vor mir in den Schneidersitz. Sie wendet ihre Frühlingsrolle zwischen den Fingern. »Ich will Kyle nicht verlieren«, gesteht sie. »Ich weiß, dass es naiv klingt, aber er hat nicht nur schlechte Seiten. Wenn wir uns sehen und er sich für sein Verhalten entschuldigt, findet er Worte, die mich glauben lassen, dass er es ernst meint. Dass ich die Einzige für ihn bin und ihm etwas bedeute und die anderen nur eine Vergnügung sind. Und dann frage ich mich ...« Sie lässt die Frühlingsrolle zurück in die Packung fallen und streicht sich die Haare zurück. »Ich meine, was ist, wenn er es ernst meint? Wenn ihm die anderen nichts bedeuten? Diese ganze Sache von Monogamie ist ja eigentlich nur ein gesellschaftliches Konstrukt. Und vielleicht ist es gar nicht so schlimm, wenn er sich zwischendurch mit anderen vergnügt.«

»Solange er dabei ordentlich verhütet«, werfe ich ein, ohne darüber nachzudenken.

»July«, murrt Penny. Es ist ihre Bitte, mich nicht über sie lustig zu machen.

Ich knabbere an einer Frühlingsrolle und versuche, meine Gedanken zu sortieren. Von Beziehungen – egal welcher Art – habe ich keine Ahnung. Natürlich gibt es Menschen, die in einer offenen Beziehung glücklich sind. Daran ist nichts Verkehrtes. Aber nur dann, wenn diese Art von Beziehung beide wollen und sie nicht dazu benutzt wird, um ein ungesundes Verhaltensmuster zu rechtfertigen. Dass Kyle in meinen Augen in die zweite Kategorie gehört und seine zahlreichen Eroberungen benutzt, um sein sowieso schon übergroßes Ego noch weiter aufzublasen, behalte ich lieber für mich.

»Penny, ich weiß nicht. Wenn eine offene Beziehung für euch beide in Ordnung ist …« Ich hebe hilflos die Hand. »Aber dann müsst ihr darüber reden. Ich glaube nicht, dass es bedeuten sollte, dass einer von beiden macht, was er will, und der andere wegguckt.«

»Ich habe es gegoogelt«, gesteht sie und hebt stolz das Kinn. »Man kann Regeln vereinbaren.«

»In Ordnung. Mal angenommen, ihr vereinbart Regeln, Kyle hält sich tatsächlich daran und ihr kommt mit der Situation klar. Und mal angenommen, all eure Träume werden wahr und Kyle schafft es in die NFL. Dann wird es immer wieder Frauen geben, die ihren Mund nicht halten können und irgendwelche intimen Geheimnisse ausplaudern. Kommst du damit auch klar? Wenn Fotos und Gerüchte in der Klatschpresse landen?«

»Ich weiß es nicht«, murmelt sie und stellt die Frühlingsrollen neben sich auf dem Bett ab. »Eigentlich sollte einem egal sein, was die Leute denken, oder nicht?«

»Doch«, antworte ich halbherzig. Natürlich sollten einem die Leute egal sein. Ich kann nur nicht so recht glauben, dass Penny mit dieser Art von Zukunftsvision glücklich wird. Ich habe sie so oft wegen Kyles Eskapaden leiden sehen, dass es mir schwerfällt, mir vorzustellen, dass ihre Gefühle sich mit einem Mal ändern, nur weil ihre Beziehung ein neues Label trägt. »Solange ihr beide damit glücklich seid. Und ich meine wirklich glücklich und nicht, er ist glücklich und du bist duldsam.«

Penny seufzt, schnappt sich eines der Kissen von meinem Bett und schlingt die Arme darum. »Warum ist Erwachsenwerden so kompliziert?«, stöhnt sie und lässt den Kopf hängen, sodass ihre schwarzen Haare ihr Gesicht wie ein Vorhang verbergen.

»Ich glaube, erwachsen wird man von allein. Liebesgeschichten machen es kompliziert. Ich sag nur Jane Eyre. Julia Capulet. Anna Karenina.« Ich könnte die Liste komplizierter Beziehungen ewig fortsetzen, gehe aber nicht davon aus, dass Penny die Geschichten kennt.

Sie setzt sich wieder auf und atmet tief durch. »Apropos Liebesgeschichte. Was wurde eigentlich aus Drew?«, hakt sie nach und greift mit spitzen Fingern nach einer Frühlingsrolle, um ein winziges Stück abzubeißen.

»Nichts. Er ist in Alabama, und ich habe seit Wochen nichts von ihm gehört.« Es kostet mich all meine Selbstbeherrschung, den verletzten Unterton in meiner Stimme zu überspielen, obwohl ich weiß, dass ich an dieser Funkstille selbst schuld bin. »Wir wollten einfach nicht das Gleiche.«

»Nach allem, was mir erzählt wurde, sah es eher so aus, als wäret ihr euch sehr einig, was ihr wollt«, wirft sie ein und kann ein Lächeln nur schwer unterdrücken. Sie hat sich allerdings sofort wieder gefasst. »Tut mir leid, das sagen zu müssen, aber ich habe dich gewarnt. Die Jungs haben eh schon zu viel Auswahl, und bei Drew kommt noch der Reiz des Neuen dazu. Da fällt es schwer, sich festzulegen.«

»Ja«, antworte ich gedehnt. »Abgesehen davon, dass ich diejenige war, die ihn abgewiesen hat.«

»Weil er Footballspieler ist?«, hakt sie nach. Und da ist er: dieser mitleidige Blick. Die freundliche Erinnerung daran, dass ich meine Zukunftsvision begraben kann.

»Ist egal«, versichere ich und stoße meine Frühlingsrolle gegen ihre. »Ein Hoch auf die Zukunft.«

»Denkst du, er hat echtes Interesse an dir gehabt?«, hakt Penny nach und ist offensichtlich noch nicht bereit, das Thema auf sich beruhen zu lassen.

»Spielt das eine Rolle? Wir haben uns einmal getroffen, die Fronten geklärt, er wollte, dass ich aufhöre, ihm zu schreiben, und jetzt hat er mir von Bo schöne Grüße ausrichten lassen. Das war's.«

Schöne Grüße. Warum ärgert mich das eigentlich so? Was habe ich denn erwartet? Dass er mir schreibt, sobald ich die Klinik verlasse? Wer weiß, was er in Alabama gerade macht? Außerdem haben wir uns seit Wochen nicht gesehen. Vielleicht datet er längst eine andere. Richtiges Daten. Nicht diese Albernheiten, die wir gemacht haben. Vielleicht haben ihm unsere Nachrichten nie so sehr gefehlt wie mir. Ich hatte im Krankenhaus und der anschließenden Reha viel zu viel Zeit, um ihn zu vermissen.

Oh Gott, ja. July, sieh es ein, du hast ihn vermisst, und es tut dir weh, dass es offensichtlich nicht auf Gegenseitigkeit beruht. Was jetzt? Herumjammern? Oder ab in den Sarg zu den Cheerleading-Klamotten, und gut ist?

»Alles okay bei dir?«, fragt Penny und knabbert an der Frühlingsrolle.

»Kannst du mir einen Gefallen tun und mir die Halskrause aus der Tasche holen? Ich bekomme Kopfschmerzen«, gestehe ich, obwohl ich mir nicht sicher bin, woher die Schmerzen kommen. Mein Kopf tut weh. Mein Genick tut weh. Mein Bein tut weh. Alles damit erklärbar, dass ich meine Schmerztabletten heute nicht genommen habe. Dass sich jetzt noch Herz und Eingeweide schmerzhaft zusammenziehen, verspricht entweder eine Lebensmittelvergiftung oder anderweitige Probleme, über die ich gerade nicht nachdenken möchte.

»Du siehst nicht gut aus, vielleicht solltest du eine Runde schlafen. Ich kann übermorgen wiederkommen«, schlägt Penny vor.

Erst bei ihrem Vorschlag wird mir wieder bewusst, dass noch immer Semesterferien sind. Normalerweise verbringen wir einen Großteil der Sommerferien im Trainingscamp.

»Das wäre schön. Aber wie kommt es, dass du hier bist und nicht im Sportcamp?«

Sie schenkt mir ein flüchtiges Lächeln und weicht meinem Blick aus. »Sei mir nicht böse, aber Cheerleading war dir immer so viel wichtiger als mir. Seit deinem Unfall überlege ich, damit aufzuhören. Die gebrochene Nase damals war schon unschön genug, aber du hättest sterben können. Ich glaube, das ist es mir nicht wert.«

Mein erster Impuls ist es, ihr zu widersprechen. Dass es nur ein dummer Unfall war und sie das Cheerleading deswegen nicht aufgeben sollte. Aber wenn sie ihre Teilnahme am Camp abgesagt hat, ist ihre Entscheidung längst gefallen.

Penny verabschiedet sich und lässt mir ihre Frühlingsrollen da, die ich aufesse, während ich etwas selten Dämliches tue: Ich hole mein iPad hervor und google.

Andrew McDaniels.

Bo hat recht. Google weiß, wer er ist. Schon die Bildvorschau lässt mein Herz außer Takt geraten. Ich hatte irgendwie verdrängt, dass Drew nicht nur extrem gut aussieht, sondern auch sehr charmant lächeln kann. Es gibt diverse Artikel über ihn, viele Verlinkungen zu seinem erfolgreichen großen Bruder und neben einigen gestellten Fotos auch ein paar Schnappschüsse von ihm auf dem Feld. Offensichtlich durfte er in der letzten Saison ein paarmal für Tuscaloosa spielen. Das rote Trikot steht ihm definitiv zu gut. Mir hätte schon viel früher auffallen können, dass Rot hervorragend zu seinen goldbraunen Augen passt. Aber was hätte es geändert? Gar nichts. Frustriert lasse ich das iPad aufs Bett fallen und reibe mir mit dem Handballen über die Stirn.

Großartig, July. Entweder hast du schon seit Monaten erfolgreich verdrängt, dass du ernsthaft auf einen Footballspieler stehst, oder du hast dir bei deinem Sturz noch irgendetwas getan, das deine Gefühlswelt vollkommen durcheinandergebracht hat. Das ist ein Supertiming. Weil Drew nämlich quasi mit dir Schluss gemacht hat.

Außerdem wird er dank Kyles Eskapaden spielen. Und Penny hat recht: Es gibt Dutzende Frauen, die nicht halb so stur sind wie ich und gleich erkennen werden, dass er nicht nur talentiert und ehrgeizig ist, sondern auch verdammt gut aussieht. Und dann wird er eine von denen daten, weil ich nämlich nicht einmal in der Lage wäre, ihn zu küssen. Weil er so groß ist, dass ich dafür den Kopf in den Nacken legen müsste. Und das kann ich nicht. Also sollte ich ihn vergessen. Außerdem … Was macht das bitte für einen Eindruck? Erst weise ich ihn ab, weil er meiner Zukunft im Weg steht, und wenn die sich in Rauch auflöst, komme ich angekrochen? Wer wäre da nicht schwer begeistert?

Ich weiß auch nicht, warum ich darüber nachdenke, Drew zu küssen. Und warum ich bereue, es nicht längst getan zu haben. Ich hätte auf der Party nicht so eine Szene machen und ihn einfach küssen sollen. Dann wüsste ich jetzt, ob es sich so anfühlt, wie ich es mir vorstelle. Vielleicht will ich es auch nur wissen, weil ich es nicht mehr erfahren werde. Wer weiß das schon?

Von mir und meinen Gedanken genervt, stehe ich auf und greife mir die Krücken.

Schon beim Öffnen der Zimmertür höre ich, dass Bo mit jemandem telefoniert.

»Ja, aber er ist noch nicht verkauft. Ich kann nach Washtenaw fahren, wenn du mir sagst, wann.«

Zweifelnd humple ich durch den Flur und betrete das Wohnzimmer. Was will Bo verkaufen? Und was will er in Washtenaw? Dort gibt es nichts außer einem Flughafen.

Mein Bruder sitzt auf dem Sofa, bis er mich bemerkt und prompt aufsteht. »Das ist echt kein Ding. Es ist nur eine halbe Stunde von hier«, versichert er, sieht mich flüchtig an und schlendert in Richtung Küche, um sich dort eine Getränkedose aus dem Kühlschrank zu nehmen und in den Flur zu verschwinden. »Ja, superexklusive Wohngegend. Ich nehme mal an, ihr seid anderes gewöhnt.«

Offensichtlich verlegt Bo das Gespräch in sein Zimmer, denn er verschwindet und schließt die Tür hinter sich, um erst fünfzehn Minuten später wieder aufzutauchen.

Er lässt sich so schwungvoll neben mir auf das Sofa fallen, dass ich schmerzhaft durchgeschüttelt werde.

»Du hast dein Handy im Auto liegen lassen.« Achtlos drückt er es mir in die Hände.

Ich greife danach und hebe es so hoch, dass ich das Display lesen kann. Eine neue Nachricht von Haley: *Ich hörte, die Prinzessin wäre zurück in ihrem Reich?*

Welcher Herold erzählte Euch davon?, schreibe ich zurück und bin dankbar, dass sie mich nicht fragt, wie es mir geht. Weil ich die Frage mittlerweile nicht mehr hören kann. Mein Handy gibt ein eigenartiges Geräusch von sich, das ich nicht einordnen kann. Erst als ich auf das Display schaue, verstehe ich, dass jemand den »Go Blue!«-Ruf gegen ein belangloses Klingeln ausgetauscht hat.

Haley: *Euer Hofnarr Bo informierte die wichtigsten Figuren in Eurem Königreich über Eure Rückkehr, auf dass Euch jeden Tag eine von ihnen ihre Aufwartung mache.*

Also sehen wir uns morgen?, hake ich nach und kann ein Lächeln nicht unterdrücken. Ich wollte in der Reha keinen Besuch, aber jetzt freue ich mich darauf, Haley wiederzusehen. Nach den elendigen und von Mitleid zerfressenen Wochen ist ihre offene Art genau das, was ich brauche.

Haley: *Vielleicht* ;)

»Bereit, ein paar Magier zu töten?«, fragt Bo unvermittelt und entwendet mir das Handy.

Ich lege die Füße auf den Wohnzimmertisch, was mit der Orthese eine sportliche Herausforderung ist, und klatsche in die Hände. »So was von bereit«, versichere ich ihm und lasse mich gegen die weiche Rückenlehne des Sofas sinken. Ich merke zum ersten Mal, wie gut es tut, wieder zu Hause zu sein. An einem Ort, an dem es nicht nach Desinfektionsmittel riecht. An dem die Bettwäsche nicht gestärkt ist. An dem die Mahlzeiten nicht zu den immer gleichen Uhrzeiten serviert werden. Und an dem ich mit meinem Bruder Playstation spielen kann. Ich bin froh, dass ich noch lebe und mich über diese Kleinigkeiten freuen kann. Kleinigkeiten, die man erst zu schätzen weiß, wenn man sie fast verloren hat.

Mein Handy klingelt erneut. Ich rechne mit einer weiteren Nachricht von Haley und blinzle irritiert.

Mr Alabama.

Mein Herz macht einen nervösen Stolperer, nur um danach viel zu schnell weiterzuschlagen. Es weiß nicht, was es erwarten soll. Nach der Funkstille meldet er sich wieder. Aber weswegen? Ich atme tief durch, ehe ich genug Mut gesammelt habe, um den Text zu lesen.

Mr Alabama: *Die Göttin ist wieder im Olymp? Schöne Grüße aus Alabama.*

Mehr nicht. Es sind nur diese zwei Sätze. Habe ich mehr erwartet? Oder etwas anderes? Ich beschließe, so zu antworten, als wäre nichts gewesen. Als hätte ich unsere Nachrichten nicht vermisst. Als hätte ich seit meiner Entlassung nicht viel zu oft an ihn gedacht.

July: *Mehr so ein Ersatzteilzombie als eine Göttin. Was machst du gerade? Schöne Grüße aus Fair Haven.*
Mr Alabama: *Also eher Cyber Kitty als Dust Kitty? Wir sind gerade mit dem Nachmittagstee fertig und gehen noch ein paar Bälle werfen. Pass auf dich auf. Ich muss los und melde mich später noch mal.*

Wow. Da hat mich ja jemand richtig vermisst. Die Zuneigung springt mir förmlich aus den Zeilen entgegen – so zwischen Tee und Ballspielen. Ich lasse das Handy auf das Sofa fallen und nehme von Bo einen der Controller entgegen.

»Töten wir Magier.«

Das Abendessen mit Dad fühlt sich eigenartig an. Unsere letzten Gespräche drehten sich vor allem um Verletzungen und medizinische Behandlung. Und genauso geht es weiter.

»Wir sehen uns dann morgen um 15 Uhr bei mir in der Praxis«, sagt er knapp und ohne mich anzusehen. »Mit Sportkleidung und dem Physio-Plan aus der Reha-Klinik.«

Statt zu antworten, seufze ich. Einerseits bin ich froh, dass Dad ein so guter Physiotherapeut ist und sich mit Sportverletzungen auskennt. Andererseits ist er noch immer mein Dad, und früher oder später wird er mir den längst überfälligen Vortrag darüber halten, dass er Cheerleading schon immer für unvernünftig und gefährlich gehalten hat.

»Wünscht ihr euch eigentlich etwas zu eurer nachträglichen Geburtstagsfeier?«, fragt Dad unvermittelt und wechselt dankenswerterweise das Thema.

Bo lehnt sich in seinem Stuhl zurück. »Den Rest des Jahres keine Lasagne mehr essen zu müssen. Ich kann sie nicht mehr sehen.«

Ich schenke ihm ein mitleidiges Lächeln. Offensichtlich war Dad in den letzten Wochen häufig gestresst, wenn er so oft Lasagne gebacken hat.

Was ich mir wünschen soll, weiß ich nicht. Vielleicht einen Gutschein für neue Bücher? Aber noch habe ich keine wirklich bequeme Haltung gefunden, um Bücher für längere Zeit festzuhalten, ohne dass mein Hals zu schmerzen beginnt. Wenigstens ist in meinem Zimmer wieder Platz, nachdem jemand so großzügig alle Regale ausgeräumt hat.

»Keine Physiotherapie mehr?«, schlage ich also vor und ernte einen tadelnden Blick meines Vaters. »Alternativ könnt ihr gern meine Sachen aus der Garage wieder ins Zimmer bringen.«

Aber auch dieser Wunsch wird ignoriert.

Nach dem Essen ziehe ich mich in mein Zimmer zurück und stelle als Erstes meinen Klingelton und das Hintergrundbild wieder um.

Gegen 23 Uhr versuche ich einzuschlafen und scheitere. Unschlüssig taste ich nach dem Handy. Drew hat sich nicht wieder gemeldet, obwohl er es versprochen hat. Nur mühsam kann ich mich davon abhalten, ihm zu schreiben. Nach einer weiteren schlaflosen Stunde gebe ich dem Verlangen nach.

July: *Es ist einsam im Olymp.*

Ich bekomme keine Antwort. Vielleicht hat Drew mich vergessen. Vielleicht ist sein Akku leer. Vielleicht hat er während der Wochen meiner Abwesenheit eine andere kennengelernt und schreibt stattdessen ihr. So oder so sollte ich es akzeptieren, wie es ist: anders. Und ich kann nicht zu dem Leben zurück, das ich vor ein paar Monaten hatte und nicht zu schätzen wusste.

Ich bin wieder hier, aber mein Bett fühlt sich fremd an. Die leeren Regale sehen ungewohnt aus. Nichts ist mehr so, wie es war. Und es hat keinen Sinn, so zu tun, als wäre es wie früher.

Es dauert ewig, bis ich eindöse.

»Go Blue!« Irgendwann gegen zwei Uhr morgens reißt mich mein Handy aus einem wirren Traum. Das Display leuchtet direkt neben meinem Kopf und blendet mich. Den Schlaf aus meinen Augen blinzelnd greife ich nach dem Telefon.

Mr Alabama: *Sind denn Sterbliche im Olymp willkommen?*

Zwei Uhr morgens, Drew? Ernsthaft? Ich bin zu müde, um darauf einzugehen, lege das Handy beiseite und spüre, wie mir die Augen zufallen. Als es an der Zimmertür klopft, bringe ich nicht mehr als ein Murmeln zustande.

»Jules?«, fragt Bo leise und öffnet die Tür. Die Flurbeleuchtung taucht mein Zimmer in sanftes Licht.

»Mhm?«, murre ich. Es ist mitten in der Nacht. Wenn er mich um diese Uhrzeit weckt, muss es etwas Wichtiges sein. »Was'n los?«

»Bist du wach?«

»Nein, du redest mit meinem automatischen Anrufbeantworter«, versichere ich und ziehe mir die Decke über den Kopf. Das ist eindeutig nicht meine Zeit.

»Okay, dann schlaf weiter. Aber wenn du morgen früh aufwachst, wundere dich nicht über den Besuch auf dem Sofa.«

»Was?« Ich schlage gähnend die Decke beiseite und verschlucke mich beinahe an meiner eigenen Spucke, als Drew eintritt. Erneut gähnend muss ich einsehen, dass ich wohl immer noch träume. Es gibt keinen rationalen Grund dafür, warum Drew mitten in der Nacht in meinem Zimmer stehen sollte. Außerdem weiß ich, dass er in Alabama ist. Er hat es vorhin selbst geschrieben.

»He, Dust Kitty«, sagt er leise. Wenn mich die spärliche Beleuchtung nicht täuscht, lächelt er.

Bo klopft ihm kurz auf die Schulter und lässt uns allein.

Vollkommen überfordert taste ich nach der Nachttischlampe und schalte das Licht an. Ich bin schlagartig wach.

Drew steht in seiner rot-goldenen Jacke und mit einer Reisetasche über der Schulter vor mir und scheint so wenig zu wissen, was er hier tut, wie ich.

»He«, murmle ich sinnloserweise und setze mich vorsichtig auf.

Als wäre dadurch ein Bann gebrochen, lässt Drew seine Tasche zu Boden gleiten und kommt zum Bett herüber. Mit einer fließenden Bewegung hockt er sich davor und streckt eine Hand aus, um mir eine Haarsträhne aus dem Gesicht zu streichen. Die flüchtige Berührung erzeugt ein warmes Kribbeln auf meiner Haut. Mein Herz schlägt schon wieder viel zu schnell.

Drews Blick wandert erst über mein Gesicht, bleibt dann an der Halskrause hängen. »Wie geht es dir?«, fragt er leise und streichelt mit dem Daumen zärtlich über meine Wange. So vorsichtig und andächtig, als hätte er Angst, mir wehzutun.

Obwohl ich die Frage eigentlich nicht mehr hören kann, beantworte ich sie zum ersten Mal ehrlich. »Ich lebe.«

»Das ist die Hauptsache«, versichert er und lächelt noch immer.

Überfordert von seiner plötzlichen Anwesenheit sehe ich ihn einfach nur schweigend an. Zögernd strecke ich eine Hand aus, streiche damit durch seine wuscheligen Haare.

»Du bist tatsächlich hier«, wispere ich und lasse das Handgelenk auf seine Schulter sinken.

Ich habe dich vermisst, sind die Worte, die ich sagen will, aber ich kann es nicht. Stattdessen streichle ich mit dem Daumen über seinen Hals, spüre, wie sich die Haare an seinem Nacken aufstellen. Auch das habe ich vermisst. Nicht nur seine Nachrichten und seinen Humor, auch die Art, wie sein Körper auf meine Nähe reagiert. Aber statt dem üblichen neckischen Funkeln liegt heute ein warmer Glanz in seinen Augen. Mühsam reiße ich mich davon los.

Ich rutsche auf die andere Seite des Betts und schlage die Decke beiseite, um ihm Platz zu machen. »Kommst du her?«, bitte ich und klopfe auf den freien Platz neben mir.

Drew zögert, ehe er Jacke und Schuhe auszieht. »Aber ich schlafe auf dem Sofa«, wirft er ein und betrachtet die Schiene an meinem Bein, bevor er sich einen Ruck gibt und vorsichtig zu mir ins Bett steigt.

Wir wissen beide, dass er nicht so weit weg wohnt, dass er nicht nach Hause fahren könnte. Aber ich bin dankbar, dass er es nicht tut.

Es dauert einen Moment, bis ich eine Position finde, in der ich halbwegs bequem liegen und ihn dennoch ansehen kann.

Ein Teil von mir will ihn fragen, was er hier macht – mitten in der Nacht. Warum er nicht mehr in Alabama ist. Und ob Bo ernsthaft mitten in der Nacht zum Flughafen nach Washtenaw gefahren ist, um ihn abzuholen. Stattdessen streichle ich mit den Fingerspitzen durch seine weichen Haare, dann seine Schläfe hinab und über die dunklen Stoppeln seines Barts.

»Ist alles in Ordnung?«, murmelt er. Vermutlich, weil ich mich sonderbar verhalte.

Aber ich bin froh, ihn wiederzusehen. »Ich dachte, du bist in Alabama«, antworte ich ausweichend.

Drew tastet nach meinem Handy auf dem Nachttisch und tippt etwas ein, bevor er mir das Telefon reicht.

Drew: *Ist es in Ordnung, wenn ich dich mitten in der Nacht überfalle? Als Bo geschrieben hat, dass du nach Hause kommst, wollte ich dich sehen. Es war der erste Flug.*

Ob ich es in Ordnung finde, dass er hier ist? Es ist mehr als in Ordnung. Er hat keine Ahnung, wie oft ich heute an ihn gedacht habe. Ich hätte nicht damit gerechnet, dass es auf Gegenseitigkeit beruht. Seit dem Nachmittag auf unserer Terrasse haben wir kein Wort mehr miteinander gewechselt. Aber er ist hier. In meinem Bett. Und es fühlt sich richtig an.

July: *Findet deine Familie es denn »in Ordnung«, wenn du einfach abhaust?*

Drew: *Ich wollte dich damit eigentlich nicht vor dem Frühstück belästigen, aber meine Mom hat dir eine ganze Tüte voller Biskuits gebacken und möchte deine Meinung dazu hören. Also ja: Sie findet es in Ordnung. Ich glaube, mein Bruder und ich sind ihr ohnehin schon auf die Nerven gegangen.*
July: *Das ist süß von deiner Mom.*
Drew: *Warte, bis du die Biskuits probiert hast. Mom ist eine grauenhafte Bäckerin. ;)*

Ich bin mir sicher, dass sie schmecken werden. In meiner Fantasie backt Drews Mutter ihren Söhnen perfekte Snacks für zwischendurch. Drew tippt eine weitere Nachricht, während ich ihm erneut durch die Haare fahre. Ich wickle die feinen Härchen an seiner Schläfe um den Finger, nur um sie anschließend wieder glatt zu streichen – und werde erst damit aufhören, wenn er mich darum bittet.

Drew: *Und ich hoffe, es ist in Ordnung, dass ich dich mit Nachrichten vollgespamt habe. Ich weiß, dass du kein funktionierendes Handy hattest, und ich wurde gebeten, dich nicht zu besuchen, aber es hat sich trotzdem richtig angefühlt, dir zu schreiben. Dich stürzen zu sehen, war einer der schlimmsten Momente meines Lebens. Wenn ich dir geschrieben habe, habe ich mich weniger einsam gefühlt.*

Irritiert lese ich seinen Text, wechsle in die Messenger-App und scrolle in unserem Chat nach oben. Direkt über unseren Nachrichten von heute Abend beginnt ein ewig langer Monolog von Drew. Bo muss alle Nachrichten gelesen haben, schließlich ist keine einzige von ihnen als neu markiert – und das Einzige, was er mir ausgerichtet hat, waren schöne Grüße? Drew hat mir jeden Tag mindestens zwei Nachrichten geschrieben: eine gleich nach dem Aufstehen, eine bevor er ins Bett gegangen ist. So wie wir es wochenlang getan haben.

Ich überfliege sie stichprobenartig – in umgekehrter Reihenfolge.

Mr Alabama: *He, Dust Kitty, ich sitze gerade im Flugzeug nach Tuscaloosa. Zwei Stunden Direktflug bei strahlendem Sonnenschein. Der Sommerhimmel hat heute genau die Farbe deiner Augen, wenn du gute Laune hast. Auch wenn ich dich nicht besuchen darf, fühlt sich meine Abreise an, als würde ich dich im Stich lassen.*

Mr Alabama: *Guten Morgen, Dust Kitty. Ich habe heute Nacht von dir geträumt. Nichts Perverses. (Zur Abwechslung ... Käme hier im Gruppenzimmer auch nicht so gut an.) Wir waren gemeinsam Schlittschuh laufen. Mein erster Gedanke war, dass wir das im Winter dringend machen müssen. Immerhin habt ihr hier einen richtigen Winter. Dann war ich mir gar nicht sicher, ob du nach dem Unfall noch Schlittschuh laufen kannst. Bis mir eingefallen ist, dass ich es selbst nicht kann. War also keine gute Idee. Wir würden auf dem Eis wie zwei Idioten aussehen.*

Mr Alabama: *Was machst du gerade? – Ich weiß, dass du nicht antworten wirst, aber ich frage mich das oft. Ständig. Wie deine Tage wohl aussehen. Und ob du manchmal an mich denkst. Es tut mir leid, dass ich dich auf der Terrasse habe sitzen lassen. Das war schwach. Wenn ich könnte, würde ich es rückgängig machen.*

Mr Alabama: *He, kleine Superheldin. Werd wieder gesund, okay? Mir fehlen unsere Nachrichten.*

Mr Alabama: *Ich habe es nicht mehr ausgehalten und Bo gefragt, wie es dir geht. Ich habe in den letzten Tagen im Internet so viel über Cheerleading-Unfälle und Genickbrüche gelesen, dass es mich wahnsinnig gemacht hat. In der öffentlichen Stellungnahme des St. Clair stand nur, dass du noch lebst. Ich will,*

dass du weißt, dass, falls du nicht mehr laufen kannst, ich dei-
nen Rollstuhl nicht schieben werde. Ich werde dich auf Händen
tragen.

Mr Alabama: *Guten Morgen, Dust Kitty. Ich habe die ganze*
letzte Nacht für dich gebetet. Ehrlich gesagt meine ganze Fami-
lie. Wir haben nie darüber gesprochen, aber meine Eltern sind
sehr gläubig. Dass mein Bruder sich hat scheiden lassen, haben
sie ihm nie ganz verziehen. (Ich ehrlich gesagt auch nicht. Emely
ist zauberhaft. Nicht ganz so zauberhaft wie du, aber das Beste,
was diesem Vollpfosten passieren konnte.)

Mr Alabama: *July, du musst gesund werden. Ich glaube, als du*
gestürzt bist, ist mein Herz außer Takt geraten. Und ich weiß
nicht, ob es sich von allein jemals wieder erholt.

Ich kann ein Lächeln nicht unterdrücken. Zu lesen, dass Drew
an mich gedacht hat, erfüllt mich mit einer eigenartigen Wärme und Zufriedenheit. Vielleicht, weil ich in den letzten Wochen viel zu oft in Gedanken bei ihm war.

July: *Okay, Mr Alabama. Wenn du schreibst, dass du gläubig*
bist, reden wir dann von: Ich gehe an Ostern und Weihnachten
in die Kirche, weil meine Eltern es so wollen. Oder von: Ich bete
vor jedem Spiel, und wir sollten heiraten, bevor wir gemeinsam
Schlittschuh laufen gehen??? Ich wäre übrigens dabei. Ich brau-
che schließlich ein Ziel, auf das ich hinarbeiten kann.

Ich reiche Drew das Telefon. Er zögert, bevor er tippt.

Drew: *Beim Heiraten oder Schlittschuh laufen?*

Ich lese meine Nachricht noch einmal und muss einsehen, dass
sie etwas unglücklich formuliert ist.

July: *Schlittschuh laufen. Heiraten auf keinen Fall vor 25, aber vor den drei Kindern.*

Ich bin mir nicht sicher, ob ich wirklich drei Kinder möchte, aber wenn ich gerade etwas weiß, dann, dass ich nicht will, dass Drew mein Bett verlässt. Keine Funkstille mehr. Aber eine Frage muss ich noch stellen. Meine Finger kribbeln vor Nervosität, während ich sie schreibe. Denn sie ist mir wichtig.

July: *Wie steht deine Familie zu Homosexualität?*

Wobei die eigentliche Frage wohl lautet, wie *er* dazu steht.

Drew: *Weswegen fragst du?*
July: *Weil Bo …*
Ich zögere, ehe ich genau das schreibe, was ich denke.
July: *Weil Bo auf Männer steht und er für mich der wichtigste Mensch auf der Welt ist. Wenn du oder deine Kirche ein Problem mit Homosexualität habt, sollten wir besser nicht gemeinsam Schlittschuh laufen gehen. Und ich wäre dir sehr dankbar, wenn du das für dich behältst.*

Tief durchatmend überreiche ich Drew mein Handy und beobachte aufmerksam seine Reaktion beim Lesen. Er reibt sich mit dem Handballen über die Stirn und unterdrückt ein Lachen.

Vorsichtig taste ich nach seiner Hand. Ich möchte, dass er mich ansieht. Wie habe ich seine Belustigung zu verstehen?

Drew schiebt seine Finger zwischen meine und streicht mit dem Daumen über meinen Handrücken.

»Jetzt verstehe ich deine Anspielung, dass ich ihm nicht das Herz brechen soll«, gesteht er.

»Das ist keine Antwort auf meine Frage«, sage ich langsam und drücke sacht seine Hand.

Statt mir zu antworten, befreit Drew seine Finger aus meinen und streicht mir behutsam eine Haarsträhne hinter das Ohr.

»Meine Familie würde sagen: Liebe deinen Nächsten wie dich selbst.« Drews Blick wandert von meinen Augen zu meinen Lippen. Er blinzelt träge. Glücklicherweise kann er nicht hören, dass mein Herz viel zu schnell in meiner Brust schlägt. Vielleicht war es doch keine gute Idee, ihn in mein Bett einzuladen? Wenn er mich so ansieht, will ich nichts weiter, als ihn zu küssen. Aber ich kann nicht. Schon einfachste Bewegungen, wie den Kopf in den Nacken zu legen oder ihn zur Seite zu neigen, sind für mich ein Ding der Unmöglichkeit.

Für einen Moment sieht es aus, als wollte Drew etwas sagen, stattdessen zieht er einen Mundwinkel hoch und zaubert ein Grübchen auf seine Wange. Als hätte er meine Gedanken erraten, beugt er sich langsam vor, als wollte er mir die Möglichkeit geben, ihn abzuweisen. Doch statt mich zu erlösen, haucht er mir einen Kuss auf die Stirn. Es ist eine Berührung, die mich ebenso tröstet wie enttäuscht. Warum nur sind meine Gefühle in seiner Nähe so ein einziges Chaos?

»Wir schaffen das«, murmelt er, ohne seine Lippen von mir zu lösen.

Wenn ich könnte, würde ich jetzt nicken. Stattdessen lege ich den Arm um ihn. Ein Teil von mir würde ihn gern fragen, was genau das bedeuten soll. Aber vielleicht einfach das: dass wir im Winter zum Eislaufen verabredet sind.

Drews Gegenwart ist so beruhigend, dass ich an ihn gekuschelt einschlafe. Eingehüllt in einen Kokon aus Wärme und seinem Duft, der mir ebenfalls gefehlt hat.

13. KAPITEL

Schocknachricht-Samstag

Als ich am nächsten Morgen aufwache, mogelt sich bereits die Sonne durch die Vorhänge. Ich weiß nicht, ob es mich irritieren sollte, dass Drew noch neben mir im Bett liegt, statt auf das Sofa gewechselt zu sein, aber tatsächlich freue ich mich. Seine Nähe fühlt sich so natürlich wie Atmen an. Lächelnd betrachte ich sein Gesicht. Andrew McDaniels sieht selbst schlafend noch verboten gut aus. Sieht man davon ab, dass sich die Oberlippe sehr unelegant hochgeschoben hat und Drew dadurch aussieht, als würde er gleich in die Ecke meines Kopfkissens beißen.

»Biskuits?«, frage ich überschwänglich und bekomme keine Reaktion. »Drew?« Für einen Moment mache ich mir Sorgen, bis mir wieder einfällt, dass er mich nicht hören kann. Irgendwie vergesse ich es immer öfter. Auch seine Aussprache, die für mich anfangs ungewohnt war, ist mir mittlerweile so vertraut, dass es mich keine Mühe kostet, ihn zu verstehen.

Ich berühre ihn an der Schulter, bis er mit der Nase wackelt und träge die Augen öffnet. Zwar kenne ich die Gebärde nicht, aber ich kann es buchstabieren: B.I.S.K.U.I.T.S.?

Drew schenkt mir ein Lächeln, bevor er sich die Decke über den Kopf zieht. Also noch ein Frühaufsteher in diesem Bett?

Ich zupfe am Deckenzipfel, bis Drews wuschelige Haare wieder zum Vorschein kommen.

»Komm schon«, dränge ich. Obwohl er es nicht hören kann, reagiert er.

Mit einer schnellen Bewegung wirft er die Decke über uns, als wären wir in einem Zelt. Erschrocken setzt er sich auf und hebt die Decke wieder an.

»Dein Genick.« Eine Mischung aus Schrecken und Entschuldigung spiegelt sich in seinen Augen wider.

»Schon gut. Tut nicht weh«, versichere ich. Abgesehen davon, dass beide Brüche fest verschraubt sind, trage ich zum Schlafen immer noch meine supersexy Orthesen. Die halten es schon aus, wenn man mir eine Wolldecke überwirft.

Aber Drew sieht mich immer noch so besorgt an, dass ich ihm vorsichtig die Decke aus der Hand nehme und sie abstreife. Ich lehne mich leicht zurück, um ihn besser ansehen zu können. »Mir tut nichts weh«, wiederhole ich. »Dust Kitty ist nicht wirklich aus Staub gebaut.«

Meine Wange fängt zu glühen an, als Drew darüber streicht. So vorsichtig, als wäre ich aus Porzellan.

»Alles gut«, verspreche ich erneut.

Sein Blick hängt noch immer an meinen Lippen, aber irgendetwas an dem Ausdruck in seinen Augen ändert sich. Seine Sorge wandelt sich in etwas, das ich seit Joshuas Geburtstagsfeier nicht mehr gesehen habe. Ich müsste lügen, um zu behaupten, dass es mir nicht gefällt. Drew blinzelt träge. Noch immer liegt seine Hand an meinem Gesicht. Behutsam streicht sein Daumen über meine Unterlippe. Die Berührung fühlt sich wie eine stumme Frage an.

»Es ist okay«, flüstere ich und taste mit den Fingern nach seinem Handgelenk, gleite vorsichtig darüber. »Wenn du jetzt darüber nachdenken solltest, mich zu küssen, werde ich den Kopf nicht wieder wegdrehen. Und das nicht nur, weil ich es nicht kann«, versichere ich in einem Anfall von Mut.

»Hast du gerade gesagt, dass ich dich küssen darf?«, hakt Drew nach und streicht erneut mit dem Daumen über meine Lippe.

»Ja«, antworte ich knapp, weil ich hoffe, dass er es am ehesten versteht.

Aber Drew zögert. Und ich kann es nachvollziehen. Als er das letzte Mal versucht hat, mich zu küssen, habe ich ihn vor den Kopf gestoßen. Ihm kurz danach zu verstehen gegeben, dass er mir nicht wichtig genug ist, um meinen Traum in Frage zu stellen. Und jetzt, da der ausgeträumt ist, erteile ich ihm großzügigerweise die Erlaubnis, mich zu küssen? Als wäre er meine zweite Wahl und gerade gut genug, um mich zu trösten.

Zögernd streife ich seine Hand ab und greife nach dem Handy.

July: *Du hast dich bei mir dafür entschuldigt, dass du mich auf der Veranda hast sitzenlassen. Aber ich habe mich noch nicht bei dir entschuldigt. Ich will nicht, dass du denkst, dass du mein Notnagel bist, nachdem das Cheerleading für mich gestorben ist.*

Ich würde Drew gern noch so vieles schreiben, aber reiche ihm lieber mein Handy, bevor die Nachricht zu einem Roman wird.

Seine Antwort verstehe ich nicht: *Zwei, vier, sechs, acht.*

Auf meinen fragenden Blick hin zuckt er mit einer Schulter. »Neuer Takt für einen Neuanfang?«, schlägt er vor. »Unser eigener Rhythmus.«

Drews schüchternes Lächeln sorgt dafür, dass mein Herz tatsächlich einen anderen Takt anschlägt.

Er zögert noch einen Moment, ehe er sich mir nähert. Seine Nasenspitze streift meine, bevor er den Kopf zur Seite neigt.

Es ist der perfekte Moment für einen ersten Kuss. Einen Neuanfang. Seine Lippen berühren meine kaum, als hätte er Angst mir wehzutun. Ich wünschte, ich könnte mehr tun, um ihm zu zeigen, dass er nicht so vorsichtig sein muss. Meinen Kopf neigen, ihm entgegenkommen oder zumindest meine Nase aus dem Weg nehmen. Aber ich kann nicht. Und das ärgert mich. Frustriert ziehe ich mich zurück.

»Zu viel?«, fragt Drew besorgt.

Statt ihm zu antworten, greife ich erneut nach meinem Handy.

July: *Nein. Es ist nicht zu viel. Es ist zu wenig. Und es ärgert mich, dass ich dich nicht geküsst habe, als ich es noch konnte.*

Ich reiche Drew das Handy.

Er liest die Nachricht, lässt das Telefon aufs Bett fallen, umfasst mein Gesicht mit beiden Händen und küsst mich kurz auf den Scheitel. »Seit wann bist du so schnell zu frustrieren?«

»Schon immer«, versichere ich. Nur weil ich ehrgeizig und perfektionistisch sein kann, heißt das noch lange nicht, dass ich mich nicht trotzdem schnell ärgere, wenn Dinge nicht so laufen, wie ich es mir wünsche. Gott! Mein erstes Wort an ihn war »Vollpfosten«, nur weil er mir ein paar Sekunden zu lange im Weg stand.

Ganz ehrlich: Wenn ich meinen Kopf nie wieder bewegen kann, werden wir uns nie küssen können. Nicht richtig. Nicht so wie andere Leute. Schon allein, weil ich gefühlt einen halben Meter kleiner bin als er. Das ist doch Mist!

»Lass uns aufstehen«, murre ich, schlage die Bettdecke beiseite und schwinge die Beine über die Bettkante. Genervt nehme ich die Halskrause ab und werfe sie auf den Nachttisch.

Die Matratze unter mir bewegt sich, kurz bevor ich die Wärme von Drews Körper an meinem Rücken spüre.

»July«, murmelt er. Sein amüsierter Tonfall verrät, dass er lächelt.

Ich verstehe nur nicht, wieso. Vorsichtig streicht er mir die Haare aus dem Genick und legt sie über meine rechte Schulter. Er haucht mir einen Kuss auf den Halsansatz. Seine Lippen wandern in Richtung meiner Wirbelsäule. Warmer Atem kitzelt meine Haut. Dann spüre ich nichts mehr, außer Drews Nasenspitze an meinem Haaransatz und seine Hand, die langsam neben meiner Wirbelsäule hinabstreicht, um an meiner Taille liegen zu bleiben. Ich höre, dass er mir einen Kuss auf den Hals haucht – wahrscheinlich auf eine der Stellen, die sich nach der OP noch immer taub anfühlen. Sowohl am Hals als auch an meinem Bein spüre ich an den Narben gar nichts. Angeblich wird sich das irgendwann bessern, aber die Frage ist, wann.

Ich greife nach seiner Hand, ziehe sie auf meinen Bauch, als wäre Drew eine Kuscheldecke.

Das Problem an seinen Berührungen ist, dass sie sich schon immer richtig angefühlt haben. Dass ich mich daran gewöhnen könnte. Aber was ist, wenn es so weit kommt und dann wieder etwas passiert? Ich habe meine Mom und einen Teil meiner Zukunft verloren. Ich will Drew nicht auch noch verlieren. Natürlich kann er mich jederzeit verlassen, aber die meisten Sachen, die mir wichtig sind, werden mir vom Schicksal genommen. Football ist nicht gerade ein ungefährlicher Sport.

Ich verdränge das nagende Gefühl in meinem Inneren, nur damit es vom Nächsten abgelenkt wird. Den Geräuschen aus der Küche nach zu urteilen, sind Bo und Dad schon wach. Ich bin mir nicht sicher, wie begeistert Letzterer darüber sein wird, dass einer seiner Patienten in meinem Bett übernachtet hat. Aber wir werden es gleich herausfinden.

Nach einer kurzen Dusche wickle ich mich in ein Handtuch und humple mit den Krücken in mein Zimmer zurück. Drew ist gerade dabei, sich ein frisches T-Shirt überzuziehen. Da er mit dem Rücken zu mir steht, kann ich in aller Seelenruhe den Verlauf seiner Muskeln unter der sonnengebräunten Haut bewundern, ohne dass er sich gestört fühlt.

Ob dein Freund weiß, wie unfassbar schön er aussieht?

Ich habe den Gedanken kaum beendet, da frage ich mich, ob Drew es in Ordnung fände, wenn ich ihn als meinen Freund bezeichne. Im Sinne von »Typ, der sein T-Shirt gern wieder ausziehen könnte«, nicht im Sinne von »Wir schreiben uns einfach nur zu den unmöglichsten Tages- und Nachtzeiten«. Wir haben nicht darüber gesprochen, was sein Besuch zu bedeuten hat. Oder der Kuss. Oder seine Nachrichten. Sind wir jetzt automatisch wieder im »Wir daten uns nicht, sondern tun, was sich richtig anfühlt«-Modus angekommen?

Da ich nicht weiß, wie ich mich bemerkbar machen soll, gehe ich äußerst unelegant zu meiner Kommode hinüber und lehne die Krücken dagegen, um ein Zopfgummi rauszusuchen und meine Haare zu einem hohen Pferdeschwanz zusammenzubinden. Unschlüssig wende ich mich dem Kleiderschrank zu und betrachte den Inhalt. Es ist ein verhältnismäßig warmer Tag. Ich würde gern Top und Jeansrock anziehen, aber dann wird man die rosafarbenen Narben sehen. In der Reha war das kein Problem. Jeder dort hatte seine eigenen Probleme oder war durch den Beruf daran gewöhnt, weitaus Schlimmeres zu sehen. Aber hier draußen – im Alltag – werden die Leute schauen. Und ich weiß nicht, ob mir angewiderte oder mitleidige Blicke lieber sind. Unschlüssig kratze ich mich am Hals.

»Ist alles in Ordnung?«, fragt Drew.

Ich fahre erschrocken auf, als er den Arm um meine Taille legt. Vorsichtig streicht er den Zopf über meine Schulter und küsst mich auf den Halsansatz.

Sofort reagiert mein Körper mit einer wohligen Gänsehaut.

Ja. Es ist alles in Ordnung.

Entschieden greife ich nach dem Jeansrock und einem gestreiften Top. Wenn die Leute schauen wollen, sollen sie doch. Ihre Gedanken sind nicht mein Problem.

Während ich in den Rock schlüpfe, begutachtet Drew mein Bein. Statt einem mitleidigen Blick schenkt er mir ein Lächeln.

»Von wegen Ersatzteilzombie«, murmelt er. »Ich sehe nichts, was ersetzt werden müsste.«

Wenn ich mich nicht bereits in ihn verliebt hätte, wäre es wohl spätestens jetzt der Fall.

Ich verharre in der Bewegung, als mir bewusst wird, was ich gerade gedacht habe.

»Alles in Ordnung? Tut dir etwas weh?«, fragt Drew besorgt und reicht mir hilfsbereit die Krücken an.

»Alles gut«, versichere ich rasch. Ich bin zwanzig Jahre alt, und die Frage nach unserem Beziehungsstatus sollte mich wirklich nicht derart durcheinanderbringen, dass ich aussehe, als hätte ich Schmerzen.

Schon beim Verlassen des Zimmers höre ich Dad und Bo diskutieren. Doch allem Anschein nach geht es nicht um meinen Übernachtungsbesuch.

»Weil ich es so will, Dad«, sagt Bo in einem für ihn außergewöhnlich bestimmten Tonfall. »Es ist meine Entscheidung. Und in diesem Fall hast du nicht mitzureden.«

Geschirr klappert, während ich langsam mit den Krücken und der Bein-Orthese neben Drew den Flur hinunter gehe.

Ich bewundere ihn für seine Geduld. Obwohl ich wirklich langsam laufe, scheint er kein Problem damit zu haben, auf mich zu warten.

»Ihr seid noch immer meine Kinder und lebt in meinem Haus«, sagt Dad entschieden. Das Rascheln von Zeitungspapier erklingt.

»Das ist lächerlich!« Bo stellt irgendetwas so unbeherrscht in den Geschirrspüler, dass es laut scheppert.

Als Drew und ich die Küche betreten, kehrt zwar Schweigen ein, aber ich spüre, dass diese Diskussion noch nicht beendet ist.

Bo steht am Herd und schichtet duftende Blaubeerpancakes auf einen Teller, Dad lässt die Zeitung sinken und nickt uns knapp zu. Neben seinem Teller stapeln sich ungeöffnete Briefe. Auf dem obersten prangt groß das Logo der Clover Corp., der Firma von Kyles Dad.

Was mein Dad mit ihr zu tun hat, ist mir ein Rätsel. Vielleicht suchen sie einen Firmenphysiotherapeuten, der den Angestellten in den Mittagspausen den Nacken massiert?

»July, Drew, guten Morgen.« Mehr sagt er nicht. Sein Tonfall ist für mich unmöglich zu deuten. Er wirkt nicht gerade überrascht, Drew hier zu sehen. Vermutlich hat Bo ihn bereits informiert.

Ich drehe mich vorsichtig herum, als ich Drews Hand zwischen den Schulterblättern spüre.

»Ich habe noch was im Zimmer vergessen. Bin sofort zurück«, sagt er.

Ich würde nicken, wenn ich könnte, setze mich aber stattdessen auf meinen Platz und lasse die Krücken zu Boden fallen. Jemand hat bereits den Tisch gedeckt, also gieße ich mir ein Glas mit Orangensaft ein.

Dad visiert mich über den Rand seiner Brille hinweg an.

»Sollst du die Bein-Orthese zu Hause tragen?« Sein tadelnder Blick verrät, dass er die Antwort schon kennt.

»Ich kann mit den Krücken nicht richtig laufen«, beschwere ich mich.

»Dann werden wir das nachher üben«, ist alles, was er dazu zu sagen hat, bevor er wieder hinter der Tageszeitung verschwindet.

Bo serviert uns duftende Pancakes, von denen er vor dem Auftischen noch schnell ein paar Fotos macht. Ich weiß nicht, seit wann er dazu neigt, sein Essen für Instagram zu fotografieren, aber wenn die Pancakes nur halb so gut schmecken, wie sie riechen und aussehen, soll er damit ruhig weitermachen.

Als Drew zurückkommt, legt er ein in Alufolie gewickeltes Paket auf dem Tisch ab. »Grüße von meiner Mom«, sagt er kleinlaut, als wäre es ihm unangenehm.

Irritiert fahre ich auf, als er ein weiteres Päckchen direkt auf meinem Teller ablegt und Bo ebenfalls eines zuschiebt. Beide sind in farbenfrohes »Happy Birthday«-Papier gehüllt. Während die Form meines Geschenks am ehesten an eine Pralinenschachtel erinnert, sieht Bos reichlich unförmig aus.

»Die könnt ihr später auspacken, jetzt wird gegessen. Ich muss gleich in die Praxis«, verkündet Dad und legt die Zeitung neben seinem Teller ab. Sprechstunde an einem Samstag ist so typisch für Dad. Er gönnt sich selten freie Tage.

Mit einem Augenrollen schiebe ich das Geschenk beiseite und bedeute Drew, sich neben mich zu setzen. Er haucht mir einen Kuss auf den Haaransatz, bevor er meiner Einladung folgt. Mein Blick gleitet flüchtig zu Dad, der das ebenso ignoriert wie die Tatsache, dass Drews Hand unter dem Tisch nach meiner tastet. Ich erinnere mich daran, dass ich im *Hazelcup* die Flucht ergriffen habe, als er nach meiner Hand gegriffen hat, doch dieses Mal schiebe ich meine Finger zwischen seine.

Auch wenn meine Wangen spürbar rot anlaufen, bin ich in dem Moment nicht bereit, ihn wieder loszulassen.

Als würde Drew es spüren, haucht er mir erneut einen Kuss auf die Schläfe. »Deine Nasenspitze ist rosa«, sagt er und macht es damit nicht besser.

Ich spüre, wie mein Gesicht zu glühen beginnt.

»Fünfzehn Uhr in meiner Praxis«, erinnert mich Dad erneut, als könnte ich Gefahr laufen, ihn zu vergessen.

Während des Frühstücks werden mir zwei Dinge klar: Ein Leben ohne Bos Backkünste wäre ein trauriges. Seine Pancakes sind unfassbar lecker. Es ist kein Wunder, dass die Kunden an den Waffel-Donnerstagen, an denen Bo arbeitet, immer Schlange stehen. Eigentlich hat das *Hazelcup* festgelegte Rezepte, aber ich bin mir sicher, dass Bo irgendetwas an den Zutaten ändert. Er behauptet, dass seine Geheimzutat Liebe wäre, mittlerweile glaube ich eher, dass er ein Händchen für Backwaren aller Art hat. Im Gegensatz zu Drews Mom. Es tut mir leid, ihm zustimmen zu müssen, aber ich habe noch nie dermaßen salzige und staubtrockene Biskuits gegessen. Während ich nicht so recht weiß, wie ich sie herunterbekommen soll, scheint es in Bos Kopf zu arbeiten.

»Interessant«, lautet sein Urteil, nachdem er einen Brocken des Gebäcks im Mund hin und her geschoben hat. »Schmecken sie mit Gravy anders?«

Biskuits and Gravy sind definitiv nicht meine Art von Frühstück, und das nicht nur, weil ich mich vegetarisch ernähre. Diese Biskuits schmecken wie etwas, das ein Kleinkind im Sandkasten gebacken hat. Darauf brauche ich erst einmal eine Handvoll Blaubeeren.

Drews Gebärde nach rettet keine Soße der Welt dieses Gebäck, dennoch macht sich Bo eine Notiz in seinem Handy, als würde er tatsächlich erwägen, sie nachzubacken.

Nach dem Essen humple ich mit meinem Geschenk zum Sessel hinüber und setze mich.

Bo macht mit seiner Geschenkverpackung kurzen Prozess und hält einen neuen Controller in der Hand.

»Sehr umsichtig«, lacht er und schaltet sowohl Fernseher als auch Playstation ein, damit wir zu dritt eine Runde Magier jagen können.

Immer noch mit Pralinen rechnend, ziehe ich verwirrt eine weiße Verpackung aus dem Geschenkpapier hervor. Darauf steht in gut lesbarer Schrift *iPad Pro*. Ich halte es für einen Scherz und hebe den Deckel ab, aber in dem Karton liegt tatsächlich ein goldenes iPad. Neu und noch mit Schutzfolie.

Überfordert schaue ich Drew an, der sich vor meinen Sessel kniet und kurz zu mir aufsieht, bevor er das iPad aus der Schachtel hebt und herumdreht.

»Ich hoffe, es gefällt dir. Ich kann es leider nicht umtauschen«, gesteht er und hält es höher, damit ich es besser ansehen kann. Die metallene Rückseite ist graviert mit den Worten: *July wie der Sommer*. »Es hat extra viel Speicher für viele Bücher.«

Ein Blick auf die Beschreibung bestätigt das. 1 Terabyte-Speicherkapazität statt den 128 Megabyte, die mein altes iPad hatte. Das ist zwar nett, aber vollkommen übertrieben. Ich nehme Drew vorsichtig das iPad aus der Hand und lege es zurück in die Schachtel. Mein Daumen streicht unruhig über den Karton.

»Das ist viel zu teuer«, sage ich möglichst langsam. Ich kenne den genauen Preis nicht, aber auf jeden Fall zu viel für ein technisches Spielzeug. Und viel zu viel für ein simples Geburtstagsgeschenk.

»Es ist quasi gebraucht«, behauptet Drew und nimmt erneut das iPad an sich, um es zu starten. »Schau.«

Doch alles, was ich sehe, ist, dass er mehrere Apps installiert hat. Vor allem Gebärdensprache-Trainer und Wörterbücher. Dabei habe ich ihm nie gesagt, dass ich manchmal heimlich übe.

»Nur, falls es dich interessiert. Du musst die Gebärden nicht lernen«, versichert er eilig und legt das iPad beinahe schüchtern zurück in den Karton, als wäre ihm seine Idee unangenehm.

Doch. Mein Blick hat nichts damit zu tun, dass ich nicht bereit wäre, für ihn eine neue Sprache zu lernen. Abgesehen davon, dass ich Sprachen liebe, wäre ich dankbar dafür, wenn wir eines Tages unmittelbarer miteinander kommunizieren können. Nicht mit raten und technischen Hilfsmitteln, sondern spontan. Wäre er nicht gehörlos, sondern käme aus einem anderen Land, hätte ich ebenfalls das Bedürfnis, seine Sprache zu lernen. Um ihn besser zu verstehen und irgendwie auch als Zeichen des gegenseitigen Respekts.

Aber das ändert nichts daran, dass das Geschenk viel zu teuer ist – und noch dazu graviert, sodass er es nicht zurückgeben kann.

»July.« Drew sieht zu mir auf und streicht mit den Fingerknöcheln an meinem Unterkiefer entlang, bis ich damit aufhöre, die Zähne aufeinanderzubeißen. »Du wärst fast gestorben, und es ist nicht zu teuer, okay? Ich habe es für dich gekauft, obwohl ich mir nicht sicher war, ob wir uns noch einmal wiedersehen. Es gibt keine Hintergedanken.«

Ein Unfall rechtfertigt also viel zu teure Geschenke? Das wäre mir neu.

»July Charlotte Summers, jetzt sei einmal dankbar dafür, dass dich dein Freund mehr liebt, als du verdient hast, und freu dich einfach«, tadelt Bo und schwenkt den Controller durch die Luft. »Ich warte auf euch.«

Tief durchatmend versuche ich, mein Unwohlsein zu unterdrücken. Ich weiß, dass Drew nicht gehört hat, was Bo gerade gesagt hat, aber das Wort *Freund* geistert mir noch immer durch den Kopf. Ich werde Drew garantiert nicht vor Bo darauf ansprechen. Stattdessen verdränge ich mein schlechtes Gewissen, das laut verkündet, dass ich Drew kein so teures Geschenk machen könnte, und bedanke mich. Es ist ja nicht so, dass ich mich nicht freuen würde.

Ich habe mein *Danke* kaum zu Ende gemurmelt, da stützt Drew die Hände auf den gepolsterten Lehnen des Sessels ab und verrenkt sich fast, um mich zu küssen. Noch während ich mich frage, ob mir das vor Bo unangenehm ist, drücke ich den Hinterkopf an den Sessel, um mich leicht zurückzulehnen. Ich spüre Drews Hand, die sich zwischen meine Schulterblätter und die Sessellehne schiebt. Bevor ich weiß, was das werden soll, platziert er die andere unter meinen Kniekehlen. Ich gebe ein erschrockenes Quieken von mir, als er mich anhebt, nur um mich vorsichtig wieder abzusetzen. Meine Beine liegen über einer Armlehne, mein Rücken ist gegen die andere gestützt, und irgendwo neben meiner Schulter stützt sich Drew mit einem Knie ab. Halb stehend, halb kniend beugt er sich über mich, als wollte er beweisen, dass alles geht, wenn man es nur will. Und sein Blick verrät, dass er will.

Ich lege die Hand in seinen Nacken und ziehe ihn sacht an mich, bis sich unsere Lippen erneut berühren. Ich bin ihm dankbar. Nicht nur für das iPad, sondern auch dafür, dass er hier ist. Dass er mich nie aufgegeben hat. Nicht nach dem Unfall. Aber auch nicht nach all den Streitereien und Missverständnissen davor.

»Danke«, wispere ich, ohne die Lippen von seinen zu lösen. Ich lege den Arm um Drews Hals und bettle förmlich um mehr, bis er endlich seine Vorsicht vergisst und mich auf die

Art und Weise küsst, die ich mir die ganze Zeit erhofft habe. Innig und hingebungsvoll und …

»Ich fahre jetzt zur Arbeit!«, ruft Dad aus dem Flur.

Erschrocken zucke ich zusammen und schiebe Drew von mir, aber er sieht mich nur irritiert an. Manchmal wünschte ich, er könnte hören, wenn sich eine Katastrophe anbahnt.

»July, du denkst an nachher?«, fragt Dad irgendwo neben mir.

Ich versuche umständlich, an Drew vorbeizusehen, der sich nur langsam zurückzieht.

»Alles klar«, versichere ich und setze mich auf, als Drew mich freigibt, aber Dad ist schon im Flur verschwunden. Irritiert sehe ich ihm nach. Kein Vortrag über mein Benehmen?

»Seid ihr so weit?«, fragt Bo. »Sonst hole ich mir noch was zu trinken.«

Ich deute auf die Tür zum Flur. Die Haustür fällt gerade ins Schloss. »Dad ist einfach gegangen?« Fassungslos sehe ich Bo an.

»Sollte er nicht?« Er verschränkt die Arme vor der Brust und lehnt sich auf dem Sofa zurück. Mit einer Kopfbewegung schüttelt er seinen Pony aus dem Gesicht.

Auf einmal taucht Drew nachts in meinem Zimmer auf, und Dad findet all das vollkommen in Ordnung? Ich bin mir nicht sicher, ob ich nach der Reha in das richtige Haus zurückgekehrt bin.

Dad verzichtet auch während der Therapiestunde in seiner Praxis auf einen Vortrag. Allerdings lässt er es sich nicht nehmen, Drew in die Übungen einzubeziehen. Der war so lieb, mich zu fahren, aber nicht klug genug, um sofort wieder zu verschwinden. Ich könnte mir zwar Besseres vorstellen, als vor seinen Augen immer und immer wieder die Übungen zu wiederholen, die mir schwerfallen, aber anscheinend ist das jetzt Teil meines Lebens. Und ich bin zu stolz, um mich dafür zu schämen.

Erst als ich am Ende der Stunde auf einer Matte sitze und den Fuß in Dads Hand drücken soll, fängt er mit den längst erwarteten Fragen an.

»Hast du heute deine Schmerzmittel genommen?«, fragt er beiläufig.

Vielleicht bilde ich mir den eigenartigen Tonfall nur ein, weil sich mein schlechtes Gewissen zu Wort meldet, aber ich meine, die Antwort bereits aus seiner Frage herauszuhören.

»Nein«, antworte ich wahrheitsgemäß.

»Und warum nicht?«, hakt er ruhig nach. Zu ruhig für meinen Geschmack. »Hat dir dein Arzt das Okay gegeben, um sie zu abzusetzen?«

»Nein.«

»Und warum nimmst du sie dann nicht?« Bevor ich auch nur dazu komme, den Mund zu öffnen, fährt Dad fort. »Sie sind entzündungshemmend und sorgen dafür, dass du nicht in eine Schonhaltung verfällst, die alles nur schlimmer macht. Ab morgen nimmst du deine Tabletten wieder, lässt die Orthese zu Hause und benutzt die Krücken.«

Ich verdrehe die Augen. Das war kein Rat als Dad, sondern als Physiotherapeut. Ich bin mir nicht sicher, was mir lieber ist.

»Aber du machst gute Fortschritte. In ein paar Wochen kannst du wieder ohne laufen. Für irgendwas muss dein Dickkopf ja gut sein«, ergänzt er mit einem flüchtigen Lächeln. In dem Moment sieht er tatsächlich aus wie eine ältere Version von Bo.

Ich kann ein Grinsen nicht unterdrücken. »Dein Glück, dass Bo pflegeleichter ist«, stimme ich zu.

»Er ist genauso stur wie du, nur weniger … laut«, sagt er zögernd. »Ich bin stolz auf dich.«

Dads Worte bringen mich vollkommen aus dem Konzept. Es passiert so selten, dass er etwas Nettes sagt, dass ich mich spontan gar nicht daran erinnern kann, wann das zuletzt der Fall war.

Der sentimentale Moment endet, als ein Quietschen und Knacken den Raum erfüllt. Wir drehen uns gleichzeitig in Richtung der Sprossenwand, wo Drew in aller Ruhe Klimmzüge absolviert.

»So langweilig könnte mir gar nicht sein«, versichere ich.

»Dann ab mit euch. Wir sehen uns zum Abendbrot. Wenn Bo keine Lasagne mehr sehen kann, könnten wir irgendwo essen gehen«, schlägt Dad vor. »Wie wäre es mit dem *Hatcat*? Das ist doch dieser angesagte Laden, wo ihr jungen Leute immer hingeht?«

Ich sehe ihn entgeistert an. Er will mit uns essen gehen? Wann waren wir das letzte Mal gemeinsam außer Haus essen? Es muss schon Jahre her sein.

»Ist das eine Falle?«, hake ich nach. »Wo bleibt der prophylaktische Vortrag über gesunde Ernährung?«

Dads Blick ruht noch immer auf Drew. »Ich war das ganze Jahr über so wenig für euch da. Eines Tages wache ich auf und ihr seid ausgezogen.« Er schiebt die Brille auf der Nase zurecht. »Da gibt man sein Bestes für ein paar Dollar und läuft plötzlich Gefahr, alles zu verlieren.«

»Geht es dir gut, Dad?«, frage ich irritiert.

»Sicher.« Er klopft auf meine Wade. »In zehn Minuten kommt der nächste Patient. Also raus mit euch.«

Ich stehe vorsichtig auf. Da Drew nicht reagiert, bücke ich

mich nach einem weichen Ball, den ich ihm gegen den Arm werfe. Er beendet seine Übung und sieht mich aufmerksam an. Ich mache die Gebärde für *Tschüss* und deute auf die Tür.

Er antwortet mit einem: *Okay* – die Gebärde kenne ich mittlerweile.

Laut Internet dauert es zwei Jahre, bis man sich in Gebärdensprache unterhalten kann. Ich bin fest entschlossen, sie in der Hälfte der Zeit zu lernen.

Im Flur kommen uns bereits die nächsten Patienten entgegen: eine Mutter mit ihrem Sohn. Ich will mich von Dads Empfangsdame Rita verabschieden, doch sie telefoniert gerade. Im Vorübergehen schnappe ich Worte auf, die mich stutzig machen.

»Tut mir leid, ich kann Ihnen ab September keine Termine mehr anbieten. Diese Praxis schließt. Sollte Mr Summers zukünftig in einer Gemeinschaftspraxis weiter praktizieren, werden wir Sie gern informieren.«

Verwirrt verharre ich in der Bewegung und starre Rita an, bis sie auflegt. Ich gehe zum Tresen hinüber, lehne die Krücken dagegen und stütze die Arme auf die Tischplatte.

»Was soll das heißen, die Praxis schließt?«, hake ich nach. Sie ist neben Dads Job am College seine wichtigste Einnahmequelle. Und seine Berufung. Ich muss mich verhört haben. Nie würde er das hier alles einfach aufgeben.

»Das, was es heißt«, antwortet Rita lapidar und schaut auf den Monitor des Empfangsrechners, bis sie den Kopf hebt und sichtlich zusammenzuckt. »Oh, hallo, July.«

Ich kann genau beobachten, wie sich ihre Wangenfarbe den roten Haaren anpasst.

»Sag mir, dass ich mich verhört habe«, bitte ich und bekomme zur Antwort nur ein entschuldigendes Lächeln.

»Klär das mit deinem Dad«, wiegelt sie ab und wendet sich wieder dem Computer zu, als könnte sie sich dem Gespräch damit entziehen.

Einen Moment überlege ich, sie weiterhin zu bedrängen, beschließe aber stattdessen, ihrem Rat zu folgen: Ich werde Dad fragen. Es kostet mich einiges an Mühe, nicht sofort in seinen Behandlungsraum zu humpeln und ihn zur Rede zu stellen. Aber das werde ich nicht tun.

»Ist alles in Ordnung?«, fragt Drew, legt den Arm um meine Taille und reicht mir die Krücken.

Nein, das ist es nicht. Es ist nicht in Ordnung, aber wie groß das Chaos ist, kann ich noch nicht erahnen.

Einerseits finde ich es schade, dass Drew nach Hause fährt, andererseits kann ich verstehen, dass er in Ruhe duschen und in seiner gewohnten Umgebung sein will.

In mir brodelt eine Unruhe, die es mir schwer macht, mich zusammenzureißen. Bo reserviert uns einen Tisch im *Hatcat* und fährt uns am Abend in die Innenstadt. Ich würde ihn gern auf das aufgeschnappte Telefonat ansprechen, verkneife es mir aber, bis wir an unserem Tisch sitzen und Dad nach seinem Feierabend zu uns stößt. Er sieht müde aus, ringt sich jedoch ein Lächeln ab.

»Das ist also das sagenumwobene *Hatcat*.« Er sieht sich um und stützt die Unterarme auf den Tisch, nur um sie sofort zurückzuziehen und mit den Fingern über die Tischoberfläche zu streichen. Vermutlich hat er gerade einen klebrigen Ketchupfleck entdeckt, aber er bemüht sich, nichts dazu zu sagen.

»Die Milchshakes hier sind die besten in der Stadt«, antworte ich freundlich.

»Du meinst die besten gleich nach denen im *Hazelcup*«, korrigiert Bo.

»Wenn du sie machst«, werfe ich ein. »Die von Mr Palmer sind eine ungenießbare, zähe Masse. Das zieht den Durchschnitt runter.«

Ich übe mich in Geduld. Wir bestellen uns etwas zu essen, das alles nicht gesund ist. Dad und Bo plaudern über ihre Arbeit. Es ist so ungemein idyllisch, dass ich auf meinen Teller brechen könnte.

»Sag mal, Dad«, unterbreche ich die beiden, als ich es nicht länger aushalte. »Was sind eigentlich deine Pläne für den Herbst? Rita meinte vorhin, dass deine Praxis ab September schließt.« Ich spüre, wie sich die Atmosphäre am Tisch ändert. Aus dem zwanglosen Geplauder wird eine bedrückende Stille.

Bo isst seinen Cheeseburger, als hätte er nichts gehört. Was nichts anderes bedeutet, als dass er davon bereits weiß.

»Das stimmt«, sagt Dad schlicht. »Es wird mir zu viel mit dem Job am College. Ich bin auf der Suche nach einer Gemeinschaftspraxis, in der ich weniger Stunden arbeiten kann.«

Auf meinen Pommes kauend denke ich über seine Worte nach. »Sucht man sich nicht normalerweise erst einen neuen Job und kündigt dann?«, hake ich nach. Diese Vorgehensweise passt überhaupt nicht zu meinem übervorsichtigen Dad.

»Überlässt du das vielleicht mir?«, schlägt er vor und isst weiter.

Mein Blick wandert zwischen Bo und Dad hin und her. Irgendetwas stimmt hier nicht, ich begreife nur noch nicht, was es ist. Ihren Gesichtern nach zu urteilen, sind sie nicht bereit, darüber zu reden. Aber ich bin ebenso wenig bereit, das Thema einfach zu vergessen.

Wer hingegen bereit ist, etwas auf sich beruhen zu lassen, ist Penny.

Ich liege schon im Bett und übe eine Gebärdenlektion über Gefühlsäußerungen (Ich habe Hunger. Mir ist kalt. Ich freue mich.), als ihre Nachricht eintrifft.

Penny: *Ich habe noch eine Nacht darüber geschlafen, und du hast recht. Wenn ich Kyle nicht reiche, braucht er mich gar nicht. Und ich ihn auch nicht.*
July: *Ich bin stolz auf dich.*
Penny: *Und ich auf dich!*

Es sind nur diese zwei Nachrichten, aber sie reichen, damit ich weiß, dass Penny mir einen Neustart anbietet. Dass sie und Drew auch nach meinem Unfall für mich da sind, hilft mir so viel mehr als alle vergangenen Gruppensitzungen zusammen.

14. KAPITEL

Sonnenbad-Sonntag

Das Leben geht weiter – wenn man Glück hat. Ich weiß nur noch nicht recht, in welche Richtung es mich führen soll.

Bo sitzt neben mir auf dem Sofa und versucht, sich die Studieninhalte des letzten Semesters einzuprägen, bevor das nächste beginnt. Ich lümmle daneben und klopfe mit dem Kugelschreiber auf den Block, der auf meinen Beinen liegt. Es ist komisch, mir vorzustellen, dass heute der letzte Tag des Trainingscamps ist. Seit Wochen besteht mein einziger Sport aus Physio- und Ergotherapie, und ich merke jetzt schon, wie mein Körper sich verändert. Ob es Drew wohl wichtig ist, eine sportliche Freundin zu haben? Ich versuche, die leisen Selbstzweifel zu verdrängen und mich auf die Zukunft zu fokussieren.

Vielleicht könnte ich endlich dem Buchclub beitreten, für den ich neben dem Training nie richtig Zeit hatte. Ich muss noch einen Essay nachreichen und einige Bücher für englische Literatur lesen. Außerdem möchte ich die Gebärdensprache lernen, um mit Drew auf Augenhöhe kommunizieren zu können, auch wenn ich zwei Köpfe kleiner bin als er. So wird das nächste Semester aussehen, aber das ist kein konkreter Plan für meine Zukunft, auf den ich hinarbeiten kann. Ich brauche ein Ziel! Lesen mag es einem ermöglichen, tausend verschiedene Leben zu führen, aber ich muss erst einmal dieses eine ordnen. Möchte ich wirklich Lehrerin werden? Die Vorstellung erfüllt mich nicht gerade mit Euphorie. Gibt es keine bessere Möglichkeit, um meine Vorliebe für Wörter zu nutzen?

Meine Gedanken werden unterbrochen, als es an der Haustür klingelt. Bo befreit sich aus einem Stapel von Büchern und Notizzetteln und springt auf, noch bevor ich auch nur den Stift beiseitegelegt habe.

Ich höre schon am ersten Wort, wer vor der Tür steht.

»Bo-Boy!«

Kurz darauf kommt Haley gut gelaunt ins Wohnzimmer geschlendert. Ihr rosafarbenes Sommerkleid beißt sich genauso mit den blau-türkisfarbenen Haaren wie ihre Stiefel, die eher nach Herbst aussehen.

»July!« Sie bleibt wie versteinert stehen, lässt ihre riesige Umhängetasche achtlos zu Boden fallen. »Gott. Siehst du scheiße aus!«

Ich kann ein unelegantes Schnauben nicht unterdrücken. Das ist Haley: ehrlich wie immer.

»Das hört man gern«, versichere ich und mache mir nicht die Mühe aufzustehen.

»Nein, ehrlich.« Haley starrt mich noch einen Moment an und deutet auf das Fenster. »Wann warst du zuletzt in der Sonne? Es ist Ende August! Der Sommer ist fast vorbei, und du siehst aus, als könntest du als Geist zu Halloween gehen. Ohne Kostüm. Du schnappst dir jetzt deine Sachen, und wir fahren an den See.« Ihr Ton lässt keinen Widerspruch zu. Auch nicht, als sie sich an Bo wendet. »Und du fährst uns. Du siehst nämlich auch aus, als würdest du bei einem Vampir-Contest mitmachen wollen.«

Stöhnend werfe ich den Block auf den Tisch. Will ich mich wirklich an einen überfüllten See legen? Aber was ist die Alternative? Weiterhin mit Bo auf dem Sofa herumzulungern? Das ist so untypisch für uns beide, dass ich mich unwillkürlich frage, was passiert ist. Kann es sein, dass wir uns hier vor der Welt verstecken? Vor der Version von uns selbst, die wir sind? Oder der Version, die die Leute in uns sehen, seitdem wir nicht mehr das perfekte Zwillingspärchen von der Highschool sind?

Bo lehnt sich mit verschränkten Armen gegen den Türrahmen zum Wohnzimmer. Sein Gesichtsausdruck ist selbst für mich schwer zu deuten. Aber seinem Nicken nach zu urteilen sind wir uns einig. Es kann so nicht weitergehen. Er ist der junge Mann, der sich mit Joshua Simons vergnügt hat. Und ich diejenige, die sich beim Training das Genick gebrochen hat. Na und? Wir leben noch. Wir sind dieselben Menschen wie davor.

»Rufen wir Penny an und fahren«, schlage ich vor, weil Penny einen Neustart mindestens genauso dringend braucht wie wir.

Natürlich ist es am Lake St. Clair hoffnungslos überfüllt, immerhin sind es für Fair Haven äußerst sommerliche 25 Grad.

Ich strecke die Beine auf der karierten Picknickdecke aus und stütze mich auf die Hände. Penny verteilt den Inhalt ihres Picknickkorbs auf der Decke, während Haley die rosafarbene Narbe an meinem Bein begutachtet.

»Sieht ja schon brutal aus«, lautet ihr Urteil. Ebenso brutal trifft sie eine Frisbeescheibe, die wie aus dem Nichts auftaucht und ihr so heftig gegen die Schläfe stößt, dass ihr Tränen in die Augen schießen.

Pennys empörtes »He!« lässt Bo träge die Augen öffnen. Mit unter dem Kopf verschränkten Armen sieht er zu dem Verursacher des Schattens auf, der sich über sein Gesicht schiebt.

Joshua. Offensichtlich ist man in dieser Stadt nirgendwo sicher, denn Mateo kommt gerade herübergetrabt und schenkt Haley ein entschuldigendes Lächeln. Er lässt sich ohne Begrüßung neben ihr in die Hocke sinken und sammelt das Frisbee wieder ein, während Haley noch immer ihren schmerzenden Kopf reibt.

»Sorry, Meerjungfrau.« Mateo fächelt ihr mit der Plastikscheibe Luft zu, als würde das irgendwie helfen.

»Wie bitte?« Sie verharrt mit der Hand auf der Beule und sieht ihn an, als würde er eine fremde Sprache sprechen.

»Meerjungfrau«, wiederholt er mit einem Schulterzucken. »Heißt die Farbe nicht so?« Er deutet flüchtig auf Haleys blaue Mähne.

Dafür sieht Haley ihn an, als würde sie ihm am liebsten die Scheibe aus der Hand reißen und damit auf den Hinterkopf schlagen, um sich für die Beule zu revanchieren.

»Nimm dein bescheuertes Frisbee und verzieh dich«, murrt sie und erntet dafür ein nervöses Blinzeln von Penny.

»Wenn man euch so reden hört, glaubt kein Mensch, dass ihr halbwegs intelligente Studierende seid«, mischt sie sich ein. »Haley, das ist Mateo. Mateo, das ist …«

»Mateo und Meerjungfrau klingt doch gut«, behauptet er und klemmt sich das Frisbee unter den Arm. Er betrachtet Haley aufmerksam, als wäre er tatsächlich gar nicht abgeneigt. »Ich könnte dich auf ein Schlumpfeis einladen.«

»Was genau hast du an *verzieh dich* nicht verstanden?«, hakt sie nach.

Mateo hebt abwehrend die Hände, als hätte er sich nicht gerade über ihre Haarfarbe lustig gemacht. »Das war nicht böse gemeint.«

»Ich kenne dich gut genug, um zu wissen, wie du das gemeint hast«, behauptet Haley.

Als wäre die Situation nicht schon unangenehm genug, erwacht Joshua aus seiner Starre. »He, Summers. Wie geht es dir?«, fragt er und schiebt die Hände in die Hosentaschen seiner Shorts. Seine Miene ist undurchdringlich wie immer.

»Er meint dich«, versichert Bo an mich gewandt und schließt erneut die Augen, als wäre für ihn alles erledigt.

»Vielleicht meine ich euch beide«, widerspricht Joshua und klingt dabei so unentschlossen, wie seine Körperhaltung wirkt. Er zieht die Schultern hoch, als wäre er eine Schildkröte, die Schutz sucht.

»Seit wann reden wir in der Öffentlichkeit miteinander?«, fragt Bo und hebt eine Hand vors Gesicht, um die Augen vor der Sonne zu schützen, während er zu Joshua hinauf lächelt. Auch wenn es kein echtes Lächeln ist, verfehlt es seine Wirkung nicht.

Joshua zuckt unvermittelt zusammen und zögert einige Sekunden, ehe er neben Bo in die Knie geht. »Wir reden nur«, versichert er, als müsste er sich und andere davon überzeugen, dass daran nichts Verwerfliches ist.

Statt sich von ihm wegzudrehen oder ihn weiter zu ignorieren, setzt sich Bo auf und zieht die Knie an. Er lächelt noch immer und schüttelt sich den Pony aus dem Gesicht.

Joshua folgt der kleinen Bewegung aufmerksam, als wollte er am liebsten die Hand ausstrecken und Bo die Haare aus der Stirn streichen.

Entweder habe ich die zwei noch nie zusammen gesehen oder mir ist bisher nicht aufgefallen, wie andächtig Joshua meinen Bruder ansieht. Und wie widerlich falsch Bo lächeln kann.

»Dann hast du mir irgendwas zu sagen?«, fragt Bo seelenruhig, als würden ihn weder Joshuas Nähe noch die Tatsache, dass ihn mittlerweile alle interessiert anstarren, verunsichern.

»Ich meine mich erinnern zu können, dass du beim letzten

Mal über den Campus gerufen hast, dass ich dich in Ruhe lassen soll, weil ich ein verlogener Heuchler wäre. Möchtest du jetzt noch irgendwas ergänzen?« Bo lächelt noch immer, während Joshua augenblicklich so rot anläuft, dass er mir beinahe leidtut.

»Bo! Reiß dich zusammen«, warnt Penny und sieht sich flüchtig um, als hätte sie Angst, dass uns jemand zuhören könnte.

»Seine Worte, nicht meine.« Er zuckt mit einer Schulter und legt sich wieder hin, als wäre nichts gewesen.

»Mir geht's gut, danke der Nachfrage«, versichere ich in die eigenartige Stimmung hinein.

»Wir haben uns alle Sorgen um dich gemacht«, antwortet Joshua leise, ohne Bo aus den Augen zu lassen.

Aber mein Bruder streckt lediglich die Nase der Sonne entgegen.

»Ja.« Mateo erhebt sich. »Ein Campus ohne July ist einfach nicht das Gleiche. Viel zu leise. Die Stadionbank vermisst dich auch schon. Genau wie der Rest des Teams. Wir alle warten sehnsüchtig auf die nächste Umkleideansprache deines Dads. McDaniels hat sie mit erstaunlicher Würde aufgenommen. Aber Alter, das war … peinlich.«

Joshua schenkt ihm ein zustimmendes Stöhnen.

»Lass dich bitte niemals von deinem Dad dabei erwischen, wie du McDaniels einen bläst. Denn die Entschuldigungsansprache wollen wir alle nicht hören«, versichert Mateo und wedelt mit dem Frisbee durch die Luft. »Gilt auch für dich, Summerboy.« Mit einem letzten Zwinkern verabschiedet er sich und joggt zurück auf die Wiese, wo er nach Joshua pfeift, als wäre der ein Hund.

»Wird nicht passieren«, murmelt Bo schmunzelnd, obwohl Mateo schon lange außer Hörweite ist. »Andrew McDaniels ist bedauerlicherweise nicht einmal im angetrunkenen Zustand neugierig genug, um mich auszuziehen.«

Joshua presst die Lippen zu blutleeren Strichen aufeinander und wirkt, als wollte er noch etwas sagen. »Habt einen schönen Nachmittag«, ist jedoch alles, was er hervorbringt, ehe er sich erhebt.

Just in der Sekunde klingelt Bos Handy und lässt Joshua in der Bewegung verharren. Als wollte er gehen – aber nicht, bevor er nicht weiß, mit wem Bo spricht.

»He«, mein Bruder nimmt das Gespräch an, sieht flüchtig in die Runde und erhebt sich. »Ja, das stimmt. Noch zu haben, richtig. Nein, ich bin noch unterwegs, aber in zwei Stunden? Bei mir?« Er schlendert ein paar Meter von uns weg. Statt zu gehen, starrt Joshua ihm hinterher.

»Du hast ihn also ausgezogen?«, fragt Haley beiläufig an Joshua gewandt, der geistesabwesend nickt, bis er auffährt.

»Kümmere dich um deine eigenen Angelegenheiten«, antwortet er halbherzig.

»Tue ich. Aber die umfassen meine Freunde.« Sie mustert ihn abschätzend. »Wenn du Bo gebeten hast, dir aus dem Weg zu gehen, solltest du dich vielleicht an deine eigenen Wünsche halten.«

»Du mischst dich in Dinge ein, die dich nichts angehen.« Abfällig schüttelt er den Kopf und zieht sich zurück.

»Statt hier aufzutauchen, solltest du lieber deinem Freund das Werfen beibringen. Schon traurig, wenn ein Footballspieler dermaßen schlecht zielen kann!«, ruft Haley ihm viel zu laut nach. »Ehrlich. Wirft der immer so miserabel, oder war das ein Attentat?«

Penny streicht sich die Haare glatt und verteilt lieber kleine Tellerchen. Offensichtlich möchte sie sich dazu nicht äußern.

»Auf ein Schlumpfeis einladen. Wahrscheinlich hielt er sich noch für geistreich«, setzt Haley ihre Meckerei fort. »Ein Glück, dass Drew nicht so einen Blödsinn redet. Das macht ihn automatisch sympathisch.«

»Mhm, genau«, schnaube ich sarkastisch. »Das Beste an Drew ist, dass er nie auf die Idee kommen würde, mir stumpfe Wortwitze zu schicken. – Was genau denkst du, was wir die ganze Zeit machen?«

»Seine Bifi in deine Halle werfen?«, schlägt Haley vor.

»Bitte?«, fragt Penny entgeistert.

»Schiffe versenken. Sein Rohr verlegen. Nennt es, wie ihr wollt«, zählt Haley auf.

Penny starrt sie noch einen Moment fassungslos an, bevor sie tadelnd den Kopf schüttelt. Sie holt mehrere Schüsselchen und Besteck aus ihrem Korb hervor. Mir eine Schüssel in die Hände drückend sieht sie mich fragend an. »Ihr trefft euch? Dann habt ihr wieder Kontakt? Davon hast du mir noch gar nichts erzählt.«

»Ich weiß nicht, ob es da etwas zu erzählen gibt«, gestehe ich widerwillig, weil ich keine Ahnung habe, ob ich darüber reden möchte. »Drew ist vorletzte Nacht aus Tuscaloosa hergeflogen, um … mich zu besuchen.« Ich spüre, dass meine Wangen wärmer werden. Über diese Art von Gefühlen zu reden, bin ich nicht gewohnt. Statt den Satz zu beenden, stelle ich Pennys Schüssel beiseite, ziehe mein neues iPad aus der Tasche und reiche es ihr mit der Gravur nach oben. »Und mir ein Geburtstagsgeschenk zu bringen.«

»Und seit wann stehst du auf Geschenke? Ich durfte dir seit Jahren nichts anderes als eine Packung Marshmallows zum Geburtstag schenken.« Penny hebt eine zierliche Augenbraue und gibt mir das iPad zurück.

Ich streichle unwillkürlich mit den Fingern über die Gravur

und sehe auf, als Bo zu uns zurückkommt. Er lässt das Handy auf die Decke fallen und setzt sich. Ich bin gar nicht so traurig darüber, dass er das Gespräch unterbricht.

»Kannst du die Mädels nachher nach Hause fahren?«, bittet er Penny und nimmt ebenfalls eine Schüssel entgegen. »Ich muss gleich los und will euch nicht das Picknick verderben.«

»Was ist los?«, frage ich alarmiert.

»Alles gut«, versichert er mit demselben falschen Lächeln, das er auch Joshua geschenkt hat.

Ich sehe, dass er nicht darüber reden will, und bin unschlüssig, was ich davon halten soll. Seit wann haben wir Geheimnisse voreinander?

»Wie fühlst du dich eigentlich so als Single?« Haley sieht Penny interessiert an.

Sie zuckt lediglich mit einer Schulter. »Gut, eigentlich. Ich will jetzt gerade einfach nur mal ich sein. Wieder ich sein. Ihr wisst, was ich meine. Ich dachte, Kyle zu verlieren wäre schlimm. Dabei ist mir gar nicht aufgefallen, dass ich in den letzten Monaten irgendwie einen Teil von mir verloren habe. Ich hätte erwartet, ihn mehr zu vermissen. Aber mir geht es gut.« In ihren Augen leuchtet etwas auf, das ich schon lange nicht mehr bei ihr gesehen habe. Keine Spur mehr von dem Gedanken an eine offene Beziehung. An 20 Millionen Dollar pro Saison. Und vor allem nicht der permanente Schmerz, der aus ihrem Blick sprach, wann immer sie Kyle mit einer anderen Frau gesehen hat. Für den Moment sieht sie glücklich aus.

»Und Kyle lässt dich einfach so ziehen?«, stichelt Haley.

»Nein«, antwortet Penny selbstzufrieden. »Aber ich bin nicht gewillt, ihn zurückzunehmen.«

»Du böses Mädchen.« Haley stößt sie mit dem Ellbogen an und bringt Penny zum Lachen. So offen und herzlich, wie ich es bei ihr schon lange nicht mehr gesehen habe.

»Danke fürs nach Hause fahren.« Ich lehne mich gegen die Beifahrertür von Pennys Elektroauto. Statt sofort auszusteigen, möchte ich den Moment nutzen. »Ich weiß nicht, ob ich das schon gesagt habe, aber ich bin froh, dich zurückzuhaben.«

»Ich auch«, versichert sie und schenkt mir ein flüchtiges Lächeln.

Es tritt ein unangenehmes Schweigen ein, bis ich die Frage stelle, die mir schon die ganze Zeit auf der Zunge liegt. Der Augenblick erschien mir nie passend, aber vielleicht gibt es den für manche Dinge nicht.

»Was sagt dein Dad dazu, dass du mit Kyle Schluss gemacht hast?«

Penny rümpft kaum merklich die Nase und lehnt sich ebenfalls gegen ihre Tür. »Er hat es akzeptiert, aber du kennst ihn. Tagelang hat er mir ins Gewissen geredet. Dass Kyle noch jung ist und sich nur die Hörner abstoßen muss und ich an die Zukunft denken soll. Ich hasse es, dass er Kyle im Geiste schon seine Firma vererbt hat und nicht eine Sekunde daran denkt, dass ich sie später leiten könnte. Ich meine, ich studiere doch schon BWL. Meine Noten sind ausgezeichnet. Es ist einfach …« Sie presst die Lippen aufeinander und schluckt den Rest des Satzes herunter.

»Es ist ungerecht, die Firma nur an einen Mann abtreten zu wollen«, helfe ich aus. »Und antiquiert, arrogant und arschig.«

»Danke!« Sie streicht trotzig ihre Haare zurecht. »Deine Alliterationen haben mir übrigens auch gefehlt.«

»Ich weiß, du willst das nicht hören, aber ich bin froh, dass du nicht mehr mit Kyle zusammen bist«, gestehe ich. »Es war schwer für mich, dich mit ihm zusammen zu sehen. Du warst vorher nie so …«

Sie sieht mich fragend an, als warte sie auf das Wort, das mir fehlt.

»Als hätte man dir alle Lebensfreude ausgesaugt. Du warst wie ein zickiger, zielloser Zombie«, beende ich meinen Vortrag.

Nickend beißt sie sich auf die Unterlippe und starrt einen Moment vor sich hin. Schließlich zuckt sie mit einer Schulter, als wollte sie etwas von sich abschütteln. »Es gibt da dieses Sprichwort: Sage mir, mit wem du umgehst, so sage ich dir, wer du bist. Vielleicht ist etwas Wahres dran, denn in Kyles Nähe war ich vieles, aber kein besserer Mensch. Und irgendwie auch nicht ganz ich selbst. Was ich über Drew und zu Bo gesagt habe, tut mir aufrichtig leid. – Sekunde. Mir fällt ein, dass ich etwas vergessen habe.« Sie kniet sich auf ihren Sitz und angelt umständlich nach der Handtasche, die auf der Rückbank liegt. Mit langen Fingern zieht sie einen regenbogenfarbenen Flyer hervor. Es sieht ein wenig danach aus, als hätte sie Angst, er könnte beißen.

»Ich weiß nicht, ob Bo es gesehen hat, aber neben dem Campus-Cafémobil war ein Stand der Saints Too. Ein paar der Mitglieder haben Joshua abgefangen und gedrängt, mal zu einem ihrer LGBTQ-Treffen zu kommen. Was er vermutlich nicht tun wird. Aber vielleicht hat Bo Interesse? Wir wissen beide, dass diese ganze unschöne Sache an ihm nagt. Aber vielleicht könnte es ihm helfen, mit Leuten zu reden, die in einer ähnlichen Situation sind. Bo ist der Typ, der schon seit Jahren das *Hazelcup* schmeißt. Der mit seinen Freunden abends am See sitzt. Und der Freitag und Samstag feiern geht und am Sonntagmorgen trotzdem noch Eiweißpancakes für alle macht. Wenn seine alten Freunde ihm den Rücken gekehrt haben, braucht er eben neue.«

Ich nehme den Flyer entgegen und streiche mit den Fingerspitzen über das Papier.

»Steck ihn besser ein, bevor euer Dad ihn sieht«, rät sie. »Es sei denn, Bo hat mit ihm geredet?«

»Nein. Ich glaube, sein Plan lautet, einfach eines Tages jemanden nach Hause mitzubringen und Dad vor vollendete Tatsachen zu stellen.«

Zumindest vermute ich, dass das Bos Plan ist. Noch ist er nicht bereit dazu, darüber zu reden, also lasse ich ihn. Aber ich bin gerührt, dass Penny sich Mühe gibt, ihre Beziehung zu ihm zu reparieren, schließlich kennen sie sich auch schon seit Jahren.

Als ich das Haus betrete, rechne ich damit, allein zu sein, denn weder Dads noch Bos Auto stehen in der Auffahrt. Umso verwirrter bin ich, dass ich Bo auf dem Sofa vorfinde. Sein Kopf ruht auf der Sofalehne, ein Fachbuch liegt aufgeschlagen auf seinem Bauch, und leise Musik dringt aus den Kopfhörern auf seinen Ohren. Er scheint zu schlafen. Ich lasse ihn in Frieden, bis wir das gemeinsame Abendessen mit Dad hinter uns gebracht haben.

Erst als Dad sich in sein Arbeitszimmer zurückzieht, schnappe ich mir meine Krücken und humple schnellstmöglich zu Bo hinüber, den Flyer von Penny in der Hosentasche. Ohne anzuklopfen, trete ich ein und schließe die Tür hinter mir.

Bo sitzt mit ausgestreckten Beinen auf seinem Bett, irgendwo zwischen Laptop und einem Stapel loser Notizen.

»Störe ich?«, frage ich.

Bo schlägt den Laptop zu und rafft die Zettel zusammen. »Wenn du nicht stören wolltest, hättest du vorher anklopfen können. Was wäre, wenn ich mir gerade einen Porno auf meinem Laptop angesehen hätte?«

»Dann hätte ich einfach Dads überhaupt nicht peinlichen

Vortrag über Selbstbefriedigung wiederholt, den er uns mit fünfzehn gehalten hat. Weil, weißt du, Bo, Menschen haben natürliche Bedürfnisse«, äffe ich Dads Tonfall nach.

»Danke für die Erinnerung. Das war in etwa so erotisch wie meine Notizen aus Hudgens Vorlesung«, versichert er mir und lässt den Zettelstapel auf den Laptop fallen. »Ich bin mir sicher, dass der Typ ein brillanter Mediziner ist, aber seine Vorlesungen sind grausam. Ohne Haley wäre ich komplett aufgeschmissen. Ich freu mich schon unbändig, mir ab nächster Woche die Fortsetzung hiervon anzutun. Nicht.«

Ich humple zum Bett hinüber und setze mich ans Fußende. »Was ist eigentlich mit deinem Auto?«, frage ich möglichst beiläufig.

»Ich hab's verkauft«, antwortet er genauso nebensächlich und ignoriert, dass ich ihn entsetzt ansehe. »Ein Teil war kaputt. Die Reparatur hat sich nicht gelohnt.«

Irgendwie ist das typisch für unser Glück. In unserer Familie läuft nie etwas problemlos. Warum sollte er auch ein Auto kaufen, das nicht sofort den Geist aufgibt? Aber will er damit sagen, dass er uns in einem kaputten Auto gefahren hat? Und was für ein wichtiges Teil soll kaputt gewesen sein, sodass man trotzdem problemlos zum See gelangen konnte? Ich erinnere mich weder an klappernde Geräusche noch an blinkende Alarmleuchten.

»Wir werden nächste Woche also wieder mit Dad oder dem Bus fahren müssen. Glamourös wie immer. Was hältst du davon, wenn wir am Wochenende unseren Geburtstag nachfeiern, bevor uns das Campusleben endgültig zurückhat?«, schlägt Bo vor.

Vollkommen geistesabwesend versuche ich zu nicken, bis sich mein Genick beschwert. Auf ein neues Jahr. Ein Jahr ohne Cheerleading. Ohne Training. Ohne meinen Squad. Es wird eigenartig. Aber ich habe keine Wahl, außer, mich dem zu stellen.

»Weswegen ich eigentlich mit dir reden wollte …«, wechsle ich das Thema, bevor ich Gefahr laufe, mich selbst zu bemitleiden. Unsicher lege ich den Flyer der Saints Too auf seinen Notizen ab. »Penny hat mir den für dich mitgegeben. Sie dachte, dass du vielleicht mal zu deren Treffen gehen magst. Ich könnte dich begleiten, falls du möchtest.«

Statt nach dem Flyer zu greifen, reibt sich Bo über die Stirn. »Penny«, seufzt er. »Es gibt bereits genügend Gerüchte über mich am Campus. Wenn ich zu diesen Treffen gehe, wird Dad davon erfahren.«

»Ich weiß, ich sagte ja auch nur, falls du magst.«

»Dann sage ich dir Bescheid«, sagt Bo knapp. »Du kennst Dad und seine Angst vor dem Gerede der Leute. Ich werde mich vor ihm outen, sobald es sich für mich richtig anfühlt.«

Ich würde Bo gern dazu ermutigen, jetzt schon mit Dad zu reden, um sich das Leben nicht durch Geheimnisse unnötig schwer zu machen, aber ich verstehe seine Ansicht – zumindest irgendwie – und respektiere seine Entscheidung.

»Falls du über die Sache mit Joshua reden möchtest, bin ich immer für dich da. Ich weiß, was er dir angetan hat. Aber ich weiß auch, was du ihm bedeutest. Und dass er einiges aufs Spiel setzen würde, wenn er sich outet.«

»Ich weiß«, stöhnt Bo irgendwo zwischen frustriert und resigniert. »Und was werden die Leute erst sagen, wenn sie erfahren, dass ein Spieler eine Affäre mit dem Sohn des Physiotherapeuten hat?«

Ich atme tief durch, bevor ich ihn etwas frage, was ich längst hätte tun sollen: »Liebst du ihn?«

Weil ein Blick in Joshuas Gesicht reicht, um zu sehen, dass

Bo ihm etwas bedeutet. Bo hat sich diesbezüglich noch nie in die Karten schauen lassen. Nicht einmal von mir.

»Keine Ahnung«, gesteht er geradeheraus.

»Wie kannst du das nicht wissen?«, frage ich verwirrt.

»Weil es kompliziert ist, Jules.« Er atmet tief durch. »Hättest du mich an dem Abend vor einem Jahr gefragt, hätte ich dir vielleicht gesagt, dass ich an die Liebe auf den ersten Blick glaube. Aber Josh hat mich beleidigt und gedemütigt. Auch wenn er es getan hat, um den Schein zu wahren, hat er mich verletzt. Und ich habe trotzdem an seinem Geburtstag mit ihm geschlafen. Keine Ahnung, warum ich das getan habe oder warum ich bei ihm immer wieder einknicke. Also vielleicht liebe ich ihn, vielleicht habe ich auch nur das tief sitzende Bedürfnis, mir selbst wehzutun.«

»Ich meine … Das zwischen euch läuft also noch?«, stammle ich äußerst eloquent.

»Ja. Nein. Ich habe keine Ahnung … Ich habe mir zumindest Mühe gegeben, damit er sich wohlfühlt. Zum Dank hat er mir versichert, dass es nie wieder vorkommen darf. Meine Gefühle für Josh sind also etwas ambivalent.«

Super. Da habe ich meine Antwort: Die Sache ist noch nicht vorüber.

15. KAPITEL

Finsternis-Freitag

In den Bäumen und an der Verandaumrandung hängen Lampions und tauchen alles, was nicht vom Lagerfeuer erhellt wird, in sanftes Licht. Rote Funken steigen in den Nachthimmel, und unter das Knistern des Feuers mischt sich leise Musik aus den tragbaren Lautsprechern, die Penny mitgebracht hat. Unsere Geburtstage laufen schon seit Jahren gleich ab, und irgendwie hat es etwas Beruhigendes an sich, dass es etwas gibt, das sich nicht ändert. Das Einzige, was sich unterscheidet, sind unsere Gäste. Neben Penny, Ava und ein paar weiteren Mädchen aus dem Squad habe ich dieses Jahr auch Drew eingeladen, Bo ein paar Bekannte aus seinem Studiengang, inklusive Haley. Es ist schön zu sehen, dass es auf dem Campus noch Menschen gibt, denen Football offensichtlich egal ist – oder die sich zumindest nicht für die Gerüchte um Bo interessieren. Seine Kommilitonen scheinen auf jeden Fall nett zu sein, lachen ausgelassen und machen alberne Fotos für Instagram.

Gedankenverloren streichen meine Finger an Moms Kette entlang. Dad hat sie endlich vom Juwelier abgeholt. Wenn ich sie jetzt trage, fühle ich mich Mom etwas näher. Als wäre ein Teil von ihr hier, um mit uns, etwas verspätet, ins nächste Lebensjahr zu starten.

Ich sitze auf Drews Schoß und bedeute ihm, den Mund zu öffnen, damit ich ihn mit S'Mores füttern kann. Ein geröstetes

Marshmallow und schmelzende Schokolade zwischen zwei Grahamcrackern – es ist ein klassischer Lagerfeuersnack, den Drew seiner Grimasse nach zu urteilen nicht zu schätzen weiß. Er kaut so angewidert darauf herum, dass ich fürchte, dass er gleich würgen muss. Er wendet den Kopf ab und schluckt angestrengt.

»Das ist so widerlich, wie ich es in Erinnerung habe«, bringt er schließlich hervor und greift nach einem Plastikbecher mit Wasser, um sich den Mund auszuspülen.

Ich habe ihn diverse Male gefragt, ob er nichts anderes trinken möchte, aber kurz vor Saisonbeginn scheint er seinen Ernährungsplan geändert zu haben. Kein Alkohol, kein Mac & Cheese, dafür viele Shakes, frische Säfte oder brauner Reis mit Gemüse und Fleisch. Mit Drew zu frühstücken ist gewöhnungsbedürftig. Dass er seine Haferflocken mit Kuh- statt Hafermilch nimmt, kann ich noch verstehen, aber allein beim Anblick der riesigen Portion Rührei, die er dazu isst, wird mir ganz anders. Ich möchte wirklich nicht mit Drews Mom tauschen. Wenn ihre zwei Söhne beide locker 5000 bis 6500 Kalorien am Tag zu sich nehmen, fühlt man sich vermutlich, als wäre man in einem Rudel Wölfe gelandet.

Während ich gedankenverloren den Rest des S'Mores esse, lehne ich mich gegen seine Schulter und genieße, wie Drews Finger weiterhin über meinen Arm streichen und langsam in Richtung Taille wandern. Diese winzige Geste reicht, um meinen Herzschlag zu beschleunigen. Ich genieße seine Nähe so wie die Wärme des Feuers in dieser kühlen Spätsommernacht. Wann habe ich mich zuletzt so geborgen gefühlt?

»Ich finde es irgendwie immer noch befremdlich, dich so zu sehen«, gesteht Penny und beißt in einen trockenen Grahamcracker.

»Wie denn?«, frage ich verwirrt.

»Verliebt?«, schlägt Haley vor und schiebt sich zwei geröstete Marshmallows auf einmal in den Mund. Ihrer folgenden Grimasse nach waren sie noch viel zu heiß.

Ich bin froh, dass Drew sie nicht gehört hat. Zumindest bilde ich mir ein, dass seine Aufmerksamkeit gerade woanders war, bis er mir vorsichtig eine Haarsträhne hinter das Ohr streicht. Seine Lippen berühren es fast, während er murmelt: »Wer ist verliebt?«

Ich beiße mir unwillkürlich auf die Unterlippe.

Danke, Haley.

Die Glocke an der Gartentür rettet mich vor einer Antwort. Bo und ich sehen uns gleichermaßen irritiert an. Es ist kurz vor Mitternacht. Ich erwarte keinen Besuch mehr. Er offenbar auch nicht.

»Bestimmt haben die Nachbarn wieder die Feuerwehr gerufen«, stöhne ich und befreie mich vorsichtig aus Drews Armen.

Bo unterbricht sein Gespräch, um mir zur Gartentür zu folgen.

»Ich bringe die Tennants um«, schwöre ich beim Entriegeln der Pforte und trete überrascht zurück. Die zwei Männer davor sind zwar beeindruckend groß, aber keine Polizisten.

Joshua sieht Bo mit einem Blick an, den ich nicht deuten kann, während Mateo mir ein entschuldigendes Lächeln schenkt.

»Sorry.« Er versucht vergeblich, Joshua zurückzuhalten. »Er ist vollkommen betrunken und wollte keine Ruhe geben, wenn ich ihn nicht herfahre.«

Dass Joshua betrunken ist, lässt sich weder übersehen noch überhören – oder überriechen. Normalerweise ist er der vernünftigste Mitbewohner der 3er-WG. Jetzt torkelt er an mir vorbei, um Bo so schwungvoll um den Hals zu fallen, dass sie beinahe gemeinsam in die Rosenbüsche am Gartenzaun stolpern. Bevor Bo sich halbwegs gefangen hat, vergräbt Joshua die Hand in Bos Haaren und küsst ihn so energisch, dass Mateo ein überraschter Laut entweicht.

»Total betrunken«, wiederholt er und greift nach Joshuas Arm, um ihn von Bo wegzuzerren.

»Du wolltest es doch so«, lallt Joshua und sieht meinen Bruder eindringlich an.

Bo streicht Joshuas Hand aus seinen Haaren. »Josh«, ist alles, was er seufzt – irgendwo zwischen überrumpelt und mitleidig.

»Großartig«, murrt Mateo, als Drew sich nähert. »Summers, wenn McDaniels darüber auch nur ein Wort vor den Coaches verliert …«

»Josh, komm mit rein«, drängt mein Bruder, bevor das Schauspiel noch mehr Neugierige anlockt. Er schafft es irgendwie, sich so aus Joshuas Armen zu befreien, dass er ihn in Richtung des Hauses lotsen kann. Zur Gartenpforte hinaus, durch den Vorgarten und in Richtung Haustür.

Mateo kommt ihm zu Hilfe, als Joshua über seine eigenen Füße stolpert und fast mit Bo zu Boden stürzt.

Ich öffne ihnen die Haustür und weiche aus.

»Auf das Sofa«, weist Bo an.

»Wie viel hat er bitte getrunken?«, frage ich ungläubig, als Joshua schwerfällig auf das Sofa fällt.

»Keine Ahnung«, gesteht Mateo und fährt sich mit einer Hand durch die Haare. Sein Blick gleitet flüchtig zu Drew, der in der Wohnzimmertür stehen geblieben ist und uns beobachtet. »Eigentlich haben wir zurzeit striktes Alkoholverbot, aber er kam schon in dem Zustand nach Hause. Redete irgendwas von Instagram und einer Feier und dass der beschissene Scheißkerl – sorry, Summerboy – einen anderen geküsst hätte.

Er wollte selbst hierherfahren. Als ob ich ihn in dem Zustand irgendwohin fahren lassen würde.«

»Sehr fürsorglich, ihn zu fahren. Und extrem charmant übrigens, dass ihr mich Summers und ihn Summerboy nennt«, werfe ich ein.

»Irgendwie müssen wir euch ja auseinanderhalten«, erklärt er knapp.

»Ich hole dir jetzt ein Wasser, und du bleibst dort liegen«, weist Bo an, als wäre Joshua in der Lage, allein aufzustehen.

Statt meinen Bruder gehen zu lassen, greift Joshua nach dem Ärmel seines Sweatshirts. »Ist es das, was du willst?«, fragt er und vergräbt die Finger im Stoff von Bos Oberteil.

»Ich will, dass du dort liegen bleibst und nicht auf das Lieblingssofa meiner verstorbenen Mom kotzt«, insistiert er und hockt sich widerwillig neben das Sofa. »Dass du betrunken hier auftauchst, war garantiert nicht meine Absicht.«

»Ich hol das Wasser«, biete ich an, gehe in die Küche hinüber und nehme vorsichtshalber auch noch Schmerztabletten mit.

Im Wohnzimmer redet Mateo auf Drew ein, der nur abwehrend die Hände hebt. Ich drücke Bo schnell Tabletten und Wasserglas in die Hand, bevor ich mich zwischen Mateo und Drew schiebe.

»Joshua ist ein guter Kerl«, versichert Mateo und sieht Drew an. »Er hat es nicht verdient, dass er wegen eines Ausrutschers aus dem Team fliegt. Hast du mich verstanden, McDaniels?« Er lässt offen, ob er mit dem Ausrutscher Joshuas Alkoholkonsum oder den Überfall auf meinen Bruder meint.

Drew sieht ihn noch einen Moment an, dann zu Joshua und Bo hinüber. Er zuckt mit einer Schulter. »Ich bin auch nur privat hier«, sagt er schließlich trocken, als wären sie Arbeitskollegen, die sich zufällig in einem zwielichtigen Club getroffen hätten.

Mateos Blick nach hat er ihn entweder nicht verstanden oder ist sich nicht ganz sicher, ob das Drews Ernst oder ein Scherz sein soll.

Ich fahre erschrocken auf, als das Licht ausgeht und alles in Dunkelheit versinkt. Verwirrt wende ich mich dem Fenster zu. Auch die Verandabeleuchtung ist erloschen, ebenso die Displays an Herd und Mikrowelle, nur die Straßenlaternen leuchten noch. Es kann also kein genereller Stromausfall sein.

»Alles gut, ich kümmere mich um die Sicherung«, verspricht Bo. Seine Silhouette tastet sich durch die Finsternis in Richtung der Speisekammer, während Drew sein iPhone hervorzieht und die Taschenlampenfunktion einschaltet.

Das Knarzen der Tür verrät, dass Bo die Tür zur Speisekammer gefunden hat. Ein Klicken ertönt, aber nichts passiert. Auch nach mehrmaligem Wiederholen nicht.

»Ist nicht die Sicherung!«, ruft er schließlich. »Ich wecke Dad und suche die Taschenlampen. Kümmerst du dich um die Gäste?«

»Sicher.« Ich bedeute Drew und Mateo, bei Joshua zu bleiben, und gehe in den Garten hinaus. Das Lagerfeuer brennt noch immer, und alle unterhalten sich, als hätten wir die Lampions der Gartenbeleuchtung ausgeschaltet, um es gemütlicher zu haben. Dass irgendetwas nicht stimmt, scheint niemand zu bemerken. Wahrscheinlich wäre es Dad lieb, würde ich es auch nicht mitbekommen, aber ich komme gerade wieder herein, als er murmelt, dass er wohl vergessen hat, die Stromrechnung zu bezahlen.

Mein Dad, der gewissenhafteste Mensch, den ich kenne, will eine Rechnung vergessen haben? Wenn ich nicht schon seit Wochen das Gefühl gehabt hätte, dass hier etwas faul ist, wäre ich mir spätestens jetzt sicher.

»Sagt mir endlich mal jemand, was hier los ist?«, frage ich gereizt und stelle mich zwischen Bo und Dad, die noch immer im Flur vor der Speisekammer stehen.

Offensichtlich hat Bo die Taschenlampen gefunden und blendet mich damit ins Gesicht, bis ich seine Hand beiseiteschiebe.

»Nichts«, versichert Dad. »Aber wir werden das Wochenende wohl ohne Strom auskommen müssen. Vielleicht leert ihr noch den Kühlschrank, damit das Essen nicht verkommt? Und du schläfst heute Nacht bei einer Freundin, damit du morgen früh warm duschen kannst? Ich kümmere mich gleich Montag um den Strom. Versprochen.«

»Dad!« Ich sehe ihn eindringlich an und bin nicht bereit, mich so einfach abweisen zu lassen. »Du schließt deine Praxis. Bo und du verkauft eure Autos. Die Stromrechnung ist nicht bezahlt. Und ihr wollt mir erzählen, dass alles in Ordnung ist?« Ich kann mich nur mühsam zusammenreißen, um nicht laut zu werden. »Ich bin vielleicht auf den Kopf gefallen, aber nicht zu dumm, um zu verstehen, dass hier irgendetwas nicht stimmt.«

»Feiert ihr euren Geburtstag. Wir reden morgen«, sagt Dad knapp und nimmt Bo eine der Lampen ab.

Er kann mich doch hier nicht so stehenlassen, als wäre nichts gewesen! »Dad!« Ich sehe ihm ungläubig hinterher. Das kann nicht sein Ernst sein!

»Mach dir keine Sorgen. Es ist alles gut«, verspricht Bo und drückt mir einen Kuss auf den Scheitel.

»Abgesehen davon, dass wir keinen Strom haben, das Essen im Kühlschrank warm wird und da ein betrunkener Footballspieler mit Identitätskrise auf unserem Sofa liegt?«, hake ich sarkastisch nach.

»Kümmer du dich darum, das Essen zu verteilen, ich mich

um den Betrunkenen und Dad um den Strom«, schlägt Bo vor.

Auch wenn ich einwillige, ist mir die Lust auf Feiern vergangen. Ich schneide aus den Resten im Kühlschrank Gemüsesticks, belege Sandwiches mit dem Aufschnitt und verteile mit Drews und Mateos Hilfe alles an die Gäste.

Anschließend setze ich mich in eine Wolldecke gehüllt zwischen Drews Beine und strecke die Füße in Richtung des Feuers aus. Wann immer mein Blick das dunkle Haus streift, nagt ein unangenehmes Gefühl an mir. Weil ich noch immer glaube, dass Bo und Dad mir etwas verschweigen. Und wenn ich etwas nicht leiden kann, dann ist es Unehrlichkeit. Mit einem Mal bin ich gar nicht mehr so abgeneigt, etwas Abstand zu gewinnen und die Nacht über woanders zu schlafen.

Ich ziehe das Handy hervor und zögere, bevor ich eine Nachricht eintippe.

July: *Ich weiß, es klingt komisch: Aber kann ich heute bei dir übernachten?*

Ich halte das Handy so, dass Drew das Display über meine Schulter hinweg sehen kann.

Er tippt die Antwort, indem er die Arme um mich legt und seinen Kopf gegen meinen lehnt.

Drew: *Was soll daran komisch klingen? Du hast mich ja nicht gefragt, ob du mit mir schlafen kannst. (Die Antwort auf beides lautet übrigens: Jederzeit.)*
July: *Was würden deine Eltern nur dazu sagen? ;)*
Drew: *Ich habe meiner Familie deinen Instagram-Account gezeigt. Arons einziger Kommentar lautete: Was man anleckt, muss man auch aufessen.*

July: *Alles klar. Ihr seid eindeutig verwandt.*

»Kommuniziert ihr eigentlich immer so?«, fragt Haley und reißt mich vollkommen aus der Blase unserer Unterhaltung.

Wann immer ich Drew schreibe, habe ich das Gefühl, dass es nur uns beide gibt.

»Öfters. Die Gebärdensprache ist schwieriger zu lernen, als ich dachte.«

»Wem sagst du das?«, stöhnt Mateo und lässt sich neben Haley ins Gras fallen. Der Flasche in seiner Hand nach zu urteilen, hat er die Getränke gefunden. »Dank McDaniels dürfen wir eine Menge neuer Gebärden lernen. Wenn Kyle weiterhin sein Selbstmitleid in Gin ertränkt, verlängert Brooks seine Sperre. Dann wird es eine lustige Saison für uns alle. Nichts gegen McDaniels. Wenn man versteht, was er will, läuft es echt gut. Aber in fünfzig Prozent der Fälle ist entweder er oder der Rest des Teams verwirrt. Ich schwöre euch, wenn das so bleibt, werdet ihr einiges zu lachen haben.«

»Du weißt, wie traurig das klingt?« Haley sieht ihn zweifelnd an. »McDaniels beherrscht die Gebärdensprache, kann unsere Sprache von den Lippen ablesen und schreiben, obwohl er kein Wort hören kann. Und ihr seid überfordert mit ein paar zusätzlichen Gebärden?«

»Er muss eure Spielzüge schließlich auch auswendig lernen. Ein bisschen gegenseitige Rücksichtnahme hat noch niemandem geschadet«, ergreift Penny das erste Mal für ihn Partei.

Ich verkneife mir jeden Kommentar darüber, dass sie das Lernen der Gebärdensprache bis zur Trennung von Kyle ebenfalls für eine unzumutbare Strafe hielt.

»He!« Mateo hebt abwehrend die Hände. »Ich habe höchsten Respekt vor McDaniels. Er ist gut. Wenn ich seine Ansage verstehe, harmonieren wir perfekt. Und er muss irgendwas richtig gemacht haben, um Summers zu knacken. Ist ja nicht so, als wäre er der Erste, der es probiert hat.«

»Sie hat dich also abblitzen lassen«, schlussfolgert Haley und schenkt Mateo ein spöttisches Lächeln.

Ich steige aus diesem geistreichen Gespräch aus, als Bo auf die Veranda heraustritt und die Unterarme auf die niedrige Balustrade lehnt.

Ich entschuldige mich bei Drew, gehe zu meinem Bruder hinüber, stelle mich neben ihn und sehe ebenfalls in den Garten hinaus.

»Ich bin immer noch wütend auf dich, weil ihr mir offensichtlich etwas verheimlicht«, versichere ich. »Aber ich frage dich trotzdem, wie es dir geht.«

»War das jetzt eine Frage?«, hakt Bo nach und kann das Schmunzeln in seiner Stimme nicht unterdrücken, doch es erlischt sofort wieder. »Ich habe Joshua in mein Bett geschafft. Da hat er seine Ruhe. Außerdem stellt niemand doofe Fragen darüber, warum ein betrunkener Footballspieler auf unserem Sofa liegt.«

»Was trotzdem eine gute Frage ist«, werfe ich ein.

»Weil er nicht weiß, was er tun soll. Und ich nicht weiß, wie lange es noch so weitergehen kann. Aber ich glaube, wir haben uns in letzter Zeit genug über mein Liebesleben unterhalten. Erzähl mir lieber, wie es mit Drew und der Entjungferung deines Bettes steht.«

»Unverändert«, sage ich geradeheraus.

Wir sehen uns gleichermaßen irritiert an.

Bos Blick gleitet flüchtig zum Lagerfeuer hinüber, aber niemand beachtet uns. »Warum?«, fragt er so verwirrt, wie ich mich fühle. »Hast du noch Schmerzen?«

»Muss ich mich jetzt ernsthaft dafür rechtfertigen, warum ich *nicht* mit jemandem schlafe?«

Bos Blick nach schon. »Ihr kennt euch seit Monaten. Dieser Typ liebt dich, es gibt nichts, wovor du Angst haben müsstest.«

»Habe ich nicht«, antworte ich mit einer Entschlossenheit, die mich selbst überrascht. »Zumindest nicht vor Schmerzen. Es ist nur ...« Tief durchatmend versuche ich meine Gedanken zu sortieren. »Drew ist süß, aber ich kann ihn nicht einmal richtig küssen. ›*Die besten Sexpositionen für Menschen, die sich das Genick gebrochen haben*‹ war nicht gerade Thema der Reha. Was ist, wenn der Sex echt mies wird?«

»Dann probiert ihr es beim nächsten Mal anders«, schlägt Bo vor. »Sex muss nicht auf Anhieb perfekt sein.«

»Er ist Sportler. Was ist, wenn ihm irgendwann bewusst wird, dass er sich eine sportliche Freundin wünscht? Das bin ich nicht mehr.«

»Das sind ganz schön viele Wenns. Es ist in Ordnung, Angst vor etwas zu haben«, sagt Bo leise. »Das beweist nur, dass Drew dir wichtig ist.«

Ich stütze die Arme auf die Balustrade und schaue zum Feuer hinüber.

Es herrscht ein eigenartiges Schweigen, das nur vom Knistern des Feuers unterbrochen wird.

»Ihr bekommt das schon hin.« Bo zuckt mit der Schulter. Damit ist das Thema für ihn erledigt.

Mir geht es die gesamte Nacht nicht mehr aus dem Kopf. Spätestens als ich mit meiner Tasche kurz vor Sonnenaufgang in Drews Wohnzimmer stehe, frage ich mich, ob mich selbst einzuladen nicht ein falsches Signal war. Wir sind allein. Zu zweit. Ich fühle mich wie eine aufgeregte Teenagerin. Es wird nicht besser, als Drew mich unsicher fragt, ob er auf dem Sofa schlafen soll. Ich bin kurz davor, einzuwilligen, um mich vor mir selbst zu schützen. Wie lange kann ich ihm noch widerstehen? Und was ist, wenn ich es nicht mehr kann? Wenn wir miteinander schlafen und es wirklich mies wird? Wenn ich doch Schmerzen habe? Wenn ich Drew enttäusche? Bo hat recht: Das sind mächtig viele Wenns.

Wenig später steige ich zu Drew ins Bett und kuschle mich an ihn. Er trägt zwar Shirt und Boxershorts, trotzdem verirrt sich meine Hand irgendwie auf die weiche Haut an seiner Taille. Drew zuckt unter meinen Fingerspitzen, die den Ansatz seiner Muskeln nachzeichnen. Alles um mich herum ist in seinen Duft gehüllt und erinnert mich daran, dass diese körperliche Anziehung schon von Anfang an zwischen uns bestand. Mein Kopf ruht an seiner Schulter. Er streicht mir mit der Hand durch die Haare. Seine Finger spielen mit meinen Haarspitzen, während er mir einen Kuss auf den Scheitel drückt. All seine Berührungen sind vorsichtig. Geradezu unschuldig.

Ich genieße diese Nähe, höre nur Drews Atem und seinen Herzschlag, bis er sich vorsichtig aufsetzt und nach dem Handy auf dem Nachttisch tastet.

Drew: *Worüber denkst du gerade nach?*
July: *Vieles. Ich glaube, dass Dad und Bo mir irgendetwas verheimlichen.*
Drew: *Tatsächlich? Ich verheimliche dir auch etwas.*

Ich stemme mich auf einen Unterarm, um zu ihm hinabsehen zu können. »Backst du so schlecht wie deine Mutter?«, rate ich ins Blaue hinein, obwohl ich mir das kaum vorstellen kann. Die Backkünste seiner Mom spielen in ihrer ganz eigenen Liga der Ungenießbarkeit.

Er schüttelt lächelnd den Kopf und streckt eine Hand nach mir aus. Vorsichtig fährt er mit den Fingerknöcheln meinen Unterkiefer entlang und zögert, bevor er doch noch mit der Sprache herausrückt: »Ich liebe dich.«

Mein Herz macht einen nervösen Hüpfer. Hat er das gerade tatsächlich gesagt?

»Ich …«, beginne ich und kann den Satz nicht beenden. Zu viele Gedanken schwirren mir durch den Kopf. Sie lassen mich die Worte nicht sagen. Ich entwende ihm sein Handy, weil ich diese Sache klären muss.

July: *Das sagst du jetzt. Aber ich bin nicht mehr die July, die im* Hatcat *für dich getanzt hat. Ich bin keine Cheerleaderin mehr. Was ist, wenn ich gar keinen Sport mehr machen kann? Wenn ich dadurch zwanzig Kilo zunehme? Wenn wir uns nie richtig küssen können? Wenn der Sex nicht so gut wird, wie er mit einer anderen sein könnte? Hast du darüber mal nachgedacht?*

Diese verdammten Wenns geben einfach keine Ruhe in meinem Kopf, egal wie sehr meine innere Bibliothekarin sich auch darum bemüht, sie auszuradieren.

Ich reiche Drew das Handy und beobachte seine Reaktion beim Lesen. Alles, was ich bekomme, ist eine erhobene Augenbraue. Ist das sein Ernst? Er liegt da auf dem Kopfkissen, sieht aus braunen Augen zu mir auf und verzieht keine Miene, bevor er zu tippen beginnt.

Drew: *Warum sollte ich darüber nachdenken?*
July: *Weil es mir wichtig ist!*
Drew: *Was davon? Dass du Angst davor hast, dass ich dich verlasse, wenn du zunimmst? Oder dass ich fremdgehe, wenn der Sex schlecht ist? Welcher deiner Vorwürfe ist deine Antwort auf: Ich liebe dich? Ich denke gern darüber nach, wenn du darüber nachdenkst, welche Bedeutung diese Worte für dich haben.*

July: *Gar keine. Es sind nur Worte.*

Drew setzt sich auf und sieht aus, als wollte er etwas sagen, stattdessen nimmt er mir sein Handy aus der Hand.

Drew: *Du studierst Literaturwissenschaften und willst mir sagen, dass Worte keine Bedeutung haben? Oder haben nur meine Worte keine Bedeutung für dich? Soll ich dir verraten, warum ich nie über deine Verletzungen nachgedacht habe? Weil sie nichts an meinen Gefühlen für dich ändern! Vor deinem Unfall hast du mir eine Absage erteilt, weil dir etwas anderes wichtiger war. Ich war mir nicht einmal sicher, ob du mich nicht aus deinem Zimmer wirfst, wenn ich dich einfach nachts unangekündigt besuche. Eine Beziehung basiert auf mehr als Sex.*
July: *Haben wir denn eine Beziehung?*

Drew beginnt zu tippen, bevor er das Handy neben sich auf das Bett fallen lässt und aufsteht.

»Time-out«, ist alles, was er sagt, bevor er das Zimmer verlässt.

Erst als die Tür ins Schloss fällt, wird mir bewusst, dass ich ihm noch immer nachstarre. Mit eiskalten Fingern greife ich nach seinem Telefon und lese seine begonnene Nachricht.

Drew: *Da ich offensichtlich unfähig bin, die richtigen Worte zu finden, …*

Da er unfähig ist? Wie soll der Satz enden? Dabei stimmt es nicht einmal. Ich überfliege unseren Wortwechsel. Wenn ich ehrlich sein soll, liest er sich, als wäre ich eine dumme Ziege. Oder zutiefst verunsichert. Dabei hat Drew mir nie einen Grund dafür gegeben, ihm zu misstrauen.

Fluchend reibe ich mir mit dem Handballen über die Stirn. Was nun, July? Frustriert tue ich das Erste, was mir einfällt. Ich schreibe Bo.

July: *Ich bin richtig gut darin, alles falsch zu machen.*

Dass Bo noch wach ist, überrascht mich.

Bo: *Was ist nun schon wieder passiert?*
July: *Drew hat gesagt, dass er mich liebt. Statt es einfach zu erwidern, habe ich ihm dämliche Vorwürfe gemacht.*

Das Telefon vibriert, als Bo anruft.

»Ich bin kein Beziehungsexperte, daher habe ich nur einen Tipp für dich«, ist das Erste, was er sagt. »Statt mich zuzutexten, solltest du …« Er verstummt, als ein eigenartiges Geräusch erklingt.

»Was war das?«, frage ich irritiert.

»Großartig. Josh hat auf mein Bett gekotzt. Bester Geburtstag ever«, antwortet er trocken.

Damit habe ich wohl die Antwort, warum er noch wach ist: Er spielt Krankenpfleger.

»Was ich sagen wollte, war … Na, herrlich. Wozu habe ich den Eimer hingestellt? Ich muss Schluss machen. Und was auch immer du da wieder kaputtgemacht hast, du warst es selbst. Ich kann dich jetzt nicht abholen. Ruf dir ein Taxi, wenn du es nicht wieder repariert bekommst.« Damit legt er auf.

Ich frage mich, ob es die Wahrheit ist. Ob ich gerade etwas kaputt gemacht habe, das vielleicht mein schönstes Geburtstagsgeschenk hätte werden können.

Bevor ich weiß, was ich tue, nehme ich die Krücken und verlasse das Schlafzimmer.

»Drew?«, rufe ich in das Zwielicht des Sonnenaufgangs. Wie immer fällt mir zu spät ein, wie sinnlos es ist. Drew liegt nicht auf dem Sofa, auch die Küche ist verwaist. Kurz befürchte ich, dass er aus der Wohnung geflohen ist, bis ich Geräusche aus dem Bad höre. Wenn mich nicht alles täuscht, läuft das Wasser der Dusche. Unsicher gehe ich zur Tür und klopfe an. Natürlich vergebens, aber manche Reflexe kann ich nicht abstellen. Vorsichtig öffne ich die Tür einen Spaltbreit und hoffe, Drew nicht bei irgendetwas Unangenehmen zu stören. Aber das, was ich sehe, ist vor allem mir unangenehm.

Er steht unter der Dusche, hat die Hände und die Stirn gegen die gekachelte Wand gelehnt. Ich weiß nicht, ob er weint. Aber ihn mit hängendem Kopf da stehen zu sehen, bricht mir fast das Herz. Es tut mir leid. Ich wollte ihn nicht verletzen. Ich würde mich gern entschuldigen, aber er würde es nicht hören. Bevor ich realisiere, was ich tue, lasse ich die Krücken an der Tür fallen und gehe vorsichtig zur gläsernen Tür der Dusche hinüber. Ich zögere, ehe ich sie öffne. Ein Schwall warmer Luft strömt mir entgegen. Unsicher strecke ich eine Hand aus und streiche Drew über den Rücken. Er zuckt so erschrocken zusammen, dass ich automatisch zurückfahre. Ich erwarte, dass er sich zu mir herumdreht, aber das tut er nicht.

Unschlüssig trete ich an ihn heran und schlinge die Arme um seine Taille. »Es tut mir leid«, murmle ich mit den Lippen an seiner nassen Haut. Auch wenn er es nicht hören kann, fühlt es sich richtig an, die Worte zu sagen. Ich hauche ihm einen Kuss auf die Wirbelsäule, aber er rührt sich noch immer nicht. Er weist mich nicht ab, doch er dreht sich auch nicht zu mir herum. Meine Stirn gegen seinen Rücken lehnend spüre ich, wie sich mein Pyjama mit Wasser vollsaugt. Einen Moment halte ich es noch aus, bevor ich mich zurückziehe und das Top und die Shorts abstreife. Sie fallen mit einem Klatschen zu Boden.

Meine Hände finden wie von selbst zurück auf Drews Rücken, fahren die Muskelstränge neben seiner Wirbelsäule entlang. Auch wenn ich sehe, dass sein Körper mit einer Gänsehaut reagiert, rührt er sich noch immer nicht. Ich will, dass er mich ansieht. Ich will mich entschuldigen. Es tut mir leid. Ich wollte ihn nicht so abweisen. Nicht so verletzen. Es wäre gelogen zu behaupten, dass er mir nichts bedeutet. Dass mein Körper sich nicht genauso von ihm angezogen fühlt wie anders herum. Dass mir sein eigenwilliger Humor nicht genauso gefehlt hätte wie seine Nähe. Ich schlinge erneut die Arme um ihn und wünschte, ich könnte den Kopf zur Seite drehen, um meine Wange gegen ihn zu pressen.

Eine meiner Hände wandert an seinem Bauch entlang nach oben, über die Täler und Berge seiner Muskeln, bis ich seinen Herzschlag unter meinen Fingern spüre.

Warum reagiert er noch immer nicht? Verunsichert greife ich nach seinem Arm. Es ist die Bitte, sich zu mir herumzudrehen. Als er dem Impuls folgt, trete ich einen Schritt zurück und blinzele durch die Wassertropfen zu ihm auf. Ich öffne den Mund, eine Entschuldigung schon auf der Zunge, aber Drew schüttelt den Kopf und verlässt die Dusche.

Ich bleibe allein zurück und sehe ihm nach, wie er nach einem Handtuch greift, das er sich um die Hüfte wickelt. Mit einem erneuten Seufzen holt er ein weiteres Handtuch aus einer Kommode hervor und kommt zur Dusche zurück.

»Lass uns reden«, bittet er und hält mir das Handtuch hin.

16. KAPITEL

Spontanbesuch-Samstag

Reden. In das Handtuch gehüllt folge ich Drew zu seinem Sofa. Meine Haare hinterlassen feuchte Spuren auf den Steinfliesen, tropfen auf die Couch. Das kalte Leder fühlt sich unangenehm auf der nackten Haut an. Unbehaglich sitze ich auf der vorderen Kante und lege die Hände in den Schoß.

Drew greift nach seinem Handy und reibt sich mit Daumen und Zeigefinger über die Nasenwurzel, bevor er seine Nachricht eintippt und mir das Handy reicht.

> **Drew:** *Was genau ist da passiert? Hätte ich es nicht sagen sollen? Fühlst du dich gedrängt? Zweifelst du an mir? Du musst meine Worte nicht erwidern. Ich würde es nur gern verstehen. Hätte ich mich klarer ausdrücken müssen? Oder anders? Ich dachte wirklich zwischen uns wäre alles geklärt.*
> **July:** *Es war nur ein doofes Missverständnis.*
> **Drew:** *Und das klärst du, indem du zu mir unter die Dusche steigst?*

Er sieht mich verwirrt an und gibt mir das Gefühl, dass ich über meinen Schatten springen muss, also nehme ich das Handy wieder an mich.

> **July:** *Ich wollte dir nicht wehtun. Es war nur, weil ...*

Was auch immer ich jetzt schreibe, wird unfassbar blöd klingen.

July: *Manchmal fühle ich mich wie die alte July, aber dann gibt es Situationen, die mich daran erinnern, dass ich das nicht mehr bin. Und nie wieder sein kann. Dann denke ich, dass ihr das nicht verdient habt. Vielleicht hat Bo recht und ich habe nach Moms Tod Verlustängste. Aber damals haben mir so viele Freunde den Rücken zugekehrt. Es ist einfach schwer vorstellbar, dass du, Penny, Haley und die Mädchen aus dem Squad das nicht auch tun werden.*

Meine Sätze sind so wirr wie meine Gefühle.

Drew liest die Nachricht mehrfach und sieht mich zweifelnd an.

Am Ende legt er das Telefon auf den Glastisch und fährt sich mit einer Hand durch die feuchten Haare. »Magst du herkommen?«, bittet er.

Ich zögere, bevor ich mich auf das Sofa knie und zu ihm rutsche.

Vorsichtig streicht er mir eine verklebte Haarsträhne aus dem Gesicht und schenkt mir ein Lächeln. »Deine Freunde waren das Wort nicht wert, wenn sie dich in einer schweren Zeit alleingelassen haben«, murmelt Drew.

Seine Finger streicheln so sacht über meine Schläfe, dass ich mich seiner Berührung entgegenlehne.

»Also steht unser Schlittschuh-Date noch?«, hake ich nach. »Im Winter auf dem Lake St. Clair?«

»Ein Time-out ist nur eine zweiminütige Pause, kein Spielabbruch«, stimmt Drew zu.

Zumindest nehme ich an, dass sein gutmütiges Lächeln eine Bestätigung sein soll. Vorsichtig ergreift er eines meiner Handgelenke und zieht mich auf seinen Schoß.

Ich setze mich rittlings auf ihn, streiche mit der Hand durch die Haare an seinem Hinterkopf. Wenn sie feucht sind, kringeln sie sich noch mehr als im trockenen Zustand.

Drews Hand zeichnet im Gegenzug die Kontur meines Unterkiefers nach. Ich spiegle Drews Berührung, fahre sanft an seiner stoppeligen Wange entlang. In der Stille dieser Liebkosung höre ich nur noch meinen Herzschlag. Und das ist vollkommen genug. Drews Blick, der von meinen Lippen zu meinen Augen und zurück wandert, drängt mich dazu, ihn zu küssen. Aber vorher muss ich etwas loswerden.

»Weil ich vorhin zu aufgebracht war, um es dir zu sagen ...« Ich knie mich über ihn, um ihm besser in die Augen sehen zu können. Ich atme tief durch und spüre, wie mein Herz in der Brust galoppiert. »Ich liebe dich auch«, gestehe ich, bevor mich der Mut verlässt.

Jetzt sind die Worte ausgesprochen. Obwohl er sie nicht gehört hat, bin ich mir sicher, dass sie ihn erreicht haben. Ich sehe es an seinem unterdrückten Lächeln und der Wärme in seinem Blick.

»Ich habe nur die Hälfte deiner Worte verstanden«, murmelt Drew. Seine Hand streicht über das Handtuch meinen Rücken hinab, bleibt auf meinem Hintern liegen.

»Solange es die richtige Hälfte war, reicht das«, verspreche ich und beuge mich zu ihm hinab, um ihn zu küssen.

Er neigt den Kopf zur Seite und erwidert den Kuss. Aus der vorsichtigen Berührung unserer Lippen wird innerhalb von Sekunden mehr. Ich spüre seine Zungenspitze an meiner Unterlippe, dann an meinem Gaumen. Obwohl ich nur ein Handtuch trage, wird mir augenblicklich heiß. Ohne darüber nachzudenken, streife ich es ab und lasse es achtlos zu Boden fallen.

Drew verharrt in der Bewegung, bis ich nach seiner Hand greife und sie zurück auf meinen Rücken lege. Er zögert, als würde ihn die Nähe verunsichern. Seine Fingerspitzen gleiten zaghaft an meiner Wirbelsäule entlang. Federleicht. Dieser Hauch einer Berührung reicht, um mir eine Gänsehaut am ganzen Körper zu bescheren. Wie kann sich eine so kleine Berührung so intensiv anfühlen?

»Ich liebe dich auch«, wiederhole ich, ohne meine Lippen von seinen zu lösen.

Meine Hände finden wie von selbst den Weg auf seine Brust, fahren langsam seine warme Haut hinab, zeichnen die Konturen seiner Muskeln nach, bis sie den Knoten seines Handtuchs finden. Es ist das letzte bisschen Stoff zwischen uns. Wie gern würde ich Drew ausziehen. Seinen ganzen Körper an meinem spüren. Aber ich reiße mich zusammen.

»Wir tun nichts, was du nicht willst«, verspreche ich und küsse ihn erneut. Erst vorsichtig, dann drängender. Drew antwortet mir zwar nicht, aber die Reaktion seines Körpers ist Bestätigung genug.

Allein sein leises Stöhnen reicht, damit mein Körper nach mehr verlangt. Ich habe gesagt, dass wir nichts tun, was er nicht will, aber er soll spüren, was ich will: ihn. Jetzt. Und das mehr als jemals zuvor. Ich kann mich gar nicht daran erinnern, ob ich überhaupt jemals etwas so sehr wollte, wie Drew zu fühlen.

Ich lasse mich auf seinen Schoß sinken, folge dem Druck seiner Hände und rutsche dichter an ihn heran. Zwischen uns ist nur der raue Stoff seines Handtuchs, aber selbst der kann nicht verbergen, dass das Verlangen auf Gegenseitigkeit beruht. Instinktiv presse ich meine Mitte gegen Drew und kann mich nicht länger zurückhalten. Meine Hüften bewegen sich wie von selbst, folgen unserem eigenen Takt. Doch obwohl ich die Reibung genieße, ist der raue Stoff zwischen uns unangenehm.

Meine Finger führen ein Eigenleben und öffnen den Knoten.

Drews warme Hand wandert in meinen Nacken und zieht mich vorsichtig an ihn, bis sich unsere Lippen erneut berühren. Mit einer ungeduldigen Bewegung streife ich das Handtuch ab und kann es nicht erwarten, Drew wieder zu spüren.

Vollkommen außer Atem pausiere ich unseren Kuss und nehme mir den Moment, um Drews perfekten Körper zu bewundern. Ich kann ein Schmunzeln nicht unterdrücken. Es gibt da eine Stelle, die offensichtlich nicht von der Sonne berührt wurde. Eine Stelle, die förmlich um meine Aufmerksamkeit bettelt.

»Sollen wir weitermachen?«, frage ich und bin froh, dass er das angespannte Zittern meiner Stimme nicht hört. Dieser Moment ist ein Kampf um meine Selbstbeherrschung. Ich will nichts mehr, als Drew nahe zu sein. Aber möchte er das auch?

Er keucht ein einziges Wort: »Kondom?«

Mich erfüllt eine Woge aus Wärme, als mir klar wird, dass wir das hier tatsächlich tun. Dass er mich nicht abweist.

»Ich nehme die Pille und bin gesund«, versichere ich. Obwohl sie das wahrscheinlich alle sagen. »Aber wenn es dir lieber ist ... Hast du welche da?«

»Ich vertraue dir«, verspricht Drew.

Es sind nur drei Worte, aber sie bedeuten mir so viel mehr als »Ich liebe dich«. Drews Körper ist sein Kapital. Gesundheit ist sein höchstes Gut – und er legt sie in meine Hände.

»Nimmst du noch Schmerzmittel?«, fragt er unvermittelt.

Es dauert einen Moment, bis die Bedeutung von Drews Worten zu mir durchgedrungen ist. Richtig. Die Kombination aus der Pille und den anderen Medikamenten ist vermutlich nicht die sicherste.

Mein Zögern reicht ihm als Antwort.

»Time-Out.« Drew haucht mir einen Kuss auf die Stirn und bedeutet mir, ihn kurz freizugeben.

Es sind nur Sekunden, aber es kommt mir viel zu lange vor, bis er – bestens vorbereitet – aus dem Bad zurückkehrt und sich wieder zu mir aufs Sofa setzt.

Drews Einladung folgend setze ich mich erneut auf seinen Schoß und rutsche so dicht an ihn heran, bis meine pochende Mitte an seiner Erektion liegt. Drew auf diese Weise zu spüren, fühlt sich nicht nur gut an. Es fühlt sich *richtig* an. Als hätten unsere Körper von Anfang an gewusst, dass das hier passieren sollte. Dass es passieren musste.

Statt erneut mein Genick zu verfluchen, konzentriere ich mich darauf, Drew zu küssen.

Wir verlieren uns in dem Moment, bis das Pochen zwischen unseren Beinen so fordernd wird, dass ich es nicht mehr ignorieren kann. Behutsam reibe ich mich an Drew. Mit jeder Bewegung wird mein Wunsch nach mehr Nähe intensiver. Drew scheint es nicht anders zu gehen.

Er schließt die Augen und lässt den Kopf auf die niedrige Rückenlehne seines Sofas sinken. Er sieht so unfassbar attraktiv aus, wenn er sich fallen lässt. Ihm entweicht ein Stöhnen, bei dem sich alles in mir zusammenzieht.

Ich hauche ihm einen Kuss auf das Schlüsselbein und folge dem Impuls seiner Hände: härter und schneller. Das verlangende Pulsieren zwischen meinen Beinen wird immer intensiver, bis es mich quält. Ich halte es nicht länger aus und ziehe mich zurück, knie mich über Drew und sehe ihn an, bis er die Augen öffnet. Das Verlangen in seinem Blick macht mich fast wahnsinnig. Meine Hand streicht über seine Erektion.

Vorsichtig positioniere ich mich direkt darüber und lasse mich langsam ein Stück nieder. Ich beobachte Drew, während er in mich eindringt. Sein Stöhnen ersticke ich mit einem

Kuss. Langsam und innig. Ich genieße die neue Art von Nähe zwischen uns. Das Gefühl, etwas Einzigartiges zu teilen – auch wenn ich glaube, dass sich der Moment für ihn vielleicht schöner als für mich anfühlt. Mein letztes Mal ist eine Weile her, und nichts an Drews Körper fällt in die Kategorie *klein*. Also gebe ich uns beiden Zeit, uns aneinander zu gewöhnen, bevor ich Drew ganz in mir aufnehme und einen Moment verharre. Ich sehe ihm ins Gesicht, spüre seine Hand noch immer an meinem Rücken, bevor er mich fordernd an sich zieht. Langsam bewege ich mich auf und ab, folge dem Rhythmus unserer Körper. Der Moment könnte nur besser sein, wenn ich den Kopf bewegen könnte, um Drew zu küssen.

Doch schon nach kurzer Zeit spüre ich, dass meine Kräfte nachlassen und meine Beine von der ungewohnten Bewegung unkontrolliert zu zittern beginnen. Noch bevor ich etwas sagen kann, hebt Drew mich vorsichtig an, um mich auf dem Sofa abzulegen.

Mir entfährt ein Keuchen, als ich das kalte Leder am Rücken spüre. Es bildet einen eigenartigen Kontrast zu Drews heißem Körper, der sich vorsichtig auf und in mir bewegt. Ich habe immer geahnt, dass das Zusammenspiel seiner Muskeln perfekt ist, aber Drew auf diese Weise zu spüren, ist unbeschreiblich. Die Augen schließend lege ich ein Bein über die niedrige Rückenlehne und überlasse Drew die Führung. Seine Lippen wandern über meinen Hals, hauchen einen Kuss auf die Stelle, unter der mein Puls schlägt, und finden ihren Weg zu meinem Ohrläppchen. Sofort schwappt eine Woge purer Hitze durch meinen ganzen Körper. Ich greife in seine Haare und versuche, ein Stöhnen zurückzuhalten, bis mir bewusst wird, dass es vollkommen egal ist. Es gibt nichts, was mir peinlich ist. Bei Drew kann ich mich vollkommen fallen lassen. Losgelöst keuche ich unter seiner Berührung und bin überrascht davon, wie sehr es mich erregt.

»Sag mir, wenn ich dir wehtue«, bittet er und versucht sichtlich, sich zurückzuhalten. Sein ganzer Körper zittert vor Anspannung.

Zur Antwort bohre ich die Finger in seinen festen Hintern und schiebe ihm mein Becken entgegen. Ich will mehr. Wir müssen keinen Marathon hinlegen. Ein Sprint wäre für mich gerade vollkommen in Ordnung.

Ich liebe es, wie Drew sich anpasst, als hätte er meine Gedanken erraten. Mit jedem seiner Stöße nimmt die Anspannung in meinem Inneren zu. Seine Bewegungen werden mutiger, fester, schneller. Ich spüre, wie sich mein Orgasmus anbahnt, aber auch, dass Drew kurz davor ist. Er küsst mich, nur um sich in der nächsten Sekunde auf die Unterlippe zu beißen, als wollte er sich dafür bestrafen. Als wäre dieser harmlose Kuss schon fast zu viel des Guten gewesen. Vorsichtig schiebe ich die Hand zwischen uns und streichle mich selbst. Ich genieße Drews Nähe, habe dennoch gerade das Bedürfnis, mich zu berühren. Ich lasse ihn nicht aus den Augen, will wissen, was er darüber denkt. Doch statt irritiert oder beleidigt auszusehen, küsst er mich erneut. Hingebungsvoller. Drängender. Mit einer Hand stützt er sich neben meinem Kopf ab, streichelt mit der anderen zärtlich über meine Rippen, zu meiner Brust hinauf, reibt mit dem Daumen über meine ohnehin schon harte Brustwarze.

Mein ganzer Körper pulsiert vor Anspannung. Ich genieße den Moment, will einerseits, dass er ewig dauert, und andererseits bettelt etwas in mir um Erlösung. Als Drew meinen Namen stöhnt, weiß ich, dass es ihm genauso geht.

Ich spüre, dass er beim nächsten Stoß kommt, und genieße das Gefühl seiner Wärme in mir, bevor ich mit einer letzten

Reibung ebenfalls den Höhepunkt erreiche. Dieses Gefühl mit Drew zu teilen, ist einmalig. Ich war schon lange nicht mehr so erschöpft und glücklich zugleich.

Zufrieden und vollkommen außer Atem erwidere ich Drews nächsten Kuss. Mein Herz hämmert in meiner Brust gegen seine. Der Moment ist perfekt.

Zumindest, bis mich die Türklingel aufschrecken lässt. Sie hallt durch die Wohnung, während das Blitzlicht Drews Aufmerksamkeit auf sich zieht.

»Erwartest du Besuch?«, frage ich immer noch außer Atem und blinzle irritiert. Für einen Postboten ist es eindeutig zu früh am Morgen.

»Mist.« Drew starrt auf das Blitzlicht, als es erneut klingelt. Vorsichtig zieht er sich zurück und hebt mein Handtuch vom Boden auf.

Verwirrt nehme ich es entgegen, während Drew mein Gesicht mit beiden Händen umfasst. »Es tut mir so leid«, versichert er und küsst mich flüchtig.

Noch während ich mich frage, was genau ihm leidtut, wird ein Schlüssel in die Wohnungstür gesteckt und die Tür öffnet sich. Ungläubig starre ich auf eine fremde Frau, welche die Wohnung betritt. Ich sehe nur eine perfekte Figur in einem Etuikleid und höre Absätze auf den Steinfliesen. Für eine Sekunde fürchte ich, dass Drew mich belogen hat. Dass er eine Freundin hat, die früher als erwartet nach Hause kommt. Doch noch während ich die Fremde anstarre, fängt sie schallend zu lachen an und hebt eine Hand vor die Augen. Ohne uns weiter zu beachten, zieht sie einen Rollkoffer hinter sich her in die Wohnung und gibt der Tür einen leichten Tritt, damit sie ins Schloss fällt.

»Lasst euch nicht stören. Ich dachte, ihr wäret fertig«, sagt sie leichtfertig und begleitet ihre Worte mit Gebärden. Seufzend stolziert sie zur Küchenzeile hinüber und wirft ihre schulterlangen, dunkelbraunen Haare zurück.

»Aliza!« Drew macht irgendwelche Gebärden, die sie ignoriert.

Hastig wickle ich mich in das Handtuch.

»Ich nehme an, ihr habt noch nicht gefrühstückt?«, plaudert sie weiter und wirft einen Blick in den Kühlschrank. »Oje. Gähnende Leere. Wir sollten frühstücken gehen. Was haltet ihr davon?«

Immer noch perplex sitze ich auf dem Sofa und weiß nicht, was mich mehr irritiert: ihre perfekten Gebärden, mit denen sie wie selbstverständlich ihre Worte begleitet – oder ihre Art, hier einfach reinzuschneien und alles an sich zu reißen.

»Wie wäre es mit Waffeln?«, fragt sie und sieht mich über die Schulter hinweg an. »Magst du Waffeln? Oder ernährst du dich irgendwie Paleo oder so?«

»Vegetarisch«, gestehe ich und sitze immer noch unbehaglich auf dem Sofa. Ich räuspere mich und versuche, meinen Herzschlag unter Kontrolle zu bringen. Er ist von dem plötzlichen Situationswechsel überfordert.

Drew sitzt nackt neben mir, während die Fremde die Küche inspiziert. Das ist zu bizarr, um wahr zu sein.

»Ich gehe mich nur eben anziehen«, bringe ich irgendwie hervor und bin wirklich bemüht, diese Situation nicht peinlich zu finden. Aber dieses Mal kann selbst ich mir nicht einreden, dass sie nicht unangenehm ist.

»Oh Gott. Ja. Und ich ziehe diese Schuhe aus«, seufzt Aliza und tritt ihre High Heels von den Füßen, während sie in Richtung des Sofas schlendert. »Ist übrigens schön, dich mal in echt zu sehen, July wie der Sommer.« Sie lässt sich neben Drew auf das Sofa fallen und haucht ihm einen Kuss auf die Wange, ignoriert dabei vollkommen, dass er keine Kleidung trägt und dezent verschwitzt ist. »Okay, Drew-Baby. Wie wäre es, wenn ihr *beide* duschen geht, und ich bestelle uns allen Waffeln?«

»Seit wann isst du Waffeln?«, fragt Drew verwirrt und erntet ein Schulterzucken.

»Ich habe alle Modeljobs der nächsten Zeit abgesagt. Ich habe kein Interesse an dem ganzen Getratsche.« Sie sieht mich an und verdreht die bernsteinfarbenen Augen. »Mit einem NFL-Spieler zusammen zu sein, ist nur so lange cool, solange man zusammen ist. Die Zeit danach ist die Hölle. Gilt übrigens auch für Musiker. Vielleicht date ich als Nächstes einfach den Waffellieferanten. Irgendeinen normalen Typ von der Straße.«

Ihr zwangloser Ton gibt mir das Gefühl, dass wir uns kennen sollten.

»Wolltet ihr nicht duschen? Ich habe hier alles im Griff«, versichert sie und verscheucht uns vom Sofa, nur um sich ebenfalls zu erheben. »Und zuerst säubere ich diese Couch.«

Ich habe noch immer keine Ahnung, wer die Fremde ist. Das einzige Wechselkleidungsstück, das ich eingepackt habe, ist ein gestreiftes Jerseykleid, in dem ich neben der perfekt gestylten Aliza reichlich underdressed aussehe. Außerdem ist mein Kleid so kurz, dass man die komplette Narbe an meinem Schienbein sieht. Davon mal abgesehen, habe ich diese Nacht nicht eine Minute geschlafen und sehe sicher wie einer der Zombies aus Bos Spiel aus. Mein Kopf fühlt sich an, als wäre er mit Watte gefüllt. Mit warmer, klebriger Zuckerwatte.

Mit einem Handtuch um die Schultern setze ich mich auf einen Hocker am Tresen und kämme meine feuchten Haare schnell mit den Fingern. Drew setzt sich neben mich und betrachtet mehrere Papiertüten, die gerade von Aliza entpackt werden.

»Sahne, Beeren, Sirup, warme Waffeln. Oh, und Kaffee.«
Mit einem charmanten Lächeln schiebt sie uns je einen Becher
zu und erhebt ihren, als wollte sie anstoßen. »Auf das beschauliche Fair Haven.«

»Auf Aliza«, murmelt Drew. »Die den Schlüssel für Notfälle bekam.«

»Drew-Baby«, seufzt sie, nimmt einen Schluck Kaffee und
stellt den Becher beiseite, bevor sie weiterredet. »Sobald July
dich verlässt, wirst du verstehen, dass eine Trennung ein Notfall ist. Vor allem, wenn die ganzen Klatschreporter nur darauf warten, ein Bild von dir zu schießen, wie du heulend in
dein Auto steigst. Und du wirst heulen, wenn sie dich versetzt.«

»Wer warst du noch gleich?«, hake ich nach und nippe an
meinem Kaffee.

»Du hast wirklich keine Ahnung, wer ich bin?«, fragt sie
verwirrt. »Er hat nie von mir erzählt? Und ... Nutzt du deinen
Instagram-Account eigentlich? Also, außer zum Reposten von
Bildern? Weil PR-technisch ist er eine Katastrophe.«

»Also bist du Drews PR-Beraterin?«, vermute ich.

»Quasi«, stimmt sie zu und hält mir eine perfekt manikürte
Hand hin. »Aliza McDaniels. Ja. Der Humor unserer Eltern
ist eigenwillig. All unsere Vornamen beginnen mit A. Und ich
meine es ernst: Dein Account ist eine Katastrophe für eure potenziellen Fans. Die Modefotos dieser Nachwuchsdesignerin
sind großartig. Die offiziellen Cheerleader-Fotos des St. Clair
perfekte Reichweite. Gott, dein Unfall wäre Gold wert gewesen. Das Mädchen, das sich das Genick brach. Und jetzt sieh
dich an. Du bist so tapfer. Und noch so viel hübscher als auf
den Fotos. Du solltest Livevideos aus eurem Alltag posten.«

»Ja«, antworte ich gedehnt. »Es interessiert die Leute bestimmt brennend, wie ich mir die Zähne putze.«

Aliza hebt die akkurat gezupfte Augenbraue. »Du würdest dich wundern, wie viele Leute es interessiert, welchen Lippenstift ich auftrage. Oder welche Gewürze sich Bradley in seinen Frühstücks-Smoothie gestreuselt hat.« Sie wendet sich Drew zu, obwohl er dank ihrer Gebärden ohnehin jedes Wort verstanden haben dürfte. »Schöne Grüße übrigens von Bradley. Er lässt dir ausrichten, dass er dir natürlich trotz allem nächstes Jahr die VIP-Tickets für den Superbowl schicken wird, falls Aron es wieder verschläft.«

Drew greift nach einer Waffel, betrachtet sie nachdenklich und zupft ein Stück ab. Seitdem Aliza hier ist, wirkt er irgendwie anders als sonst. Vielleicht hätte er es vorgezogen, nicht auf dem Sofa überrascht zu werden. Vielleicht wirkt er neben Aliza auch einfach jünger.

»Gott, ihr seht so müde aus. Habt ihr heute Nacht auch mal geschlafen? Wie wäre es, wenn ihr ein Nickerchen macht und mir danach die Stadt zeigt?«

Drews Blick sagt eindeutig: Du musst das nicht tun. Aber zu Hause warten nur Dad, Bo und das Haus ohne Strom auf mich, also stimme ich zu. Das Beste an Alizas Plan ist das Nickerchen. Vollkommen erschöpft ziehe ich mich in Drews Bett zurück und kuschle mich an ihn. Seine Ruhe, Wärme und Nähe lassen mich augenblicklich einschlafen. Nur noch am Rande meines Bewusstseins spüre ich, wie sein Daumen über meine Schläfe streichelt, doch mit einem letzten Zucken bin ich eingenickt.

Ich weiß nicht, wie viele Stunden ich geschlafen habe, bis ich wieder aufwache. Drews Nähe und Wärme wirken auf einmal alles andere als beruhigend. Es ist, als wäre meinem Körper vorhin erst wieder bewusst geworden, dass er nicht nur für den Sport lebt. Ein Kuss von Drew reicht, um mehr zu wollen. Meine Hand findet wie von selbst den Weg unter sein Shirt, streichelt den Ansatz seiner Bauchmuskeln. Im Gegenzug schiebt Drew den Rock meines Kleides höher. Ein Blick in seine Augen reicht, um zu wissen, dass wir uns einig sind. Ich lege ihm einen Zeigefinger auf die Lippen, um ihm zu bedeuten, leise zu sein. Dann schlüpfe ich aus dem Slip, lasse ihn zu Boden fallen. Drew zieht mir das Kleid über den Kopf, während ich den Knopf seiner Shorts öffne. Ich liebe Drew, und ich liebe es, wie einig sich unsere Körper in dem sind, was sie wollen. In diesem Fall ist es eine Fortsetzung unseres Sofaintermezzos. Aber dieses Mal lassen wir uns mehr Zeit. Ich versuche herauszufinden, wie ich Drew trotz meiner eingeschränkten Bewegungsmöglichkeiten am besten küssen kann. An jede einzelne Stelle seines Körpers. Im gleichen Atemzug versucht er, geduldig zu sein. Wann immer ihm ein Stöhnen entweicht, verharre ich und ermahne ihn, sich zusammen zu reißen. Wir sind nicht allein in der Wohnung.

Dieses Mal schafft Drew es, sich zurückzuhalten und mir bis zum Schluss die Führung zu überlassen. Noch während sich alles in mir auf wundervollste Art zusammenzieht, weiß ich, dass diese neue Art von Nähe mich ebenso süchtig machen könnte wie unsere Textnachrichten.

Ich trete aus dem Schlafzimmer und halte nach Aliza Ausschau. Sie steht am Fenster neben dem Esstisch und blickt nach draußen, also husche ich schnell auf die Toilette. Als ich zurückkomme, steht sie noch immer dort und sieht schweigend nach draußen. Sie hat die Arme um ihren schmalen Oberkörper geschlungen, als suche sie nach Halt.

»Ist alles in Ordnung?«, frage ich vorsichtig.

Sie zuckt sichtlich zusammen und streicht sich hektisch über die Wange. Mit einem Nicken bedeutet sie mir, näher zu treten. Sie räuspert sich und schlingt erneut die Arme um sich. »Ich muss mich für meinen Überfall entschuldigen, aber ich brauchte Abstand von Massachusetts und wusste nicht, wohin ich soll.«

Auch ohne sie zu kennen, höre ich, dass sie geweint hat. Zögerlich stelle ich mich neben sie. »Schon okay«, versichere ich ihr. Im Grunde ist es das, obwohl ich wünschte, dass sie nicht einfach hereingekommen wäre.

Sie wischt sich erneut flüchtig über die Wange. »Gott«, stöhnt sie. »Ich will gar nicht weinen, aber manchmal ... Sag es nicht Drew. Ich will nicht, dass er ein schlechtes Gewissen hat oder sich Sorgen macht. Er hat es verdient, glücklich zu sein. Er hat es so viel mehr verdient als wir.«

»Jeder Mensch hat es verdient, glücklich zu sein«, widerspreche ich.

»Natürlich.« Sie schenkt mir ein flüchtiges Lächeln und atmet tief durch. Sie sieht sich um, bevor sie ein paar Schritte zurücktritt und sich gegen den Esstisch lehnt. »Kennst du das? Wenn man denkt, man wäre glücklich, und eines Morgens aufwacht und feststellt, dass man die ganze Zeit in einer Blase aus Lügen gelebt hat?«

»Schlimme Trennung?«, vermute ich und habe automatisch Penny und Kyle vor Augen. Wie er sie immer und immer wieder betrogen hat.

»Sie war überfällig«, widerspricht sie. »Aber einvernehmlich – und das nicht aus PR-Gründen. Bradley ist großartig. Nicht nur auf dem Feld und im Bett. Er ist wundervoll. Aufmerksam. Er wäre sicher ein perfekter Vater. Aber ich will keine Kinder. Wir haben jahrelang darauf gehofft, dass es sich der jeweils andere noch überlegt. Naiv, mhm?«

Ich betrachte Aliza aufmerksam von der Seite und frage mich, wie alt sie ist. Sie sieht nicht älter als Mitte zwanzig aus.

Wenn man das Etuikleid und ihr Make-up wegdenkt, eher noch jünger.

»Wollt ihr Kinder?«, fragt sie unvermittelt und überfordert mich komplett.

Ich bin gerade zwanzig geworden, beginne demnächst das zweite Studienjahr und weiß nicht einmal, wann Drew Geburtstag hat oder was seine Lieblingsfarbe ist. Es ist mir eindeutig zu früh, um darüber nachzudenken.

»Drew hätte gern drei«, antworte ich ausweichend und verstehe jetzt erst, wie er darauf kam. »Ihr seid auch zu dritt?«

Aliza lächelt matt. »Ja. Und unsere Familie ist wundervoll. Aber ich könnte die Verantwortung trotzdem nicht tragen. Hat Drew dir erzählt, dass er nicht taub geboren wurde? Dass er hören konnte? Dass er es nicht mehr kann, ist unsere Schuld. Keiner von uns hat gemerkt, dass er krank war. Keiner. Er muss entsetzliche Schmerzen gehabt haben, aber er hat nie geweint oder gemeckert.« Aliza treten erneut Tränen in die Augen, während sie aus dem Fenster sieht. »Er hat keinen einzigen Tag gejammert oder uns Vorwürfe gemacht.« Sie verstummt, bis sie sich räuspert. »Wie gesagt. Zu viel Verantwortung. Ich könnte mir nicht mal ein Haustier holen ohne ein schlechtes Gewissen.«

»Ich glaube nicht, dass Drew möchte, dass ihr euch Vorwürfe macht«, überlege ich laut und setze mich neben Aliza auf den Tisch. »Während ich in der Reha war, habe ich über vieles nachgedacht, aber nie darüber, jemanden zu finden, der Schuld an meinem Unfall hat. Es gibt Dinge, die passieren. Dinge, die sich niemand gewünscht hat und die man auch niemand anderem wünscht. Aber ...« Wie immer scheitere ich an dem Aber. »Wer weiß, was für ein Mensch dein Bruder sonst geworden wäre? Ich meine: gutaussehend, talentiert, witzig, intelligent. Widerliche Kombination«, versuche ich zu scherzen, aber Alizas unbewegter Miene nach zu urteilen findet sie es nicht amüsant. »Entschuldige.«

»Schon gut.« Sie starrt einen Moment vor sich hin, bis sie die Nase kräuselt. »Ich weiß nur nicht, was mich mehr schockiert. Dass jemand meinen Bruder gutaussehend findet oder du denkst, dass er intelligent wäre. Es fängt schon damit an, dass er freiwillig Moms Essen isst. Kein intelligenter Mensch würde sich das antun.« Sie stößt mich mit ihrem spitzen Ellbogen an. »Das war ein Scherz. Bis auf den Teil mit Moms Essen.« Als Drew aus dem Schlafzimmer kommt, wendet sie sich ihm zu. »Du solltest an deiner Kondition arbeiten«, ruft sie und unterstreicht die Worte mit Gebärden, die Drew mit erhobenem Mittelfinger beantwortet.

Zugleich schenkt er ihr ein bezauberndes Lächeln, bevor er ins Bad verschwindet.

Sie lächelt zufrieden. »Oh, glaub mir. Er wird an sich arbeiten.«

»Ich hatte nicht vor, mich zu beschweren«, versichere ich.

Aliza macht eine vage Geste, die alles und nichts bedeuten kann. »Ich weiß nicht, ob ihr darüber gesprochen habt, aber unsere Familie ist manchmal etwas speziell. Unsere Eltern erwarten nicht wirklich von uns, dass wir jungfräulich in die Ehe starten, aber solltet ihr sie mal besuchen, werden sie euch trotzdem in verschiedenen Schlafzimmern einquartieren, bis ihr verheiratet seid.«

Unser Gespräch wird vom »Go Blue!«-Ruf meines Handys unterbrochen. Ich habe das Telefon im Schlafzimmer vergessen, also humple ich hinüber. Wahrscheinlich sollte mich die Nachricht nicht überraschen.

Bo: *Da wir keinen Strom haben, wandere ich für heute auch aus. Warm duschen, Handy aufladen, Licht – welch Luxus. Kannst* *du noch eine Nacht irgendwo unterkommen? Wir sehen uns dann Montag auf dem Campus. Mittagessen in der Mensa?*

Darauf kann Bo sich verlassen.

Der Tag mit Aliza ist erfrischend anders. Während ich mich für sie und Drew als Stadtführerin einsetze, bringen die beiden mir immer mehr Gebärdensprache bei. Aliza ist ganz anders als Jake. Im Gegensatz zu Drews Dolmetscher, den ich schon seit Wochen nicht mehr gesehen habe, versucht sie nie, im Hintergrund zu bleiben. Was ohnehin schwer wäre, bei den vielen jungen Männern, die sich auf der Straße nach ihr umdrehen. Auch wenn Aliza sichtlich unter der Trennung von ihrem Ex-Freund leidet, gibt sie sich Mühe, für Drew eine fröhliche große Schwester zu sein. Nur wenn sie in stillen Momenten vor sich hinstarrt, merkt man ihr an, dass etwas nicht stimmt und ihr Dauerplaudern nicht mehr als Fassade ist.

Wir sitzen gerade im Schatten auf einer Parkbank am See und essen eine Runde Softeis, als Aliza ihr Handy hervorholt und darauf besteht, ein Video von uns aufzunehmen, um es auf Instagram zu posten. Normalerweise lasse ich mich höchstens für Haleys Kreationen fotografieren, mich beim Eis essen filmen zu lassen, finde ich etwas eigenartig. Es wird noch befremdlicher, als eine Gruppe junger Mädchen stehen bleibt, um Aliza anzustarren, als wäre sie ein Popstar.

»Können wir euch irgendwie helfen?«, ruft sie freundlich hinüber und winkt die Mädchen heran, die erst zögern, dann ihrerseits ihre Handys zücken.

An meinem Eis leckend beobachte ich fasziniert, wie die Mädchen kleinlaut um ein Foto mit Aliza bitten.

»Aber gern«, versichert sie, drückt Drew ihr Eis in die Hand und steht auf, um die Mädchen zu umarmen und ihnen ihr schönstes Selfie-Lächeln zu schenken. Danach ziehen sie weiter, als wäre nichts gewesen.

»Fans«, seufzt Aliza und nimmt ihr Eis wieder an sich. »Da fährt man so weit von zu Hause weg, und irgendwer stolpert dann doch über einen. Noch ein Grund mehr für Lieferservices.«

»Hast du nicht gesagt, du wärst PR-Beraterin?«, frage ich verwirrt. Seit wann ist das ein Beruf, für den man bewundert wird?

»PR-Beraterin für andere«, stimmt sie zu. »Und Influencerin. Das hat sich irgendwann so ergeben. Momentan könnte ich von den Werbeeinnahmen durch die Kooperationen tatsächlich leben, aber wer weiß, wie lange das noch anhält, jetzt, da nicht ständig ein halbnackter Sportler durch meine Homevideos läuft.«

»Ich könnte durch deine Videos laufen«, scherzt Drew und hebt provozierend eine Augenbraue.

»Nein, Drew-Schatz. Du kannst gern durch Julys Videos laufen, aber wenn der kleine Bruder nackt durch deine Wohnung rennt, ist das eher verstörend.« Sie sieht ihr Eis an und atmet tief durch. »Also durch meine zukünftige Wohnung. Sobald ich eine gefunden habe. Trennungen sind echt … Mist.« Sie leckt an ihrem Eis, als sollte es sie trösten. Denn im Gegensatz zu Penny, die gerade ihre Freiheit genießt, sieht sie tatsächlich aus, als bräuchte sie Unterstützung.

»Ihr habt zusammengewohnt?«, frage ich vorsichtig.

Aliza nickt. »Wir waren seit der Highschool zusammen und glücklich. Bis uns wieder eingefallen ist, dass unsere Zukunftspläne nicht zusammenpassen. Also klärt die wichtigen Sachen lieber gleich, bevor mehr als deine Zahnbürste bei ihm einzieht.«

»Ich habe nur bei Drew übernachtet, weil bei uns momentan

Stromausfall herrscht«, sage ich rasch, als müsste ich mich dafür rechtfertigen.

Aber statt mir wie Jake einen Vortrag darüber zu halten, dass ich Drew nicht von den wichtigen Sachen ablenken soll, zuckt sie lediglich mit einer Schulter. »Dann hoffe ich für euch, dass der Stromausfall noch ein paar Tage anhält.«

»Ich kann heute Nacht auch bei einer anderen Freundin schlafen«, werfe ich ein.

»Lasst euch nicht stören. Ich habe immer Ohropax dabei. Bradley war in vielerlei Hinsicht perfekt, hat aber auch entsetzlich geschnarcht«, gesteht sie und drückt Drew den Rest ihres Eises in die Hand. Offensichtlich ist ihr der Appetit vergangen.

Nach einem Rundgang durch gefühlt ganz Fair Haven sitzen wir zu dritt auf Drews Sofa. Ich nehme mir eine vegane Lakritzschnecke aus der Tüte auf dem Wohnzimmertisch und kuschle mich in Drews Bettdecke, die ich mir aufgrund meines permanenten Frierens ausleihen durfte. Aus Mitleid stöbert er auf seinem Handy durch Onlineshops nach Wolldecken, die warm sind und trotzdem zu seiner Einrichtung passen. Er zeigt mir das Foto einer silbergrauen Plüschdecke.

»Nur wenn sie nicht aus Echtpelz ist«, werfe ich ein. »Ich könnte nächstes Mal aber auch einfach eine Decke mitbringen, bevor du eine kaufst.«

»Lass ihn kaufen«, sagt Aliza leichthin. »Dann gewöhnt er sich an die Preise. Die Rechnung landet ohnehin bei unseren Eltern.«

Ich sehe mich flüchtig in der Wohnung um, doch nicht unauffällig genug.

Aliza macht eine wegwerfende Geste. »Geld hat für unsere Familie keine große Bedeutung. Seitdem Aron und ich unser eigenes verdienen, müssen Mom und Dad nur noch für Drew-Baby zahlen. Sie machen das gern, solange er es nicht übertreibt. Sein Studium wird eh von Stipendien finanziert, und wenn wir ehrlich sind, ist sein Kleidungsstil auch nicht gerade extravagant.«

Ich habe schlagartig das Gefühl, hier nicht reinzupassen. Drews Eltern zahlen ihm Oldtimer und eine riesige Wohnung voller Designermöbel, während man uns den Strom abstellt. Wir haben bisher nur einmal ansatzweise über Geld gesprochen – als er mir das iPad geschenkt hat. Es schien für ihn keine große Sache zu sein, aber ich habe kein gutes Gefühl dabei, wenn er mir Sachen kauft. Vor allem nicht vom Geld seiner Eltern. Es fühlt sich nicht richtig an. Ich möchte nicht so sein wie Penny. Im Grunde möchte ich nicht einmal den Eindruck erwecken, als könnte Geld eine Motivation sein, um mit Drew zusammen zu sein. Ich will keine teuren Geschenke. Es verleitet die Menschen nur dazu, zu lästern.

»Was machen eure Eltern eigentlich beruflich?«, frage ich mit Blick auf Alizas Schlafanzug. Von einer Marke dieser Preisklasse würde ich mir gar nichts gönnen. Und wenn doch, dann sicherlich nichts so Schnödes wie einen Schlafanzug, den niemand zu Gesicht bekommt. So oder so komme ich mir neben ihr vollkommen underdressed vor, dabei scheint es sie kein bisschen zu stören, ob das Gegenüber gerade nackt ist oder das geliehene Shirt des Freundes als Nachthemd trägt.

»Unsere Eltern verdienen ihr Geld mit Footballzeugs«, seufzt Aliza und beantwortet nebenbei Nachrichten auf ihrem Handy. Überhaupt verbringt sie viel Zeit an ihrem iPhone, schafft es aber dennoch, sich nebenbei so zwanglos mit einem zu unterhalten, als wäre es gar kein Problem. »Mom und Dad managen diverse Footballspieler, verschaffen ihnen lukrative Deals und sorgen dafür, dass sie ihr Geld sinnvoll anlegen, statt es zu verprassen. Wenn es nach Arons und Bradleys Kontostand geht, machen sie ihre Sache sehr gut, von den anderen hat sich auch noch keiner beschwert. Ich versuche, sie ein wenig zu unterstützen, den Markt im Auge zu behalten und für jeden Spieler das passende Image zu finden – und zu pflegen. Nicht besonders aufregend. Zum Dank für ihre finanzielle Unterstützung erwarten sie, dass Drew-Baby später mit einsteigt, falls es mit dem Football nichts wird. Es ist ein langweiliges Familienunternehmen.«

»Klingt doch interessant«, widerspreche ich. »Mein Dad ist Physiotherapeut, das ist auch nicht spannend. Und macht sich in Gesprächen nicht besonders gut.«

»Kommt darauf an«, sagt Aliza gedehnt und mustert mich. »Wenn ich deine Beraterin wäre, hätte ich deinen Dad längst in deine Instagram-Storys eingebunden. Dein Unfall war eine Tragödie, dein Dad ist einer der Helden, die dir ins Leben zurückhelfen. Hier ein paar Homestorys, dort ein paar Videos aus der Praxis. Das hätte sich schon irgendwie verkaufen lassen. Du glaubst gar nicht, was sich die Leute alles ansehen, wenn sie sich mit einem identifizieren können.«

»Aha. Und wie würdest du Drew verkaufen?«, hake ich nach.

»Darüber habe ich noch nicht nachgedacht. Arons Image war nach der Scheidung eine Herausforderung. Der arme Mann, der einfach zu früh geheiratet hat und sich jetzt selbst finden muss. Sein ganzes Auftreten ist gesellig und laut. Nichts, was zu Drew passen würde. Also wahrscheinlich würde ich ihm raten, sein College bestmöglich zu beenden, sich bei den Spielen den Hintern aufzureißen und sich ehrenamtlich für die Förderung gehörloser Kinder einzusetzen. Und was ich euch beiden raten würde: euch ein Haustier zuzulegen. Diese Wohnung ist schrecklich leblos, und Haustiere sind immer gut für das Image.«

»Wir wohnen nicht zusammen«, erinnere ich sie und entlocke ihr damit ein Schulterzucken.

»Ihr kennt euch seit einem halben Jahr. Und genauso lange hat mein Bruder darauf gewartet, dass ihr endlich das tut, was ihr heute Morgen getan habt. Ich sehe da kein Problem. Schaut euch an. Ihr seid süß zusammen. Wenn ihr euch trennt, vereinbart ihr einfach gemeinsames Sorgerecht für das Tier. Alles gut.«

»Sagst du das gerade als seine Schwester oder PR-Beraterin?«, hake ich sicherheitshalber nach.

»PR-Beraterin.« Sie wendet sich wieder ihrem Handy zu. »Als große Schwester würde ich dich bitten, ihm bei einer Trennung das Haustier zu überlassen, um ihm nicht doppelt das Herz zu brechen. Und Katzen niemals allein zu halten. Einsame Wohnungskatzen kommen auf Instagram überhaupt nicht gut an. Apropos PR. Habt ihr schon den Artikel über euch gelesen?«

Ich komme nicht einmal dazu, sie danach zu fragen, wovon sie redet, da überreicht sie mir bereits ihr iPhone.

Großartig.

Es gibt auf dem Campus Tratschblog tatsächlich einen Artikel über uns. Als Aufmacher hat jemand einen Screenshot von Alizas Video gemacht. Jetzt gibt es also ein superspannendes Bild davon, wie ich mit Drew am See Eis esse. Irgendwie hatte ich mir wohl naiverweise eingebildet, dass wir von dieser Art von Artikel verschont bleiben würden.

Die ehemalige Cheerleaderin und der zukünftige Quarterback. – Die Gerüchte existieren, seitdem Andrew McDaniels und July Summers vor einem halben Jahr sehr vertraut im Hatcat *gesichtet wurden. Es gab immer wieder Hinweise darauf, dass der sexy Neuzugang aus Tuscaloosa und die bildhübsche Cheerleaderin das nächste Traumpaar des St. Clair werden könnten. Nicht erst, als*

McDaniels sein Entsetzen über Julys Unfall öffentlich über Insta-
gram kommunizierte, sahen viele brühwarm serviert, was in der
Gerüchteküche schon länger vor sich hin köchelte. Spätestens seit-
dem McDaniels große Schwester heute ein Video der beiden postete,
können wir wohl offiziell gratulieren. Denn wer schlendert schon
Händchen haltend neben der großen Schwester durch die Gegend,
wenn er nicht endlich bereit ist, zu sagen: Finger weg von fremdem
Eigentum!

Der Beitrag wurde vom Nutzer PP gepostet. Es sind Pennys
Zugangsdaten: Penelope Perez. Vermutlich hält sie ihre Hand
schützend über dieses Thema, sonst hätten wir uns längst Dutzende Beiträge dieser Art durchlesen können. Auch wenn ich
auf solche Artikel gern gänzlich verzichtet hätte, bin ich ihr
dankbar für die Schadensbegrenzung.

17. KAPITEL

Missklang-Montag

Der erste Tag des neuen Semesters. Der erste Tag als Sophomore. Ursprünglich hatte ich mir den Start in das neue Studienjahr anders vorgestellt. Sich aus einem alten Ford zu hieven, nur um Krücken entgegenzunehmen, ist nicht sehr elegant.

Hier sind wir also. Die ehemalige Cheerleaderin und der zukünftige Quarterback. Oder wie hieß es in dem Artikel?

Ich schultere meinen Rucksack und humple neben Drew den Hauptweg zwischen den Gebäuden des Campus entlang.

»Ich könnte dich tragen«, bietet Drew an und erntet dafür ein Augenrollen.

Von ihm getragen zu werden würde entwürdigender aussehen, als neben ihm herzuschleichen. Ich schaffe den Weg vom Parkplatz schon allein. Ein paar neugierige Blicke streifen uns, aber glücklicherweise sind sie mir egal. Sollen die anderen doch denken, was sie wollen. Das sage ich mir auch, als wir im Park zwischen den Gebäuden ankommen und ich das Handy aus der Tasche ziehe. Das Cafémobil hat bereits seinen Betrieb aufgenommen und lockt schläfrige Studierende an. Ist hier morgens immer so viel los? Ich habe Aliza versprochen, ein Livevideo zu posten. Vom Semesterbeginn und Drew. Ich komme allerdings kaum dazu, das Video zu starten, als der erste Student auf uns zukommt und Drew im Vorübergehen auf die Schulter klopft.

»Gib dein Bestes, McDaniels.«

Ich sehe ihm nach, bevor ich in die Kamera lächle. »Gut, okay. Das Semester hat vor ungefähr fünf Minuten begonnen, doch offensichtlich hat sich schon herumgesprochen, dass Kyle Clover für einige Spiele gesperrt ist. Daher freut sich Drew über eure Unterstützung. Sicher wisst ihr schon, dass er nicht hören kann. Also wäre es superhilfreich, wenn ihr kurz stehen bleibt und ihm beim Sprechen in die Augen seht, damit er von euren Lippen ablesen kann.«

»He, July! Schön, dass du zurück bist!«, ruft irgendein Mädchen, das ich nicht kenne.

»Ähm. Ja. Wie ihr seht, lebe ich noch, auch wenn … ich in Zukunft nicht mehr …« Obwohl das Video kaum jemand sehen wird, fällt es mir schwer, es laut auszusprechen. Die Worte zu sagen, macht es so viel realer. Mein Herz zieht sich schmerzhaft zusammen. »Auch wenn ich nicht mehr Teil des Squads sein werde. Ich wünsche allen neuen Cheerleadern und Cheerdancern viel Spaß beim Training. Gebt euer Bestes, achtet immer auf eure Sicherheit, und dieses Jahr holt ihr den Meistertitel, verstanden? Ich zähle auf …« Ich fahre überrascht auf, als mir jemand den Arm um die Schultern legt und beinahe das Handy aus der Hand reißt, als er sich ins Bild schiebt. Mateo.

»Ein Video, Summers?« Er fährt sich mit der freien Hand durch die Locken und lächelt in die Kamera. »Sehr cool. Kommt ihr alle zur Welcome-back-Party? Wir sind auf jeden Fall froh, endlich zurück zu sein. Während ihr eure Ferien genossen habt, haben wir unsere Körper im Trainingslager perfektioniert. Ihr könnt sie an den nächsten Spieltagen bewundern. Im Fernsehen. Live. Wir werden uns den Arsch für euch aufreißen.« Er verstummt kurz. »Also den anderen Teams. Nicht uns. Und ich bin mir sicher, dass Summers auch da sein wird. Als McDaniels persönliche Cheerleaderin, falls ihr versteht.«

»Das ist ein Live-Video«, warne ich, bevor er seine Ausführungen noch ausweitet.

»Cool. Wir haben am Samstag ein Heimspiel. Also lasst eure Finger von McDaniels und kommt zu mir, wenn ihr nach dem Spiel eurer Begeisterung Ausdruck verleihen wollt.« Er zwinkert und lässt von mir ab.

Ich filme noch, wie er Drew kameradschaftlich auf die Schulter klopft und beende das Video. Das war eine selten dämliche Idee. Instagram und ich sind nicht füreinander geschaffen.

»Ich habe ein Geschenk für dich«, behauptet Haley euphorisch, als sie sich in der Mensa auf den freien Stuhl neben mir setzt.

Bo und ich sehen sie gleichermaßen interessiert an.

»Ich hatte heute Vormittag frei. Die Idee kam mir, als ich euer Live-Video auf Insta gesehen habe. Pack es aus«, drängt sie, schiebt meinen Teller beiseite und legt mir ein in Zeitungspapier gewickeltes Irgendwas hin.

Kurze Zeit später halte ich ein dunkelblaues Shirt mit weißer Aufschrift in der Hand. Auf der Vorderseite steht: *Love you to the endzone and back*. Auf der Rückseite Drews Nummer.

»Ich erwarte, dass du das am Samstag im Stadion anziehst«, erklärt sie in einem Tonfall, der keinen Widerspruch zulässt. »Der Copyshop-Betreiber, der es bedruckt hat, auch. Ich habe ihm versprochen, ein Foto von dir zu machen und seinen Laden auf Instagram zu verlinken.«

Bo verkneift sich ein Lachen und widmet sich demonstrativ seinem Salat. Wahrscheinlich hat er mir meine Gedanken schon am Gesicht abgelesen.

»Ich darf Drew aber schon vorher noch fragen, ob ihm das nicht ein wenig zu viel ... öffentliche Liebesbekundung ist?«, hake ich nach und kann mir Besseres vorstellen, als kostenloses Fotomodell für einen Copyshop zu spielen.

»Ich bin mir sicher, dass Drew sich freut«, behauptet sie zuversichtlich. »Während er auf dem Platz steht, kann er schließlich kein Auge darauf haben, dass dir nicht wieder irgendwelche Typen ihre Telefonnummern zustecken. Bevor du widersprichst: Sieh es ein. Du bist mit dem momentanen Starting Quarterback der Otters zusammen. Die Spiele werden im landesweiten Live-Fernsehen übertragen. Ob du es willst oder nicht: Du steckst da bereits so tief drin wie er in dir.«

Augenblicklich beschleicht mich ein unangenehmes Gefühl. Es liegt nicht an Haleys Ausdrucksweise, sondern an etwas anderem. Es dauert einen Moment, bis ich darauf komme, und ich fühle mich sofort schlechter. Ich bin neidisch auf Drew. Weil er seinen Traum von der NFL weiterverfolgen kann, während ich dazu verurteilt bin, auf der Tribüne zu sitzen und Fanshirts zu tragen, als müsste ich mein Revier verteidigen.

Mein altes Leben holt mich wieder ein, als ich abends mit Bo auf der Stadiontribüne sitze und auf Dad warte. Es fühlt sich an, als hätte sich in den vergangenen Monaten nichts geändert, außer dass es beim Training leiser geworden ist. Ein Teil der Pfiffe und Rufe wurde durch Handzeichen ersetzt. Mittlerweile sieht es auf dem Feld nicht mehr nach dem von Mateo beschriebenen unkoordinierten Chaos aus. Drew läuft auch nicht Gefahr, dass man ihm in einem unaufmerksamen Moment einen Ball gegen den Kopf wirft. Es herrscht eine konzentrierte Stille.

»Ist das Buch so spannend?«, fragt Bo neben mir.

»Spannender als irgendwelchen Typen beim Training zuzusehen«, stimme ich zu und starre auf mein iPad.

»Irgendwelchen Typen?«, hakt Bo nach und lehnt sich gegen mich. »Drews erstes Spiel als Quarterback der Otters steht bevor. Das ist eine ziemlich große Sache, nicht nur für das Team, auch für ihn.«

»Ich bin nicht sein Groupie«, murre ich mit Gedanken an Haleys Shirt und halte den Blick stur auf das Tablet geheftet.

»Jules.« Bo entwendet mir geschickt mein iPad, sodass ich gezwungen bin, ihn anzusehen. »Du bist seine Freundin. Du solltest sein Groupie sein. Sein größter Fan. Diejenige, die ihm nach dem Spiel als Erste um den Hals fällt, um ihm zu gratulieren oder ihn zu trösten.«

»Football Groupie ist das Letzte, was ich jemals sein wollte. Das ist Pennys Ding. Nicht meins.«

»Gut. Dann vergiss mal für fünf Sekunden deinen Stolz und die ganze Footballsache und konzentrier dich auf das Wesentliche. Da ist dieser Typ, der sehr hart für seinen Traum arbeitet und dich bedingungslos liebt. Schaffst du es, ihn auf seinem Weg so zu unterstützen, wie er dich unterstützt – oder wirst du jetzt jedes Mal beim Betreten dieses Stadions einzig und allein an das erinnert, was du aufgeben musstest? Kannst du das Stadion und seine Kleidung ausblenden und Drew so sehen, wie du ihn zu Hause ansiehst? Weil er schon ungefähr drei Dutzend Mal zu dir aufgeschaut hat und du ihn konsequent ignorierst. Das hat er nicht verdient.«

Natürlich hat Bo recht. Drew kann nichts dafür, dass sich mein Leben gerade in etwas verwandelt, das ich nie wollte. Vielleicht fühlt es sich nur so sinnlos an, weil ich für mein Leben noch kein neues Ziel gefunden habe?

Tief durchatmend schaue ich auf das Spielfeld hinab und fange Drews Blick ein. Ob ich will oder nicht: Ein Lächeln stiehlt sich auf mein Gesicht, und ich kann rein gar nichts dagegen tun. Eine ganze Welle irrationaler Glückshormone blubbert durch meinen Körper und zieht meine Mundwinkel nach oben. Ehe ich weiß, was ich da tue, winke ich Drew zu. Und er lächelt zurück.

»Na also«, seufzt Bo und gibt mir mein iPad wieder. »War das denn so schwer?«

Nein, war es nicht. Drew anzulächeln fühlt sich ebenso leicht und selbstverständlich an, wie seine Nähe zu suchen. Im Grunde ist mir egal, was Drew in Zukunft beruflich macht. Ich will ihn dabei unterstützen – selbst dann, wenn es beinhaltet, in einem Fanshirt auf der Tribüne zu sitzen und seinen Namen zu brüllen. Oder lieber ein Schild mit seinem Namen hochzuhalten?

»Du vermisst das Cheerleading. Jeder versteht das. Aber das hat nichts mit Drew zu tun«, erinnert Bo, als wollte er sichergehen, dass seine Botschaft bei mir angekommen ist.

»Ich weiß.« Ein Teil von mir wünscht sich, dass Drew es schafft, seinen Traum zu verwirklichen. Jetzt vielleicht noch mehr als zuvor. Es reicht, wenn einer von uns einen Teil seiner Zukunftswünsche begraben musste.

»Und du weißt, dass die Regeln für die NFL-Cheerleader total diskriminierend sind?«, hakt Bo nach.

Die Regeln, die angeblich dazu dienen, den Ruf der Mädchen zu schützen. Je länger ich über sie nachdenke, umso mehr frage ich mich, wie viele dieser Richtlinien ich bereits verinnerlicht habe: sich nicht mit Spielern treffen, keinen Spielern auf Instagram folgen, sich unnahbar geben. Vielleicht habe ich zu lange einen Traum verfolgt, der sich plötzlich gar nicht mehr so traumhaft anhört. Hätte ich mich wirklich für Cheerleading entschieden, hätte ich wählen müssen? Ein Leben für den Sport, aber ohne Drew. Ich bin froh, diese Entscheidung nicht mehr fällen zu müssen.

Ich lehne mich gegen Bo und schaue weiterhin auf das Feld hinab. Er schmiegt seinen Kopf gegen meinen. Als er weiterspricht, klingt seine Stimme liebevoll und zuversichtlich.

»Ich bin mir sicher, dass du einen anderen Weg findest, um junge Menschen zu inspirieren und dich für wohltätige Zwecke zu engagieren.«

»Ich finde mich nicht sonderlich inspirierend«, gestehe ich.

»Wenn du dir mal die Mühe machen würdest, deinen Instagram-Account zu checken, wüsstest du, dass es viele anders sehen.«

Ich schneide eine Grimasse. Soziale Medien haben mich nie sonderlich interessiert. Ab und an durfte ich für Haleys Fotos herhalten. Ich weiß, dass Bo einen Instagram-Account hat. Und Aliza. Und wahrscheinlich auch Drew. Aber ich habe nicht den Hauch einer Ahnung, was sie dort posten.

»Ich schau es mir nachher mal an«, versichere ich mit Gedanken an Aliza.

Beim Abendessen haben wir tatsächlich wieder Strom und müssen nicht im Dunkeln sitzen. Auch wenn ich Drews Nähe vermisse, bin ich mir sicher, dass Aliza und ihm die Zeit zu zweit guttun wird. Drew lenkt sie von ihren finsteren Gedanken ab, dafür kann er bei ihr einfach er selbst sein und muss nicht angestrengt raten, was sein Gegenüber ihm sagen will.

»Wo hast du eigentlich übernachtet?«, frage ich Bo beiläufig und probiere eine seiner Pizzabrötchenkreationen, die auch in den vegetarischen Varianten unglaublich lecker sind.

»Bei einem Freund«, antwortet er ausweichend. Dass er sich ziert, den Namen zu sagen, lässt eigentlich nur einen Schluss zu: Er war bei Joshua. Was sich irgendwie seltsam anfühlt, weil es zugleich bedeutet, dass er bei Mateo und Kyle war. Mateo ist zu gut mit Joshua befreundet, um sich in die Beziehung der beiden einzumischen. Aber Kyle? Nach allem, was ich über ihn weiß, vertraue ich ihm nicht mal so weit, wie ich einen Football werfen kann. Was zugegebenermaßen nicht sehr weit ist.

»Ich habe übrigens mit Suzanne Hartfort geredet«, plaudert Dad zusammenhangslos, während er Schinken auf sein Brötchen legt.

Ich sehe ihn irritiert an. Wieso redet Dad mit ihr? Suzanne Hartfort, die von den meisten nur Suzi genannt wird, ist die Trainerin der Cheerleading- und Cheerdancer-Teams. Ich bin ihr seit meinem Unfall sehr erfolgreich aus dem Weg gegangen und habe nicht vor, das zu ändern.

»Und?«, frage ich und lege mein Brötchen beiseite. Mir ist der Appetit vergangen.

»Sie könnte sich vorstellen, dass du ab nächstem Jahr beim Training der Cheerdancer einsteigen kannst, wenn du weiterhin regelmäßig deine Physiotherapiestunden besuchst«, fährt er fort, als wäre das irgendwie erstrebenswert.

»Dad. Ich habe kein Interesse an Cheerdancing, und du weißt das.« Ich kann den mürrischen Unterton in meiner Stimme nicht unterdrücken. Cheerdancing ist für mich wie die abgespeckte Variante des Cheerleadings. Es fehlt alles, was das Cheerleading für mich so besonders gemacht hat. Aber selbst das werde ich mit den Folgen meiner Verletzung nicht auf Wettkampfniveau betreiben können. Es fühlt sich also komplett sinnlos an.

»Laut Suzi könnte es dir ein Teilstipendium sichern«, wirft Dad ein.

Ja, ein *Teil*stipendium, weil selbst das College Cheerdancing nicht so repräsentativ findet, dass sie es voll fördern würden.

Genervt beiße ich von meinem Brötchen ab und kaue lustlos darauf herum. Es dauert einen Moment, bis die Bedeutung von Dads Worten zu mir durchgesickert ist. Es geht ihm ums Geld. Warum sonst sollte er von diesem Thema anfangen, nachdem er alle Erinnerungen an den Sport so sorgfältig aus meinem Zimmer entfernt hat? Gerade waren die Studiengebühren für das zweite Studienjahr fällig. Zweimal. Das macht für Bo und mich zusammen 28 000 Dollar. Dad schließt seine Praxis. Bo verkauft sein Auto – und Dad tauscht seines gegen diese müffelnde und klappernde Variante eines SUV. Dazu kommt die nicht gezahlte Stromrechnung. Der verschwundene Goldschmuck. Die unendlichen Überstunden. Wo war ich nur mit meinen Gedanken? Dad hat noch nie vergessen, eine Rechnung zu bezahlen. Es war sicher kein Zufall, dass sie nicht beglichen war, kurz nachdem Dad Moms Schmuck vom Juwelier abgeholt hat. War er überhaupt zur Reparatur? Oder lag der Schmuck beim Pfandleiher, und Dad hat ihn nur ausgelöst, weil ich danach gefragt habe?

Ich starre auf das Brötchen und habe das Gefühl, eine unsichtbare Klaue würde sich um mein Herz legen. Es zieht sich schmerzhaft zusammen. Das Atmen fällt mir schwer. Ein Teilstipendium für Cheerdancing wird nie reichen, um das nächste Studienjahr zu bezahlen. Und was ist mit diesem Jahr?

»Okay«, sage ich gedehnt. Ich werde es versuchen. Für Dad und Bo. Für mein Studium. Ich stupse das Brötchen mit dem Zeigefinger an. »Die Kosten für die Reha«, beginne ich vorsichtig, »die übernimmt aber das St. Clair, oder? Weil es ein Trainingsunfall war, richtig?«

Bo sieht Dad eindringlich an, aber er reagiert nicht.

»Richtig?«, hake ich nach.

»Ja«, antwortet Dad unbestimmt.

Ich höre, dass da noch etwas ist, über das er nicht reden will.

»Ich suche mir einen Job«, verkünde ich, ohne darüber nachzudenken. Erst als ich es mich sagen höre, verstehe ich, wie lächerlich es klingt. Was soll ich machen? Mit keinem Studierendenjob dieser Welt verdient man genug Geld, um die Studiengebühren zu finanzieren. Es gibt genug Studierende, die nach dem Studium so hoch verschuldet sind, dass sie ihr ganzes Leben nicht mehr schuldenfrei werden. Dennoch wäre es eine Option. »Oder ich nehme einen Studienkredit auf.«

»Ich bekomme das schon hin«, behauptet Dad in einem Tonfall, der deutlich macht, von wem ich meine trotzige Art geerbt habe.

Bo sieht schweigend zwischen uns hin und her, bevor er die schon viel zu lange tickende Bombe platzen lässt. »Dad muss seine Praxis schließen, weil die Miete diesen Sommer angehoben wurde. Er kann sie nicht mehr zahlen und wollte eine weitere Hypothek auf das Haus aufnehmen, um das Semester zu finanzieren. Da die Bank abgelehnt hat, hat er sich offensichtlich an einen nicht sehr seriösen Kredithai gewandt, um die Studiengebühren zu bezahlen.«

»Benjamin!« Dads Ausruf dringt kaum zu mir durch.

Ich bin zu sehr damit beschäftigt, Bos Worte auf mich wirken zu lassen.

»Nein, Dad. Sie hat es verdient, endlich die Wahrheit zu erfahren. Gib wenigstens zu, dass du die Stromrechnung nicht bezahlen konntest, weil du Moms Schmuck aus dem Pfandleihhaus ausgelöst hast. Das hättest du nicht tun müssen. Du hättest einfach mit uns reden können.«

»Es reicht jetzt!«, sagt Dad entschieden und steht vom Tisch auf, ohne seinen Teller abzuräumen. »Ich habe alles im Griff.«

Bo greift nach einem der Brötchen und wirft es Dad hinterher, als er den Raum verlässt.

»Ich habe geahnt, dass irgendetwas nicht stimmt«, murmle ich.

Bo reibt sich mit einem Handballen über die Stirn. »Ich habe ihm versprochen, dir nichts zu sagen. Du hattest nach dem Unfall schon genug Sorgen.«

Schweigend sehen wir uns an. Im Grunde war uns wahrscheinlich schon immer klar, dass das alleinige Gehalt eines

Physiotherapeuten nicht reicht, um zwei Kindern das Studium zu finanzieren. Ein Jahr lang hat man uns in dieser Blase leben lassen, die durch meinen Unfall endgültig zerplatzt ist.

Mein Blick gleitet flüchtig zu den Ausdrucken auf meinem Schreibtisch. Ich weiß nicht, ob Schüler- und Erstsemesternachhilfe wirklich mein Ding ist, aber ich werde es probieren, weil ich alles versuchen werde, um Geld zu verdienen. Es ist schwierig, Jobs zu finden, bei denen man körperlich nicht fit sein muss. Kellnern und diverse andere Arbeiten fallen für mich vorerst raus. Da ich nicht weiß, was ich tun soll, setze ich mich aufs Bett und versuche mich abzulenken. Zum ersten Mal öffne ich Instagram, um nicht gelangweilt durch zufällig ausgewählte Beiträge zu scrollen, sondern gezielt nach Leuten zu suchen. Ich weiß, dass Bo einen Account hat, habe ihn bisher aber nicht abonniert, da ich meinen Bruder ohnehin jeden Tag sehe.

Ich bin überrascht, dass ihm mittlerweile über 22 000 Menschen folgen, um seinen Berichten irgendwo zwischen Campusleben und Backkünsten zu folgen. Als Nächstes suche ich nach Drew und weiß gar nicht, was ich von seinem Account halten soll. Über 100 000 Menschen haben seinen Feed abonniert, in dem es erwartungsgemäß fast ausschließlich um Football geht. Drew in Spielmontur. Drew wie er auf dem Feld steht und den Blick in die Ferne schweifen lässt. Drew im Fitnesscenter. Drew im Anzug neben einer jungen Frau in Abendrobe, die ich erst auf den zweiten Blick als Aliza erkenne. Ein Video, in dem er in irgendeinem Garten steht und sich mit jemandem einen Ball zuwirft. Lustigerweise sind die meisten Kommentare Herzchen – sowohl von Frauen als auch Männern. Ich bleibe an einem Bild hängen, dem einzigen Schwarz-Weiß-Foto auf Drews Account. Er steht mit geschlossenen Augen am Rand des Footballfeldes.

»Meine Welt ist bunt, aber es gibt Tage, da verliert sie jede Farbigkeit. Finstere Tage. Tage, an denen ich nicht weiß, ob ich dich jemals wieder lächeln sehe. Dabei ist dein Lächeln das Hellste, was ich in meinem ganzen Leben erblickt habe.«

Mein Herz hat einen kurzen Aussetzer, als ich bemerke, dass er das Foto einen Tag nach meinem Unfall gepostet hat. Vielleicht ist es Zufall, vielleicht war es eine Botschaft an mich. Ich lasse ihm ein Kuss-Smiley da, weil ich nicht weiß, was ich darauf antworten soll. Mein Unfall war während unserer Funkstille. Ich bin die ganze Zeit davon ausgegangen, dass er keine Sekunde an mich gedacht hat, aber vielleicht hat er die Wahrheit gesagt und brauchte einfach nur Abstand, um seine Gefühle zu sortieren.

Ich scrolle noch ein wenig durch Drews Feed, abonniere den Account seines Bruders Aron, den von Aliza und einem gewissen Bradley, der dezente 14 Millionen Follower hat. Neben diversen Spiel- und Trainingsfotos gibt es bezahlte Partnerschaften mit Uhrenherstellern und Männerunterwäschemarken. Man sieht ihn auf dem roten Teppich, neben einer umwerfend strahlenden Aliza, wie er ein kleines Mädchen auf dem Arm hält, das laut Beschreibungstext seine Nichte ist, und sogar, wie er Wildtierbabys mit einer Flasche füttert. Bradley wirkt auf den Fotos wie Sportler und Heiliger in einer Person. Es kommt noch besser, als ich Videos von ihm und Drew entdecke. Die Gebärdensprache beherrscht er also auch noch. Zwischen seinem und Kyles Image liegen Welten. Vielleicht ist das einer der Unterschiede zwischen College- und NFL-Football: Nicht nur die Cheerleaderinnen dürfen es sich nicht mehr erlauben, sich auf der Rückbank eines Autos erwischen zu lassen.

18. KAPITEL

Desaster-Dienstag

Gleich am nächsten Nachmittag hänge ich meine Ausdrucke an diverse schwarze Bretter auf dem Campus.

»Nachhilfe also«, höre ich eine Stimme neben mir, die mich augenblicklich herumfahren lässt.

Kyle geht an mir vorbei und streicht mit den Fingern über den Zettel am Brett, während ein Lächeln über sein Gesicht huscht. »In was gibst du denn alles Nachhilfe?«

Bevor ich antworten kann, schiebt er sich vor mich und lehnt sich mit dem Rücken gegen die Pinnwand.

Ich weiche augenblicklich zurück, um ihn besser ansehen zu können – und etwas mehr Abstand zwischen uns zu bringen.

»Ich hätte vielleicht Interesse«, behauptet er lächelnd.

»Welches Fach?«, frage ich trotzig und hätte die Arme vor der Brust verschränkt, hätte ich nicht immer noch eine Krücke in der Hand.

»Irgendwas Mündliches?«, schlägt er vor, streckt eine Hand aus und streicht mir eine Haarsträhne hinter das Ohr.

Noch einen Schritt zurücktretend weise ich ihn ab. »Daraus wird nichts.«

»Aber offensichtlich brauchst du Geld, und ich zahle gut«, wirft er ein und zuckt mit der Schulter.

»Gott, Kyle«, stöhne ich. »Du bist Pennys Ex-Freund. Du

kannst mich nicht für Sex bezahlen. Das ist auf zu viele Arten und Weisen widerlich. Selbst für dich.«

»Bis eben dachte ich nicht an Sex. Aber die Idee reizt mich. Du weißt ganz genau, was Pennys und mein Problem war«, behauptet Kyle und stößt sich von der Pinnwand ab. Er bleibt neben mir stehen und beugt sich halb zu mir hinab. Allein seine Nähe lässt mir sämtliche Nackenhaare zu Berge stehen. »Sie war schon immer die Langweiligere von euch beiden. Du warst damals diejenige, die die Rückbank meines Autos vorgeschlagen hat. Erinnerst du dich? Weißt du, wie viele Monate ich gebraucht habe, um Penny dazu zu überreden? Aber wenn du nicht mit mir schlafen willst, auch gut. Vielleicht fallen mir andere Sachen ein, für die ich dich bezahlen könnte. Diese Stadt kann erschreckend klein sein. Gerüchte verbreiten sich schnell.«

Mit diesen Worten und einem akuten Anfall von Ekel lässt er mich im Flur zurück. Ich schließe die Augen und versuche, die Erinnerung an unseren One-Night-Stand zu verdrängen. Obwohl er vor Kyles Beziehung mit Penny war, überkommt mich ein schlechtes Gewissen. Auch weil ich den Moment damals tatsächlich genossen habe. Das war allerdings, bevor ich wusste, dass er die nächsten Monate damit verbringen würde, meine Freundin zu verarschen. Und bevor ich wusste, dass nicht nur seine Art zu grinsen mich anwidert.

19. KAPITEL

Fanshirt-Freitag

Obwohl bei uns kein Stromausfall mehr herrscht, übernachte ich dieses Wochenende bei Drew. Ich genieße es, Zeit mit ihm zu verbringen, und irgendwie hilft mir der Abstand von Zuhause dabei, zu verdrängen, dass meine Familie ernsthafte Probleme hat. Probleme, die mir in dieser durchgestylten Wohnung so unwirklich vorkommen. Manchmal würde ich gern mit Drew darüber reden, aber ich kann es nicht. Vielleicht bin ich in dem Punkt wie Dad. Wie sieht es bitte aus, wenn ich meinen neuen Freund mit unseren Geldsorgen volljammere? Vor allem nach unserer Vorgeschichte. Ihn erst abweisen, nach meinem Unfall angekrochen kommen und dann erst mal wegen Geld belästigen? Auf keinen Fall. Ich will Drew nicht das Gefühl geben, dass ich irgendetwas anderes von ihm wollen könnte als etwas von seiner wertvollen Zeit. Neben dem Studium und seinem Trainingsplan bleiben uns ohnehin nur winzige Zeitfenster. Die meisten Wochenenden wird er mit der Mannschaft bei Auswärtsspielen sein. Laut Spielplan gibt es nur ein freies Wochenende in der ganzen Saison. Unter der Woche trainiert er in fast jeder freien Minute, die übrigen opfert er, um mir zwischendurch Lebenszeichen zu schicken. Wenn wir es schaffen, treffen wir uns in den Mittagspausen am Cafémobil, das mittig zwischen den Gebäuden steht, sodass es quasi halb auf dem Weg liegt. Während ich selbst noch Sport gemacht habe, ist mir nie aufgefallen, wie viel anderes dafür auf der Strecke bleiben muss. Es war für mich eine Selbstverständlichkeit. Mittlerweile frage ich mich, wann Kyle noch Zeit für all seine Affären hatte. In Drews momentanen Tagesablauf würden die gar nicht hineinpassen.

Mein vielbeschäftigter Freund liegt gerade auf dem Sofa und geht sein Notizbuch durch. Aliza sitzt am anderen Ende der Wohnlandschaft und feilt sich die Fingernägel. Eine konzentrierte Stille beherrscht den Raum, bis ich sie durchbreche.

»Okay. Ich glaube, ich hab's«, verkünde ich und stehe vom Sofa auf.

Drew schaut mich augenblicklich an, obwohl er mein Räuspern nicht hören kann.

»Also …«

Ich. Möchte. Dir. Etwas. Zeigen. Du. Wartest. Hier. Du. Musst. Ehrlich. Sein. Ich versuche mein Glück in Gebärdensprache, allerdings in Zeitlupe, weil sie mich meine gesamte Konzentration kostet.

»Ich bin immer ehrlich«, versichert Drew und legt das Buch auf einem Oberschenkel ab.

»Was kommt jetzt?«, fragt Aliza und sieht milde interessiert von ihren Nägeln auf. Noch während ich zum Schlafzimmer humple, schiebt sie hinterher: »Aber sie gibt sich Mühe mit der Gebärdensprache, das ist süß.«

Ich ziehe mir Haleys Shirt über und gehe zurück. Vor der Couch angekommen nehme ich die Haare beiseite, damit Drew die Aufschrift lesen kann – erst von vorn, dann von hinten.

»Es ist ein Geschenk von Haley. Sie möchte, dass ich es morgen trage. Ist es dir zu viel?«, frage ich langsam und kann die Antwort schon aus seinen Augen ablesen, bevor er eine Hand in meine Richtung ausstreckt. Ich ergreife sie und lasse mich auf seinen Schoß ziehen.

Seine Hände streichen meine Taille entlang, während sein Blick den Spruch liest: *Love you to the endzone and back.*

»Liebe kann niemals zu viel sein«, versichert er leise, aber so bestimmt, dass ich mich auf die Seite fallen lasse, um mich an ihn zu kuscheln. Drew folgt meiner Bewegung, dreht sich zu mir herum und legt ein Bein über mich, wodurch sein Notizbuch unbemerkt zu Boden fällt. Seine Hand streicht mir zärtlich über die Wange, bevor er mich küsst. Erst vorsichtig, dann hingebungsvoller.

Vermutlich glüht meine Nasenspitze schon wieder rosafarben, denn ich liebe Drews Art, mich zu küssen. Jedes Mal beginnt er so behutsam, als wäre ich ein kostbares Gut, das bei der kleinsten Berührung zerbrechen könnte, nur um sich dann von seinen eigenen Gefühlen hinreißen zu lassen. Ich versuche, all die verpassten Küsse der letzten Tage in diesen einen zu legen.

»Gütiger Gott«, seufzt Aliza und widmet sich wieder ihren Nägeln. »Ihr seid beide zu süß.«

Bevor meinem Körper einfallen kann, nach mehr zu betteln, stemme ich mich auf einen Unterarm hoch, um Drew besser ansehen zu können. »Bist du nervös wegen morgen?«, frage ich besorgt und streichle mit einer Hand durch seine Haare. Er hat seine Ernährung umgestellt, fast jeden Tag trainiert, wenn nicht auf dem Feld, dann im Fitnessstudio. Seit Tagen liest er in jeder freien Minute, um alle möglichen Spielzüge auswendig zu lernen. Ich weiß, dass er gut vorbereitet ist, aber das sagt nichts darüber aus, wie er sich fühlt.

»Ich habe keine Angst«, versichert er. »Ich weiß, dass du da bist, falls mir etwas passiert.«

Bisher habe ich nicht darüber nachgedacht, dass ihm etwas passieren könnte, aber natürlich hat Dad recht: Football ist gefährlich.

»Ich bin da, so wie du da warst, als ich meinen Unfall hatte«, verspreche ich.

Vielleicht ist er nicht nervös, aber jetzt bin ich es. Ich wünsche ihm, dass er seine Sache gut macht. Dass er es all den Zweiflern da draußen zeigt. Und dass er vor allen Dingen unverletzt vom Feld kommt.

»Mach dir keine Sorgen«, plaudert Aliza leichthin. »Gott passt schon auf ihn auf.«

Ich hoffe, der weiß das auch, sind die Worte, die ich herunterschlucke. Bisher hat Drew mit keinem Wort versucht, mich von seinem Glauben oder seiner Religion zu überzeugen, und solange das so bleibt, werde ich mich nicht über ihn lustig machen. Drew reißt mich aus den Gedanken, als er mir erneut über die Wange streicht.

»Ist es eigentlich komisch für dich, im Stadion zu sein?«, fragt er. »Nicht nur wegen des Unfalls. Es werden Cheerleader dort sein. Ich möchte nicht, dass du dich unwohl fühlst.«

Ich komme kaum dazu, den Mund zu öffnen, als er hinterherschiebt: »Ich weiß, wie viel dir Cheerleading bedeutet hat.«

Das hat es tatsächlich. Ich habe keine Ahnung, wie es sich anfühlen wird, die Mädchen am Feldrand stehen zu sehen. Vielleicht werde ich das Verlangen verspüren, mit ihnen zu schreien, vielleicht wird mir dann erst richtig bewusst, wie sehr mir mein Squad und alles darum herum fehlt. Aber ich werde bestimmt nicht aus Selbstmitleid kneifen und Drews erstes Spiel verpassen. Denn Bo hat recht: Das wird ein wichtiger Tag für ihn.

Ich zucke mit einer Schulter. »Ich bin in Zukunft einfach dein persönliches Cheergirl. Ich habe zu Hause sogar noch Puschel. Ganz allein für dich«, stichle ich.

Für einen Moment frage ich mich, was Drews irritierter Blick mir sagen soll. »Du hast Puschel zu Hause? Warum sind wir dann noch hier?«, fragt er so übertrieben pikiert, dass ich augenblicklich lachen muss.

Das ist der Moment, in dem ich meinen guten Vorsatz über den Haufen werfe und mir fest vornehme, irgendwann noch einmal für ihn zu tanzen und meine Pompons zu schwingen. Ganz allein für ihn.

20. KAPITEL

Spiel-Samstag

Auch wenn die Stimmung auf dem Parkplatz am Footballstadion ausgelassen ist, fühle ich mich angespannt. Haley war kurz
hier, um ein Foto von mir in ihrem T-Shirt zu machen, und hat
sich danach gleich wieder verabschiedet. Sie und Bo sind anderweitig verabredet. Obwohl sie Drew viel Glück wünschen,
haben sie beide keine Lust gehabt, sich stundenlang auf die
Tribüne zu setzen. Vielleicht hatte Bo auch nur kein Interesse
daran, Joshua zuzusehen, und Haley steht ihm bei. So schlendere ich mit Penny und Aliza zwischen den Autos hindurch
und grüße Footballfans, die ihr BBQ zelebrieren. Früher hat
es mir nichts ausgemacht, ständig erkannt zu werden. Ich war
July, die Cheerleaderin oder *July, die Tochter des Physiotherapeuten*. Jetzt bin ich *Die, die den Unfall hatte*. Oder laut dem Getu-
schel einer jungen Frau, die aussieht, als könnte sie höchstens
auf die Highschool gehen, *Die, die mit dem Quarterback schläft*.

Das Gerede der Leute ist lästig, aber ich versuche, es zu
ignorieren.

»Hör auf, an deinen Nägeln zu kauen«, tadelt Penny. »Das
sieht selbst für Nicht-Cheerleader unmöglich aus.«

»Iss lieber deinen Maiskolben«, stimmt Aliza zu. Statt High
Heels trägt sie heute Turnschuhe, Jeans und ein Footballshirt.
Ihr Pferdeschwanz wippt beim Gehen von einer Seite zur an-
deren. Sie atmet den Geruch der BBQs ein und lächelt zufrie-

den in die Runde. »College Football. Wie habe ich das vermisst. Kommt mir vor wie ewig her. Dabei sind es erst zwei Jahre.«

»Aber warst du nicht bei jedem von Bradleys Spielen?«, hakt Penny nach und klammert sich an ihren Limobecher, als eine Gruppe angetrunkener, junger Männer gefährlich nahe an ihr vorbeistolpert.

»Doch«, antwortet Aliza. »Aber es ist ein anderes Gefühl, ob gleich dein Freund auf dem Feld steht und du die ganze Zeit damit beschäftigt bist, die Fans via Instagram mit Eindrücken aus dem Stadion zu versorgen, oder ob du deinem kleinen Bruder zusiehst. Oh.« Aliza stößt mich mit ihrem spitzen Ellbogen an. »Wir sollten ein Gruppenfoto von uns posten.«

Bevor ich widersprechen kann, hat sie ihr Handy gezückt, ein Foto von uns gemacht und Penny und mich verlinkt. Super. Aliza und Penny lächeln in die Kamera, während ich sehnsüchtig meinen gegrillten Maiskolben anschiele, der langsam eine essbare Temperatur erreicht.

»Ich saß eine gefühlte Ewigkeit nicht mehr mitten auf der Tribüne.« Gut gelaunt beißt Aliza in ein Sandwich aus Pennys Picknickarsenal und lässt den Blick über die vollen Ränge schweifen, während Penny sie zweifelnd ansieht.

»Was ist hier dran besser als an der VIP-Lounge? Ihr habt dort Buffet«, erklärt sie ihre Verwirrung und blinzelt Aliza an.

»Die Atmosphäre?«, brüllt die, als im überfüllten Stadion lauter Jubel ausbricht.

Alle Bänke sind so voll, dass es unmöglich ist, seinen Sitznachbarn nicht anzurempeln. Als irgendwo zwei Farbbomben explodieren und blauer Puder über die Ränge weht, wird erneut darauf hingewiesen, das doch bitte zu unterlassen. Aber auch diese Ansage geht unter, als die Otters den Platz betreten. Das Gejubel ist ohrenbetäubend.

Ich sehe auf das Feld hinab. In mir toben so viele Emotionen durcheinander, dass ich gar nicht weiß, was ich fühle. Aliza hat recht: Die Atmosphäre hat etwas Mitreißendes an sich und lässt mein Herz schneller schlagen. Aber als mein Blick ein paar der Cheerleader am Spielfeldrand streift, zieht es sich dennoch schmerzhaft zusammen, dabei sind die Mädchen heute im Prinzip kaum mehr als pomponschwingende Deko. Penny scheint mit ihrer Entscheidung, lieber auf der Tribüne zu sitzen, durchaus zufrieden zu sein. Trotzdem ist es für mich auf eine eigenartige Art und Weise unangenehm, noch einmal so vor Augen geführt zu bekommen, was ich verloren habe. Zumindest, bis ich mich daran erinnere, dass ich dadurch vielleicht auch etwas gewonnen habe. Eine Art von Freiheit, mit der ich nur noch nicht recht etwas anzufangen weiß. Aber ich bin fest entschlossen, das Beste daraus zu machen.

»Es geht los«, verkündet Aliza, schiebt sich den Rest ihres Sandwiches zwischen die rot geschminkten Lippen und schreit ein: »Go, Drew! Whooo!«, das sie eindeutig als Cheerleaderin qualifiziert hätte, auch wenn man sie auf dem Spielfeld niemals gehört hätte. Viel zu laut ist das Getöse um uns herum. Keine Sekunde später hält Aliza ihr Handy in der Hand, um das Stadion zu filmen. »July, lächeln«, trällert sie, als sie sich zu mir herumdreht.

Aber mir ist nicht nach lächeln zumute. Ich bin so angespannt, als stünde ich selbst auf dem Rasen. Oder vielleicht schlimmer, weil ich nichts tun kann, um Drew beizustehen.

Ich habe ihn noch nie spielen sehen – und Angst. Wovor kann ich mir selbst nicht erklären. Vielleicht davor, dass er verletzt wird. Oder dass seine Gehörlosigkeit ihn doch einschränkt. Dass er die Fans und Teamkollegen bei seinem ersten Spiel enttäuscht. Oder es nicht tut und danach von hübschen Cheerdancerinnen umworben wird. Meine Gefühle und Gedanken ergeben nicht ansatzweise einen Sinn.

Nach einer Ansage von Brooks stecken die Spieler ihre Köpfe im Huddle zusammen und beziehen Stellung. Drew gibt Mateo mit ein paar Handzeichen irgendetwas zu verstehen, das er nickend zur Kenntnis nimmt. Mateo hüpft dabei so unruhig auf und ab, dass ich den Blick abwenden muss, weil mich sein Gezappel nur noch nervöser macht.

»Warum ist Drew eigentlich hergewechselt?«, frage ich Aliza, ohne das Feld aus den Augen zu lassen.

»Weil in Tuscaloosa momentan niemand an Ian Thorne vorbeikommt. Netter Typ übrigens. Meine Eltern wollen ihn dringend unter Vertrag nehmen«, antwortet sie, ohne ihr Handy wegzulegen. Momentan filmt sie das Spielfeld. »Und es war ziemlich sicher, dass Drew ein neues Team findet, wenn er sich für einen Transfer aufstellen lässt.«

»Hatte er keine Angst, dass man vor seiner Gehörlosigkeit zurückschreckt?«, hakt Penny nach.

»Es bleibt immer ein Risiko. Für jeden Spieler.« Aliza zuckt unbestimmt mit den Schultern. »Drew kann vielleicht nicht hören, dafür ist er aufmerksamer und lässt sich von dem Lärm hier nicht ablenken. Es geht looos!«

Schon nach wenigen Sekunden frage ich mich, ob ich jemals ein Footballspiel wirklich angesehen habe: Snap. Drew passt den Ball an Mateo. Er läuft. Und wird nach einigen Yards so unsanft zu Boden gerissen, dass ich meine, seine Knochen bis hierher klappern zu hören.

»War dieser Sport schon immer so brutal?«, frage ich Grimassen schneidend und kann mir selbst nicht erklären, warum ich tatsächlich Mitleid mit Mateo habe, der sich gerade wieder aufrappelt.

»Raumgewinn!«, ruft Aliza und stimmt in den Jubel ein. »Jetzt schau nicht so verbissen. Das hier macht Spaß und ist keine Hinrichtung!«

»Ich hätte Drew gern in einem Stück zurück«, werfe ich ein, während die Spieler den nächsten Spielzug vorbereiten. Nur ein paar Gebärden und schon geht es weiter.

»Ach, keine Angst. Quarterbacks passiert fast nie ... Autsch.« Aliza bricht den Satz ab, als Drew zu Boden geht.

»Ich guck da einfach nicht hin«, beschließe ich. Doch das Spiel hat etwas von einem Autounfall an sich. Ich will da nicht hinsehen, aber irgendwie muss ich.

»Die leidende junge Frau neben mir ist übrigens Drews Freundin July. Ich verlinke sie euch«, plaudert Aliza in ihr Handy. »Nächstes Mal bringe ich ihr eine Packung Taschentücher mit. Sie sieht aus, als müsste sie weinen, wenn Drew-Baby noch einmal zu Boden geht. Dabei ist sie die härteste Frau, die ich kenne.«

Ich schaue sie irritiert an, immerhin kennen wir uns kaum. Mein Blick schnellt zum Feld zurück, als Penny begeistert neben mir aufschreit.

»Go Blue!«

Offensichtlich haben wir die ersten Punkte erzielt.

Am Ende gewinnen wir, wenn auch nur sehr knapp.

»Tja, wer hätte das gedacht?«, ertönt es aus dem Stadionlautsprecher. »Sieht fast so aus, als wären die Otters eine ganz neue Mannschaft. Oder als wären sie überhaupt wieder eine.«

Nach dem ganzen Gejammer und Gemecker der letzten Monate wirkt es, als hätte er recht. Als hätte dem Team die Umstellung des Trainings und das gemeinsame Lernen der Gebärden für die Spielzüge gutgetan.

»Und?« Aliza reißt mich aus den Gedanken, indem sie mir

erneut ihren spitzen Ellbogen zwischen die Rippen stößt. »Ich sage doch, er ist gut, und er kommt zurecht. Ich übernachte heute übrigens in einem Hotel, damit ihr den Saisonauftakt gebührend feiern könnt. Auf dem Sofa, unter der Dusche, auf dem Küchentresen – wo auch immer ihr wollt.« Sie schenkt mir ein Zwinkern.

Ein Teil von mir würde ihr gern widersprechen, aber wenn ich ehrlich zu mir selbst bin, kann ich es kaum abwarten, mit Drew allein zu sein. Ich wusste bisher gar nicht, dass ich so stolz auf jemanden sein kann, aber ich bin es.

Penny verabschiedet sich gleich nach dem Spiel, weil sie kein Interesse daran hat, Kyle versehentlich über den Weg zu laufen.

Ich warte wie verabredet an Drews Auto auf ihn und streiche mit den Fingerspitzen den neuen Aufkleber glatt. Der blaue Otter passt farblich nicht so gut zum Lack wie die rote Antilope, aber er muss einfach sein. Niemand, der Drew heute spielen gesehen hat, würde daran zweifeln, dass er Teil des Teams ist. Ich sehe auf, als jemand neben mir stehen bleibt. Mit Drew rechnend blicke ich auf und weiche erschrocken zurück. Kyle.

»Und?«, fragt er süffisant grinsend. »Gibt es zur Belohnung für den gelungenen Saisonauftakt jetzt Sex auf der Rückbank von McDaniels schickem Auto?«

»Es soll Leute geben, die auch noch andere Sachen im Kopf haben«, gebe ich trotzig zurück und bin es leid, dass Kyle immer wieder damit anfängt. »Und selbst wenn es so sein sollte, geht es dich nichts an. Was also willst du von mir?«

»Ein Abendessen?«, schlägt er vor und schiebt die Hände in die Gesäßtaschen seiner Jeans.

»Hast du sie noch alle?«, frage ich entgeistert. Er ist Pennys Ex-Freund und weiß genau, dass ich mit Drew zusammen bin. Was also soll das Theater?

»Woran du wieder denkst.« Er schenkt mir ein schiefes Lächeln. »Ich will einfach nur ein harmloses Abendessen. Eine Aussprache. Nicht mehr und nicht weniger.«

»Und worüber sollen wir deiner Meinung nach sprechen?«, hake ich nach.

»Vielleicht über unsere Vergangenheit. Dass du sie vor Penny einfach ausgeplaudert hast, nachdem ich monatelang so loyal geschwiegen habe. Oder über diese lästigen Gerüchte.« Kyle lehnt sich gegen das Auto. »Gerüchte, laut denen du ein wenig Geld gut gebrauchen könntest. Dein Dad muss seine Praxis schließen, er hat einen Kredit aufgenommen, den er nicht abzahlen kann, eines der härtesten Inkasso-Teams der Stadt wurde bereits auf ihn angesetzt ... Diese Art von Gerüchten. Und ich bin zufälligerweise in der Lage, dir zu helfen, wenn du mir ein wenig hilfst.«

Helfen? Ich begreife nicht, wobei Kyle meine Hilfe brauchen könnte. Oder wo er diese Gerüchte aufgeschnappt haben will – dennoch kann ich ein latentes Unwohlsein nicht unterdrücken. Es beginnt bei seinen Worten und endet bei dem widerlichen Grinsen in seinem Gesicht.

Kyle wendet den Kopf, als die ersten Spieler gut gelaunt und frisch geduscht auf den Parkplatz schlendern. »Überleg es dir, Sommerkind«, sagt er und klopft mit der flachen Hand auf das Auto und den neuen Aufkleber. »Lass mich nicht hässlicher werden als nötig.« Damit wendet er sich zum Gehen und lässt mich endlich in Ruhe. Keine Sekunde zu früh.

Drew verabschiedet sich kurz von Joshua und Mateo, bevor er herübergetrabt kommt.

»Ist alles in Ordnung?«, fragt er und lässt seine Tasche neben mir zu Boden sinken.

Wenn ich könnte, würde ich nicken. »Mehr als in Ordnung«, versichere ich, verdränge den Gedanken an Kyle, stelle mich auf die Zehenspitzen und lege die Hände auf Drews Schultern.

Seine Hände streichen meinen Rücken hinab, über meinen Po, bevor er mich an den Oberschenkeln packt und anhebt. Mit einem Quieken schlinge ich die Beine um seine Hüften und meine Arme um seinen Hals. Ich lehne mich ein Stück zurück, um ihn ansehen zu können.

»Geht es dir gut?«, frage ich sicherheitshalber. Einige seiner Zusammenstöße sahen alles andere als sanft aus, aber Drew nickt. »Ich bin so stolz auf dich. Auf euch. Ihr wart großartig.«

Er lehnt mich vorsichtig gegen sein Auto. »Kommst du mit uns feiern?«, murmelt er, bevor er mir einen Kuss auf die Lippen drückt, sich abwendet und meinen Hals mit federnden Küssen bedeckt. Jeder einzelne von ihnen schenkt mir eine Gänsehaut.

Auf einmal klingt Kyles Vorschlag, die Rückbank von Drews Auto zu nutzen, viel verlockender. Aber ich schiebe alle unanständigen Gedanken beiseite. Sie müssen bis später warten. Was hat Drew gefragt? Natürlich komme ich mit zum Feiern. Nichts in der Welt würde mich davon abhalten. Nicht einmal Kyle.

»Und heute Abend feiern wir bei dir?«, schlage ich vor und streiche mit den Fingerspitzen durch den Haaransatz in seinem Nacken, bis Drew erschaudert. Als Drew mich fragend ansieht, wiederhole ich die Frage für ihn.

»Wenn du willst«, murmelt er und senkt die Lippen erneut auf meinen Hals.

Und ob ich das will.

Das *Hatcat* wirkt, als wäre es von einem Schwarm vollkommen ausgehungerter und feierwütiger Heuschrecken überfallen worden. Es ist so mit Spielern, Teammitgliedern und Fans überfüllt, dass die Türen zeitweilig geschlossen werden müssen, damit nicht noch mehr Menschen hereindrängen. Die Bestellungen geraten vollkommen durcheinander, sodass ich mich an meinen Eistee klammere, damit er nicht verloren geht. Auf Drews Schoß sitzend, nehme ich mir aus einem der vielen Schälchen auf dem Tisch eine Handvoll Pommes. Irgendwie isst hier jeder von allem etwas, und ich habe keine Ahnung, wer später nach welchem Prinzip die Rechnungen zahlen soll. Links von Drew sitzt Aliza. Mateo, Joshua, Ava und ihr Cousin Lex haben sich zu uns in die Sitznische gequetscht. Es ist zwar eng, aber wir können froh sein, überhaupt einen Sitzplatz zu haben.

»Die Milchshakes hier sind wirklich gut«, flötet Aliza vergnügt und saugt an ihrem Strohhalm. »Ich überlege gerade, mit dem Modeln aufzuhören und mich für den Rest meines Lebens davon zu ernähren.«

»Ich wusste gar nicht, dass Drew eine so hübsche Schwester hat«, behauptet Mateo und mustert sie interessiert.

»Tatsächlich? Normalerweise höre ich immer: Ich wusste gar nicht, dass du einen kleinen Bruder hast. So ist das Leben.«

»Und wahrscheinlich wirst du genauso oft gefragt, wie es ist, einen so erfolgreichen großen Bruder zu haben?«, wirft Mateo ein.

»Ist mir schon seit Jahren nicht passiert«, versichert sie.

»Dafür wirst du bestimmt ständig gefragt, wie es ist, die Freundin eines Footballstars zu sein«, wirft Joshua ein.

Wenn ich gekonnt hätte, hätte ich ihn unter dem Tisch getreten, aber Aliza schenkt ihm lediglich ein schmales Lächeln. Sie lässt sich keine Sekunde anmerken, wie unangenehm ihr Fragen nach Bradley sind.

»Das kommt darauf an«, sagt sie schließlich.

»Auf was?«, hakt Joshua nach.

»Auf deinen Freund. Worauf sonst?«, erwidert sie charmant blinzelnd. »Es ist wie immer im Leben. Wenn du mit Leuten zusammen bist, die dich nur für ihr Image brauchen, liegt es an dir, das zu ändern. Jeder hat Liebe verdient, aber man muss sie sich selbst erlauben.« Aliza zupft mit ihren Lippen am Strohhalm ihres Shakes. »Oder dem anderen.«

»Hast du noch mehr so schlaue Kalendersprüche parat?«, schnaubt Joshua, dem irgendein Teil der Antwort anscheinend nicht gefallen hat.

»Sicher. Wie wäre es mit: Versuch nicht, dich für andere zu ändern, sondern arbeite daran, die glücklichste Version von dir selbst zu werden.«

»Wenn ich dich glücklich machen kann, sag Bescheid«, schlägt Mateo unvermittelt vor.

»Du weißt schon, dass ich dich verstehe?« Drew sieht Mateo zweifelnd an.

Aliza verschluckt sich prompt an ihrem Shake. Kaum hat sie ihren Hustenanfall beendet, bricht sie in schallendes Gelächter aus. Statt Mateo angewidert anzusehen oder sich über ihn lustig zu machen, klopft sie ihm auf die Schulter und enthält sich jeden Kommentars.

»Du und Kyle habt euch echt gesucht und gefunden.« Ava verdreht die Augen und schenkt mir einen vielsagenden Blick.

Wenn ich könnte, würde ich mit einem Nicken zustimmen.

»Was möchtest du mir damit sagen?«, hakt Mateo nach.

»Dass ihr beide keine zwei Minuten mit einem fremden weiblichen Wesen verbringen könnt, ohne erst mal abzuchecken, ob sie willig ist«, schlägt Ava vor. »Und ich weiß nicht, ob ich das eklig oder bemitleidenswert finden soll.«

»Themenwechsel«, bittet Lex. »Ich ertrag es nicht, meine kleine Cousine über solche Themen reden zu hören.«

An dieser Stelle verabschiede ich mich, um kurz auf Toilette zu gehen und mir auf dem Rückweg am Tresen einen neuen Eistee zu holen. Ein eigentlich harmloses Unterfangen, das prompt zur Herausforderung wird, als ich auf mein Getränk warte und Kyle sich neben mich stellt.

»Sag mir, dass du zufällig hier stehst und mir nicht schon wieder auflauerst«, bitte ich genervt.

»Teils, teils«, versichert er und bestellt eine Cola light, als wäre ihm wieder eingefallen, dass Alkoholkonsum vor den Coaches keine gute Idee ist.

»Warum kannst du nicht irgendeine andere nerven? Ich bin mir sicher, dass du noch immer genügend Groupies hast.«

Er stützt die Unterarme auf den Tresen und beugt sich mir so weit entgegen, dass ich sehr versucht bin, zurückzuweichen, aber diese Genugtuung gönne ich ihm nicht. »Ich nerve dich, weil du, July Summers, das hast, was ich brauche.«

»Und was genau soll das sein, Kyle Clover?«, hake ich nach und versuche erst gar nicht, meinen zunehmenden Genervtheitsgrad zu verbergen.

»Das erfährst du bei unserem Abendessen. Tausend Dollar, wenn du erscheinst. An dem Donnerstagabend, bevor die Mannschaft zum nächsten Auswärtsspiel aufbricht.«

»Wieso habe ich das Gefühl, dass mich eine Zusage mehr als tausend Dollar kosten wird?« Ich nehme von der Bedienung dankend meinen Eistee entgegen und frage mich, was er vorhaben mag, das ihm tausend Dollar wert ist. Das ist eine absurd hohe Summe für ein Abendessen.

»Du hast nichts zu befürchten«, versichert er und klopft mit der flachen Hand auf den Tresen, bevor er sich zum Gehen wendet. Ohne seine Cola.

Ich kann verstehen, dass Drew mich fragend ansieht, als ich an den Tisch zurückkomme. Kyles Verhalten war aufdringlich genug, um Drews Aufmerksamkeit zu erregen. Wenn Kyle es darauf abgesehen hat, Drew eifersüchtig zu machen, kann er sich das Geld sparen. Das wird nicht funktionieren. Außerdem habe ich nicht vor, mich erpressen zu lassen. Da erzähle ich Drew lieber selbst von meinem Fehltritt.

Ich setze mich wieder auf seinen Schoß, im Gegenzug legt er die Arme um mich. Die Augen schließend genieße ich die Wärme seines Körpers und seinen Duft, der sich mit dem des *Hatcat* mischt. Ich liebe es, wie Drew mir zugleich tiefe Ruhe und das nervöse Beschleunigen meines Herzschlags schenkt. Als er mir einen vorsichtigen Kuss auf den Hals haucht, reagiert mein ganzer Körper mit einer kribbelnden Gänsehaut. Ich habe noch nie so für jemanden empfunden und will Drew nicht verlieren, aber ich bin niemand, der Dinge totschweigt. Ich werde mit ihm über die Sache mit Kyle reden. Noch heute.

»Was ist los?«, fragt Drew, als wir am Ende des Abends in sein Auto steigen, und streicht mir vorsichtig eine Haarsträhne aus dem Gesicht, um sie mir hinters Ohr zu stecken.

Ich reiße den Blick vom Autofenster los und drehe mich zu ihm um. Mittlerweile habe ich mich daran gewöhnt, den Rücken gegen die Tür zu lehnen, statt einfach den Kopf zu wenden.

»Nichts«, antworte ich und bin froh, dass er nicht hören kann, wie unentschieden ich klinge. »Aber wir müssen reden.«

Er schnaubt und startet den Motor. »Reden.«

Ich weiß, was er denkt: dass er recht hat. Dass all unsere Gespräche, die so begannen, nie gut endeten.

Drews Wohnung liegt verlassen vor uns. Sie kommt mir mit einem Mal noch so viel größer und leerer vor. Ohne darüber nachzudenken, setze ich mich auf das Sofa. Drew lässt die

Sporttasche zu Boden gleiten und holt uns etwas zu trinken aus dem Kühlschrank. Als er sich setzt, sieht er müde aus. Er hatte einen anstrengenden Tag – und der sollte mit etwas anderem als meinem Geständnis enden. Ich möchte ihm nicht den Abend verderben. Aber so seltsam, wie sich Kyle benimmt, möchte ich auf keinen Fall riskieren, dass er tut, was ich mit Penny getan habe: unsere Vergangenheit ausplaudern.

»Sagst du mir jetzt, was los ist?« fragt Drew und sieht mich aufmerksam an.

Der Platz zwischen uns fühlt sich jetzt schon viel zu kalt und groß an. Mir auf die Unterlippe beißend frage ich mich, wie ich das Gespräch beginnen soll. Gibt es dafür einen richtigen Anfang? Ich entscheide mich für die Wahrheit. Auf der Suche nach Halt streichen meine Finger unruhig über meine Jeans.

Ich sehe Drew an und atme tief durch. »Ich habe mit Kyle geschlafen. Vor einem Jahr. Bevor er mit Penny zusammenkam.« Als er nicht reagiert, ziehe ich gewohnheitsgemäß mein Handy hervor. Da ich mir nicht sicher bin, ob Drew mich verstanden hat, schreibe ich ihm, was ich zu sagen habe, und reiche ihm mein Telefon. Doch er antwortet nur mit einem Wort: »Und?«

July: *Und nichts. Es war nur das eine Mal. Es hatte keine tiefere Bedeutung. Ich wollte es dir nur sagen, bevor Kyle es tut …*

Drew sieht mich immer noch forschend an und neigt kaum merklich den Kopf zur Seite, bevor er seine Antwort tippt.

Drew: *Und weiter?*

Es gibt kein Weiter, versichere ich. Ich habe kein Interesse daran, das jemals zu wiederholen.

Drews Blick hat irgendetwas an sich, das mich nervös macht. Aufmerksam, eindringlich und vollkommen gefasst. Als suche er nach irgendetwas, von dem ich nicht weiß, was es ist. Aber er sagt nichts zu meinem Geständnis. Warum sagt er nichts? Ich halte seine Nicht-Reaktion keine Sekunde länger aus.

July: *Sag was.*

»Was?«, fragt er, kaum dass er meine Nachricht gelesen hat.

Ich verdrehe die Augen. Das ist kein Moment für Witze.

Statt mich anzuschreien oder aufzustehen, streckt Drew eine Hand in meine Richtung aus. Unsicher ergreife ich sie, rutsche dichter an ihn heran und lasse mich von ihm auf den Schoß ziehen.

Eine Hand legt er an meine Taille, schreibt mit der anderen seine Nachricht.

Drew: *Ich wusste das schon.*

Woher?, frage ich verunsichert und befürchte, dass Kyle es ausgeplaudert hat. Dass vielleicht das ganze Team schon von diesem Zwischenfall weiß.

Drew: *Weil ich dich kenne. Man merkt es an der Art, wie ihr euch anseht. Ich kann vielleicht nicht hören, aber beobachten. Möchtest du mir noch etwas sagen?*

Statt auf meine Antwort zu warten, beugt er sich zu mir vor, um mich zu küssen.

Ich zögere, ehe ich ihm entgegenkomme. Drews Gelassenheit überfordert mich. Natürlich bin ich erleichtert, dass er nun von der Sache weiß und mich dennoch küsst. In seinen Augen spiegelt sich nicht der kleinste Funke von Misstrauen wider. Für einen Moment frage ich mich, ob es nicht anders sein sollte. Gehört Eifersucht zu einer Beziehung dazu? Ich beantworte mir die Frage selbst mit einem Nein, als Drews Zunge über meine Unterlippe streicht. Drew vertraut mir, und das ist so viel besser als grundlose Eifersucht.

Kurz denke ich darüber nach, ob ich ihm von Kyles seltsamem Angebot erzählen sollte, aber dieser Abend gehört Drew. Vielleicht reicht ein Geständnis am Tag.

Bevor ich weiß, was ich tue, nehme ich ihm das Telefon aus der Hand und lasse es auf das Sofa fallen. Ich suche seine Nähe und versuche, jeden Abstand zwischen uns zu überbrücken, aber Drew zieht sich zurück.

»Wir sollten das nicht tun«, murmelt er schwer atmend. »Sex ist nicht …« Er verstummt.

Ich werde nie erfahren, was Sex nicht ist, da Drew mich erneut küsst. So hingebungsvoll und drängend, dass mein ganzer Körper auf ihn reagiert. Noch während Drew die Hände unter mein Shirt schiebt, greife ich nach dem Saum seines.

In der Sekunde ist Kyle für uns vergessen. Zumindest vorerst.

21. KAPITEL

Mulmig-Mittwoch

Bo muss bis abends arbeiten, Dad ist auf dem Campus und Drew im Fitnessstudio. Für heute steht keine Physiotherapie auf meinem Plan, also ist es die perfekte Gelegenheit, um ein ausgiebiges Bad zu nehmen, Paper für eine Hausarbeit zu lesen – und dabei viel zu laut Musik zu hören.

Ich habe gerade den Wasserhahn der Badewanne aufgedreht, als es an der Haustür klingelt. Mit einem Überraschungsbesuch von Haley rechnend stutze ich, kaum dass ich die Tür geöffnet habe. Das ist nicht Haley. Das ist nicht einmal jemand, den ich kenne.

Irritiert trete ich zurück und sehe zu zwei Männern auf, die ihrer Größe und Statur nach Footballspieler sein könnten, wenn auch zu alt für die Collegemannschaft. Beide sind in schwarze Jeans und Shirts gekleidet, demnach auch keine Paketlieferanten. Trotz der ähnlichen Statur könnten sie unterschiedlicher kaum sein. Einer von ihnen beobachtet aufmerksam die Straße. Seine dunkelblonden Haare sind so kurz geschoren, dass man die Kopfhaut hindurchschimmern sieht. Eine Narbe zieht sich von seiner Schläfe bis in den Haaransatz hinein. Auch seine krumme Nase sieht aus, als hätte sie mindestens einen Unfall hinter sich.

Sein Begleiter lächelt mich charmant an. Seine weißen Zähne bilden einen perfekten Kontrast zu seiner dunklen Haut.

Seine ganze Erscheinung ist so makellos, dass er zweifelsohne ein Staubsaugervertreter sein könnte. Doch irgendwie sehen die beiden auch nicht nach Vertretern aus.

»Wohnt hier Douglas Summers?«, fragt er freundlich.

»Sie sind seine Patienten?«, vermute ich und lasse die zwei nicht aus den Augen. Irgendetwas an ihrem Auftreten bereitet mir Unbehagen. Aber was sollten sie sein, wenn nicht Patienten? Wer könnte hier sonst nach meinem Vater fragen?

Kyles Stimme höhnt in meinem Kopf: »… eines der härtesten Inkasso-Teams der Stadt.«

Unwillkürlich umfasse ich die Türklinke fester.

»Patienten. Ja. Wir hätten gern einen Termin bei ihm«, stimmt er zu, während sein Kollege die muskulösen Arme vor der Brust verschränkt. Diese kleine Geste wirkt einschüchternder, als sie sollte.

»Das hier ist seine Privatadresse«, werfe ich ein. Mein Verstand sagt mir, dass sie vermutlich Sportler auf der Suche nach einem Physiotherapeuten sind, nur mein Gefühl will sich darauf nicht so recht verlassen. »Er ist heute am St. Clair, aber Sie können jederzeit in seiner Praxis anrufen und sich einen Termin geben lassen.« Ich weiche ungeschickt einen Schritt zurück, als der Mann vor mir näher tritt und sich zur mir herunterbeugt.

»Wann hat dein Daddy Feierabend?«, fragt er in einem Tonfall, bei dem sich mir alle Nackenhaare aufstellen. Sein Lächeln verzieht sich zu einer widerlichen Grimasse.

Unsicher wäge ich meine Antwortmöglichkeiten ab. Dad arbeitet immer bis abends. Aber es scheint keine gute Idee zu sein, ihnen zu sagen, dass ich die nächsten Stunden allein zu Hause bin. Wenn ich jedoch behaupte, dass er bald kommt, wollen sie womöglich hier warten. Darauf kann ich gut verzichten. Also ziehe ich das Handy hervor.

»Wir können ihn anrufen«, biete ich an.

»Nein, lass nur.« Der Blonde klopft seinem Kumpel auf die Schulter. »Komm, Wilson, wir fahren zum Campus.«

»Wenn er das sagt, tun wir das. Falls wir ihn verpassen, richte ihm aus, dass Miller und Wilson hier waren. Er weiß dann schon Bescheid«, stimmt der zweite Mann zu und schenkt mir ein Nicken. »Süßes Haus übrigens. Dein Dad sollte überlegen, in eine Alarmanlage zu investieren. In dieser Gegend wurde in letzter Zeit erstaunlich oft eingebrochen.« Mit einem eigenartigen Heben seiner Augenbrauen verabschiedet er sich.

Schnellstmöglich schlage ich die Tür zu und schließe sie ab. Mir fällt jetzt erst auf, wie sehr mir die Hände zittern. Noch immer halte ich mein Handy umklammert. So fest, dass es sich schmerzhaft in meine Handfläche bohrt.

Ohne zu zögern, wähle ich Dads Nummer.

»Hier ist Douglas Summers.«

»Dad? Hier waren gerade …«, beginne ich.

»Ich bin zurzeit nicht erreichbar. Bitte hinterlassen Sie mir eine Nachricht. Ich rufe Sie bei Gelegenheit zurück.«

Fluchend warte ich auf den Piepton. »Dad, hier waren gerade zwei Typen. Sie nannten sich Wilson und Miller. Kennst du sie? Sie sind auf dem Weg zu dir.« Ich lege auf und schreibe ihm sicherheitshalber noch eine Nachricht. Ein Teil von mir würde am liebsten persönlich zu ihm fahren, um ihn zu warnen, aber der nächste Bus zum Campus fährt erst in einer halben Stunde. Ich wäre viel zu spät.

Noch einmal wähle ich Dads Nummer, wieder erfolglos. Ich hoffe einfach, dass er die Nachricht abhört.

Ich gieße gerade Kokosmilch in die Gemüsepfanne, als Dad und Bo nach Hause kommen.

»Geht's?«, fragt Bo.

»Mach dich ruhig über deinen alten Dad lustig.«

»Jules?«, ruft Bo aus dem Flur. »Sind die Kühlpacks noch im Kühlschrank oder mittlerweile wieder in der Gefriertruhe gelandet?«

»Kühlschrank!« Noch während ich mich frage, was Bo damit vorhat, humpelt Dad ins Wohnzimmer. Stöhnend quält er sich zum Sessel und lässt sich darauf fallen, nur um erneut zu murren. Ohne zu zögern, hole ich die Kühlpacks aus dem Kühlschrank und bringe sie ihm.

»Was ist passiert?«, frage ich erschrocken, als ich Dads Gesicht sehe. Er hat ein Veilchen, das sich von seinem rechten Wangenknochen bis zu seinem Auge hinaufzieht.

»Bin die Tribüne hinuntergefallen«, murmelt er und krempelt die Hose hoch. Sein Schienbein sieht mindestens genauso schlimm aus wie sein Gesicht.

»Und da dachten wir, dass das unglaubliche Geschick, sich selbst wehzutun, bei den weiblichen Wesen in der Familie liegt«, seufzt Bo und geht in die Küche hinüber, um die Gemüsepfanne umzurühren und unauffällig nachzuwürzen.

»Wie hast du das geschafft?«, frage ich zweifelnd und reiche Dad die Kühlpacks. »Brauchst du Schmerzmittel?«

»Habe schon welche genommen«, versichert er, lehnt sich im Sessel zurück und schließt die Augen. »Ich wusste gar nicht, wie hart die Betonstufen sind.«

Das glaube ich ihm gern. Seine blauen Flecken sehen viel schmerzhafter aus als die, die ich mir bei meinem Training zugezogen habe. Dennoch kann ich die Stimme des Zweifels nicht unterdrücken. Dad fällt ausgerechnet an dem Tag die Tribüne hinunter, an dem zwei zwielichtige Typen hier klingeln und ihn suchen?

»Dad?«, frage ich vorsichtig und habe das Gefühl, dass er dabei ist einzudösen, was darauf schließen lässt, dass er sich selbst starke Schmerzmittel verordnet hat. »Heute Nachmittag waren zwei Männer hier. Sie nannten sich Miller und Wilson. Was wollten sie von dir?« Ich lasse ihn keine Sekunde aus den Augen, aber Dad schüttelt nur ansatzweise den Kopf.

»Nur einen Termin«, murmelt er.

Mehr als ein »Mhm« fällt mir dazu nicht ein. Auch wenn mir mein Gefühl eindeutig sagt, dass an der Geschichte etwas nicht stimmt, lasse ich Dad schlafen. Er sieht aus, als bräuchte er einen Moment Ruhe.

Mein Blick gleitet zu Bo hinüber, doch der zuckt lediglich mit den Schultern. Soll ich ihm von dem eigenartigen Besuch erzählen? Oder von Kyles Worten, dass jemand ein Inkassoteam vorbeischicken würde? Kann es wirklich ein Zufall sein, dass Dad sich kurz nach dem Besuch der Fremden im Stadion verletzt?

Auch wenn ich immer noch kein Interesse daran habe, mich mit Kyle zu treffen, werde ich einwilligen. Er scheint Dinge zu wissen, von denen ich nicht einmal etwas ahne.

22. KAPITEL

Dinner-Donnerstag

Ich habe in der letzten Nacht mehrfach überlegt, mit Bo über Kyles Angebot zu sprechen, und dann doch einen Rückzieher gemacht. Er hätte mir davon abgeraten, da bin ich mir ganz sicher. Im Grunde hätte ich mir selbst am liebsten hiervon abgeraten. Aber wir brauchen die tausend Dollar genauso dringend, wie ich Informationen von Kyle will. Und so steige ich aus Kyles Mini Cooper. Um zu verdeutlichen, dass dies alles, aber kein Date ist, trage ich Jeans und T-Shirt. Meine Haare sind ein einziger Knoten, und auf Kontaktlinsen habe ich ebenfalls verzichtet – ebenso auf meine Krücken, die ich laut Dad nicht mehr brauche. Beim Anblick des Restaurants am See, auf das wir zusteuern, bereue ich die Outfit-Wahl fast. Eine niedrige, akkurat geschnittene Hecke trennt den Gehweg von der Terrasse des *Chez Flora*. Obwohl es heute Abend nicht allzu warm ist, sitzen einige Menschen unter den weißen Sonnenschirmen. Gläserklirren und Gelächter mischen sich unter eine zarte Geigenmelodie, die aus den Lautsprechern dringt. Fackeln erhellen den mit einem roten Teppich ausgelegten Eingang zur gläsernen Doppeltür. Überhaupt besteht die gesamte Hausfront aus Fensterscheiben, die den Blick in das Innere des Restaurants ermöglichen. Warmes Licht taucht die kleinen Tische, an denen Menschen in überwiegend schwarzer Kleidung sitzen, in eine angenehme Atmosphäre.

»Ich sagte doch, du sollst dir etwas Hübsches anziehen«, erinnert mich Kyle. Im Gegensatz zu mir trägt er zu seinen schwarzen Jeans Hemd und Jackett und sieht damit sehr viel passender gekleidet aus als ich. Er kommt um das Auto herum und bietet mir seinen Arm an. »Darf ich bitten?«

Trotzig vergrabe ich die Hände in den Hosentaschen. Ich bin nicht bereit, mich auf irgendetwas einzulassen, das auch nur im Entferntesten nach einem Date aussehen könnte. So wie ich Kyle kenne, bezahlt er Mateo noch dafür, Fotos in zweideutigen Situationen zu schießen, nur um sie Drew zu schicken und ihn zu ärgern. Drew vertraut mir, und ich bin nicht bereit, sein Vertrauen in mich zu enttäuschen.

Im *Chez Flora* ist es warm und voll. Ohne Reservierung hätten wir mit Sicherheit keinen Tisch bekommen. Ein Kellner in weißem Hemd und schwarzer Weste nimmt uns in Empfang und begleitet uns durch das Restaurant bis zu unseren Plätzen. Auf dem Weg dorthin bleibt mein Blick an einem Baum hängen, der mitten im Raum steht. Lichterketten zieren seine Krone und tauchen alles in ein Licht, das beinahe etwas Magisches an sich hat. In Drews Begleitung hätte mir ein Besuch hier vielleicht gefallen, doch nun fühle ich mich so schäbig, wie meine Kleidung in diesem Ambiente aussieht. Es ist nur ein Abendessen, und trotzdem komme ich mir so vor, als würde ich Drew hintergehen.

Kyle ignoriert die irritierten Blicke, die uns die anderen Gäste zuwerfen. Mir hingegen ist es unangenehm, dass der Kellner meinen Stuhl für mich zurechtrückt, als könnte ich es nicht selbst.

»Ich nehme an, die werden Sie nicht brauchen«, sagt er nonchalant und entfernt die Weingläser vom bereits gedeckten Tisch. Auf dem weißen Tischtuch liegen mehrere Teller und Bestecke bereit. Es sieht aus, als erwartet uns ein Mehr-Gänge-

Menü, dabei möchte ich dieses Essen nur schnellstmöglich hinter mich bringen.

»Ich habe bei der Reservierung bestellt«, erklärt Kyle und setzt sich mit einem selbstgefälligen Lächeln auf den Stuhl.

»Wie nett«, antworte ich knapp und gebe mir nicht die Mühe, einen freundlichen Tonfall anzuschlagen. Ich hätte mir mein Essen lieber selbst ausgesucht, als auf Kyles Geschmack zu vertrauen.

»Du erinnerst dich daran, dass du freiwillig hier bist?«, hakt er nach und deutet mir mit einer Geste an, dass ich lächeln soll.

»Sag nicht, dass Lächeln extra kostet.«

»Witzig.« Ich betrachte die Gabeln vor mir und werde mich arg zusammenreißen, um sie nicht für etwas anderes als das Aufspießen von Essen einzusetzen. »Also. Wann erfahre ich, was du so Wichtiges besprechen willst?«

»Nach dem Essen«, antwortet Kyle, als wäre es selbstverständlich. »Sobald ich mir sicher bin, dass du motiviert bist, mir zu helfen.«

»Momentan hält sich meine Motivation in Grenzen«, gestehe ich, als eine Kellnerin zwei Miniatursalate serviert. Filigrane, farbenfrohe Kunstwerke, die mich sicher unglücklich gemacht hätten, wenn ich Hunger verspüren würde. So bin ich dankbar für die winzige Portion, die sich fast komplett aufgabeln lässt.

»Wie läuft es mit Drew?«, fragt Kyle beiläufig und sieht der Kellnerin hinterher, als wäre ihr Hintern interessanter als meine Antwort. »Das mit deinem Unfall tut mir übrigens aufrichtig leid. Auch wenn es wohl zu Drews Bestem war. Ich meine mich daran zu erinnern, dass du eine Wiederholung unseres Dates abgelehnt hast, weil dir diese NFL-Cheerleader-Sache wichtiger war als ich.« Kyles Blick löst sich nur wie in Zeitlupe von der Rückseite der Kellnerin, die bereits an einem anderen

Tisch serviert. Unser Zusammentreffen *Date* zu nennen, ist eine sehr schmeichelhafte Umschreibung.

»Ich bin beeindruckt, dass du dich daran erinnerst«, behaupte ich und schiebe mir den ganzen Salat auf einmal in den Mund. Kauend spreche ich weiter. »Zwischen dem Abend und heute dürften immerhin locker hundert andere Frauen liegen. Ach, und Penny.«

»Du hast keine Ahnung, wie unsexy es aussieht, wenn eine Frau ihr Essen so schlingt«, tadelt er. »Erinner mich daran, dass ich dich nächstes Mal in ein Fast-Food-Restaurant einlade. Das dürfte passender sein.«

Im Gegensatz zu ihm bezweifle ich, dass es ein nächstes Mal geben wird. »Vielleicht nimmst du einfach eine andere mit?«, schlage ich vor und entlocke ihm ein weiteres Lächeln.

»Warte noch ein Weilchen mit deinen Spitzen. Am Ende des Abends wirst du mir dankbar sein, wenn ich dich erneut zum Essen einlade«, versichert er.

Allein die Tatsache, dass er schon der nächsten Kellnerin auf den Hintern starrt, straft ihn Lügen. Meiner Meinung nach hat er ein ernsthaftes Problem, das er behandeln lassen sollte. Im Gegensatz zu Drews Pomponvorliebe meine ich es in diesem Fall ernst.

»Dir ist schon klar, dass ich dich immer noch für das verachte, was du Penny angetan hast?«, hake ich nach.

»Angetan?« Er lacht in sich hinein. »Denkst du wirklich, dass jemand mit ihrem Verstand nicht wusste, worauf sie sich einlässt? Sie hat sich nicht beschwert, wenn ich sie zum Essen eingeladen oder ihre neuen Handtaschen bezahlt habe. Ich habe sie kein einziges Mal belogen. Sie wusste von jeder anderen, mit der ich mich vergnügt habe. Dafür wusste ich, dass es ihr nur ums Geld und meinen Namen ging. Man kann uns vieles vorwerfen, aber nicht, dass wir nicht ehrlich zueinander waren.«

»Sie mochte dich«, werfe ich ein.

»Sicher. Sie mochte das Geld, den Sex und vielleicht ihre Vision von uns. Ich war ihr immer egal«, behauptet er so entschieden, dass ich ihm glaube, dass es zumindest sein Teil der Wahrheit ist. Er blickt auf seinen Salat hinab und schiebt den Teller unangetastet beiseite. »Eigentlich ist es auch egal. Am Ende des Tages zählt die Bilanz und nicht der Weg dorthin.«

Ich sehe auf, als man die Salatteller gegen eine Komposition tauscht, deren Herzstück ein rosarotes Stück Fleisch bildet. Es überrascht mich nicht im Mindesten, dass Kyle nicht weiß, dass ich kein Steak esse.

Ich wünsche ihm guten Appetit, lege die Hände in den Schoß und sehe mich im Restaurant um. Es gefällt mir, wie die Menschen an den kleinen Tischen sitzen und die Köpfe zusammenstecken. Sie reden miteinander, statt auf ihre Smartphones zu sehen. Allerdings kann man auch mithilfe eines Handys die intimsten Gespräche führen.

»Verrätst du mir jetzt endlich, was du von mir willst?«, frage ich auf dem Weg zu Kyles Auto und bin froh, dass wir das Restaurant endlich wieder verlassen.

»Ich möchte dir eine ganz einfache Frage stellen«, behauptet er leichthin. »Geld oder Liebe?«

»Wie bitte?« Ich bin mir nicht sicher, ob ich seine Worte richtig verstanden habe.

Kyle ist so freundlich, mir die Beifahrertür zu öffnen.

»Sag mir bitte, dass ich nicht hier bin, damit du mir Geld dafür gibst, deine Freundin zu spielen?« Es ist zumindest der erste Gedanke, der mir bei seinen Worten kommt.

Lachend schließt Kyle die Tür, kaum dass ich sitze. Als er einsteigt, lacht er immer noch.

»Dich dafür bezahlen, meine Freundin zu sein? Der war süß, Summers. Als wären wir auf der Highschool und ich so ein Freak, der sonst kein Mädchen findet. Keine Sorge. Für Anfragen wie diese habe ich mehr als genug Auswahl sehr viel pflegeleichterer Frauen. Für dich habe ich einen anderen Auftrag.«

»Auftrag?«, hake ich nach.

»Ja, etwas, was nur du für mich erledigen kannst. Und das sagen wir ... die Kosten für dein Studium deckt?« Er wendet sich mir zu und lächelt noch immer, während ich an seinem Verstand zu zweifeln beginne.

Ich verstehe weder, was ich für ihn tun soll, noch, warum es ihm so viel Geld wert ist. Oder woher er es nehmen will.

»Du bekommst einen kleinen Anteil des Geldes jetzt. Als Anzahlung. Den Rest, wenn du artig warst«, fährt er fort und beugt sich mir entgegen.

Automatisch drücke ich den Rücken gegen die Beifahrertür, um mehr Abstand zwischen uns zu bringen. Kyle schenkt mir ein Grinsen, bevor er nach dem Handschuhfach tastet. Irritiert blicke ich auf den braunen Umschlag, den er daraus hervorzieht.

»Das Geld.« Er nimmt einen Stapel Geldscheine aus dem Kuvert und legt ihn mir auf einen Oberschenkel. »Die tausend Dollar für das Abendessen und noch einmal fünftausend als Motivation. Und dein Auftrag.« Er greift erneut in den Umschlag und hält eine durchsichtige Plastiktüte mit einigen weißen Tabletten zwischen den Fingern. »Du findest in dem Umschlag ein paar Anabolika. Lass dich nicht damit erwischen.« Er zwinkert mir zu und lässt das Tütchen wieder verschwinden.

»Sekunde«, bitte ich und greife nach dem Geldbündel, um es ihm zurückzugeben, aber Kyle hebt lediglich abwehrend eine Hand. »Du willst doch nicht echt das, was ich denke, das du willst?«

»Ich will, dass du das Geld nimmst und mir im Gegenzug diesen kleinen Gefallen erweist. Du musst Drew die Tabletten nicht ins Essen mischen. Mir reicht es, wenn man sie bei ihm findet und sein Ruf ein wenig leidet.«

»Du willst, dass ich meinem Freund Drogen zustecke? Was ist, wenn man ihm den Verkauf unterstellt?«, frage ich ungläubig.

»Aufgrund der drakonischen Strafen für Drogendealer wäre das eher ungünstig. Ich sagte doch, lass dich nicht erwischen. Ich hatte erst überlegt, noch Kokain zu besorgen, aber lebenslänglich hinter Gitter erschien mir dann doch zu engagiert«, plaudert Kyle, als würde er über seine Urlaubsplanung reden und nicht davon, jemandes Zukunft aufs Spiel zu setzen. »Oder ist dir deine Beziehung zu Drew wirklich wichtiger als die Zukunft deiner Familie? Keine Praxis, kein Haus, kein Studium. Ihr werdet alles verlieren. Ich kann euch helfen. Meinem Dad ist meine Zukunft einiges wert. Genug, um dir und Bo das Studium zu finanzieren. Vielleicht ist noch ein Job für deinen Dad drin. Wie klingt das? Im Gegenzug erwarte ich diesen einen kleinen Gefallen. Du sorgst nur dafür, dass der Inhalt dieses Umschlags rein zufällig in Drews Sporttasche landet. Mehr nicht.«

»Du bist verrückt.«

»Verzweifelt vielleicht, aber nicht verrückt. Drew und die anderen fahren morgen zum Auswärtsspiel. Du bleibst in Fair Haven und wirst weit weg sein, wenn man Drews Tasche durchsucht. Ich sehe, was du denkst. Aber nimm dir eine Nacht Zeit, um darüber nachzudenken. Ist dir Drew wirklich mehr wert als deine eigene Familie? Du bist hübsch. Du kannst jederzeit einen neuen Freund finden. Zumindest, solange gewisse Leute deinem Gesicht nicht antun, was du selbst mit deinem Genick angestellt hast. Böse Menschen tun böse Dinge, Jules.«

»Nenn mich nicht so. Ich werde nicht Drews Zukunft ruinieren, um ...«

»... Bos zu retten?«, schlägt Kyle vor. »Hat er es verdient, seinen Studienplatz zu verlieren und auf der Straße zu landen? Wenn du mir nicht um deinetwegen helfen willst, dann tu es für Bo. Und deinen Dad. Sie hatten es in der Vergangenheit schon schwer genug. Meinst du nicht? Ich hörte, dieses gewisse Inkassobüro arbeitet mit sehr harten Zwangsvollstreckungen. Du glaubst doch nicht wirklich, dass dein Vater auf der Tribüne gestürzt ist? So naiv kamst du mir nie vor. Ich denke, wir verstehen uns.« Er wendet sich von mir ab und startet den Motor. »Mein Dad hat übrigens ein paar sehr einflussreiche Freunde in dieser Stadt. Menschen, die Immobilien besitzen, deren Mieten sie erhöhen oder senken können. Immobilien, die sich als Praxis eignen, falls du verstehst, was ich meine. Deine Wahl, Summers.«

Immer noch überfordert von Kyles Worten schiebe ich das Geldbündel in den Umschlag und lege ihn auf dem Armaturenbrett ab. Geld oder Liebe? Was für eine perverse Frage. Eigentlich lautet sie wohl eher: Geld oder Gesundheit? Ich habe gesehen, was Wilson und Miller Dad angetan haben. Ich will nicht, dass sie ihm erneut wehtun. Oder Bo. Wer weiß, wozu sie fähig sind? Wie soll ich mit meinem Gewissen vereinbaren, das zuzulassen?

»Was macht dich so sicher, dass ich niemandem hiervon erzähle? Oder davon, dass du Drogen besitzt, die in deinem Handschuhfach liegen?«, frage ich mit allem Trotz, den ich aufbringen kann. Kyle hat sich in den letzten Monaten so dermaßen den Ruf ruiniert, dass es nicht allzu schwer sein dürfte, jemanden zu finden, der mir glaubt.

»Ach, Summers«, seufzt er ohne jegliches Bedauern in der Stimme. »Du erzählst jemandem von diesem Gespräch – und was soll dann passieren? Du verspielst deine Chance auf finanzielle Unterstützung. Sicherlich wird dein Dad sehr stolz auf dich sein, weil du so ein ehrliches Mädchen bist. Darüber kannst du dich dann freuen, wenn ihr auf der Straße sitzt und dein Dad mit gebrochenen Knochen im Krankenhaus liegt. Wenn du jemandem von diesem Gespräch erzählst, wird mein Vater nicht sehr motiviert sein, euch zu helfen. Er hat Freunde in der ganzen Stadt. Vergiss das nicht.«

Ich will nicht, dass Kyles Worte mich erreichen, trotzdem regt sich etwas in mir. Trotz, aber auch ein mulmiges Gefühl, das ich nicht unterdrücken kann. Kyle hat recht. Jeder in dieser Stadt kennt seine Familie. Sein Vater und sein Großvater sind auf das St. Clair gegangen, waren Footballspieler und haben den Ruf, sehr spendable Männer zu sein. Bisher dachte ich, dass sich diese Großzügigkeit auf soziale Projekte beschränkt. Doch vielleicht sind wir in den Augen von Kyles Familie kaum mehr als das: ein soziales Projekt. Der hart arbeitende Witwer mit der Tochter, die sich selbst verletzt hat. Ob ich es den Männern in Schwarz zutraue, sich erneut an Dad zu vergreifen? Definitiv.

Aber Drew hat es nicht verdient, dass man sein Vertrauen missbraucht und seine Zukunft ruiniert. Es ist einfach nicht richtig. Dad, Bo und ich müssen einen anderen Weg finden. Auch wenn ich nicht weiß, wie der aussehen soll. Vermutlich habe ich zu viele Liebesromane gelesen. Geschichten voller Happy Ends, in denen sich immer eine unerwartete dritte Lösung auftut. Doch wir haben keinen reichen Onkel, der uns Geld zustecken könnte. Keine Oma, die uns mit einer

Erbschaft rettet. Nur zwielichtige Männer, die Dad und Bo bedrohen. Kyle weiß das ebenso wie die Tatsache, dass auch Penny mir nicht helfen wird. Ihre Familie ist zwar vermögend, aber ihr strenger Vater überweist ihr monatlich nur das, was sie wirklich für ihre Ausgaben benötigt. Selbst wenn sie wollte, könnte sie mir nicht aushelfen.

»Mach dir nicht so viele Sorgen«, schlägt Kyle vor. »Man wird Drew höchstens für eine Weile suspendieren. Und selbst wenn McDaniels das Zeug mit Kopfschmerztabletten verwechselt und es tatsächlich nehmen würde, wird ihm nichts passieren. Es sind Anabolika, die ich von einem befreundeten Arzt habe. Keine minderwertigen Schwarzmarktpräparate. Ich will zwar, dass McDaniels mir nicht länger im Weg steht, aber ganz aus dem Weg räumen will ich ihn auch nicht. Falls du verstehst?«

Ich verstehe. Dennoch beruhigen mich seine Worte nicht.

»Soll ich dich jetzt bei Drew absetzen oder nach Hause fahren? Welche Umgebung inspiriert dich zum Nachdenken?«, reißt mich Kyle aus den Gedanken.

»Fahr mich nach Hause«, bitte ich.

»Gutes Mädchen«, lobt er.

Zum Dank zeige ich ihm den Mittelfinger. Er soll sich bloß nicht einbilden, dass er durch sein Angebot auch nur einen Sympathiepunkt gewonnen hätte. Dass ein Teil von mir überhaupt darüber nachdenkt, statt aus dem Auto zu springen, liegt einzig und allein daran, dass wir das Geld tatsächlich dringend brauchen.

Ich liebe Drew. Aber darf das eine Rolle spielen, wenn die Zukunft meiner Familie auf der Kippe steht? Nicht nur finanziell, auch gesundheitlich. Wie soll ich es ertragen, wenn man Dad oder Bo verletzt?

Die Antwort darauf habe ich auch dann noch nicht gefunden, als ich längst zu Hause im Bett liege und mich unruhig von einer Seite auf die andere wälze. Mein schlechtes Gewissen nagt an mir.

Mal angenommen, Kyle hätte wirklich die Möglichkeit, Dad davor zu bewahren, das Haus zu verlieren, die Geldeintreiber loszuwerden und Bos Studium zu sichern – wie viel ist das wert? *Was* ist es mir wert?

Drew als Freund zu verlieren ist gar nicht der schlimmste Gedanke, der mich an Kyles Vorschlag quält. Wenn ich dafür sorge, dass Drew des Dopings verdächtigt wird, wird er gesperrt. Vielleicht suspendiert. Wenn man ihn für einen Dealer hält, droht sogar eine Freiheitsstrafe. Gerüchte machen am St. Clair schneller die Runde als eine Grippewelle. Und was wäre mit seiner Familie, wenn sein Name durch die Presse geistert? Wie stehen Aron und Bradley da, wenn der jüngste Sohn ihrer Manager mit Dopingmitteln erwischt wird? Was ist, wenn sein schlechter Ruf auf sie abfärbt? Wenn man sie ebenfalls des Dopings oder Dealens beschuldigt? Ich habe an Bo gesehen, was übles Gerede mit Menschen anstellen kann. Mein Bruder ist seit dem Vorfall mit Joshua nicht mehr derselbe – egal wie sehr er es leugnet. Früher hätte er nie so viel Zeit im Haus verbracht, um Playstation zu spielen oder zu backen.

Drew Dopingmittel unterzumogeln, wäre ein widerwärtiger Vertrauensbruch. Wie soll ich mich danach jemals wieder im Spiegel ansehen? Wahrscheinlich mache ich mich schon strafbar, nur weil sich die Pillen jetzt gerade in meiner Handtasche befinden. Wie absurd das klingt: Ich habe Drogen in der Handtasche!

Aber Drew nimmt keine Drogen. Müsste man das nicht nachweisen können? Dass er clean ist? Reicht das, um seine Unschuld zu beweisen? Oder werden sie ihn schlichtweg für einen Dealer halten, der das Zeug innerhalb der Mannschaft zu verticken versucht? Im besten aller Fälle wird man ihm glauben und herausfinden wollen, wer ihm die Drogen zugesteckt hat. Und dann? Würde ich gestehen, um niemand anderen mit in die Sache hineinzuziehen. Ich breche Drew das Herz und fliege selbst vom College. Kann man für das Unterjubeln von Drogen im Knast landen? Ich sehe mich schon hinter Gittern. Dad und Bo stehen kopfschüttelnd davor, nur um mir für immer den Rücken zu kehren. Aber vielleicht könnte ich damit leben, wenn Bo dafür sein Studium beenden und Dad das Haus behalten kann? Vielleicht könnte ich das. Irgendwie. Aber wahrscheinlich geht das gesamte Geld für meine Anwaltskosten drauf. Drews Familie wird ein Gerichtsverfahren kaum wehtun. Ich hingegen kann mir wirklich keines leisten.

Drews Familie. Sie hat Geld. Aber ich käme mir unglaublich schäbig dabei vor, Drew um Geld zu bitten. Um eine ganze Menge Geld, das wir vielleicht nie zurückzahlen können. Nur weil jemand Geld auf dem Konto hat, heißt es ja auch noch lange nicht, dass er es bereitwillig verleiht. Und wie sieht das aus? Erst weise ich Drew immer wieder ab, weil mir das Cheerleading wichtiger ist als er. Kaum habe ich es verloren und er wird Starting Quarterback, komme ich angekrochen und frage ihn als Erstes nach einem Privatdarlehen? An der Stelle seiner Eltern würde ich mir einen Vogel zeigen, mir dringend raten, Land zu gewinnen und ihren Sohn in Ruhe zu lassen.

Alles in mir sträubt sich ohnehin dagegen, Drew um finanzielle Hilfe zu bitten. Ich will mir nicht nachsagen lassen, dass ich nur des Geldes wegen mit ihm zusammen bin. Und genau das werden alle denken. Dass ich pleite bin und Drews Gutmütigkeit für meine Zwecke ausnutze. Aber vielleicht wäre, ihm von unseren Problemen zu erzählen, noch immer die bessere Variante, als ihn zu verraten?

Die Stimme des Zweifels will trotzdem nicht verstummen. Wird diese ganze Sache überhaupt enden, nur weil ich Geld auftreiben kann? Was sollten Kyles Anspielungen darauf, wie einflussreich sein Vater ist? Hat er ernsthaft vor, uns das Leben in Fair Haven zur Hölle zu machen, wenn ich ihm nicht dabei helfe, seine Position auf dem Feld wiederzuerlangen?

Stöhnend drehe ich mich im Bett auf die andere Seite und vergrabe die Hand in den Haaren, bis es schmerzt. Meine Gedanken drehen sich in einer finsteren Spirale. Ich habe das Verlangen, mit jemandem darüber zu reden. Aber ich kann unmöglich irgendwem hiervon erzählen.

Je länger ich darüber nachdenke, umso klarer wird mir, dass es in dieser Situation keine richtige Entscheidung gibt. Nur die Wahl zwischen zwei falschen.

Erschrocken fahre ich auf, als es an der Zimmertür klopft. Bo tritt ein, noch bevor ich geantwortet habe. Rasch versuche ich, all die belastenden Gedanken zu verdrängen, als könnte er sie sonst von meinem Gesicht ablesen.

»Was ist los?«, frage ich irritiert, als er sich auf meine Bettkante setzt und schweigend die geschlossene Zimmertür anstarrt. Seine ganze Körperhaltung wirkt vollkommen verkrampft. »Bo? Geht es dir gut?«

»Ja«, antwortet er, aber seine Stimme klingt eigenartig hohl. Mit einer Hand reibt er sich über die Stirn. »Weißt du, ich war bei Haley und eben auf dem Rückweg ... Mir ist ein Auto gefolgt. Ich dachte erst, dass es vielleicht Zufall wäre, aber egal wie oft ich auch abgebogen bin, ich bin es nicht losgeworden.«

»Was meinst du mit *gefolgt*?«, hake ich unangenehm berührt nach.

»Gefolgt, Jules. Ehrlich. Der Wagen hing beinahe an meiner Stoßstange. Er fuhr mir nach, durch sämtliche Seitenstraßen, die ich finden konnte, und bis auf die Nebenstrecke in Richtung Ann Arbor hinaus. Es war eigenartig.«

»Und dann?«

»Und dann hätte ich fast Dads Auto gegen einen Baum gefahren.«

»Was?« Entsetzt mustere ich Bo, aber er scheint körperlich unversehrt zu sein.

Er räuspert sich. »Ich bin nicht stolz darauf. Die zwei Männer sind viel zu dicht aufgefahren, haben gehupt, mich mit ihrem Fernlicht geblendet. Ich habe ein wenig abgebremst, wollte sie vorbeilassen, aber stattdessen haben sie Dads Auto gerammt.« Bo schüttelt den Kopf, unfähig weiterzureden und schluckt kräftig. »Es könnte sein, dass die Stoßstange hinten eine Delle hat, ich habe mich eben nicht mehr getraut nachzusehen.«

»Ist dir das Auto bis hierhin gefolgt?«

»Nein. Irgendwann haben sie überholt und mich dabei so geschnitten, dass ich vor Schreck das Lenkrad verrissen habe und beinahe gegen einen Baum gefahren wäre.«

Allein der Gedanke daran, dass Bo etwas hätte passieren können, lässt mein Herz rebellieren. Sofort drängen sich schreckliche Bilder vor mein geistiges Auge: Dads Auto, an einem Baum zerschellt; Bos lebloser Körper auf dem Fahrersitz.

»Wen meinst du mit sie?«, frage ich vorsichtig.

»Es war dunkel und ich hatte eine Scheißangst«, gesteht Bo, »aber ich glaube, es waren diese zwei Typen, die Dad schon ein paarmal auf dem Campus aufgesucht haben.«

»Wilson und Miller?« Ich hoffe, dass Bo den Kopf schüttelt, dabei kennen wir beide die Wahrheit.

»Es war Dads Auto. Vielleicht haben sie gedacht, ich wäre er«, murmelt er.

Das mag sein. Aber vielleicht hätten sie Bos Unfall auch billigend in Kauf genommen.

Statt ihn mit weiteren Fragen zu quälen, rutsche ich an ihn heran und lege meine Arme um seine Schultern. Im Gegenzug lehnt er seinen Kopf gegen meinen.

»Es war verdammt knapp«, flüstert er tonlos.

»Ich weiß. Alles wird gut«, verspreche ich und beiße mir auf die Unterlippe, bis es blutet. Heute Abend hätte ich Bo verlieren können. Und das alles nur wegen meines Scheißunfalls! Weil ich mein Stipendium verloren und uns in noch größere Geldnöte gebracht habe.

Noch immer halte ich Bo im Arm, aber mein Blick gleitet flüchtig zu meiner Handtasche. Habe ich vorhin noch gedacht, ich hätte zwei falsche Optionen? Was für ein gewaltiger Irrtum. Ich habe gar keine Wahl.

Dass ich Bo nicht von Kyles Deal erzählen kann, belastet mich, aber ich will ihn nicht in etwas hineinziehen, das ihn in noch mehr Schwierigkeiten bringt. – Und momentan fühlt sich mein Leben wie eine einzige Schwierigkeit an.

»Es wird alles gut«, wiederhole ich stumpf, auch wenn ich selbst nicht daran glaube.

Ich liege die ganze Nacht wach und zweifle an mir und der Gerechtigkeit dieser Welt.

23. KAPITEL

Freaky-Freitag

»Bleib liegen. Ich mache uns Frühstück.« Mit diesen Worten habe ich Drew im Bett zurückgelassen, nachdem ich ihn in den frühen Morgenstunden einfach überfallen habe. Wie in Trance bin ich durch die Stadt gefahren und habe ihn aus dem Bett geklingelt, nur um seine Hand zu greifen und ihn gleich wieder dorthin zurückzuzerren. Ich habe ihm nicht einmal die Zeit gelassen, sich zu wundern, was ich hier tue.

Aus purer Ironie scheint die Sonne in seine Wohnung, taucht alles in warmes Licht und behauptet, dass ein guter Tag bevorsteht. Es ist Freitagmorgen. Während Drew und der Rest der Mannschaft bald aufbrechen, um den Tag im Bus zu verbringen und zum Spiel nach Maryland zu fahren, werde ich in meinen Vorlesungen sitzen und mich selbst hassen.

Meine Hände zittern, als ich eine Handvoll tiefgefrorene Beeren in den Mixer gebe. Das Tütchen mit den Tabletten habe ich in Drews Trainingstasche verstaut, während er geschlafen hat. Dafür habe ich die ganze Zeit wach gelegen und mich gefragt, was ich tun soll, wenn er die Drogen entdeckt. Und was, wenn er sie nicht findet und Kyles Plan Erfolg hat? Es fühlt sich beides nicht richtig an. Mein schlechtes Gewissen nagt nicht nur an mir, es frisst mich auf.

Ich tue es für Dad und Bo, sage ich mir in einer Dauerschleife, doch das ändert nichts daran, dass mir übel ist. Wie hätte ich mich denn sonst entscheiden sollen? Ich kann Bo nicht im Stich lassen! Er ist der Mensch, der immer für mich da ist. Mein Zwillingsbruder und mein bester Freund. Er hat mir damals dabei geholfen, Dad davon zu überzeugen, dass er mich nicht zwingen kann, mit dem Cheerleading aufzuhören. Bo hat mich getröstet, wenn meine ehemaligen Freundinnen Geburtstagspartys gefeiert haben, zu denen sie mich nicht mehr eingeladen haben, weil ich nach Moms Tod nicht mehr spaßig genug war. Er war immer stark für mich. Jetzt muss ich es für ihn sein.

Jede zweite Sekunde sehe ich zur Schlafzimmertür hinüber, um sicherzugehen, dass Drew nicht in die Küche kommt. Die Zähne zusammenbeißend gebe ich ein wenig Kokosmilch in den Mixer und beobachte, wie sie und die Beeren eine Mischung eingehen, die eine viel zu schöne Farbe für diesen Morgen hat. Noch vor einer halben Stunde habe ich mit Drew geschlafen und mich so verzweifelt an ihn geklammert, als wäre er mein Rettungsanker. Und nun? Versenke ich die gesamte Rettungsmannschaft auf hoher See. Unschuldig und nichtsahnend.

Nur gut, dass Aliza beschlossen hat, weiterhin im Hotel zu übernachten, um uns etwas Privatsphäre zu gönnen. Mit ihr in der Nähe hätte ich mich noch weniger überwinden können.

Ich stütze die Hände auf die Arbeitsplatte und versuche, einen aufkeimenden Panikanfall zu unterdrücken. Ein Teil von mir will nichts mehr, als ins Schlafzimmer zu gehen und die Sachen aus Drews Tasche zu nehmen. Aber wenn ich das tue, lasse ich meine Familie im Stich. Es ist beides nicht richtig. Wie bin ich nur in diese Situation geraten?

Ich fahre auf, als sich die Schlafzimmertür öffnet. Drew wuschelt sich mit einer Hand durch die dunklen Haare und kommt zur Küchenzeile herübergeschlurft. Seine rote Boxershort sitzt so tief, dass es mir schwerfällt, nicht auf unanständige Gedanken zu kommen.

Wie verlogen kann ein Mensch sein, dass er jemanden belügt, den er zu lieben vorgibt? Mein Herz galoppiert so schnell, dass mir davon schwindlig wird.

»Für mich?«, fragt Drew und greift bereits nach dem Mixer.

Schweigend beobachte ich, wie er den Beeren-Smoothie in zwei große Gläser umfüllt und mir eines davon mit einem Lächeln überreicht. Mein Herz zieht sich schmerzhaft zusammen, als er mir liebevoll durch die Haare streicht, während er vom Smoothie probiert.

»Der ist lecker«, versichert er und küsst mich zum Dank flüchtig auf die Nasenspitze. »Soll ich uns Waffeln machen?«

Ich nippe an meinem Glas. Der Smoothie schmeckt tatsächlich nicht schlecht. Ich habe das Rezept aus dem Internet gesucht, um Drew etwas Gutes zu tun. Und um mich davon abzulenken, dass sich mein schlechtes Gewissen mittlerweile anfühlt, als würde sich Säure durch meine Eingeweide brennen.

Auch ohne Antwort widmet sich Drew dem Küchenschrank und nimmt eine Schüssel heraus. Ein paar Sekunden lang beobachte ich, wie er in der sonnendurchfluteten Küche steht und selig lächelnd Waffelteig anrührt. Wie die Muskeln unter seiner goldenen Haut arbeiten und förmlich nach meiner Aufmerksamkeit schreien. Wie kann ein Mensch nur so perfekt sein?

Mit einem Mal habe ich Joshuas Stimme im Ohr. Wie wir auf dem Balkon seiner Wohnung stehen und er über Bo sagt: Er ist es einfach. *Der* Mann.

Was ist, wenn Drew das für mich ist? Wenn er recht hat und es so etwas wie Fügung gibt? Wenn wir nicht zufällig im Coffeeshop ineinander gerannt sind? Wenn Kyle sich irrt und ich nicht einfach einen anderen Freund finden kann? Ich meine: Wer hört schon auf Kyle, wenn es um Liebesdinge geht?

Ich kann das nicht!

Hastig stelle ich das Glas beiseite und nutze den Moment. Drew ist beschäftigt, und ich muss dringend das Tütchen aus der Tasche holen.

Ich komme keine drei Schritte weit, als sich von hinten ein Arm um meine Taille schlingt.

»Sollen wir vor dem Frühstück noch duschen gehen?« Drews Hand schiebt den Träger meines Tops von meiner Schulter.

Ich suche krampfhaft nach einer Ausrede, um ihn abzulenken, während sein Atem meinen Hals streift, kurz bevor er einen Kuss darauf haucht. Seine Finger streichen meine Haare zurück und hinterlassen einen prickelnden Pfad auf meiner Haut, dem er mit den Lippen folgt. Er drängt sich näher an mich heran und lässt mich spüren, dass er für mehr als eine Dusche bereit ist. Oder vielleicht ein Mehr unter der Dusche?

Ich gebe meinem Verlangen nach, ihn noch einmal zu spüren, und hoffe, dass ich später die Gelegenheit bekomme, die Drogen aus seiner Tasche zu nehmen. Oder vielleicht hoffe ich es auch nicht. Denn wenn ich Kyle nicht helfe, wird auch er mir nicht helfen. Ebenso wenig meinem Dad.

Kaum habe ich mich zu Drew umgedreht, hebt er mich hoch, als würde ich nichts wiegen. Statt mich zur Dusche oder zurück ins Bett zu bringen, setzt er mich auf seinem Esstisch ab.

Wie von selbst ziehe ich mein Top aus und taste nach dem Saum von Drews Shorts. Mein Körper und mein Herz wissen genau, was sie wollen, auch wenn mein Kopf anderer Meinung ist.

Ich muss es tun. Für Dad. Für Bo.

Das sage ich mir immer wieder. Zusammen mit dem zweiten Mantra, das mir durch den Kopf geistert: *Oh Gott, Drew. Ich liebe dich. Es tut mir leid.*

Seine Hände gleiten von meinen Wangen, über meine Arme, an meine Taille. Ich rutsche dichter an die Tischkante und schlinge die Beine um ihn, als wäre es nicht gerade erst eine halbe Stunde her, dass wir einander ausgezogen haben.

Ich lehne mich zurück, um ihn ansehen zu können. Mit einer Hand streiche ich über die Bartstoppeln an seiner Wange. Sie sind kratzig, aber nicht kratzig genug, um mir wehzutun. »Pass auf dich auf«, bitte ich, bevor ich weiß, was ich da sage. Wie ekelhaft ironisch es klingt.

Drew schenkt mir ein Lächeln, bei dem mir zugleich leichter und schwerer ums Herz wird.

»Ich liebe dich auch«, versichert er und ergänzt seine Worte um die passenden Gebärden.

Ich wiederhole sie: *Ich liebe dich.* Und obwohl ich das tatsächlich tue, habe ich das spontane Bedürfnis, mit ihm Schluss zu machen. Um ihn vor mir zu schützen. Um Kyle zu sagen, dass ich seinen Auftrag nicht erfüllen kann, weil ich nicht mehr nahe genug an Drew herankomme. Es wäre einfacher, als das hier zu ertragen. Drew zu verlassen wäre schmerzhaft, aber nicht so wie dieser Moment. Meine innere Bibliothekarin schreit mich an, dass es falsch ist, ihn in diese Sache hineinzuziehen. Es ist verboten. Es ist ein Vertrauensmissbrauch.

Ich liebe Drew, aber ich hasse mich selbst.

Es tut mir leid. Ich muss es tun. Für Bo. Für Dad.

Ich schaffe es irgendwie, Drew zum Bus zu begleiten und der Mannschaft eine gute Reise zu wünschen, ohne mich aus lauter Ekel vor mir selbst zu übergeben. Flüchtig winke ich Jake zu, der Drew offensichtlich auf der Reise begleitet. Seine Antwort ist nur ein knappes Nicken.

»July?«

Ich fahre herum, als ich Dads Stimme hinter mir höre. Er trägt seine Reisetasche über der Schulter und sieht mich ernst an. Für eine Sekunde habe ich Angst, dass er mir ansieht, dass ich etwas Verbotenes getan habe. So wie er immer wusste, wenn ich mich als kleines Kind unerlaubterweise an der Süßigkeitenschublade bedient habe. Ich rede mir ein, dass ich es für Bo und ihn getan habe. Aber in der Sekunde, in der sich sein Blick in meinem versenkt, weiß ich, dass er meine Tat nicht gutheißen würde. Er würde nicht wollen, dass ich etwas Verbotenes tue, um ihm zu helfen. Er würde gar keine Hilfe wollen. In dem Punkt ist er genauso stur wie ich. Aber ich bin nicht bereit, anzusehen, wie ihm die zwielichtigen Männer der Inkassofirma erneut wehtun.

Bei seinem Anblick schwappt dennoch eine Welle aus Wut in mir hoch, die ich nur mühevoll herunterschlucken kann. Er steht hier in seinem gestärkten und blütenweißen Poloshirt, während meine Gewissensbisse mich auffressen. Dad ist schuld an meiner Situation. Er hätte das College um eine Gehaltserhöhung bitten können, statt sich auf dubiose Geldgeschäfte einzulassen. Er hätte es auch einfach mit Ehrlichkeit versuchen können. Wenn er uns eher informiert hätte, hätten wir gemeinsam einen Weg suchen können. Stattdessen haben er und seine Heimlichkeiten uns in diese verfluchte Situation navigiert. Und jetzt stecken wir hier fest. In dieser Sekunde verliere ich Drew. Seinetwegen. Und schon wieder ist niemand hier, um mich aufzufangen. Nur dieses Mal muss meinen Absturz niemand mit ansehen. Keiner bemerkt, was ich mir gerade breche, denn es ist nicht das Genick. Nichts, was sich schienen und schrauben lässt.

»Wir kommen Sonntagnacht zurück«, reißt mich Dad aus den Gedanken. »Denkt ihr daran, nachts die Haustüren abzuschließen?«

»Machen wir«, versichere ich, damit er beruhigt abfahren kann, während es in meinem Inneren immer noch wütet.

Dads Worte könnten ein gut gemeinter Vorschlag sein, aber nach den Erlebnissen der letzten Wochen vermute ich anderes. Miller und Wilson wissen, wo wir wohnen. Sie haben Dad aufgesucht und ihn verletzt. Ob sie erneut bei uns vorbeikommen würden?

Die Angst vor den Geldeintreibern ist das Einzige, was mich zeitweise von meinem schlechten Gewissen ablenkt.

Bo und ich beschließen, uns Popcorn zu machen und gemeinsam einen Film zu sehen. Dads Ratschlag folgend schließen wir Haus- und Terrassentür ab, bevor wir uns in eine Decke kuscheln. Ich denke augenblicklich an Drew. Seltsam, dass die Tatsache, dass er bis vor Kurzem keine Kuscheldecken hatte, mich an ihn erinnert. Vielleicht liegt es auch daran, dass ich ohnehin die ganze Zeit über an ihn denke. Meine Gewissensbisse lassen mir keine Ruhe. Nicht einmal, während wir einen halbwegs lustigen Animationsfilm schauen. Meine Gedanken gleiten immerzu zu Drew zurück. Was ist, wenn man die Dopingmittel entdeckt? Wie hat Kyle überhaupt vor, das einzufädeln? Was werden sie Drew antun? Es ist sein erstes Auswärtsspiel. Es sollte nicht damit beginnen, dass sie ihn für Sachen anklagen, die er nicht getan hat. Ich lege den Kopf auf Bos Schoß und die Beine über die Sofalehne, weil ich seine Nähe brauche.

Eine halbe Stunde später lässt mich ein eigenartiges Geräusch auffahren. Ich würde mir einreden, dass ich es mir nur eingebildet habe, wäre Bo nicht ebenfalls zusammengezuckt.

»Was war das?« Verunsichert sehe ich Bo an. Es klang wie ein metallenes Scheppern. So als wäre jemand über Dads im Weg stehenden Wischeimer gestolpert – oder aber gegen einen der Kartons gestoßen, der meine gesammelten Pokale enthält.

Die Garage!

»Hast du die Garagentür abgeschlossen?«, fragt Bo als hätte er meine Gedanken gehört.

Das »Nein« bleibt mir fast im Hals stecken. Mein Herz setzt einen Moment lang aus, um danach doppelt so schnell weiterzuschlagen.

Bo schiebt mich beiseite und ist schon auf halbem Weg zur Küchenzeile, bevor ich aufgestanden bin. Das charakteristische Quietschen der Garagentür erklingt. Es ist jemand im Haus! Ich hoffe, dass es Dad ist. Dass er etwas vergessen hat und noch einmal zurückgekommen ist. Doch als ich zur Flurtür gehumpelt bin, holt mich die Realität ein.

Am anderen Ende des Flurs steht nicht Dad.

Miller und Wilson kommen mir entgegen und scheinen kein bisschen überrascht zu sein, dass jemand hier ist. Im Gegenteil: Wilson schenkt mir ein widerwärtig selbstgefälliges Lächeln, das überhaupt nicht zur Situation passt. Die Szene ist so surreal, dass sie mich überfordert. Wie paralysiert starre ich die Männer an.

Statt mich zu rühren, entweicht mir nur heiser: »Bo.«

Sie sind hier. Sie sind in unserem Haus. Sie sind in einen Ort eingedrungen, der Sicherheit vermitteln sollte. Unser Zuhause.

Erst jetzt bemerke ich, dass einer von ihnen ein Springmesser in der Hand hält. Ich fahre auf, als mich jemand an der Schulter berührt. Bos Finger umklammern ein großes Küchenmesser. Aber zwei durchtrainierte Muskelmänner gegen meinen Bruder?

»July …«, murmelt er und weiß nicht, wie er den Satz beenden soll. Wir haben keine Waffen im Haus. Keine Geheimtüren. Ich kann nicht schnell laufen. Was auch immer hier passieren soll, wird passieren – und ich kann nichts dagegen tun. Gar nichts. Wir sind beide hilflos der Situation ausgeliefert.

»Was wollt ihr?«, fragt Bo und schiebt sich vor mich.

Meine Finger verirren sich wie von selbst an sein Handgelenk, um ihn zurückzuhalten. Oder vielleicht auch, um nach Halt zu suchen.

Miller lacht. Ich erinnere mich an ihn. An den Knick in seiner Nase und die Narbe an seiner Schläfe. Nie werde ich sein Gesicht vergessen. Nichts an ihm sieht aus, als wäre er zum Reden gekommen, dennoch antwortet er: »Euer Vater schuldet unserem Auftraggeber etwas. Wir holen nur eine klitzekleine Anzahlung, um ihn daran zu erinnern. Unsere letzten Mahnungen scheinen wohl untergegangen zu sein.«

Wilson hebt eine Hand und wackelt mit den Fingern. »Nur eine Anzahlung«, sagt er und zwinkert mir zu.

Instinktiv balle ich die Hände zu Fäusten. Sie können das unmöglich so meinen, wie ich es verstehe.

»Macht, was ihr wollt, aber lasst meine Schwester in Ruhe«, warnt Bo und klingt vollkommen selbstsicher.

»Gut«, stimmt Miller zu. »Dann nehmen wir halt zwei Finger von dir. Ist uns egal.«

»Auf keinen Fall!«, widerspreche ich entschieden und werde ignoriert. »Nicht!«, schreie ich erschrocken, als Bo das Messer hebt. In Sekundenbruchteilen eskaliert die Situation.

Wilson überwindet den letzten Abstand zwischen sich und Bo. Mein Bruder sticht auf den Angreifer ein, hat aber keine Chance. Seine Attacke geht ins Leere. Doch im Gegensatz zu Bo ist sein Gegenüber kampferprobt.

Mit nur einem gezielten Schlag gegen Bos Unterarm entgleitet meinem Bruder das Messer. Es fällt klirrend zu Boden. Bevor Bo weiß, wie ihm geschieht, ergreift Wilson sein Handgelenk. Ihm reicht eine gekonnte Bewegung, um Bo den Arm hinter dem Rücken zu verdrehen.

»Aufhören!«, schreie ich erschrocken, als Miller eingreift.

Mit einem Tritt in die Kniekehlen zwingen sie Bo zu Boden. Sein Arm knackt, ihm entfährt ein Stöhnen. Wilson rammt ihm das Knie zwischen die Schulterblätter, drückt ihn mit dem Oberkörper in Richtung Teppich. Auch wenn ihm sein blonder Pony vor das Gesicht fällt, sehe ich Bos verbissenen Gesichtsausdruck. Sie tun ihm weh!

»Aufhören!«, rufe ich erneut. Ohne nachzudenken, verlagere ich das Gewicht auf mein geschraubtes Bein und trete Wilson gegen das Knie.

Er knickt kurz ein, lockert seinen Griff jedoch nicht. Im Gegenteil. Sein Kollege tritt Bo zwischen die Rippen, sodass er aufstöhnt. Es ist ein Laut, der mir das Blut in den Adern gefrieren lässt. Mein Körper fühlt sich an wie in Schockstarre.

Ich will Bo helfen, weiß aber nicht, wie.

Miller greift unwirsch nach Bos Hand, drückt sie auf den Boden und fixiert sie mit einem Fuß. Mein Bruder keucht erneut, als sich die Stiefelsohle in seine Hand bohrt. Die Messerklinge blitzt im Flurlicht.

»Nur den kleinen Finger«, versichert Miller mit einem hämischen Grinsen im Gesicht und setzt das Messer an.

Vollkommen paralysiert beobachte ich, wie sich die Schneide in Bos blasse Hand bohrt. Ein Blutrinnsal dringt aus der Wunde. Bo beißt die Zähne zusammen, dennoch entfährt ihm ein Wimmerlaut, der mir Übelkeit bereitet.

Diese ganze Szene kann nicht wahr sein! Sie *darf* nicht wahr sein!

Mein Blick gleitet zu dem am Boden liegenden Küchenmesser hinüber. Ich spiele mit dem Gedanken, es aufzuheben. Aber was dann? Wenn Bo gegen die zwei nichts ausrichten konnte – wie soll ich das können? Das Blut rauscht mir so laut in den Ohren, dass ich keinen klaren Gedanken fassen kann.

Erst Bos unterdrücktes Stöhnen reißt mich aus der Starre. »Ich habe Geld!«, rufe ich so hastig, dass ich beinahe über meine eigenen Worte stolpere. »Eine Anzahlung. Es sind nur sechstausend Dollar, aber bald habe ich mehr.«

Bo reißt den Kopf herum und sieht mich warnend an. Eine Schmerzträne läuft an seiner Wange hinab. Allein ihn so zu sehen, bricht mir heute schon zum zweiten Mal das Herz.

»Tut ihm nichts. Es ist kein Trick. Es ist die Wahrheit«, versichere ich und sehe, wie sie hadern.

Miller grinst. »Dann hol schnell dein Geld. Noch ist der Finger dran«, erwidert er und macht eine gönnerhafte Geste. »Wilson wird dich dabei begleiten, um sicherzugehen, dass du nicht stattdessen die Polizei rufst.«

Die Polizei zu rufen, wäre sicherlich die klügere Wahl – aber was soll dann passieren? Der Kredithai wird Dad einfach die nächsten Schläger auf den Hals hetzen. Für jemanden, der so etwas tut, haben Menschen keinen Wert. Sie sind austauschbar.

Zitternd gehe ich in Richtung meines Zimmers und höre schwere Schritte hinter mir.

Mein Gefühl sagt mir, dass es keine gute Idee ist, mit dem Fremden allein in mein Zimmer zu gehen. Sein Blick brennt sich heiß in meinen Nacken, bis sich mir sämtliche Härchen aufstellen – aber ich habe keine Wahl.

Ich beschleunige meine Schritte, lasse die Zimmertür offen und gehe zu meiner Handtasche hinüber. Mit zitternden Fingern öffne ich den Reißverschluss und ziehe den Umschlag mit dem Geld hervor.

»Hier.« Halbwegs erleichtert nehme ich zur Kenntnis, dass Wilson im Türrahmen stehen geblieben ist und keine Anstalten macht, sich mir zu nähern.

Stattdessen streckt er eine Hand aus und macht eine auffordernde Geste. Hastig ziehe ich die Geldscheine hervor.

»Gib es mir.«

Es sind nur drei Worte, aber sie reichen, damit mir übel wird.

In einem letzten Anfall von Mut gehe ich zu ihm hinüber und bleibe so weit von ihm entfernt stehen, wie es mir möglich ist. Ich habe den Arm kaum ausgestreckt, da entreißt er mir das Geld.

»Gutes Mädchen«, sagt er knapp und wendet sich zum Gehen.

Meine Erleichterung hält nur kurz an. Ich habe Angst, dass sie Bo etwas antun.

»Ich habe das Geld«, versichert Wilson, woraufhin sein Kollege unverzüglich von Bo ablässt.

Mein Bruder presst sich die blutende Hand an die Brust und ist selbst für seine Verhältnisse bleich.

»Wir nehmen das hier als Anzahlung für die Verzugsgebühr und hoffen, die Mahnung kam an. Es war die letzte«, versichert uns Miller und wischt die blutverschmierte Klinge seines Messers an unserem Flurteppich ab.

»Nächstes Mal kommt die Zwangsvollstreckung«, stimmt Wilson zu und schenkt mir ein Lächeln. »Das könnte zwar unschön werden, aber am Ende zählt immer die Bilanz.«

Ich verkneife mir mühevoll jedes Schimpfwort, als die zwei an mir vorbei in Richtung Garage gehen. Auch als mich einer von ihnen anrempelt, sage ich nichts, obwohl mir das Schimpfwort bereits auf der Zunge liegt. Sie verschwinden genauso schnell, wie sie aufgetaucht sind. Nur der Blutfleck auf dem

Teppich bezeugt, dass sie tatsächlich hier waren. Der und Bos blutende Hand.

»Geht es dir gut?«, frage ich besorgt und mustere Bo, der sich vom Boden erhebt und den Männern noch immer nachsieht. Vielleicht kann er ebenso wenig wie ich glauben, dass das gerade tatsächlich passiert ist. »Was ist mit deiner Hand?«

Es dauert einen Moment, bis Bo aus der Starre erwacht und seine rechte Hand betrachtet. Er rümpft die Nase, während er mit der linken den Schnitt abtastet, der noch immer blutet. »Kaum der Rede wert«, versichert er.

Ich bin mir nicht sicher, ob da der Bruder oder der Medizinstudent aus ihm spricht.

»Pack deine Sachen, während ich die Wunde desinfiziere und ein Pflaster suche. Wir schlafen heute Nacht irgendwo anders.« Die Betonung liegt auf *irgendwo*. Wir wissen beide nicht, wohin wir gehen sollen, nur dass wir uns hier nicht mehr sicher fühlen.

»Was ist, wenn sie uns folgen?«, frage ich. »Ich will nicht noch jemanden in diese Sache hineinziehen.«

Bo begutachtet erneut den Schnitt, bis er stutzt. »Was meinst du mit *noch jemanden?* Hast du irgendjemandem hiervon erzählt?«

Aber meine Gedanken sind schon weitergewandert. »Das wird nie aufhören, oder?«, murmle ich geistesabwesend. Diese Typen werden nie Ruhe geben. Wir werden nicht vor ihnen sicher sein. Nirgendwo. Bis Dad seine Schulden beglichen hat. Und er wird sie nie abtragen können. Das wissen wir alle. Wir stecken gemeinsam in dieser Sache fest. Wie in einem Labyrinth ohne Ausweg, bei dem hinter jeder Ecke schwarz gekleidete Männer warten.

»Woher hattest du das Geld?«, hakt Bo nach. »Jules? Wen hast du mit hineingezogen?«

Auch ohne ihn anzusehen, spüre ich, dass er mich aufmerksam mustert.

»Wer hat dir das Geld geliehen?«, bohrt er nach. Es ist ein Tonfall, der mich vermuten lässt, dass er keine Ruhe geben wird, bevor ich nicht antworte. »Hast du es von Drew?«

»Nein«, sage ich wahrheitsgemäß. »Es ist nicht geliehen. Es ist eine Bezahlung von Kyle.« Ich weiß nicht, warum ich es Bo sage, obwohl ich es nicht will. Obwohl ich nur das Beste für ihn will und ihn nicht auch noch mit in meinen Sumpf aus Lügen ziehen möchte. Aber dieser Abend war zu viel. Ich balle die zitternde Hand zur Faust und reibe mir damit über die Stirn. »Bo, ich habe Scheiße gebaut«, gestehe ich kleinlaut.

»Hast du aus Dads Fehlern nichts gelernt? Scheiße ist der einzige Weg, um schnelles Geld zu machen!« Er atmet tief durch und fährt sich mit der linken Hand durch die Haare, bis er sich an das Blut an den Fingern erinnert. »Okay. Alles gut. Von welcher Art von Kacke reden wir hier, und wie stark ist sie am Dampfen? Wofür bezahlt Kyle dich?«

Ich öffne den Mund, aber er fühlt sich mit einem Mal staubtrocken an. Kein einziger Ton kommt heraus.

»Schläfst du mit ihm?«, vermutet Bo.

In der Sekunde wünschte ich, dass es so einfach wäre. Dass ich meinen Körper verkauft hätte. Weil es bedeuten würde, dass ich zumindest niemand anderen mit in diese ganze verfluchte Sache hineingezogen hätte.

»July Charlotte Summers, was hast du getan?«, fragt Bo in einem Tonfall, der mich viel zu sehr an Mom erinnert.

»Ich …« Soll ich Bo wirklich die Wahrheit sagen? Wenn ich es tue, wird ihn sein schlechtes Gewissen ebenso plagen wie mich meines. Ich sollte den Mund halten. Aber was ist, wenn Kyle sein Versprechen nicht hält? Wenn ich ihm einen Gefallen erweise, für den er nicht zahlt? Oder wenn das Geld nicht reicht? Wenn es vielleicht nie reicht? Ich habe nicht einmal ansatzweise eine Ahnung, wie viel Geld sich Dad von wem geliehen hat. Was für ein Mensch würde einem alleinerziehenden Vater Geld leihen, um es mit solchen Mitteln zurückzufordern?

Am Ende zählt immer die Bilanz. Das waren die letzten Worte, bevor die Geldeintreiber gegangen sind. Aber irgendwo habe ich sie schon einmal gehört.

Auf meinen Daumennagel beißend denke ich darüber nach. Wer hat die Worte zu mir gesagt? Wann? Und wo?

»Wofür hat Kyle dir Geld gegeben?«, bohrt Bo nach und liefert mir die Antwort auf meine Frage.

Die Worte stammten von Kyle. Er würde meinem Dad doch keinen Kredit geben? Dafür hat er vermutlich nicht das nötige Geld. Aber sein Dad könnte es. Ich erinnere mich an die Briefe der Clover Corp., die sich auf dem Frühstückstisch stapelten. Ob ich es Kyles Dad zutrauen würde, sein Geld mit dubiosen Geschäften vervielfältigt zu haben? Eventuell.

Bevor ich weiß, was ich tue, gehe ich zu Dads Arbeitszimmer. Dankenswerterweise ist die Tür nicht verschlossen. Zielstrebig durchsuche ich die Schubladen seines Schreibtischs. Briefumschläge, Lineale, Notizbücher – ich finde so einiges, aber keine Rechnungen oder Mahnungen. Normalerweise heftet er alle Unterlagen sofort ab. Ich überfliege die Ordner in den Regalen. Sie alle sind feinsäuberlich beschriftet: Auto, Versicherungen, Haus ... Nur einer von ihnen trägt keinen Titel.

»Was tust du?«, fragt Bo, als er kurze Zeit später ins Zimmer kommt und ein Pflaster auf seine Wunde drückt. Er schaut mir über die Schulter, während ich den Ordner aus dem Regal ziehe und durchblättere.

Mein Herz macht einen unangenehmen Stolperer. Die ersten Blätter in diesem Ordner tragen das Logo der Clover

Corp. – aber es sind nur Rechnungen und Tilgungspläne. Keine Mahnungen oder Androhungen von Zwangsvollstreckungen. Die folgen auf den formlosen Zetteln dahinter. Natürlich tut Kyles Dad nichts annähernd Dubioses, was sich direkt zu ihm zurückverfolgen lässt. Aber wenn Kyles Dad tatsächlich derjenige ist, der Dad das Geld geliehen hat, ist es kein Wunder, dass Kyle so gut über unsere Situation Bescheid weiß. Von wegen diese Stadt ist klein. Er hat seine Informationen von der Quelle – und keine Skrupel, sie für seinen Vorteil einzusetzen. Sein Dad hält unser Schicksal in den Händen, und er weiß es ganz genau. Er hat mir Geld geliehen, wohlwissend, dass die Geldeintreiber es zurückholen. Mit zitternden Händen stelle ich den Ordner ins Regal zurück.

»Bo. Ich habe Mist gebaut, und ich brauche Dads Auto«, murmle ich. Ich hätte Kyles Geld nicht annehmen sollen. Ich hätte Drew niemals in diese Sache mit hineinziehen dürfen. Mein erster Impuls ist es, ihm eine Nachricht zu schreiben.

July: *In der Seitentasche deiner Sporttasche befindet sich ein Plastiktütchen mit weißen Pillen. Entsorg sie! Ich komme vorbei und erklär dir alles.* – Denn es gibt Dinge, die muss ich persönlich klären.

Ohne darüber nachzudenken, wende ich mich zum Gehen.

»Wo willst du hin?«, fragt Bo und überholt mich auf dem Weg zum Flur. Er erreicht ihn vor mir und greift hastig den Autoschlüssel vom Flurschrank, bevor ich es kann.

Verdammte Katzenreflexe!

»Ich muss nach Maryland«, erkläre ich und versuche, ihm den Schlüssel zu entwenden.

Aber Bo ist so viel größer als ich, dass es ein hoffnungsloses Unterfangen ist.

»Maryland?« Er sieht mich verwirrt an. »Gut, aber ich komme mit. Und auf der Fahrt erzählst du mir endlich, was los ist.«

Und obwohl ein Teil von mir es nicht will, willige ich ein.

Noch während ich im Auto sitze und Bo die Wahrheit gestehe, muss ich einsehen, dass ich gerade unsere gesamte Zukunft zerstöre. Drew wird mich hassen. Dad mich verurteilen. Ich werde Kyles Geld nicht bekommen. Und wir unser Haus verlieren. Es ist, als steuern wir in einem Schlauchboot auf einen Wasserfall zu. Wir hören ihn kommen, können jedoch nichts gegen den tödlichen Absturz tun.

Bo hört mir zu und sagt nichts. Aber das muss er auch nicht, weil ich weiß, was er sagen würde.

Das war gefährlich, dumm und naiv. Du hast in deinem Leben schon viele Fehler gemacht, aber das war der größte. Mit Abstand.

Ich hätte Drew das Zeug nicht in die Tasche mogeln dürfen. Es war von Grund auf falsch. Aber wenn ich es nicht getan hätte, hätte man Bo vielleicht tatsächlich zwei Finger abgeschnitten. Das hätte ich ebenfalls nicht ertragen. Das Pflaster auf seinem Handrücken lenkt ohnehin permanent meine Aufmerksamkeit auf sich.

»Jules, du hättest das nicht tun dürfen«, murmelt Bo, um meine Gedanken zu bestätigen. »Wenn diese Sache rauskommt, schadest du damit nicht nur Drew. Wie die Aasgeier werden die Medien alles ausschlachten und Aliza, Aron und Bradley mit in den Dreck ziehen. Und wer weiß wen noch? Ich sehe die Schlagzeile schon vor mir: ›Jüngster Sohn von McDaniels Managerteam des Drogenbesitzes überführt. Welchem Leistungssportler verschafften sie noch Vorteile?‹« Er schweigt einen Moment, bis er mit der flachen Hand auf das Lenkrad schlägt und leise flucht. »Verdammt! Wenn sich der

McDaniels-Clan zusammentut, können die uns bis zum Nimmerleinstag verklagen.«

»Ich weiß«, gestehe ich und jage mir mit dem seltsamen Tonfall selbst eine Gänsehaut über den Rücken.

»Und weißt du, was mindestens genauso schlimm ist? Ich mag Drew. Der Typ ist echt in Ordnung. Du ...« Er atmet tief durch und schüttelt den Kopf. »Egal.«

Es herrscht ein paar Minuten lang unangenehmes Schweigen.

»Woher hat Kyle überhaupt das Geld?«, fragt Bo.

»Er sagte, er hätte es von seinem Dad. Dass sein Dad ihn unterstützt.«

»Bei illegalen Geschäften?« Seinem Tonfall nach glaubt er mir kein Wort.

»Er meinte, sein Dad hätte Kontakte in der ganzen Stadt und ...« Ich stutze. Kontakte, die Mieten erhöhen können. Mit einem Mal bin ich mir nicht mehr so sicher, ob es ein Zufall ist, dass die Miete für Dads Praxis ausgerechnet in diesem Sommer erhöht wurde. Gerade als Drew auftauchte und wir begannen, uns miteinander anzufreunden.

»Aber selbst wenn Kyles Dad irgendwie die Finger im Spiel haben sollte, können wir es nicht beweisen«, wirft Bo ein. »Mit genug Geld und Vitamin B könnte er sich wahrscheinlich selbst vor Gericht freikaufen.«

Darüber nachzudenken, was für ein schlechter Mensch Kyles Dad ist, hilft einzig und allein dabei, mich davon abzulenken, was für ein grauenvoller Mensch ich bin.

»Ich sage das nicht gern«, beginnt Bo.

Ich rechne mit einer Standpauke und möchte den Rest des Satzes am liebsten gar nicht hören.

»Ich weiß, dass wir auch unseren Teil zu den Schulden beitragen, aber ich glaube, wir können Dad nicht helfen. Er hätte gleich mit uns reden sollen, statt sich komplett zu übernehmen und dadurch alles nur noch schlimmer zu machen.«

»Und was dann?« Ich starre stumpf zur Frontscheibe hinaus.

»Hätte ich zum Beispiel mein Studium abgebrochen. Das hätte uns einige Tausend Dollar an Studiengebühren gespart«, sagt er vollkommen trocken.

»Aber …«, beginne ich und scheitere schon wieder an dem Wort.

»Nicht jeder Mensch muss unbedingt studieren. Nur weil ich Medizin studieren kann, heißt es nicht, dass ich das auch muss.«

»Und was willst du dann werden? Bäcker?«, schlage ich sarkastisch vor und beobachte, wie die Landschaft an uns vorbeizieht. Noch immer hängt mein Satz in der Luft. »Du denkst tatsächlich darüber nach?«, frage ich überrascht und lehne mich mit dem Rücken gegen die Beifahrertür, um Bo ansehen zu können.

»Lieber ein glücklicher Konditor oder Eisverkäufer als ein unglücklicher Arzt«, murmelt er.

Ich wusste zwar, dass Bo gern und viel backt und seine Erfahrungen mit Freude im Internet teilt, und auch, dass er die Arbeit im *Hazelcup* liebt, aber dass es ihm tatsächlich so viel bedeutet, war mir bisher nicht bewusst. Ob ich mich mit dem Wissen anders entschieden hätte? Aber was spielt das jetzt noch für eine Rolle? Das Schlauchboot ist bereits in den Abgrund gestürzt.

Tief durchatmend ziehe ich mein Handy heraus.

»Was hast du vor?«, fragt Bo und schenkt mir einen flüchtigen Seitenblick.

»Dad anrufen«, gestehe ich und stelle auf Lautsprecher. Um ihm zu sagen, dass wir reden müssen. Dringend.

Dass irgendetwas nicht stimmt, weiß er schon nach meinem ersten Satz. »Dad? Bo und ich sind auf dem Weg nach Maryland.«

»Aber die Fahrt dauert Stunden. Ihr werdet mitten in der Nacht hier ankommen und das ganze Hotel ist ausgebucht«, antwortet er verwirrt. Dem fehlenden Geräuschpegel nach zu urteilen befindet er sich schon in seinem Hotelzimmer.

»Sag das den zwei Typen, die vorhin bei uns eingebrochen sind, um uns Finger abzuschneiden!«, ruft Bo aus dem Hintergrund.

Für einen Moment herrscht ein beklemmendes Schweigen.

»Fahrt vorsichtig« ist alles, was Dad antwortet. Aber vielleicht gibt es am Telefon auch nicht mehr zu sagen.

Ich checke meine Messenger-App, aber Drew scheint meine Nachricht nicht gelesen zu haben. Vermutlich schläft er bereits.

24. KAPITEL

Skrupel-Samstag

Mit einem letzten Durchatmen versuche ich, all meine Gefühle abzuschalten. Die nächsten Minuten werden die schwierigsten meines Lebens. Schwieriger als Moms Beerdigung. Schwieriger als das Antreten der Reha. Ich wusste immer, dass mein Leben danach irgendwie weitergehen würde. Doch jetzt habe ich das Gefühl, dass ich dabei bin, es im Klo herunterzuspülen. Wie die Kanalisation danach aussehen soll? Dunkel und dreckig. Zumindest sieht es in meinem Inneren so aus. Weil ich an dieser Misere selbst schuld bin. Das ist mir bewusst.

»Was macht ihr hier?«, fragt Dad und schließt die Tür seines Hotelzimmers hinter uns ab.

Ich habe mich kaum auf das Fußende des Betts gesetzt, da öffnet Bo den Mund.

»Ich war die letzten Monate wirklich geduldig«, platzt es aus ihm heraus. »Ich habe kein Problem damit, dir das Geld aus dem *Hazelcup* zu geben. Oder mein Auto zu verkaufen. Meinetwegen auch das Studium zu schmeißen und Vollzeit arbeiten zu gehen. Ich habe für dich wochenlang vor July so getan, als wäre alles in Ordnung. Kein Problem. Aber ich habe ein gewaltiges Problem damit, wenn bewaffnete Männer in unser Haus eindringen und uns mit Gewalt drohen!« Er geht vor dem Bett auf und ab.

Ich habe ihn noch nie so aufgebracht gesehen. Normalerweise ist Bo immer die Ruhe in Person, aber die Situation ist selbst für ihn zu viel.

Statt etwas zu sagen, sieht Dad ihn reglos an.

»Als du mir geraten hast, die Türen abzuschließen, wusstest du, dass das passieren könnte?«, hake ich nach. »Haben sie angedroht, vorbeizukommen?«

»Nein«, sagt Dad entschieden, ohne sich von der Zimmertür wegzubewegen. »Ich habe denen mehrfach gesagt, dass sie euch in Ruhe lassen sollen.«

»Gott, Dad!« Bo starrt ihn entgeistert an. »Denkst du wirklich, dass die sich für deine Worte interessieren? Sie haben uns angedroht, als Anzahlung Körperteile abzuschneiden, und sie sahen nicht aus, als würden sie scherzen.« Er hebt demonstrativ die Hand, um Dad das Pflaster auf dem Handrücken zu zeigen.

»Das sind nur leere Drohungen«, beschwichtigt Dad halbherzig. »Euch geht es doch gut?«

»Leere Drohungen?«, frage ich ungläubig. »Du warst nicht dabei! Sie sind einfach in unser Haus eingebrochen und haben Bo angegriffen!«

»Mir geht es gut«, widerspricht Bo. »Die Kerle sind gegangen, weil July ihnen Geld gegeben hat. Aber frag sie, woher sie das Geld hatte. Der Sumpf, in dem du steckst, reißt uns alle mit runter!«

Dad sieht mich mit einem Blick an, der eindeutig fragt: *Was hast du jetzt schon wieder angestellt?*

»Was ich getan habe, war falsch. Ich weiß das, aber ich wollte euch helfen!«, versichere ich und werde prompt von meinem schlechten Gewissen überwältigt. »Egal. Ich muss mit Drew reden. Jetzt.«

»Das geht nicht. Was denkst du, in welche Schwierigkeiten der Junge gerät, wenn in der Nacht vor dem Spiel plötzlich

seine Freundin im Hotel auftaucht?« Dad sieht mich an, als
wäre diese Vorstellung schlimmer als alles, was er in den letzten
Minuten gehört hat. Als wäre ein mögliches Gerede der Leute
noch immer die schlimmstmögliche Vorstellung in seiner Welt.

»Wenn sie über Drew reden, weil ihn seine Freundin nachts
besucht hat, ist das noch immer besser, als wenn man die Drogen in seiner Tasche findet!«, versichere ich mit Nachdruck.

Dad zuckt zusammen, als könnte er nicht glauben, was er
gerade gehört hat. »Du kannst nicht einfach zu ihm gehen und
an seine Tür klopfen. Das weckt bloß den Rest des Zimmers,
während der Junge seelenruhig weiterschläft«, sagt er schließlich und kämpft sichtlich gegen sein inneres Unbehagen an.

»Dann ist es halt so«, verkünde ich und erhebe mich vom
Bett.

Dieses Mal werde ich nicht auf Dad hören.

Ich klopfe an die Tür des Gruppenzimmers, in dem Drew
schläft – allein, ohne Bos seelische Unterstützung. Weil ich
diesen Fehler allein begangen habe und dafür geradestehe. Was
auch immer ich dafür zu bezahlen habe, ist nur die gerechte
Quittung. Aber lieber ziehe ich einen Schlussstrich unter diese Sache, als so wie Dad meine Dämonen auf ewig an mich zu
binden.

Erst nach einem erneuten Klopfen höre ich Geräusche. Jemand schließt die Tür auf, bevor mich ein vollkommen ver-
schlafener Mateo anblinzelt.

»July?« Er streicht sich eine Locke aus dem Gesicht, stöhnt
und zupft sein Schlafshirt zurecht. »Das ist nicht dein Ernst.«
Ergeben stößt er die Tür auf. »Womit hat dieser Scheißkerl
eine Freundin wie dich verdient?«

»Entschuldigt die Störung. Es ist dringend«, erkläre ich und
ignoriere Mateos Worte. Womit er mich verdient hat, wird sich

Drew auch fragen – nur auf ganz andere Art und Weise. Ich dränge mich an Mateo vorbei und sehe mich hastig im Doppelzimmer um. Wo ist die verfluchte Tasche? Ich entdecke sie unter Drews Bett. Er schläft noch immer tief und fest und ahnt nicht einmal, in welche Schwierigkeiten ich ihn gebracht habe.

Bei Mateo scheint nicht nur das Liebesleben chaotisch zu sein. Ich schiebe mit dem Fuß ein paar Shirts und Unterhosen beiseite, die achtlos auf dem Boden liegen.

»Dringend. Sicher«, murmelt er und trottet durch das Zimmer. Neben Drews Bett bleibt er stehen und zögert, ehe er ihn unsanft an der Schulter rüttelt. »Wach auf, Summers ist hier.«

Drew versteht kein Wort und zieht sich murrend die Decke über den Kopf.

»Wenn du nicht gleich aufstehst, kümmere ich mich um deine Freundin.«

Auch davon zeigt sich Drew herzlich wenig beeindruckt.

Ich zerre seine Tasche hervor und öffne die Seitentasche. Meine Finger tasten in dem Fach herum. Es ist leer. Gott sei Dank. Oder war es ein anderes Fach? Wieso müssen Sporttaschen nur so viele davon haben? Hektisch öffne ich eines nach dem anderen.

»Darf ich fragen, was hier los ist?«, fragt eine tiefe Stimme, die mich zusammenfahren lässt.

Schon bevor ich aufsehe, weiß ich, dass Head Coach Brooks in der Tür steht. Groß gewachsen, mit wettergegerbter Haut und weiß-grauen Haaren. Seine ganze Erscheinung hat etwas Respekteinflößendes an sich – wenn auch auf ganz andere Weise als die Geldeintreiber. Er ist jemand, der in den Menschen das Bedürfnis weckt, vor ihm zu salutieren.

Jetzt gibt es kein Zurück mehr. Keine Ausreden. Ich werde

Dad aus der Sache heraushalten. Wenn er nicht bereit ist, zu seinen Problemen zu stehen, ist das so. Aber ich bin nicht wie Dad.

»Können wir irgendwo reden?«, bitte ich an Brooks gewandt und lasse von der Tasche ab.

»Muss ja ein dringendes Anliegen sein, so mitten in der Nacht«, sagt er schlicht.

Mir fällt jetzt erst auf, dass er nur einen Pyjama trägt. Statt sich über mich lustig zu machen, nickt er.

Brooks Zimmer sieht nicht anders aus als das meines Dads. Schlicht und funktional. Brooks nickt Drew und Jake knapp zu. Ich habe darum gebeten, Drew dazuzuholen, und hätte mir wohl denken können, dass Jake ihm in schwierigen Situationen zur Seite steht.

»Ich musste herkommen und mit Drew reden, weil ... ich einen Fehler gemacht habe«, gestehe ich und gebe mir nicht die Zeit, über meine Worte nachzudenken. Wie ich es auch immer formuliere, ändert nichts an dem, was ich zu sagen habe. »Durch meinen Unfall und das fehlende Stipendium habe ich Geldschulden. Hohe Schulden, die ich nicht begleichen kann. Als die Schuldeneintreiber meiner Familie gedroht haben, war ich verzweifelt. Ich wusste nicht, was ich tun soll. Jemand hat mir angeboten, mein Studium zu finanzieren und die Geldeintreiber loszuwerden, wenn ich Drew dafür Drogen in die Sporttasche stecke.« Jetzt, da ich es laut ausspreche, höre ich erst, wie wirklich widerlich es klingt. Ich habe eine Person, die ich zu lieben vorgebe, für mein persönliches Wohl geopfert. Ich dachte, ich könnte damit leben, wenn ich mir immer wieder sage, dass ich es für Dad und Bo tue – aber ich habe mich geirrt. Ich fühle mich schrecklich.

Jake übersetzt meine Worte, es herrscht Stille im Raum. Niemand rührt sich.

»Wer sollte Andrew schaden wollen?«, fragt Jake schließlich vollkommen ruhig.

Wenn ich könnte, würde ich mich in Luft auflösen. Stattdessen presse ich die Lippen zusammen. Was soll ich darauf antworten?

Am Ende entscheide ich mich für: »Das tut nichts zur Sache.«

»Das tut es schon, falls die Person Teil des Teams oder damit verwandt ist.« Brooks sieht mich durchdringend an, aber ich werde nicht einknicken. Ich werde keinen Namen nennen. Ich ziehe nicht noch einmal wen in meine Angelegenheiten hinein, egal wie unsympathisch mir die Person ist.

Brooks nickt und macht eine auffordernde Geste. »Die Drogen bitte.«

»Sie waren im rechten Außenfach von Drews Sporttasche, aber als ich sie gerade gesucht habe, konnte ich sie nicht finden«, erkläre ich an Jake gewandt und ignoriere den bitteren Geschmack auf der Zunge. Mein Blick gleitet flüchtig zu Drew, der Jake keine Sekunde aus den Augen lässt. Sein Dolmetscher übersetzt meine Worte für ihn. Wie wird Drew reagieren? Angespannt beobachte ich seine Reaktion. Statt wütend zu werden, schüttelt er schlicht den Kopf.

»Ich habe die Tabletten im Klo heruntergespült«, sagt er, ohne mich anzusehen. »Ich dachte, jemand hätte die Taschen vertauscht und sie aus Versehen hineingetan.«

Das ist alles. Drew verstummt, als wäre die Sache damit erledigt. Er würdigt mich keines Blickes, sondern lässt seinen Coach nicht aus den Augen. Irgendetwas an ihm erinnert mich spontan an Aliza, wenn sie über Bradley spricht. Drew wirkt vollkommen gefasst. Aber die Geschwister haben beide die gleiche Art, die Zähne zusammenzubeißen, wenn sie ihre Emotionen herunterschlucken.

Brooks mustert Drew einen Moment und nickt schließlich. Vielleicht ist seine Menschenkenntnis gut genug, um Drew anzusehen, dass es die Wahrheit ist. Es ist, wie ich Kyle gesagt habe: Jeder weiß, dass Drew keine Drogen nimmt.

»Dann wartet bitte einen Moment vor der Tür, während ich mit July rede. Wir fassen uns kurz, damit alle wieder ins Bett können. Wir haben einen anstrengenden Tag vor uns.«

Ich sehe Drew und Jake nach, wie sie das Zimmer verlassen. Als Drew geht, nimmt er ein Stück von mir mit, das ich niemals zurückbekommen werde. Dass ich es mit meinem Verrat selbst herausgerissen habe, macht keinen Unterschied. Es schmerzt trotzdem.

Brooks geht zum Schreibtisch hinüber und lehnt sich dagegen. Er verschränkt die Arme vor der Brust und senkt das Kinn, als würde er mich anvisieren. Obwohl er nur seinen Pyjama trägt, strahlt er eine natürliche Autorität aus, die an der Mauer meines Widerstands kratzt.

»Du willst mir also nicht sagen, wer ein Interesse daran hat, unserem Starting Quarterback Drogen unterzuschmuggeln?«

Ich würde den Kopf schütteln, wenn ich könnte. Stattdessen murmle ich leise: »Nein.«

»Gut«, seufzt Brooks und stützt die Hände auf den Tisch. »Dann war es bestimmt nicht die Person, deren Dad mir Geld angeboten hat, wenn ich seinen Sohn wieder spielen lasse.« Er schüttelt den Kopf und reibt sich mit einer Hand über die Augen. »College Football ist auch nicht mehr das, was es einmal war. Und was soll ich jetzt mit dir machen?«

»Was auch immer Sie müssen«, sage ich knapp. Ich bin bereit, meine gerechte Strafe anzutreten. Mir ist so übel, dass ich fürchte, mich übergeben zu müssen, aber ich stehe zu dem, was ich getan habe. Ich wusste, worauf ich mich einlasse. Wenn ich jetzt vom College fliege, ist es nur gerecht.

Unser Gespräch wird unterbrochen, als es an der Tür klopft. Dad tritt ein und schenkt mir einen flüchtigen Blick, bevor er Brooks zunickt. Für einen Moment denke ich, dass er gekommen ist, um mir beizustehen, aber seine Worte überzeugen mich vom Gegenteil.

»Ich höre, es gibt schon wieder Probleme mit meiner Tochter?«, fragt er, immer noch darum bemüht, den Schein zu wahren.

Es ist der Moment, in dem ich einsehen muss, dass ihm eine tadellose Außenwirkung wichtiger ist als seine Kinder. *Schon wieder Probleme mit meiner Tochter.* Was soll das überhaupt heißen? Er ist der Grund für mein Problem.

»Du kannst vorerst gehen, wir reden später«, schlägt Brooks an mich gewandt vor und nickt Dad zu.

Desillusioniert stehe ich auf und trete auf den Flur hinaus, nur um dort unangenehm berührt stehen zu bleiben.

Drew lehnt an der gegenüberliegenden Wand und sieht mich mit einem Blick an, der verdeutlicht, dass ich in dieser Nacht zwei Menschen verloren habe: Drew, weil ich ihn enttäuscht habe. Und meinen Dad, weil er mich enttäuscht hat. Nicht nur enttäuscht. Ich fühle mich regelrecht verraten und der Situation geopfert. Also vermutlich genauso wie Drew.

Wenigstens ist Jake nicht mehr in der Nähe, um mir einen weiteren Vortrag darüber zu halten, dass ich Drew nicht guttue. Er hatte recht. Von Anfang an. Hätte ich geahnt, worauf unsere Geschichte hinausläuft, hätte ich seinen Rat befolgt und dieses Buch rechtzeitig abgebrochen.

»Du hast mich also verkauft?«, fragt Drew geradeheraus. »Wie viel war ich dir wert?«

84 000 Dollar – so viel kostet unser Studium noch bis zum Bachelor. Aber ich nehme an, dass die Frage rhetorisch war und er nicht ernsthaft eine Antwort erwartet. Ich verstehe, dass

Drew enttäuscht ist, und es gibt keine Worte – ob gesprochen oder in Gebärden –, um mich bei ihm zu entschuldigen. Ich habe ihm das Herz gebrochen und meines gleich mit.

Ich würde einiges tun, um dafür zu sorgen, dass man Bo nie wieder angreift. Aber nichts mehr, was Drew verletzt. Ich habe mir eingeredet, dass ich damit klarkomme, ihn zu verlieren. Weil er nur ein Freund ist. Weil er schon irgendwie klarkommen wird. Weil er nicht Gefahr läuft, dass man ihn mit einem Messer bedroht. Aber jetzt, da der Schaden angerichtet ist und er mir gegenübersteht, spüre ich, dass ihn zu verletzen sich nicht anders anfühlt, als hätte ich Bo verraten. Nur weil ich die beiden auf unterschiedliche Arten liebe, heißt es nicht, dass eine weniger wertvoll ist als die andere. Die Erkenntnis kommt zu spät. Ich weiß das. Dabei hat mir mein Verrat kein Stück weitergeholfen. Die Schläger werden wiederkommen. Und es gibt keine Möglichkeit, in der Kürze der Zeit genügend Geld zu verdienen, um das zu verhindern.

Ich sehe zu Drew auf. Ein eisiger Schauer kriecht mir den Rücken hinab. »Ich will nur, dass du weißt, dass …«

Dass was, July? Du ihn trotz allem nicht angelogen hast? Dass du ihn aufrichtig geliebt hast? Immer noch liebst, obwohl du aus seinen Augen ablesen kannst, dass du ihn mehr verletzt hast, als er dir verzeihen wird?

»Ich wünschte, ich könnte behaupten, dass ich es gern ungeschehen machen würde. Aber wenn ich es nicht getan hätte, wenn ich das Geld nicht gehabt hätte, hätten sie Bo noch schwerer verletzt. Das hätte ich auch nicht ertragen«, gestehe ich.

»Was ist passiert? Wer hat Bo verletzt? Warum hast du mir nicht gesagt, dass du Geld brauchst?«, fragt Drew. Zusätzlich zu dem Schmerz tritt noch etwas anderes in seine Augen, aber ich kann es nicht deuten. Verzweiflung? Mitleid?

Ich weiß es nicht und ertrage es genauso wenig. Wie kann er mich so ansehen? Warum kann er nicht einfach wütend werden? Es wäre so viel leichter zu ertragen.

»Weil das, was ich von dir wollte, nie Geld war.« Nur seine Freundschaft, sein Humor, seine Nähe. »Es tut mir leid.«

»Wie soll ich dir jetzt noch vertrauen?« ist alles, was er sagt.

Wir beide kennen die Antwort: Gar nicht.

Ich wende mich zum Gehen, erfüllt von der Angst vor den Konsequenzen, wenn Coach Brooks meine Tat öffentlich macht. Drew hält mich nicht zurück. Natürlich nicht. Warum sollte er auch?

In dieser Nacht habe ich Drew verloren. Aber es ist nicht das Einzige, was mir abhandengekommen ist. Die Sicherheit in unserem Zuhause und das Vertrauen in Dad habe ich ebenfalls eingebüßt.

Was bleibt mir überhaupt noch?

In Dads Zimmer angekommen, erzähle ich Bo von allem.

»Wie hat Drew reagiert?«, hakt er nach.

»Enttäuscht?«, vermute ich. Er war erstaunlich gefasst, dennoch konnte ich sehen, wie ihm das Herz gebrochen ist. »Ich fühle mich zu Hause nicht mehr sicher. Dad wird diese Sache nicht regeln, oder?« Ich setze mich neben Bo auf die Bettkante und lehne mich gegen ihn. Weil Bo recht hatte: Es ist egal, was passiert, er ist immer da, um mich aufzufangen.

»Ich glaube, er kann diese Sache nicht regeln. Wir sollten für eine Weile ausziehen. Nur, bis er das begriffen hat«, sagt Bo leise. »Vielleicht zu Haley?«

»Und du meinst, dort wird man uns nicht aufsuchen?«, hake ich nach.

»Ich meine, dass Dad einen Anstoß braucht, um sein Leben

zu regeln, bevor wir unseres für ihn noch weiter ruinieren. Er braucht Hilfe.«

Als Dad zur Tür hereinkommt und mitteilt, dass er alles geregelt hätte, will ich ihn am liebsten anschreien. Weil er nichts – aber auch gar nichts – verstanden hat.

Ich habe Drew verloren – seinetwegen. Und er erwartet, dass ich tue, als wäre nichts passiert, um den Schein zu wahren. Das ist vielleicht etwas, das er von Bo erwarten kann. Aber ich bin nicht wie Bo.

25. KAPITEL

Donnerwetter-Donnerstag

Ich streiche mit einem Finger über die Medaille in meiner Hand. Es war die erste, die ich jemals gewonnen habe. Vielleicht die wichtigste, weil sie dafür gesorgt hat, dass ich mein Herz ans Cheerleading verloren habe. Mom war an dem Tag so unfassbar stolz auf mich und das ganze Team. Das werde ich nie vergessen. Es war eine schöne Zeit. Natürlich weiß ich, dass ich unmöglich all meine Sachen aus diesen Kartons mit zu Haley nehmen kann. Ihre Mom und sie sind tatsächlich so lieb, uns eine Weile bei sich wohnen zu lassen, aber im Gästezimmer ihres Vorstadthauses ist nicht unendlich viel Platz. Dennoch stehe ich in der Garage und stöbere durch meine Kisten, weil ich das Bedürfnis habe, zumindest irgendetwas hiervon mitzunehmen. Im Gegensatz zu Dad sammle ich gern Andenken. Sie erinnern mich daran, dass alles Vergangene wirklich passiert ist. Dass es keine Einbildung war. Kein Traum.

Ich lasse die Medaille in die Hosentasche gleiten, als Dads Stimme durch das Haus hallt.

Sein »Was ist denn hier los?«-Ausruf lässt mich vermuten, dass er unsere Koffer im Flur entdeckt hat. Dank der Hellhörigkeit in diesem Haus höre ich auch Bos Antwort, ohne zu lauschen.

»Wir ziehen aus«, sagt er ruhig.

Ich klappe die Kartons zu und gehe in den Flur hinüber. Bo lehnt lässig im Türrahmen zu seinem Zimmer, während Dad aussieht, als könnte er weder seinen Augen noch Ohren trauen.

»Ich werde von den Nachbarn angerufen, weil ein Hippiebus voller Kartons vor der Tür steht, und erfahre nebenbei, dass ihr beschlossen habt, auszuziehen?«

»Wir werden uns das hier nicht länger antun. Bevor du uns jetzt einen Vortrag darüber hältst, dass wir undankbar sind und du alles nur für uns getan hast, keine Angst: Das wissen wir. Ich überweise dir weiterhin einen Teil der Einnahmen aus dem *Hazelcup*«, fährt Bo ungerührt fort.

»Aber …«, beginnt Dad und bringt den Rest des Satzes nicht heraus.

»Dad …« Ich schiebe die Hände in die Hosentaschen und streife mit den Fingern die Medaille. Sie ist die stumme Erinnerung an bessere Zeiten, aber die sind vorüber. Nicht vergessen, nur vergangen. »Wir haben dich lieb, und wir sind dir dankbar für alles, was du für uns getan hast, aber wir können so nicht weitermachen. Solange du nicht bereit bist, dir einzugestehen, dass du Hilfe brauchst, brauchen wir Abstand.«

»Ich habe alles im Griff«, versichert er.

Seine Behauptung ist mein Zeichen, den Koffer zu nehmen. »Ruf mich an, wenn du bereit bist, ehrlich zu mir zu sein«, schlage ich vor und ziehe den Koffer hinter mir her.

»Wir telefonieren«, sagt Bo, nimmt ebenfalls seinen Koffer und klopft Dad im Vorübergehen auf die Schulter.

Insgeheim erwarte ich, dass Dad noch etwas sagt. Oder vielleicht hoffe ich es auch nur, aber nichts geschieht. Er lässt uns gehen.

Während ich ein paar Klamotten in eine Kommode räume, kann ich es immer noch nicht fassen, dass wir das tun. Fair Haven ist wie ein Dorf. Dass wir bei Haley leben, wird schneller die Runde machen, als Dad lieb ist. Aber alles, was ihn wachrüttelt, ist uns recht. Wir können so nicht weitermachen. Ich bin dem Universum dankbar für Bo. Er ist derjenige, der meiner inneren Bibliothekarin die Bücher reicht, um sie wieder richtig im Regal einzusortieren. Nur an ein Regal in der verbotenen Abteilung lasse ich ihn nicht heran. Es trägt die Beschriftung: *Drew*. Niemand wird das jemals wieder in Ordnung bringen können.

»Und es ist wirklich okay, wenn wir uns den Bus nachher noch mal leihen?«, hake ich bei Haley nach.

»Wenn ihr damit herumfahren wollt«, schnaubt sie und spielt nicht nur darauf an, dass das Fahrzeug von ihrer Mom aussieht, als hätte man es direkt aus den 1960ern importiert. Es ist auch nicht besonders leicht zu fahren.

Wir wollen dennoch noch einmal zum Campus. Bo spielt nach wie vor mit dem Gedanken, sein Medizinstudium abzubrechen, hat aber vorher trotzdem einen Termin mit der Studienberatung vereinbart, um sich über mögliche Kredite zu informieren und beraten zu lassen.

Ich treffe mich mit Suzi beim Training der Cheerdancer. Mein Bein ist so weit verheilt, dass ich langsam damit anfangen kann, es wieder zu belasten, aber darum soll es in dem Gespräch nicht gehen. Da Dad und Brooks schon seit Jahren befreundet sind, hat Brooks darauf verzichtet, die Polizei über meine Tat zu informieren. Vor Erleichterung habe ich eine halbe Stunde lang geweint. Ohne Konsequenzen bleibt meine Tat allerdings nicht. Zur Strafe muss ich Suzi beim Training und der Organisation aushelfen. Einerseits bin ich dankbar für Brooks Nachsicht, andererseits überkommt mich bei dem

Gedanken an das Training ein mulmiges Gefühl. Wie wird es sein, Suzi zu treffen und den anderen beim Training zuzusehen?

»Ist alles in Ordnung?«, fragt Haley, da ich in der Bewegung verharre und vor mich hinstarre.

»Ja, ich dachte nur gerade an Cheerleading«, gestehe ich und versuche, die unschönen Gefühle in mir wegzulächeln.

Haley lehnt sich gegen den Türrahmen. »Apropos Pompons: Hast du irgendetwas von Drew gehört?«, fragt sie geradeheraus.

»Seit Maryland nichts mehr gesehen oder gehört«, verneine ich. »Auch von Drews Dolmetscher nicht.«

Haley ist die Einzige, der Bo und ich die ganze Geschichte erzählt haben, weil wir das Gefühl hatten, dass sie die Wahrheit verdient, bevor wir bei ihr einziehen.

»Jeder macht mal blöde Fehler, und ich weiß, wie es ist, wenn Väter einen enttäuschen«, war alles, was sie dazu sagte. Sie ist uns eine wahre Freundin in der Not.

»Denkst du, dass Drews Familie einen Anwalt einschaltet?«, frage ich verunsichert. »Wegen Verleumdung oder ähnlichem? Verdient hätte ich es. Ich hätte fast seine Karriere ruiniert.«

»Nicht nur die.« Seufzend setzt sie sich auf die äußerste Bettkante von Bos Gästebett.

»Wie meinst du das?«

»Seine Freundin hat ihn wegen Geldes verraten. Was denkst du, wie er sich fühlt? Der sucht sich doch nie wieder eine, bei der er fürchten muss, dass sie finanzielle Probleme hat. Du hast ihn damit für jedes Mädchen von Nebenan versaut.«

»Weißt du, was ich verdient hätte?«, murmle ich. »Dass er Penny datet.«

»Das hat Drew aber nicht verdient«, schnaubt Haley. »Ich verstehe sie sowieso nicht. Ihre Familie hat doch so viel Geld, dass es ihr egal sein könnte, ob ihr Freund zwanzigtausend oder zwanzig Millionen Dollar pro Jahr verdient.«

»Ihr vielleicht, aber ihr Dad ist etwas speziell«, gestehe ich. »Er würde es glatt fertigbringen, sie zu enterben, wenn sie den falschen Freund mit nach Hause bringt.«

Wobei seine Definition von *falsch* leider sehr umfangreich ist.

Auf dem Weg zur Sporthalle wird mir mit jedem Schritt schwerer ums Herz. Wie wird es sein, wieder den gewohnten Geruch der Umkleidekabinen zu riechen, aber nicht am Training teilzunehmen? Was hat Brooks Suzi erzählt? Weiß sie, was ich getan habe? Oder wird sie in mir immer noch das arme Mädchen sehen, das sich beim Training verletzt hat?

Meine Gefühle werden auf eine harte Probe gestellt, als mich Suzi auf dem Weg abfängt. Sie lächelt mich auf eine Art und Weise an, die keinen Zweifel daran lässt, dass sie früher eine begnadete Cheerleaderin gewesen ist. Ich komme kaum dazu, sie zu grüßen, da deutet sie in Richtung des Stadions.

»Wir nutzen das gute Wetter und trainieren direkt am Feldrand.«

»Oh« ist alles, was mir über die Lippen kommt. Mir wird augenblicklich übel. Ich versuche mich zusammenzureißen, aber vielleicht hat mein Unfall doch Spuren in meinem Unterbewusstsein hinterlassen. Bisher hat es sich nie so seltsam angefühlt, das Stadion zu betreten, aber die Trainingssituation ruft gemischte Gefühle in mir hervor. Ich will nach vorn sehen, trotzdem denke ich an meine allerletzte eigene Trainingsstunde zurück. Genau an dieser Stelle des Feldes. Mir läuft es eiskalt den Rücken hinab. Da die Cheerdancer keine gefährlichen Hebungen und Würfe absolvieren, laufen sie zumindest nicht Gefahr, sich das Rückgrat zu brechen.

»Du hast dir echt beim Training das Genick gebrochen?«, fragt ein Mädchen aus dem ersten Semester und sieht mich aus großen Augen an.

Ich drehe mich um und hebe den Pferdeschwanz an, damit sie die Narbe betrachten kann.

»Krass.«

»Also!« Suzi klatscht in die Hände. »Für heute übernimmt July das Training. Was haltet ihr davon? Ich werde euch filmen, damit wir uns später alle gemeinsam ansehen können, an welchen Stellen wir noch üben müssen. Blamiert mich nicht!«

Ich fühle mich kurz überrumpelt, bin aber zu trotzig, um es mir anmerken zu lassen. Mein Trotz gerät ins Schwanken, als eine halbe Stunde später die ersten Footballspieler das Feld betreten – und Dad. Ich weiß gar nicht, wen ich weniger gern treffen möchte: ihn oder Drew. Dabei wünscht sich ein Teil von mir nichts mehr, als Drew zu sehen. Er hat mir seit dem Abend in Maryland nicht mehr geschrieben – natürlich nicht. Ich weiß, dass ich selbst schuld bin, trotzdem vermisse ich ihn.

Mit einem Mal fühle ich mich noch mehr an meine letzte Trainingsstunde erinnert. Auch damals haben wir getan, als würden wir einander nicht zur Kenntnis nehmen. Ich weiß, dass ich mich geirrt habe und er meinen Unfall mitangesehen hat, doch heute dreht er sich nicht ein einziges Mal nach mir um.

»Ich beneide dich«, seufzt eines der Mädchen und folgt meinem Blick. »Dank deines Dads kommst du problemlos an die heißen Typen heran.«

»Alles, was gerade zwischen dir und diesen heißen Typen steht, bist du selbst«, versichere ich. »Sie sind auch nur Menschen. Allerdings ehrgeizige, also warte bis nach dem Training, bevor du sie überfällst. Jetzt zurück auf die Plätze! Und wenn ich noch eine von euch sehe, die ihren Pompon schwingt, als wäre er ein alter Putzlappen, komme ich zu ihr nach Hause und lasse sie damit ihre Fenster putzen. Und poste das Ganze auf Instagram!« Meine Drohung führt zwar eher zu einem Lachanfall als ernsthaftem Respekt, aber wenigstens geben sie sich danach etwas mehr Mühe.

»Eins, drei, fünf, sieben!«, zähle ich den Takt und klatsche in die Hände. Immer wieder, bis ein Football neben meinen Füßen landet. Tief durchatmend sehe ich auf, als Mateo angetrabt kommt.

»Ich wäre euch sehr dankbar, wenn ihr uns nicht abschießt.« Ich erinnere mich noch gut daran, wie er Haley das Frisbee gegen die Schläfe geschmissen hat. Das sah schon schmerzhaft genug aus.

»Sorry! War nicht mein Pass.« Abwehrend hebt er die Hand und sammelt den Ball auf. »Ich weiß auch nicht, ob das der mieseste Fehlpass in der Geschichte aller Würfe war oder McDaniels ernsthaft ein Attentat versucht hat.«

Allein wenn man Drew erwähnt, zieht sich mein Herz schmerzhaft zusammen.

Als hätte Mateo es gesehen, schenkt er mir ein entschuldigendes Lächeln. »Ich habe gehört, dass ihr nicht mehr zusammen seid. Tut mir leid, Summers.« Es wirkt, als wollte er noch etwas sagen, stattdessen winkt er mir kurz zu und rennt zum Team zurück.

Es fällt mir schwer, mich nicht erneut nach Drew umzusehen. Obwohl mein Kopf weiß, dass wir uns dieses Mal nicht vertragen werden, sucht mein Körper seine Nähe. Mein Herz hingegen will ihn einfach nur glücklich wissen. Und das wird er ohne mich werden. Vielleicht ist es das, was Aliza meinte, als sie sagte, dass man dem anderen sein Glück gönnen muss. Dass es manchmal das einzig Richtige ist, ihn loszulassen, damit er sich frei entfalten kann.

»Also weiter!«, beschließe ich und konzentriere mich auf die Mädchen, den Takt und asynchrone Bewegungen.

Alles ist gut, rede ich mir in einer Dauerschleife ein.

Zumindest bis ich zwei Gestalten in schwarzer Kleidung auf den Platz schlendern sehe. Ich versuche mich auf das Training zu konzentrieren, auch als die zwei Dad erreichen, in ein Gespräch verwickeln – und mit ihm den Platz verlassen. Ich unterdrücke den Impuls, ihnen sofort nachzulaufen.

Das ist Dads Angelegenheit, wiederhole ich, bis ich es nicht mehr aushalte. »Entschuldigt. Ich muss kurz weg«, erkläre ich mich an Suzi gewandt.

Hastig laufe ich über den Rasen. Nur am Rand meines Bewusstseins nehme ich wahr, dass mein Bein nicht schmerzt. Ich würde mich über den Fortschritt freuen, wenn ich mit den Gedanken nicht bei Dad wäre.

Ich muss nicht weit laufen, um ihn zu finden. Die Männer haben ihn noch im Durchgang zu den Umkleidekabinen gegen die Wand gedrängt.

Wilsons Unterarm drückt gegen Dads Hals, presst ihn so erbarmungslos gegen die Mauer, dass mein Vater ein würgendes Geräusch von sich gibt. »Wir waren in der Vergangenheit viel zu nett zu dir, Summers. Und wie dankst du es uns?«, sagt er knurrend. Etwas Silbernes blitzt auf, kurz bevor er Dad ein Messer an die Kehle hält.

Wie paralysiert bleibe ich stehen und starre auf die vor mir liegende Szene. Wie schon bei uns im Haus bin ich spontan überfordert. Es ist egal, was ich momentan für Dad empfinde, ich will ihn trotzdem nicht leiden sehen.

»Aufhören!«, rufe ich etwas außer Atem. Ich bin mir nicht sicher, ob es vom kurzen Lauf oder meinem vor Aufregung

galoppierenden Herzen stammt. Was ich mir bei meinem Ausruf gedacht habe? Das weiß ich selbst nicht. Dieses Mal habe
ich nicht einmal Geld dabei, das ich ihnen anbieten könnte.

»Wenn das nicht deine bezaubernde Tochter ist«, stichelt
Miller und lässt von Dad ab, um auf mich zuzugehen.

Instinktiv trete ich zurück. Ich weiß nicht, ob ich bleiben
und Dad helfen oder weglaufen soll. Da mein Körper sich nicht
entscheiden kann, schaltet mein Gehirn auf verbalen Angriff
um. »Ihr Halbaffen lasst gefälligst meinen Dad in Ruhe!«

»Sonst was?«, fragt Miller belustigt.

»Ich kann sehr laut schreien«, versichere ich.

»Versuch es ruhig, wenn dir nichts an deinem Dad liegt«,
warnt Wilson und drückt die Klinge gegen Dads Hals. Ein ro-
tes Rinnsal läuft aus dem Schnitt an seiner Haut hinab.

Mein Dad gibt ein eigenartiges Geräusch von sich, irgendwo zwischen Zischen und Wimmern.

»Sei ein gutes Kind und lass uns unseren Job erledigen«,
bittet Miller. Seine Hand schnellt vor und will nach meinem
Oberarm greifen.

Instinktiv weiche ich aus und trete noch einen Schritt zurück, bis ich gegen einen Widerstand stoße. Mit einem weiteren Geldeintreiber rechnend drehe ich mich erschrocken um
und erblicke Drew.

»Alles in Ordnung?«, fragt er zweifelnd und legt eine Hand
auf meine Schulter. Es ist nur eine winzige Geste, aber sie fühlt
sich nach Rettung an.

Ich weiß nicht, was er hier tut, aber ich bin ihm dankbar für
seine Anwesenheit. Unbewusst nach Schutz suchend lehne ich
mich gegen ihn. Statt mich abzuweisen, ergreift er meine Hand
und verschränkt seine Finger mit meinen, als wollte er mir bei-
stehen. Dass er so groß ist, gibt mir ein trügerisches Gefühl
von Sicherheit.

»Junge, misch dich nicht in Dinge ein, die dich nichts angehen«, warnt Wilson.

Ich bin mir nicht sicher, wie viel Drew verstanden hat, aber
die angespannte Atmosphäre spricht für sich. Auch ohne Worte kann man daran kaum etwas falsch interpretieren.

»Miller und Wilson«, ertönt Brooks tiefe Stimme hinter
uns.

Seiner Reaktion nach zu urteilen scheint Miller ihn zu kennen. Er zuckt kaum merklich zusammen.

»Was sucht ihr hier? Habt ihr nicht schon seit eurer Jugend
Platzverbot?«, hakt Brooks nach und kommt entschiedenen
Schrittes näher.

Wilson schnaubt abfällig und schenkt ihm einen kurzen
Seitenblick. »Der alte Brooks steht also immer noch am Feldrand und beschützt seine kleinen Schäfchen.«

»Mäh«, sagt Brooks trocken und stellt sich zwischen mich
und Wilson. »Ihr solltet euch erinnern, wie hart ich für meine
Jungs kämpfe. Auch wenn es in manchen Fällen vergebens ist.
Und jetzt wäre es besser, wenn ihr geht, bevor die Polizei hier
ist.«

»Sonst was?«, hakt Wilson nach und lässt langsam das Messer sinken.

»Habe ich den ganzen Platz voller loyaler Jungs, die sehr viel
besser in Form sind als ihr«, versichert Brooks.

Die zwei zögern einen Moment, bevor sie sich tatsächlich
zurückziehen.

»Wir wissen, wo du wohnst, Summers!«, ruft Miller noch im
Gehen und lässt meinen Dad zusammenzucken.

Er reibt sich flüchtig das Blut vom Hals und sieht den beiden nach.

»Mir scheint, July ist hier nicht die Einzige mit Geldpro-
blemen«, sagt Brooks knapp und klopft mir so kräftig auf die

Schulter, dass mein Bein einknickt. »Ich denke, wir sollten reden, Douglas.«

Mein Dad öffnet den Mund, um etwas zu sagen, belässt es dann jedoch bei einem stummen Nicken. Ich versuche, ihn anzusehen, aber er weicht meinem Blick aus. Soll ich ihn fragen, wie es ihm geht?

»July? Drew? Seid ihr so gut, dem Rest des Teams zu sagen, dass Douglas und ich anderweitig beschäftigt sind?«, bittet Brooks.

Mein »Ja« klingt heiserer, als es sollte. Schweigend sehe ich Dad nach. Er hat kein einziges Wort zu mir gesagt. Erst als er und Brooks aus meinem Sichtfeld verschwunden sind, bemerke ich, dass Drew noch immer meine Hand hält. Kaum drehe ich mich zu ihm herum, entzieht er sie mir und wirkt beinahe verlegen. Als wüsste er selbst nicht, was er hier tut. Meine Hand fühlt sich mit einem Mal viel zu nackt an. Als hätte ich den ganzen Tag einen Ring getragen und nun abgestreift. Meine Finger wollen nach Drews tasten, aber ich unterdrücke den Impuls. Ich würde ihm gern so vieles sagen, aber was davon würde etwas ändern? Drew ringt mit sich selbst und öffnet den Mund, bringt aber kein Wort hervor. Vielleicht versucht er zu verstehen, was er gerade gesehen hat. Ich wäre wohl auch verwirrt, wenn ich in eine Szene gerate, in der jemand mit einem Messer bedroht wird.

»Die Geldprobleme in meiner Familie sind … etwas schwerwiegender«, gestehe ich langsam, als würde es alles erklären.

Auch wenn Drew für einen Moment so aussieht, als würde er mich gern danach fragen, schüttelt er in der nächsten Sekunde den Kopf. »Erzähl es mir jetzt nicht«, bittet er, gibt sich einen Ruck und wendet sich zum Gehen.

Mit ihm geht ein Teil meines Herzens. Vielleicht wird es in Zukunft immer so sein, dass es bei seinem Anblick einen

Stolperer hinlegt. Einen stummen Gruß an den Teil, der mal zu mir gehörte.

Eins. Drei. Fünf. Sieben. Das war der Takt, der mein Leben bestimmte. Die Fünf kam mir abhanden, als mir nach dem Sturz das Cheerleading genommen wurde. Und die Eins gehört Drew.

Fast mechanisch gehe ich zurück auf den Rasen und gebe dem restlichen Trainerstab Bescheid. Offensichtlich hat keiner der Anwesenden etwas von der Szene mitbekommen. Mit dem Bild meines gebrochenen Dads vor Augen fällt es mir schwer, mich zu konzentrieren. Ich beende die Probestunde bei den Cheerdancern wie in Trance. Auch Suzis Lob dringt kaum zu mir durch.

Anschließend setze ich mich auf die unterste Stufe der Tribüne und starre auf das Feld. Ich könnte zu Haley fahren und mich in meinem Bett verkriechen, aber meine zitternden Knie halten mich davon ab. Ich brauche einen Moment Ruhe, um mich zu sammeln. Um das Bild von Dad zu verdrängen. Das widerliche Grinsen von Miller. Und das Gefühl von Drews Fingern, die nach meinen tasten.

Ich weiß nicht, wie lange ich hier sitze und vor mich hinstarre, bis sich jemand vor mich kniet. Der Stolperer meines Herzens begrüßt ihn zurück.

»Geht es dir gut?«, fragt Drew leise und sieht mich mit einem Blick an, als würde es ihn tatsächlich interessieren.

Hinter meinen Lidern beginnt es zu brennen. Ich will nicht weinen. Aber dieser Ort, an dem der Unfall stattgefunden hat, die Szene mit Dad und meine Gefühle für Drew machen mir sekündlich mehr zu schaffen.

»July?« Er streckt die Hand aus und streicht mir eine Haarsträhne hinters Ohr.

Wie er es so oft getan hat, als noch alles gut war. Oder als ich glaubte, dass alles gut wäre. In Wahrheit habe ich nur nichts von Dads Problemen gewusst. *Gut* war es schon lange nicht mehr.

»Hat dir der Typ vorhin wehgetan, Dust Kitty?«

Der Spitzname reicht, um mich vollkommen zusammenbrechen zu lassen. Dieser Tag – alles in den letzten Wochen – war zu viel. Bevor ich weiß, was ich tue, schlinge ich die Arme um Drews Hals und lasse die Tränen einfach laufen. Niemand hat mir wehgetan – außer ich mir selbst, weil ich ihn verletzt habe.

»Es tut mir leid«, schluchze ich, obwohl ich weiß, dass er es nicht hört. Alles. Dass ich ihn verraten habe und dass ich ihn vollheule. Ich kann die Tränen nicht zurückhalten, es wird auch nicht besser, als Drew die Arme um mich legt und mich sacht an sich zieht.

»Ich bin ganz klebrig«, murmelt er.

Aber das ist mir egal. Es hat mich noch nie gestört, wenn er verschwitzt ist. Außerdem riecht er selbst dann viel zu gut. Ich habe mir seit Tagen nichts anderes gewünscht, als ihm noch einmal nahe zu sein, und will nicht, dass der Moment endet. Meine Finger vergraben sich in seinem Trainingsshirt.

»Alles in Ordnung?«, fragt Mateo und kommt herübergetrabt. »Oder hat er dich dieses Mal wirklich getroffen?«

Hastig lasse ich von Drew ab, wische mein Gesicht trocken und ziehe die Nase hoch. Der Moment der Schwäche ist mir schlagartig unangenehm. »Alles okay«, murmle ich heiser und höre selbst, wie wenig überzeugend ich klinge.

»Kann ich ihn dann fürs Training noch mal wiederhaben?«, hakt Mateo nach und legt ihm eine Hand auf die Schulter.

Sicher. Ich überlasse Drew seinem Team und erhebe mich. So beherrscht wie ich kann, verlasse ich das Stadion.

26. KAPITEL

Möglichkeiten-Mittwoch

»Was soll das heißen?«, fragt Bo ins Handy.

Wir sitzen im Abendlicht der Herbstsonne auf der Terrasse hinter Haleys Haus. Bo lernt, ich versuche zwei Bücher gleichzeitig zu lesen, und Haley kämpft mit einer ratternden Nähmaschine. Bis auf den Geräuschpegel des streikenden Dings ist es idyllisch. Obwohl der Garten dieses Hauses aussieht, als wäre er seit dem Einzug der Besitzerin nicht ein einziges Mal aufgeräumt worden. Büsche, Stauden und Rasen gehen nahtlos ineinander über. Ähnlich verhält es sich mit der Deko im Haus: Traumfänger, Räucherstäbchen, Fruchtbarkeitsstatuen und Vergleichbares füllen jeden Winkel aus.

»Ohio?«

Ich drehe mich zu Bo um und sehe ihn fragend an, aber er reagiert nicht.

Erst nachdem er aufgelegt hat, schenkt er mir seine Aufmerksamkeit. »Du erinnerst dich an das Gespräch zwischen Dad und Brooks? Der Coach hat sich ein wenig umgehört, und es gäbe für Dad tatsächlich eine mögliche Vollzeitstelle. Weit weg von den Schlägertypen und gut bezahlt. Gut genug für einen Neuanfang. Zumindest, wenn er das Haus verkauft.«

Ich sehe Bo überfordert an. Soll ich mich über diese Nachricht freuen? Ich finde es gut, wenn Dad sein Leben geregelt bekommt. Aber dafür das Haus zu verkaufen, in dem wir aufgewachsen sind – mit dem wir alle Erinnerungen an Mom verbinden –, fühlt sich dennoch seltsam an. Aber vielleicht ist das so im Leben: Kein Neuanfang ohne Opfer.

»Ausgerechnet Ohio?«, stöhnt Haley. »Die mit den Fan-Shirts, auf denen steht: ›Santa would never wear blue?‹«

»Dad wird sich einige dumme Sprüche anhören müssen«, stimmt Bo zu. »Und wir auch, falls wir mitgehen. Er möchte unsere Meinung wissen.«

Es ist kein Zufall, dass Dad Bo angerufen hat. Seitdem ich ihn, Miller und Wilson erwischt habe, geht er mir aus dem Weg. Vielleicht ist ihm der Vorfall noch immer unangenehm. Vielleicht fürchtet er, dass ich ihm mitten auf dem Campus eine peinliche Szene mache und ihn anschreie. Ich weiß es nicht.

»Ihr könnt nicht schon wieder ausziehen. Ihr seid gerade erst eingezogen. Und unser Haus war noch nie so sauber wie jetzt«, beschwert sich Haley und kämpft weiterhin mit einem Faden.

»Wir können aber auch nicht ewig hier wohnen bleiben«, wirft Bo ein.

Ich kann mir nicht vorstellen, dass Dads neues Gehalt ausreicht, um uns das Studium und eine Wohnung zu bezahlen. Mit ihm mitzugehen würde nichts ändern. Es wäre eher eine Flucht als ein Neuanfang. Und ich habe keine Lust, erneut in ein Netz aus Lügen verwoben zu werden.

»Lieber bleibe ich hier und setze alles auf neue Stipendien«, versichere ich. Es gibt immer noch die Option eines Studienkredits, aber nach unseren Erfahrungen mit Krediten ist das meine letzte Wahl.

»Und deine Worte haben nichts mit der neu gewonnenen Liebe zum Training der Cheerdancer zu tun?«, stichelt Bo.

»Halt die Klappe«, murre ich.

Erstaunlicherweise macht mir das Training Spaß. Es ist eine gute Gelegenheit, um meine Vorliebe für Musik und Bewegung auf andere Art zu kombinieren. Aber das ist nichts, was ich vor Bo einfach so gestehen würde. Ich habe auch schon ein paar Nachhilfestunden gegeben, die mich aber jedes Mal an den Rand der Geduld führen, wenn ich die immer gleichen Sachen ständig wiederholen darf. Noch mal und noch mal, und am Ende wurde immer noch nichts verstanden. Da läuft es mit dem Cheerdancing wesentlich besser.

»Irgendwie ist es einerseits verlockend, alles hinter sich zu lassen und neu anzufangen, aber …«, beginnt Bo und scheitert an dem Aber.

Offensichtlich haben wir in unserer Familie mit dem Wort alle unsere Probleme. Ich weiß dennoch, woran er denkt: ein Neuanfang, weit weg von Joshua und den Lästereien am Campus. Er hätte es verdient. Vor meinen Gefühlen für Drew und meiner Vergangenheit zu fliehen, fühlt sich ebenfalls verlockend an, aber es wäre nicht mehr als das: eine Flucht.

»Würde dir die Arbeit im *Hazelcup* fehlen?«, stichle ich, um die melancholische Stimmung zu durchbrechen.

»Als ob Kaffee das einzig heiße wäre, was Fair Haven zu bieten hat«, neckt Haley.

Ich kann mich nur mühsam zusammenreißen, um sie nicht unter dem Tisch zu treten.

»Die Arbeit im *Hazelcup* und Mr Palmer würde ich sehr vermissen«, gesteht er, ignoriert Haleys Anspielung und sieht in den Garten hinaus. »Backen kann man glücklicherweise überall.«

»Ja, und das am liebsten hier!«, versichert Haley. »Wie gesagt, ihr könnt ruhig noch eine Weile bleiben. Noch lieber, wenn einer von euch herausfindet, was mit dieser bescheuerten

Maschine nicht stimmt.« Sie schlägt mit der flachen Hand dagegen.

»Gibt es dafür kein YouTube-Tutorial?«, schlägt Bo vor, der im Gegensatz zu mir alle Vorteile gängiger Plattformen nutzt.

»Sag mal, müsstest du nicht auch lernen?«, frage ich Haley irritiert. Bo lernt schon seit Tagen für anstehende Klausuren. Wie oft habe ich Haley in der Zeit mit einem Buch in der Hand gesehen? Einen Tag? Eine Stunde?

»Eidetisches Gedächtnis«, seufzt sie, als wäre es eine fürchterliche Strafe.

»Haley ist wahrscheinlich die Einzige im Studiengang, die sich langweilt.« Bo stützt die Stirn auf seine Handfläche.

»Hochbegabt, aber zu blöd für diese Nähmaschine!«, flucht sie und haut erneut gegen das Gerät, das leise ratternd seinen Dienst wieder aufnimmt. »Geht doch! Also die Maschine. Ihr nicht. Ihr sollt bleiben.«

Ich weiß, dass Haleys Mom oft und lange unterwegs und sie daher viel allein zu Hause ist, aber Bo hat recht: Wir können trotzdem nicht ewig hier bleiben.

Während ich auf meinem Klappbett liege und an die Zimmerdecke starre, muss ich der Realität ins Auge sehen.

»Es wird seltsam, wenn Dad unser Haus verkauft«, murmle ich meinen Gedanken nachhängend. »Unsere ganzen Sachen passen nie und nimmer in dieses Zimmer.« Wir werden uns von vielem trennen müssen. Auch von Erinnerungsstücken an unsere Mom. Dass ich das Haus an sich vermissen werde, bezweifle ich. Neben vielen schönen verbinde ich damit auch weniger angenehme Momente. Momente, die rote Flecken auf dem Teppich hinterlassen haben.

»Wir sollten das tun, was andere Studierende auch machen – uns eine WG suchen«, schlägt Bo vor und sitzt an einem Instagram-Beitrag über Tomaten-Oliven-Brötchen, die er für uns zum Abendbrot gebacken hat. Haleys Mom war begeistert von der Hilfe im Haushalt und kam aus dem Schwärmen über die Brötchen gar nicht mehr heraus. »Oder willst du nach Ohio?«

»Es wäre sehr viel entspannter, an einem College zu studieren, an dem Dad nicht sein Unwesen treibt«, murmle ich. Tatsächlich zieht mich nichts nach Ohio. »Wusstest du eigentlich, dass Aliza mit diesem Instagram-Zeug Geld verdient? Und angeblich ziemlich gut.«

»Aber sicher nicht mit Backen.«

»Ist backen nicht so lukrativ wie Beauty-Zeug?«, hake ich nach.

»Ich dachte eher an die grauenhaften Backversuche ihrer Mutter«, gesteht Bo und bringt mich zum Lachen.

Zumindest, bis ich an Drew denke und meine gute Laune augenblicklich verfliegt.

Zum ungefähr tausendsten Mal greife ich nach dem Handy und öffne die Messenger-App. Unsere letzten Nachrichten sind viel zu lange her. Ich weiß, dass ich es selbst vergeigt habe, aber ich vermisse ihn. Aus purer Verzweiflung schreibe ich ihm, obwohl ich nicht mit einer Antwort rechne. Ich kann mir diesen geistigen Aussetzer selbst nicht erklären.

July: *Falls du doch das Training der Cheerdancerinnen besuchen möchtest, sitze ich jetzt an der Quelle. – Und ich bin mir sicher: Einige von denen würden gern für dich tanzen.*

Noch während ich mein Handy in der Hand halte, sehe ich, dass Drew die Nachricht liest. Aber er schreibt nicht zurück.

Natürlich nicht. Von dem inneren Zwang getrieben, mich selbst zu verletzen, scrolle ich in unserem Nachrichtenverlauf nach oben. Ich lese all die Nachrichten, die er mir in der Vergangenheit geschrieben hat. Übers Eislaufen, meine himmelblauen Augen und tausend Flachwitze, die ich nie witzig fand, die mir dennoch fehlen.

27. KAPITEL

Drew-Donnerstag

Es gibt Tage, an denen ich Haleys Mom mit ihrer fürsorglichen, aber überdrehten Art morgens nicht ertrage. Räucherstäbchen und Klangschalen noch vor dem ersten Kaffee? Nicht auszuhalten! An diesen Tagen ziehe ich mich schon früh in die Stille der Bibliothek zurück, um zu arbeiten. So lautet zumindest der Plan für heute. Vorher nehme ich einen Umweg in Kauf, um mir einen Kaffee zu holen, der mich hoffentlich in den Betriebsmodus versetzt. Ich habe noch bis in die Morgenstunden an einer Hausarbeit für Kommunikationstheorie gesessen und anschließend einen Artikel für Penny Korrektur gelesen. Ich bin nichts als müde. Seufzend checke ich erneut meinen Instagram-Feed und hoffe auf irgendetwas, das mich aufmuntert. Aber nichts Neues. Nicht einmal das niedlichste Otterbild bringt mich heute zum Lächeln.

»Für July, richtig?«, fragt der Barista mit einem Grinsen.

Ich würde nicken, wenn ich könnte. »Ich kaufe hier wohl zu oft das Gleiche«, gestehe ich und lasse das iPad sinken.

»Vielleicht habe ich mir auch einfach besonders viel Mühe gegeben, es mir zu merken?«, schlägt er vor, greift nach einem Becher und zwinkert mich auf eine Art und Weise an, die mich vermuten lässt, dass er schon einmal versucht hat, mir seine Nummer zu geben. »Diese Sache mit dem Unfall damals tut mir leid. Nicht dass du mich für einen Stalker hältst, aber wir ... sitzen in derselben Vorlesung bei Mr Mayers. Und du bist mir schon im ersten Semester aufgefallen.«

»Oh«, ist alles, was mir dazu einfällt.

»Beruht also nicht auf Gegenseitigkeit.« Zumindest scheint er mir meine Unaufmerksamkeit nicht übel zu nehmen.

Am Rande meines Bewusstseins höre ich ihn irgendetwas erzählen, doch meine Aufmerksamkeit wird gerade von etwas anderem angezogen. Oder besser gesagt: von jemand anderem. Ich will mich nicht umdrehen, kann aber den Impuls nicht unterdrücken. Mein Herz macht einen schmerzhaften Stolperer, als ich Drew erblicke, der gerade den Coffeeshop betritt. An seiner Seite eine junge Frau. Sie unterhalten sich lachend mit einer Mischung aus Gebärden und Worten. Sie wirken vertraut und gut gelaunt. Falls Drew mich gesehen hat, lässt er sich nichts anmerken. Nervös wende ich mich ab. Ich bereue es augenblicklich, ihm eine Nachricht geschrieben zu haben. Was habe ich mir nur dabei gedacht? Ich kann mir allzu gut vorstellen, wie er gestern Abend mit der hübschen Rothaarigen auf dem Sofa saß und einen Blick auf sein Handy geworfen hat, nur um es lachend beiseitezulegen, weil er meine Nachrichten nicht nötig hat.

Es sollte nicht so wehtun, Drew zu sehen. Er hat alles Recht, glücklich zu sein. Und trotzdem bin ich neidisch auf die junge Frau an seiner Seite. Weil sie Zeit mit ihm verbringen darf. Und weil sie die Gebärdensprache beherrscht und sich mit ihm auf eine Art und Weise unterhalten kann, die mir nie möglich war.

»Alles in Ordnung?«, fragt der freundliche Barista, den ich noch immer nicht nach seinem Namen gefragt habe.

Ich ignoriere das Brennen hinter den Lidern und versuche ein Lächeln. Hastig überreiche ich ihm einen Geldschein und bedeute ihm, das Restgeld zu behalten. Auch wenn zwischen mir und Drew noch andere Menschen in der Schlange warten, gehe ich schnellstmöglich zur Getränkeausgabe hinüber. Unter anderen Umständen würde ich auf mein iPad schauen, um irgendetwas zu tun, aber da es ein Geschenk von Drew war, fühlt es sich eigenartig an. Unschlüssig halte ich es in der Hand und frage mich, ob ich zu ihm gehen und ihm das iPad wiedergeben sollte. Ich habe schon oft darüber nachgedacht, hatte aber nie die Gelegenheit dazu. Wir sind einfach nur zwei Studierende unter vielen. Zwei Studierende, die eine Geschichte verbindet, die längst beendet ist. Wahrscheinlich ist es besser für mich. Es war nicht gerade eine ruhmreiche voller Heldentaten. Ich versuche seit Wochen (oder sind es erst Tage? Es fühlt sich so ewig an …), Drew zu vergessen und meine zweite Chance bestmöglich zu nutzen, aber offensichtlich ist es für ihn einfacher, weiterzumachen. Ich höre in den Fluren, dass er seine Sache mehr als gut macht, schaffe es aber nicht, zu den Spielen zu gehen oder sie mir im Fernsehen anzusehen. Schon allein, mit ihm in diesem Café zu stehen ist schmerzhaft genug. Aber zu sehen und zu hören, dass er unser Buch längst zugeschlagen hat, um ein neues Buch zu beginnen, tut weh. Mehr als ein gebrochenes Genick, denn hierfür gibt es keine passenden Schmerzmittel.

Wie lange kann es eigentlich dauern, einen beschissenen Sojalatte zuzubereiten? Ich bin kurz davor, das Café zu verlassen, als endlich mein Becher für mich abgestellt wird.

Mit einem dankbaren Seufzen will ich danach greifen, als mir jemand zuvorkommt. Ein junger Mann in dunkelblauem Sweatshirt nimmt den Becher an sich und verschwindet mit großen Schritten aus dem Café.

Blinzelnd sehe ich Drew nach, der die Slate Street hinunterschlendert, als wäre nichts gewesen. Ich drehe mich zu seiner Begleiterin um, die nur mit den Schultern zuckt.

»Ich …« Ich habe das Bedürfnis, mich vor ihr zu rechtfertigen, weiß dann jedoch nicht, was ich sagen soll. »Entschuldige.« Bevor ich weiß, was ich tue, stürme ich aus dem Laden und auf die Slate Street hinaus. Aus einem unsinnigen Impuls heraus höre ich mich »Drew!« rufen, ehe ich ihm nachrenne. Es sind so viele Menschen auf der Straße unterwegs, dass ich ihn längst aus den Augen verloren hätte, wenn er nicht so groß wäre. Ich weiß nicht, was ich hier tue.

Auch als er unvermittelt stehen bleibt, verlangsame ich mein Tempo nicht. Nur um festzustellen, dass ich vollkommen überfordert bin, als er sich zu mir umdreht. Wie paralysiert verharre ich in der Bewegung. Etwas außer Atem schaue ich zu ihm auf und kann seinen Blick nicht deuten. Ich sehe zu viele Emotionen, die sich abwechseln, bis dieses schelmische Funkeln in seine Augen tritt, das mir schon von Anfang an viel zu gut gefallen hat. Ich gebe mir einen Ruck, um auf ihn zuzugehen.

»Entschuldige, aber ich glaube, du hast gerade meinen Kaffee mitgenommen«, sage ich langsam, stemme eine Hand in die Hüfte und deute auf den Becher.

»Kaffee? Das ist mit Abstand das Widerlichste, das ich je getrunken habe«, behauptet er und zieht zweifelnd eine Augenbraue hoch.

Ich erinnere mich, dass er mir diese Worte damals von Jake hat ausrichten lassen.

Drew dreht den Becher in der Hand. »July. Wie der Sommer.«

Ich hadere einen Moment, bevor ich die Hand ausstrecke. »July«, bestätige ich. »Und wie heißt du?«

Ohne zu zögern, ergreift Drew meine Hand. Vielleicht hätte es damals so beginnen sollen. Nicht mit einer Beschimpfung.

»Andrew McDaniels«, sagt er entschieden. »Ich bin übrigens Quarterback bei den Otters.« Sein Tonfall ist auf eine so alberne Art übertrieben, dass ich nicht anders kann, als die Augen zu verdrehen.

Es fällt mir schwer, ein Schmunzeln zu unterdrücken. »Ich glaube, ich habe schon einmal von dir gehört. Ich bin Aushilfstrainerin bei den Cheerdancern, und die reden ziemlich oft von dir«, versichere ich und versuche zu ignorieren, wie Drews Daumen über meine Hand streicht. Oder vielmehr, welche Gefühle diese winzige Geste in mir hervorruft. Sofort richten sich all meine Sinne auf die Berührung. Es ist nur ein Streicheln, aber in dem Moment bedeutet es mir die Welt.

Als würde Drew es spüren, entzieht er mir vorsichtig seine Hand und überreicht mir dafür den Becher. »Du bist gelaufen«, sagt er in einem Tonfall, der verdeutlicht, dass unsere Blödelei damit beendet ist.

»Ich fange langsam wieder mit dem Training an«, bestätige ich und drehe mich zu seiner Begleiterin um, die mit zwei Kaffeebechern zu uns stößt. Einen davon überreicht sie Drew, bevor sie mich anlächelt.

»Hat er mich eiskalt stehen lassen«, seufzt sie und kann ein Grinsen nicht unterdrücken. »Ich bin Emely und nehme mal an, du heißt July.« Sie beäugt meinen Becher, um den Namen zu lesen.

»Freut mich«, murmle ich und nippe am Kaffee. Es ist wohl einer dieser Momente, in denen man sich eingestehen muss, dass man noch Gefühle für seinen Ex-Freund hat. Die aber vollkommen unangebracht sind, weil seine neue Freundin gleich danebensteht. Es fühlt sich seltsam an. Da ist dieser Mensch, dem man kurze Zeit nahe war, und jetzt gehört er zu jemand anderem.

Es tritt ein Schweigen ein, das so unangenehm ist, dass es mir körperlich wehtut. Ich weiß nicht, was das gerade zwischen Drew und mir war, aber er ist nicht allein. Er hat eine

Begleiterin. Eine Freundin. Und ich muss neidlos anerkennen, dass sie nett aussieht. Nicht so gestylt wie Aliza, nicht so eigenwillig wie Haley. Jeans und Turnschuhe. Sie sieht sportlich aus. So als würde sie perfekt zu Drew passen.

»Macht's gut«, sage ich, um die eigenartige Situation zu beenden. Ich halte sie keine Sekunde länger aus.

»Warte«, bittet Emely abrupt. »Kommst du morgen Abend? Aliza und ich schauen uns auf Drews Sofa das Spiel an. Wir haben auf jeden Fall noch Platz.«

»Das ist nett, aber ich denke, das wäre sehr seltsam«, gestehe ich. Ich kann mir Besseres vorstellen, als mit Drews neuer Freundin eines seiner Spiele anzusehen. Vor allem wäre es seltsam, mit ihr auf dem Sofa zu sitzen, auf dem ich so viele besondere Momente mit Drew geteilt habe. »Wir sind keine …« *Freunde.* Ich erspare mir das Wort, über das ich schon viel zu oft gestolpert bin. Drew und ich waren von Anfang an lausige Freunde.

»Du kannst gern eine Freundin mitbringen, wenn du dich dann wohler fühlst«, fällt sie mir ins Wort. »Wie hieß sie? Penny? Oder diese andere …?«

Irritiert blinzle ich sie an. Drew hat ihr von Penny und Haley erzählt? Es sollte mich wohl nicht überraschen, dass die zwei keine Geheimnisse voreinander haben. Drew war schon immer von Grund auf ehrlich.

»Überleg es dir einfach«, bittet sie so nett, dass ich keinen Zweifel daran habe, dass die beiden gut zueinander passen.

»Dust Kitty?«, fragt Drew, bevor ich mich zum Gehen wenden kann. »Danke für deine Einladung, aber du kennst die Regeln. Ich komme nur zum Training, wenn du dort für mich tanzt.« Er sagt es so geradeheraus, dass es mich irritiert.

Also hat er meine gestrige Nachricht tatsächlich gelesen? Mit Blick auf Emely weiß ich nicht, was ich darauf antworten soll. Anzügliche Anspielungen kommen selbst mir unangebracht vor.

Seine Begleitung lächelt in ihren Becher und betrachtet interessiert das Eingangsschild über einem Eisladen.

»Du solltest mich niemals herausfordern, Mr Alabama«, warne ich, klinge aber so unentschieden, wie ich mich fühle. Irgendwo zwischen Bleiben und Gehen.

Drew nimmt mir die Entscheidung ab, überwindet den letzten Abstand zwischen uns und sieht lächelnd auf mich hinab. Seine Hand streift hauchzart meine Wange, um eine kribbelnde Spur zu hinterlassen. Sein Blick hängt an meinen Lippen. So wie er es schon so oft getan hat. Ich bin mir nicht sicher, ob er mir etwas sagen oder mich küssen möchte. Aber wieso sollte er mich küssen? Wieso sollte er mir vergeben, was ich ihm angetan habe? Ich kann es mir ja nicht einmal selbst verzeihen. Wahrscheinlich ist es nur mein Wunschdenken.

Nichts von beidem passiert. Stattdessen holt uns die Realität ein.

»Ach, sieh an«, höre ich eine Stimme, auf die ich gern verzichtet hätte.

Ich trete von Drew weg und drehe mich um, nur um in Kyles grinsendes Gesicht zu schauen.

»Sagt mir nicht, dass der heilige McDaniels dich wieder zurücknimmt, nachdem ihr euch aus unerfindlichen Gründen getrennt habt. Einfach so, eines Nachts, nachdem du zu ihm ins Hotel gefahren bist.«

»Wie gut, dass es nur Gerüchte sind«, werfe ich ein.

»Ja«, sagt Kyle gedehnt und schnalzt mit der Zunge. »Aber ich hörte so einige. Wie wäre es, wenn du mir ein wenig Geld gibst, damit ich sie vergesse und nicht aus Versehen ausplaudere. Sagen wir so … fünftausend Dollar? Das klingt nach einer fairen Summe, finde ich. Wir wollen doch nicht, dass sich diese

Sache wiederholt, die angeblich letztens deinem Dad im Stadion passiert ist. Männer, die einen aufsuchen und mit dem Messer bedrohen – das wäre gruslig, oder nicht?«

»Du drohst mir?« Ich sehe Kyle an. Wieso wundert es mich nicht, dass er seine Anzahlung zurückwill und die Sache nicht einfach auf sich beruhen lässt?

Er grinst mich an. »Das würde ich nie tun. Aber ich habe für eine Dienstleistung bezahlt, die nicht zu meiner Zufriedenheit erbracht wurde. Und am Ende zählt immer die Bilanz.«

»Lass sie in Ruhe«, warnt Drew. »Du bekommst dein Geld von mir. Wenn ich dich danach noch ein einziges Mal dabei erwische, wie du ihr drohst …«

»Drohst du mir gerade, McDaniels?«, prustet Kyle. »Entschuldige. Das ist so witzig, weil du keinen einzigen richtigen Satz herausbringst. Dein Genuschel kann ich irgendwie nicht ernst nehmen.«

Ich will ihn gerade anfahren, da werden wir unterbrochen.

»Gibt es hier irgendwelche Probleme?«, fragt ein Mann, den ich für einen zufälligen Passanten halte, bevor ich ihn betrachte. Er ist so groß und muskulös, dass Drew und Kyle neben ihm wie Schuljungen aussehen. Er trägt ein enges T-Shirt, das nichts der Fantasie überlässt. Die Muskeln an seinen Armen sehen aus, als wären sie aus Stein gemeißelt. Ich erinnere mich vage daran, ihn mal auf einem Foto gesehen zu haben.

Aron.

Aber in der Realität wirkt er ungleich beeindruckender.

Offensichtlich bin ich nicht die Einzige, die sich ungern mit ihm anlegen würde. Kyles Grinsen gefriert zu Eis.

»Jetzt braucht ihr zwei schon Leibwächter?«, spottet Kyle und tritt einen Schritt zurück. »Lächerlich.«

»Danke, aber ich kläre das allein«, versichere ich und sehe Aron warnend an, bis ich mich an Kyle wende. »Weil du so auf

Gerüchte stehst, habe ich ein Update für dich. Mein Dad hat einen anderen Job angenommen, verlässt die Stadt und wird artig die Raten an deinen Vater zahlen. Es wäre also gut, wenn du und deine Schlägerfreunde uns in Ruhe lasst. Diese Stadt mag klein sein, aber sie wird dir noch viel kleiner erscheinen, wenn Millionen Menschen via Instagram über die Machenschaften deines Dads erfahren. Und ich kann mir irgendwie auch so gar nicht vorstellen, dass er begeistert davon wäre, wenn ich die große weite Welt von einem gewissen Deal wissen lasse.«

Interessant. Es reicht, Kyles Dad zu erwähnen, um ihn zusammenzucken zu lassen. Offensichtlich wäre sein Dad tatsächlich nicht sehr angetan, wenn man seine oder Kyles Machenschaften nach außen trägt.

»Du bluffst«, behauptet Kyle und versucht sich an einem überlegenen Lächeln.

»Wirklich?« Ich stemme eine Hand in die Hüfte. Natürlich bluffe ich! Ich habe immerhin keinen Kontakt mehr zu Aliza, aber das muss er ja nicht wissen. »Wie wäre es, wenn du es auf einen Versuch ankommen lässt? Weil es dummerweise so ist, dass du derjenige bist, der am St. Clair den Ruf hat, ein notorischer Lügner und Fremdgänger zu sein.«

»Lächerlich«, wiederholt er abfällig, wirft Aron einen kurzen Blick zu, ehe er uns in Ruhe lässt und weitergeht.

Ich bin mir nicht sicher, ob meine Worte ihn wirklich überzeugt haben, aber für den Moment bin ich zufrieden. So als hätte es der unzuverlässige Onlinebuchhändler meines Vertrauens es ausnahmsweise einmal geschafft, mein neues Buch noch am Erscheinungstermin auszuliefern. Herrlich!

»Was für ein Idiot«, seufzt Emely und schaut Aron flüchtig an. »Keine Sekunde zu früh.«

»Wann kam ich jemals zu früh?« Empört sieht er auf sie hinab.

»Gelegentlich«, murmelt sie kleinlaut und nippt an ihrem Kaffeebecher. Sie schlendert die Straße hinunter, während Aron ihr folgt wie ein artiger Hund.

Erst jetzt erinnere ich mich, dass Drew mal eine Emely erwähnt hat. Arons Ex-Frau.

»Also kamen die Drogen und das Geld von Kyle?«, fragt Drew unvermittelt und reißt mich aus den Gedanken.

»Es ist eine lange Geschichte«, gestehe ich. Eine Geschichte über Schulden und Schuld. Voller Fehler und Fehltritte.

»Ich muss erst in drei Stunden am Bus sein. Reicht das?«, hakt er mit Blick auf sein iPhone nach, bevor er mich erwartungsvoll ansieht.

»Es reicht für den Anfang«, stimme ich zu.

»Hat die Geschichte denn ein Happy End?«, bohrt Drew nach und bedeutet mir, voranzugehen.

Auch wenn ich nicht weiß, wohin unser Weg führt, schlendere ich neben ihm her.

Ich habe keine Ahnung, ob diese Geschichte ein glückliches Ende haben wird. Das hängt zu einem Großteil von Drew ab.

Ich schwänze eine Vorlesung, um mit Drew einen Kaffee trinken zu gehen. Mit Händen, Füßen und der Hilfe meines Handys erzähle ich ihm alles, bis wir aufbrechen, weil er zum Mannschaftsbus muss.

July: *Es tut mir aufrichtig leid. Ich war verzweifelt und wusste nicht weiter.*

Das ist das Ende meiner Erzählung. Ich schreibe es ihm, während wir den Parkplatz betreten. Mir ist bewusst, dass uns die anderen neugierig ansehen.

Mr Alabama: *Ich verstehe immer noch nicht, warum du mir nicht einfach gleich die Wahrheit gesagt hast. Gemeinsam hätten wir tausend andere Lösungen gefunden. Nur damit du es weißt: Ich habe keinem von der Sache erzählt. Außer Jake und Brooks sollte es also niemand wissen.*

July: *Aber es ändert nichts daran, was ich dir angetan habe.*

Ich verstehe, wenn er mir nicht verzeihen kann.

»Ich muss los«, gesteht er, als Mateo herübergeschlendert kommt und ihn mit einem Klaps auf die Schulter begrüßt. Und so endet die Geschichte: indem Drew in den Mannschaftsbus steigt und mich allein auf dem Parkplatz zurücklässt.

Unschlüssig ziehe ich das Handy aus der Tasche, sehe dem Bus nach und schreibe ihm eine Abschiedsnachricht.

July: *Wenn du irgendwann mal jemanden für Eier-Tritt-Dienste suchst, stehe ich noch immer zu deiner Verfügung.*

Ich will das Handy gerade wegstecken, als mich der »Go Blue!«-Ruf davon abhält.

Mr Alabama: *Wie sieht es mit anderen Diensten aus?*
July: *Was auch immer du willst.*
Mr Alabama: *ALLES, was ich will? War das gerade ein Freifahrtschein? Was für ein Anfängerfehler, Dust Kitty.*
Beim Anblick des Spitznamens kann ich ein Lächeln nicht unterdrücken und umfasse mein Handy fester, als wäre ich Drew dadurch näher.

July: *Was ist, wenn ich tatsächlich alles tun würde, damit ich wieder deine Dust Kitty sein darf?*

Dieses Mal klinge ich sehr bedürftig und weiß es.

Mr Alabama: *Lass uns darüber reden, wenn ich wieder zurück bin.*

Reden, wenn er zurück ist. Das ist nicht ganz das, was ich mir erhofft habe, aber es klingt vernünftig. Und ist sehr viel mehr, als ich mir heute Morgen noch erträumt hätte. Allein die Möglichkeit, dass er mir eventuell vergeben könnte, erfüllt mich mit einem aufgeregten Kribbeln. Es beginnt bei meinem Herzen und zieht sich bis in die Fingerspitzen hinab. Fast so wie es beim Cheerleading der Fall war.

Ein »Go Blue!« holt mich auf den Boden der Tatsachen zurück.

Mr Alabama: *Vergiss, was ich gerade geschrieben habe. Ich kann mich nicht auf das Spiel konzentrieren, solange du durch meinen Kopf geisterst. Du hättest mir gleich alles erzählen sollen. Die ganze Wahrheit. Ich bin kein nachtragender Mensch. Aber wir können auch nicht einfach weitermachen, als wäre nichts geschehen.*

July: *Ich weiß. Aber wenn du dir vorstellen könntest, dass wir eines Tages wieder Freunde sein können, melde dich.*

Mr Alabama: *Dust Kitty, auch wenn ich für einen Neuanfang bin, lass uns bitte nicht bei der Nur-Freunde-Sache starten. Die war beim ersten Mal schon grausam und braucht keine Wiederholung.*

Allein das Wort *Neuanfang* lässt mein Herz einen aufgeregten Hüpfer einlegen.

July: *Ich warte auf dich. Viel Glück für das Spiel und komm heil zurück.*
Mr Alabama: *Sag das Ian.*

Es dauert einen Moment, bis meine innere Bibliothekarin einen Eintrag zum Namen Ian findet: *Ian Thorne.*

July: *Ihr spielt gegen die Alabama Antelopes?*

Drew trifft auf seine alte Mannschaft? Es gibt wahrscheinlich keine unwichtigen Spiele, aber dieses fühlt sich selbst für mich besonders an.

Ich werde euch zusehen und die Daumen drücken, verspreche ich. Vielleicht schaue ich mir das Spiel mit Penny, Haley und Bo an, vielleicht lieber allein. Aber ich werde es mir ansehen.

Vorher tue ich, was ich laut Bo längst hätte tun sollen: Ich benenne Drews Kontakt um. Aus **Mr Alabama** wird einfach nur **Drew.**

Epilog

Ein neues Kapitel

Bo streicht sich mit einer Hand den Schweiß von der Stirn und tritt ein paar Schritte zurück.

»Mir egal, ob das der perfekte Platz ist oder nicht, der bleibt jetzt da«, versichert er mit Blick auf den überdimensional großen Fernseher, der unser kleines Wohnzimmer beinahe erschlägt. Unsere Wohnung mag nicht geräumig sein, aber sie ist gemütlich und in einem angesagten Studierendenviertel unweit des Campus.

Ich rücke ächzend das Blümchensofa zurecht, während Drew sich auf einen Ledersessel fallen lässt und umguckt.

»Schon bereut er es, mit euch zusammengezogen zu sein«, stichelt Aliza. »Bei euch passt wirklich nichts zusammen. Rein instagramtechnisch die reinste Katastrophe. Ich weiß gar nicht, aus welchem Winkel ich hier Fotos schießen soll.«

»Tut mir auch leid«, behaupte ich halbherzig.

Der Einzige, der ihr Problem nachempfinden kann, ist vermutlich Bo. Dank Alizas Schützenhilfe und Zusprache hat sich seine Followerzahl in den letzten Tagen verfünffacht. Angeblich liegt es nicht nur an seinen Backkünsten, sondern auch seinem Aussehen, das er der Welt in seinen Livevideos präsentiert. Solange es ihn glücklich macht, kann er gern mit seinem Handy plaudernd durch die Wohnung laufen. Für mich ist diese Social-Media-Sache immer noch nichts. Haley ist die

Einzige, für die ich mich vor die Kamera bewege. Statt zu backen oder zu nähen, lerne ich lieber weiterhin die Gebärdensprache. Das ist mir Hobby genug. Das und Drew. Er hatte letztens die wahnwitzige Idee, dass ich später Gebärdendolmetscherin werden könnte. Grundsätzlich gefällt mir die Idee, allerdings möchte ich auf keinen Fall finanziell von ihm abhängig sein. Dolmetscherin für andere gehörlose Sportler und Sportlerinnen zu werden, wäre für mich eine Option. Oder vielleicht bei Autorenlesungen simultan zu übersetzen. Entweder für gehörlose Autoren und Autorinnen oder Lesende. Ich habe Chloés Kommentar aus der Umkleide noch immer nicht vergessen. Irgendwann werden Drew und ich gemeinsam eine Lesung besuchen, dessen bin ich mir sicher. Bis es so weit ist, bin und bleibe ich auf jeden Fall seine persönliche Cheerleaderin. Ab und an auch mit Pompons. Tatsächlich könnte ich mir mittlerweile vorstellen, sie zu einem Teil meines Berufes zu machen. Ich hätte nie erwartet, dass das Training der Cheerdancer mir mal so viel Spaß bereiten würde, aber das tut es. Vielleicht werde ich die nächsten Jahre also dazu nutzen, um herauszufinden, was mein Körper noch alles leisten kann.

Gebärdendolmetscherin und Trainerin – das klingt nach einer Vision, die meine Liebe für Worte und den Sport miteinander verbindet. Dieses Ziel ist für mich nicht leicht zu erreichen, aber ich bin dazu bereit, dafür zu kämpfen.

Dad hat den Job in Ohio angenommen und plant, sein Leben zu ordnen. Ich wünsche ihm dabei viel Glück, aber ihm zu folgen war für uns keine Option. Nicht wegen Drew, den Cheerdancern oder dem *Hazelcup*, sondern weil wir versuchen, unseren eigenen Weg zu finden. Allein, zu zweit. Dazu gehört das Gründen einer WG. Unsere Mitbewohnersuche endete allerdings ziemlich abrupt, als Drew uns aus großen, braunen Augen ansah.

»Nehmt ihr auch einen langweiligen BWL-Studenten auf?«
Ich hätte Verständnis dafür gehabt, wenn Bo abgelehnt hätte, weil er keine Lust dazu hat, mit dem Freund seiner Schwester zusammenzuwohnen, aber tatsächlich verstehen die beiden sich manchmal besser als ich sie. Auf meine Frage hin, warum Drew seine Luxuswohnung gegen eine kleine, niedliche Dreier-WG tauschen will, zuckte er nur mit den Schultern.

»Wo wir unsere Zeit verbringen, ist mir egal.«

Dass unsere neue Wohnung Aliza nicht gefällt, kann ich mir trotzdem vorstellen. Sie ist eine Mischung aus Drews Designermöbeln und den übrig gebliebenen Teilen aus unserem ehemaligen Elternhaus. Das einzig durchdesignte Zimmer ist Drews beziehungsweise Alizas. Er hat es ihr überlassen, bis sie sich entschieden hat, wo sie ihre Zukunft verbringen will. Bis dahin teile ich Zimmer (und Bett) mit Drew, während Aliza versucht, die Umgebung möglichst *instagramable* zu machen und Bo Kontakte zu verschaffen, um durch Kooperationen Geld zu verdienen. Niemand weiß, wie lange Aliza brauchen wird, um eine eigene Wohnung zu finden. Allerdings scheitert es bei ihr wohl eher an ihrer eigenen Unentschlossenheit als an den Finanzen. Momentan scheint sie nicht einmal zu wissen, in welchen Bundesstaat sie ziehen will.

Zumindest was die Planung meiner näheren Zukunft betrifft, bin ich ihr einen Schritt voraus, denn ich bin mir ziemlich sicher, dass sie Drew beinhalten soll. Als Drews und mein Weg sich kreuzten, waren wir zwei Menschen, die auf unterschiedlichen Routen zum selben Ziel wollten: in die NFL. Mittlerweile besitzen wir ein gemeinsames Navi, und die NFL ist nicht mehr als ein mögliches Zwischenziel auf unserer Reise. Ich bin fest entschlossen, ihm die fünftausend Dollar zurückzuzahlen, die er Kyle gegeben hat. Es ist unwahrscheinlich, dass wir in naher Zukunft etwas von ihm hören werden. Nicht weil wir quitt sind, sondern weil er vor Kurzem die Stadt verlassen hat. Angeblich macht er ein spontanes Auslandssemester. Das mag stimmen – oder auch nicht –, auf jeden Fall schien es seinem Dad wichtig zu sein, dass er für eine Weile aus der Stadt verschwindet. Ob er jemals wieder zurückkommen und für die Otters spielen wird? Eher nicht.

Der Nachrichtenton von Bos Handy lenkt meine Aufmerksamkeit auf sich. Mit einem Stirnrunzeln betrachtet mein Bruder das Display und lässt sich auf das Sofa fallen.

»Wieso fragt mich Joshua, ob es okay wäre, wenn ich ihm Haleys Nummer schicke, damit er sie Mateo geben kann?«, fragt er zweifelnd.

Das weiß ich nicht. Aber ich bin mir sicher, dass Haley ihn umbringen würde, wenn er es täte. Ich erinnere mich noch gut an den Frisbee-Vorfall im Park.

Bo und ich sehen einander an und sind uns einig: Mateo und Haley? Das wird nie passieren.

Danksagung

An dieser Stelle bleibt mir nur noch, mich zu bedanken – bei all den Menschen, die July und Drew im Laufe der letzten Monate begleitet haben.

Zuerst möchte ich meiner Testleserin Nina danken, die diese Geschichte schon gelesen hat, als sie noch gute sechzig Seiten von der finalen Fassung entfernt war. Ohne ihre Footballbegeisterung wäre der St. Clair Campus vielleicht nie entstanden.

Mein Dank gilt außerdem Nicole für den Austausch, die Motivation – und die Ermutigung, an einem gewissen Pitch auf der LBM 2019 teilzunehmen. In dem Zuge seien auch gleich Stephan und das tolle Team von be.ebooks erwähnt, die den Kontakt zu LYX ermöglicht haben.

Ich danke meiner Lektorin Kathleen Weise, die mir dabei geholfen hat, die mir bestmögliche Version dieser Geschichte zu finden, und Katrin für das Sensitivity Reading. Ihre vielen hilfreichen Anmerkungen haben mich sehr zum Nachdenken bewegt. Oft wurde ich gefragt, wofür ein Sensitivity Reading gut ist, heute kann ich schreiben: unter anderem, um gehörlose Personen besser zu repräsentieren und Drew authentischer zu gestalten.

Tausend Dank geht an den LYX-Verlag für die wundervolle Möglichkeit, diese Geschichte mit euch zu teilen – und dort vor allem an Sabrina. Für ihr außergewöhnliches Engagement, ihr Vertrauen, ihre Ideen, ihre Geduld … Ich könnte eine schier endlose Liste verfassen und belasse es bei einem simplen: Danke.

»The Dream Of Us« ist eine Geschichte über Träume. Mit ihrer Hilfe – ihrem Feedback – haben Nina, Kathleen, Katrin und Sabrina mir dabei geholfen, meinen Traum von diesem Buch zu erfüllen.

Meine letzten Dankesworte dieses Bandes richte ich an Halszka, die July und Drew mit ihren Illustrationen auf andere Art und Weise Leben eingehaucht hat. – Und natürlich an Markus und die Räuberprinzessin für die Zeit, die sie mir gegeben haben, um diese Geschichte zu beenden.

An alle Leser:Innen, die mich so herzlich auf Instagram und im Team LYX willkommen geheißen haben: Ihr seid die Besten!

Ich hoffe, dass wir uns in Band 2 wiederlesen.

Die Fortsetzung meiner Dankesrede folgt ebenfalls in Teil 2.

Eure Yvy

Gefühle sind gefährlich. Sie brechen einem das Herz. Und ihres ist zu wertvoll, um es in Gefahr zu bringen

Kim Nina Ocker
EVERYTHING I
EVER NEEDED

464 Seiten
ISBN 978-3-7363-0996-8

Ava sehnt sich nach einem Neustart: Nachdem sie wegen einer Herzerkrankung während ihrer Highschool-Zeit viel verpasst hat, soll auf der Preston University nun alles anders werden! Ava ist fest entschlossen, der zweiten Chance gerecht zu werden. Endlich will sie selbstständig sein, Freunde finden und ein »normales« College-Leben führen. Doch dann trifft sie auf Dexter – und merkt schnell, dass er ihre Welt vollkommen auf den Kopf stellt. Denn obwohl er Ava immer wieder von sich stößt, bringt er ihr Herz doch bei jeder Begegnung dazu schneller zu schlagen …

»Lest dieses Buch.« @KIELFEDER über EVERYTHING I DIDN'T SAY

LYX

Das einzige, was unsere Freundschaft
zerstören könnte, sind Gefühle, die wir
für uns behalten ...

Sarina Bowen
WAS WIR IN UNS
SEHEN - BURLINGTON
UNIVERSITY
Aus dem amerikanischen
Englisch von
Wanda Martin
400 Seiten
ISBN 978-3-7363-1537-2

Für Chastity war es Liebe auf den ersten Blick: Seit Jahren empfindet sie für ihren besten Freund Dylan Shipley mehr, als sie sollte. Dass sie mit ihm am selben College studieren wird, stand außer Frage. Doch dort lernt sie Dylan von einer völlig neuen Seite kennen: als Frauenheld. Nur in ihr scheint er nicht mehr als seine beste Freundin zu sehen. Aber Chastity ist nicht bereit, das Feld kampflos zu räumen – was sie in einer Nacht die Grenzen ihrer Freundschaft überschreiten lässt. Und seitdem ist nichts mehr, wie es war ...

»Sarina Bowens Geschichten zu lesen ist wie nach Hause kommen. Ich lache, weine, fühle und verliebe mich!« APRIL DAWSON

Die Community für alle, die Bücher lieben

Das Gefühl, wenn man ein Buch in einer einzigen Nacht verschlingt – teile es mit der Community

In der Lesejury kannst du

- ★ Bücher lesen und rezensieren, die noch nicht erschienen sind
- ★ Gemeinsam mit anderen buchbegeisterten Menschen in Leserunden diskutieren
- ★ Autoren persönlich kennenlernen
- ★ An exklusiven Gewinnspielen und Aktionen teilnehmen
- ★ Bonuspunkte sammeln und diese gegen tolle Prämien eintauschen

Jetzt kostenlos registrieren: www.lesejury.de

Folge uns auf Instagram & Facebook:
www.instagram.com/lesejury
www.facebook.com/lesejury